ELIAS KHOURY
MEU NOME É ADAM

CRIANÇAS DO GUETO 1

ELIAS KHOURY
MEU NOME É ADAM

Traduzido do árabe por
Safa Jubran

Tabla.

Introdução 13

Prefácio (o testamento) 21

O baú do amor (projeto de um romance: primeiro rascunho) 27
Waddah do Iêmen (entrada 1) 29
Vida e sofrimento do poeta Waddah do Iêmen (entrada 2) 32
A loucura do amante (entrada 3) 41
Confusões relacionadas ao nome (entrada 4) 50
O baú da morte (entrada 5) 58
A noite da rainha (entrada 6) 64
O baú do silêncio (entrada 7) 70

Adam Dannun 83
As duas orações de refúgio 85
Interseções 97
Sede 107
O cego e o goleiro 114
O testamento: Manal 120
O testamento: camela de Deus 131
A traição dos pais 142
Sonho feito de palavras 161

Os dias do gueto   171
De onde veio o gueto?   173
Lacunas da memória   232
Meu avô que era um profeta   240
Mapa da dor   254
O abismo   261
O labirinto   277
Cena um   326
Cena dois   329
Cena três   330
Cena quatro   332
Cena cinco   335
Cena seis   338
Cena sete   344
Sonderkommando   354
A soleira   358

Glossário   365

Para Jad Tabet e Anton Chammas

*Diz: São iguais, os que sabem
e os que não sabem?*
Alcorão, "Os Grupos", versículo 9

INTRODUÇÃO

Esses cadernos chegaram a mim por acaso. Hesitei muito antes de decidir enviá-los à editora Dar-Aladab em Beirute para serem publicados. Na verdade, minha hesitação se devia àquele sentimento misterioso que combina admiração e inveja, amor e ódio. Encontrei-me várias vezes com o autor e protagonista desses textos, Adam Dannun ou Danon, em Nova York, onde trabalho como professor universitário. Lembro-me da primeira vez em que comentei sua beleza com minha aluna coreana, no fim de fevereiro de 2005, se não me falha a memória, quando saímos depois do seminário para comer um sanduíche de *falafel* e vimos aquele homem preparando os sanduíches com gentileza e afabilidade. Ele era alto, quase magricela, e tinha ombros largos um pouco arqueados. O cabelo castanho, com mechas grisalhas, fazia parecer que ele usava uma coroa brilhante. Acho que o brilho provinha dos olhos cinzentos, levemente esverdeados. Eu disse à minha aluna coreana que entendia agora por que ela gostava desse restaurante israelense, que não era por causa da comida, mas do seu dono. Contudo, eu estava enganado: aquele foi provavelmente o melhor sanduíche de *falafel* que já comi na vida. Nós, em Beirute, afirmamos que fazemos o melhor *falafel* do mundo, e os palestinos dizem que os israelenses roubaram o *falafel* deles, o que está certo, mas acho que os dois estão errados, pois o *falafel* é o alimento preparado mais antigo que a humanidade conhece, sendo de origem faraônica, se nos aprofundarmos na pesquisa, e coisa e tal.

O restaurante se chamava Palm Tree, isto é, Palmeira, e quando o homem bonito se aproximou, com seu rosto retangular pálido e uma covinha no meio do queixo, e começou a falar com minha aluna em hebraico, Sarang Lee virou-se para mim respondendo em inglês, e assim fomos apresentados. O homem então passou a falar comigo em árabe, e Sarang Lee expressou em inglês sua admiração pelo seu dialeto palestino, e ele respondeu algo em hebraico que não entendi.

Quando seguimos caminhando no frio, Sarang Lee sugeriu que fôssemos tomar algo. Fiquei surpreso com a proposta, pois não saio com minhas alunas; ainda me lembro do aviso que recebi do meu amigo armênio Barão Hakob — a quem Edward Said chamava de "Rei do Sexo" — sobre assédio, que aqui chamam de *harassment*. Ele disse que a mínima alegação de uma estudante de que eu a assediei arruinaria minha vida e destruiria meu futuro acadêmico.

Concordei em beber algo com Sarang Lee, pois vi nos seus olhos que ela queria me contar algo. Tomamos uma taça de vinho branco no Lanterna, o café favorito do meu amigo armênio e o mais frequentado por Hanna Alakkari, um antigo militante da Frente Popular, que me acompanhava para tomar alguns tragos e recordar os dias idos dos sonhos revolucionários.

Fazendo um brinde a ela, eu disse, rindo, a Sarang Lee que não é nosso costume beber vinho depois do *falafel* e esperei que ela falasse. Mas ela não disse nada, e, depois de um silêncio que me pareceu eterno, perguntei-lhe se estava apaixonada. De repente, os olhos da jovem de vinte e dois anos brilharam com lágrimas. Não posso dizer que Sarang Lee chorou, mas foi o que me pareceu, e então ela disse que não sabia, mas que me amava também.

A palavra "amar" provocou uma tremura no meu coração, que logo foi dissipada pela palavra "também", o que significava que ela amava o israelense, mas não queria ferir meus sentimentos. O amor não passava pela minha cabeça naqueles dias, sobretudo o amor com uma garota muitos anos mais nova do que eu. Mas encontrei na distinção da minha nova aluna, no seu acanhamento e na sua encantadora beleza asiática, algo que me levou a prestar uma atenção especial nela. Naquele dia, descobri que estava iludido.

Não, a palavra "iludido" não cabe aqui, pois a garota só me enviou sinais triviais de admiração, e isso é o que aconteceria com qualquer aluna em relação ao seu professor. Perguntei-lhe o que o homem velho dissera, então ela sorriu e respondeu que ele não era velho, "ele é da sua idade, meu querido professor", e então ela completou com malícia gentil: "A não ser que o senhor se considere um homem velho". Ignorei seu comentário e insisti em perguntar o que o homem havia dito, e ela respondeu: "Ele disse que falou no dialeto do povo da Galileia por causa do senhor, porque é próximo do dialeto libanês". Ela disse que se tratava de um segredo, que mesmo conhecendo bem Israel, pois havia passado a infância em Tel Aviv, não conseguia saber a identidade exata desse homem — se era palestino e alegava ser israelense, ou o contrário —, mas que ele era uma figura excepcional.

Sarang Lee proferiu a palavra excepcional com os olhos brilhando de amor. Não encontrei nada para dizer, pois senti que havia algo misterioso. Num segundo encontro, ela me contou o segredo sobre a nacionalidade do homem: "Sim, ele tem um passaporte israelense, mas é palestino, acho que da região de Lidd, e ele gosta dessa confusão. Não se importa que as pessoas pensem que ele é judeu".

Não voltei a encontrar aquele homem que gostava dessa confusão, mas minha aluna continuava a contar coisas engraçadas sobre ele; dizia que o achava mulherengo, mas encantador. Não me importei com os caprichos daquele israelense que dominava o árabe, ou o palestino ambíguo que falava hebraico como se fosse sua língua nativa, nem com seu charme; eu tinha ciúme dele, mas era um ciúme mudo. Não sei por que passou pela minha cabeça que ele poderia ser um agente do Mossad israelense, e por isso a confusão e o disfarce, mas não me importei. Eu queria que minha aluna ficasse longe dele apenas por esse motivo. Quando errei e minha língua escorregou e lhe contei sobre minhas desconfianças, ela ficou brava e abandonou o café na Cornelia Street, onde passáramos a nos encontrar numa média de uma vez a cada duas semanas, pois era um pouco longe dos olhos dos curiosos da Washington Square, que é praticamente o centro da Universidade de Nova York, onde eu trabalhava.

Uma vez, Sarang Lee me disse que Adam não gostava de mim, e que ele tinha dito a ela que desconfiava desse professor, e disse mais coisas, mas ela não queria me contar; disse que ele desconfiava das minhas intenções em relação a ela, e quando ela me defendeu, dizendo que eu não tinha sequer insinuado a possibilidade de termos um relacionamento, o homem ficou com raiva e disse que ele não se referia a esse aspecto, mas a algo mais importante, e perguntou se ela tinha lido meu romance *Porta do sol*, e comentou que os escritores eram criaturas nada confiáveis e que um dia ela poderia se ver como protagonista de um dos meus romances.

Fiquei impressionado com a reação dela quando me perguntou, garbosa, se ela servia para ser protagonista de um romance!

Não quero falar de mim, e se não tivesse sido Sarang Lee o motivo da chegada desses cadernos às minhas mãos, eu não teria mencionado meu relacionamento com ela, que, em todo caso, não foi nada mais do que uma troca de olhares. Contudo, fiquei surpreso de que a ideia da minha amiga ser protagonista de um romance a seduzisse. E ela se tornou uma, infelizmente não pelas minhas mãos, mas pelas mãos do meu rival. Perguntei-lhe o que ele disse sobre *Porta do sol*, e ela respondeu apenas que ele não gostou, e eu acabei descobrindo sua posição por mim mesmo quando o filme israelense *Olhares cruzados* foi exibido no Cine Village, na Rua 12.

Não vou relatar o que aconteceu no cinema nem a raiva que me acometeu, pois não tenho o direito de me intrometer nas histórias do autor desses cadernos, já que o leitor lerá a história segundo Adam Dannun e ele será o árbitro entre nós dois, da mesma forma que Sarang Lee lerá sua história, ou trechos dela, neste livro, caso seja traduzido para o inglês, e então descobrirá que o homem israelense, que não era israelense, não a amava pois achava que ela me amava, e que o mal-entendido que deixou marcas na vida de um vendedor de *falafel* acabou salvando a garota coreana de um relacionamento que teria sido devastador para a sua vida.

Quando Sarang Lee me trouxe os cadernos, ela contou que o homem morreu queimado. Parece que pegou no sono enquanto fumava deitado na cama e as fitas de gravação que preenchiam as prateleiras da sua biblioteca pegaram fogo; quando os bombeiros chegaram, o homem estava morto. Eu duvidei da história, dizendo-lhe que era uma imitação exata da forma como morreu, em Nova York, o grande poeta palestino Râchid Hussain, que traduziu Bialik para o árabe. Ela disse que achava que Adam cometera suicídio e que arquitetou sua morte para ser idêntica à morte de Hussain porque amava aquele poeta e sabia seus poemas de cor. Sarang Lee disse que, uma semana antes da sua morte, ele lhe entregara uma pequena carta contendo seu testamento e lhe pedira que não a lesse, a menos que lhe acontecesse algo. Pedi-lhe que me deixasse ler a carta, mas ela recusou. E caiu em prantos quando contou que ela e Naúm, o sócio israelense de Adam no restaurante de *falafel*, realizaram seu desejo e assim, a pedido dele, cremaram o corpo e jogaram as cinzas no rio Hudson. Mas ela ficou espantada com o fato de que a pasta que continha esses cadernos tenha se salvado. As bordas azuis foram queimadas, e as cinzas cobriam toda a pasta. No entanto, os cadernos estavam intactos, e os textos escritos em tinta preta pareciam iluminados pelo fogo. Ela não fez a vontade de Adam, não queimou a pasta contendo os cadernos; levou-a para sua casa, mas não conseguiu decifrar as letras árabes e por isso decidiu entregá-la a mim, e me fez prometer não fazer nada sem consultá-la.

Sarang Lee talvez tenha pensado que eu faria o que ela não pôde fazer, e que, devido ao problema que aconteceu no cinema, eu queimaria esses papéis, pois eu, com meu temperamento impetuoso, que muitas vezes me causou desastres, gritei com Adam, disse-lhe que era um homem mesquinho, e que atacou meu livro porque não entendeu nada, pois eu escrevera uma história, e não História, e não poderia saber os destinos verdadeiros de personagens que inventei. Não sei por que ele insistiu em dizer que conhecia os personagens do meu romance, parecia um lunático delirante, e eu tive que ler os textos dos cadernos para entender o significado das suas palavras.

Naquele dia, Adam saiu do cinema seguido por Sarang Lee, enquanto eu tremia de ódio. Eu disse ao meu amigo Haím que aquele homem era um mentiroso, alegando ser israelense para as suas amantes, mesmo sendo palestino, e que sua identidade palestina foi seu grande argumento contra meu romance, como se eu não tivesse o direito de escrever sobre a Palestina só porque não nasci de pais palestinos!

Os cadernos que Sarang Lee me deu eram universitários, comuns, do tipo "Five Star", cujas folhas eram unidas por uma espiral, em que na primeira página se encontravam os calendários de 2003,

2004, 2005, 2006 e 2007, e que podiam ser comprados em qualquer papelaria de Nova York. Parece que o escritor planejava escrever uma obra bastante extensa para precisar de todos esses cadernos e das suas capas coloridas.

Eu li esses cadernos três vezes, sem saber o que fazer com eles. Hoje, sete anos depois, não sei por que decidi voltar aos textos. Eu os li de novo, com os olhos do tempo que apagou o ódio pelo homem e o substituiu pela tristeza. Fiquei triste por ele e por mim, e depois de uma longa hesitação, decidi publicar esses cadernos dos quais tanto desejei ter sido o autor.

Verdade seja dita: eu deparei com um grande problema, o que me fez hesitar muito antes de tomar minha decisão.

Uma ideia diabólica tomou conta do meu pensamento: roubar o livro e publicá-lo no meu nome — assim realizaria meu sonho de escrever a segunda parte de *Porta do sol*, algo que fui incapaz de fazer. O que escrever depois do assassinato de Chams e da morte de Nahla? Minha caneta secou depois dessas mortes e senti que perdi a capacidade de escrever; entrei num estado de depressão, conhecido na literatura árabe como "finamento do amante", quando a morte sufoca o amante no instante em que o amado se ausenta. Encontrei minha salvação apenas no protagonista do meu romance *Yalo*, que me forçou a estudar siríaco, e, com esse novo alfabeto que aprendi, redescobri o amor como uma porta para a traição.

A ideia de plagiar o livro não significava publicar seu texto literalmente tal como o encontrei, mas reescrevê-lo considerando-o matéria--prima. Disse a mim mesmo que não seria o primeiro a fazê-lo, mas acredito, e é isso que ensino aos meus alunos, que cada escrita é uma forma de reescrita, e que o roubo literário é permitido para aqueles que dão conta dele. O que os críticos árabes chamaram de "os roubos de Almutanabbi" talvez fosse um exemplo de plágio literário que equivale à criatividade, se não é superior a ela. Cholokhov, autor de *O Don silencioso*, um dos maiores romances da literatura russa, também foi acusado de roubar um manuscrito durante a Guerra Civil Russa, e isso não mudou a importância do romance ou a posição do seu autor na história da literatura moderna russa.

Contudo, depois de tentar reescrever o texto várias vezes, descobri que não podia continuar, pois, em vez de ser um ladrão, estava me tornando copista. E, em vez de trabalhar o texto, tive a sensação de que ele estava me controlando, a ponto de sentir que minha vida se dissolvia para se tornar uma parte da vida do homem e da sua história; e parecia que ela me dominava tão completamente que eu temia perder minha alma e entrar no labirinto da sua memória. Decidi, portanto, abandonar de vez a ideia.

O leitor perceberá que esses cadernos contêm textos incompletos, uma mistura de romance e autobiografia, de realidade e ficção, de crítica literária e literatura. Não sei como classificar o texto, em termos de forma ou conteúdo: combina escrita com esboço e mescla narração com contemplação, verdade com imaginação, como se as palavras se tornassem espelhos de si mesmas, e assim por diante.

Finalmente, quero enfatizar que este livro contém o texto integral do manuscrito que recebi de Sarang Lee, ao qual não adicionei palavra alguma, apenas atribuí títulos aos capítulos internos, acreditando que isso fosse necessário para guiar o leitor, e não omiti coisa alguma. Mantive intacta até mesmo a crítica violenta que o autor dirigiu ao meu romance, e estou convencido de que o prezado leitor vai reconhecer que se trata de uma violação dos meus direitos e de uma injustiça em relação a mim e à minha escrita.

Mudei a ordem dos cadernos, hesitando, no entanto, diante daquele de capa vermelha, que começa com um esboço de um romance sobre Waddah do Iêmen, que o autor parece, no fim, ter decidido não escrever. A princípio, resolvi publicá-lo separadamente, tomando-o como o plano para um romance sobre o amor cujo herói era o poeta omíada Waddah do Iêmen; mas depois abandonei a ideia, ao descobrir que esse projeto atravessava e permeava todos os cadernos. Também hesitei diante das numerosas passagens analíticas que encontrei nos outros cadernos, as quais o autor não excluiu, porque seu livro nunca seria publicado, ou por achar que o revisaria antes de publicá-lo.

Primeiro decidi pôr essas passagens, que pareciam esboços, em notas; depois pensei em aplicar negrito para diferenciá-las, mas desisti das duas ideias, pois estava convencido de que não tinha o direito de fazê-lo, e de que o leitor entrará, com essas passagens, no jogo intertextual e explorará como eu, lendo este manuscrito, a estética dos começos e a natureza mágica da relação entre o escritor e seu texto. Da mesma forma, transformei o prefácio — um texto curto, semelhante a um testamento, que encontrei num caderno de capa azul — numa introdução a este livro.

O manuscrito não tinha título, e eu realmente compilei uma lista de possibilidades antes de chegar à ideia de usar o nome do autor como título, que assim passa a ser *Cadernos de Adam Dannun*. Dessa forma, o autor do livro teria conseguido fazer o que outros autores não conseguiram, ou seja, transformar-se em protagonista de uma história que ele viveu e escreveu.

Mas mudei de ideia no último minuto, pouco antes de enviar o manuscrito para a editora, e decidi que este livro revela um fato que ninguém tinha notado antes: as palestinas e os palestinos que conseguiram permanecer na sua terra eram as crianças dos pequenos guetos nos quais foram encurraladas pelo novo Estado, que se apropriou do seu país e apagou seu nome.

Por isso decidi dar o título *Crianças do gueto* a esta obra e assim contribuir, mesmo que apenas um pouco, para a escrita de um romance que sou incapaz de escrever.

Enfim, peço desculpas a Sarang Lee por não tê-la consultado quanto à publicação desses cadernos como um romance escrito por Adam Dannun, certo de que ela ficará feliz em se ver entre os personagens deste romance.

Elias Khoury
Nova York/Beirute
12 de julho de 2015

PREFÁCIO
(O TESTAMENTO)

Sento-me, sozinho, no meu quarto no quinto andar, vendo a neve cair sobre Nova York. Não sei como descrever meus sentimentos em relação a essa janela retangular em cujo vidro vejo minha alma se quebrar. Ela se tornou meu espelho, no qual minha imagem se perde entre as outras imagens de aglomeração nesta cidade. Sei que Nova York é minha última parada. Aqui morrerei, meu corpo será cremado e as cinzas serão espalhadas no rio Hudson. Assim deixarei escrito no meu testamento, pois não tenho túmulo numa terra que não é mais minha para que pudesse pedir para ser enterrado nela, abraçado aos espíritos dos meus antepassados. Nesse rio, abraçarei os espíritos de estranhos e me encontrarei com aqueles que encontraram, no encontro com estranhos, um parentesco que substitui o parentesco perdido. Sei que acabei de transformar dois versos de um poema de Imrú Alqais numa prosa nada poética, mas não me importo: afinal, ninguém lerá estas palavras depois da minha morte, pois recomendarei que estes cadernos sejam queimados junto comigo, para que também possam ser jogados no rio. Tal é o destino do homem e das palavras: as palavras também morrem, deixando um lamento que sangra, igual ao que nossas almas emitem enquanto desaparecem na neblina do fim.

Fiz dessa janela meu espelho para que eu não tivesse que olhar meu rosto no espelho. Assim, ele se dissolve nos outros rostos, minhas feições desaparecem, e consigo decretar um fim para o fim que me escolheu e acabo com o sonho de escrever um romance que não sei como escrever nem por que deveria fazê-lo. Perdi o romance no instante em que pensei que o encontrara. É assim que as coisas se perdem. E foi assim que Dália se perdeu, a mulher que desapareceu da minha vida no exato momento em que pensei que tinha chegado a hora de eu escrever minha vida nos seus olhos, e que havia concordado que deveríamos ter um filho e começar. O começo, ou o que pensávamos ser o começo, era o fim. No entanto, o fim aparente, que me levou a deixar meu país, parecia mais um falso começo, quando imaginei que poderia encontrar um substituto para a vida escrevendo-a. Essa ilusão se apoderou de mim quando o diretor de cinema israelense, que era meu amigo porque falava a língua que eu tinha resolvido esquecer, sugeriu que a vida de cada indivíduo daria um romance ou um filme.

Enfiei meus cadernos nesta pasta e pedirei que eles sejam queimados e que suas cinzas sejam guardadas numa garrafa. Também pedirei à minha jovem amiga que misture as cinzas dos cadernos com as minhas antes que tudo seja jogado no rio. É estranha minha relação com essa jovem que veio do nada e permaneceu no deslugar de onde veio! Ela me amava ou amava o professor da Universidade de Nova York? Ou teria amado a ideia do amor, usando-a como substituta para nós dois?

Quando decidi emigrar para Nova York, estava determinado a me esquecer de tudo e decidido a mudar meu nome no momento em que obtivesse a cidadania americana, embora tudo indique que vou morrer antes que isso aconteça. A morte é um direito, e o direito que tenho da morte é minha morte. Não, não estou doente. Não tenho nada que me leve a pensar tão incessantemente na morte. Em geral, são os doentes e os idosos que morrem, e eu não sou nenhum dos dois. Passei dos cinquenta anos e já estou na última volta da vida, como dizem. Minha vontade de viver se arrefeceu por causa de uma mulher que decidiu, num momento de insanidade, me abandonar e abandonar seu amor por mim — e ela estava certa. Ela tinha razão. Temos que abandonar as coisas antes que elas nos abandonem. No entanto, comecei a redescobrir como o desejo se infiltra nas articulações, e não estou falando apenas de sexo, mas de tudo, em especial da sede de vodca e vinho que me varre, de modo que sinto uma dormência nos lábios, e minha caixa torácica estremece logo com o primeiro gole.

Uma renovada voluptuosidade pela vida e uma permanência nas margens da morte: um paradoxo que me confunde, mas sei que a morte será vitoriosa no fim, pois a morte não tem o direito de ser derrotada.

A morte, cujo fantasma vejo diante de mim, não nasce da desesperança. Vivo na pós-desesperança; não estou desanimado nem solitário. Criei meu próprio desalento e dele fiz uma sombra sob a qual me refugio e que me impede de cair na ingenuidade e na futilidade. Quanto à solidão, ela é minha própria escolha: assim que termino o trabalho, volto para o meu quarto e começo a escrever. Minha solidão é minha escrita, e será meu único título. Não consegui escrever o romance que queria, então decidi escrever uma grande metáfora, uma metáfora universal, elaborada por um obscuro poeta árabe que viveu no período omíada e que morreu como morrem os heróis. Depois, e de repente, descobri que metáforas são inúteis. Nova York me ensinou que nada no nosso mundo é original ou autêntico. Tudo é metáfora, ou assim me pareceu! Por que eu deveria escrever mais uma metáfora para acrescentar às metáforas dos outros?

No começo, escrevi a metáfora que escolhi para expressar a história do país de onde vim. Mais tarde, tendo decidido que metáforas eram inúteis, não rasguei o que escrevera, mas retrabalhei parte do material para me permitir recontar as circunstâncias em que a ideia havia nascido e suas razões. Então, no auge da fúria, decidi abandonar por completo a metáfora, parar de escrever o romance e me dedicar a recuperar minha própria história, para que eu pudesse escrever a verdade pura, despojada de todos os símbolos e metáforas. Acho que falhei em alcançar esse novo objetivo, mas descobri grande parte do que escapou da minha memória ou afundou nas suas dobras. A memória é um poço que nunca seca: ela aparece e se esconde para que esqueçamos quando não esquecemos, ou para que não esqueçamos quando esquecemos. Não sei!

Não me lembro de ter lido nada sobre a relação entre ira e escrita, mas a decisão de escrever minha própria história foi resultado da raiva; uma cólera selvagem que tomou conta de mim por dois motivos que não se relacionam. Um deles foi meu encontro com o cego Mamun, que me surpreendeu com a história dúbia sobre meus pais, a qual não significou nada para mim no início, mas que começou a assumir proporções aterrorizantes depois da visita do diretor israelense Haím Zilbermann ao restaurante, quando ele me convidou para assistir ao filme *Olhares cruzados*. Ali, testemunhei — e esse foi o segundo motivo da minha raiva — a história da minha amiga Dália ser despedaçada, e depois vi o autor do romance *Porta do sol* ficar ao lado do diretor israelense careca e se apresentar como especialista na história da Palestina, e mentir.

Os dois contaram muitas mentiras, por isso não consegui deixar de gritar e sair do cinema, com Sarang Lee ao meu lado. Ela pegou meu braço e me levou para o café, mas, em vez de me apoiar, começou a me explicar que eu estava errado.

É verdade. Eu estava errado, e o que escrevi aqui é um registro dos meus erros. Anotei a ira e os erros e disse a mim mesmo que era meu dever, que eu tinha que terminar minha vida com uma história. Vivemos para ser transformados em histórias, nada mais! E foi por isso que escrevi tanto, só para descobrir que o silêncio é mais eloquente do que as palavras e que desejo que estas palavras sejam queimadas.

Contudo, estou acovardado. Sou incapaz de cometer suicídio, incapaz de levar estes cadernos a cometer suicídio e incapaz de voltar ao meu país para recuperar minha alma — como me aconselhara Karma, a mulher palestina que conheci como uma irmã a quem minha mãe não tinha dado à luz, e que depois desapareceu da minha vida. Encontrei Karma de novo, por coincidência, aqui em Nova York, e prometi a ela que voltaria, mas não sei. Talvez eu não seja sincero. Provavelmente não sou, mas não tenho certeza, por isso entreguei uma carta curta a Sarang Lee e pedi a ela que não a abrisse a menos que algo aconteça comigo, e a encarreguei da missão que não pude cumprir: pedi-lhe que queimasse estes cadernos depois da minha morte.

Não sei se quero que as chamas consumam estes papéis, mas agora é tarde demais, e é melhor assim. Tenho certeza de que a lua amarela que iluminou um canto da minha alma fará o que considerar correto.

Hesitei muito antes de decidir enviar estas folhas para alguma editora árabe, não por acreditar que aquilo que escrevi não fosse importante, mas pela decepção da relação entre o mundo da escrita e o da publicação, em que os escritores se esforçam para buscar a imortalidade para o seu nome, ou qualquer relação com a imortalidade. Não acredito na imortalidade, nem das almas, nem das palavras: é tudo vaidade. A vaidade das vaidades somos nós — como nosso senhor Salomão escreveu. Não sei como poetas e escritores se atreveram a escrever depois do *Cântico dos cânticos* e do *Eclesiastes*! O escritor que era um profeta, um rei e um poeta, o amante que amava todas as mulheres, o poderoso que dominou o reino dos djins, escreveu que "tudo é vaidade", então por que adicionar minha vaidade à dele?

Agora, estou sentado sozinho. Minha janela está aberta aos espelhos da neve. Inalo a brancura e ouço o lamento dos ventos que sopram pelas ruas de Nova York. Bebérico uma gota de vinho e trago a fumaça do meu cigarro para dentro dos pulmões. Abro meus cadernos, leio e sinto espinhos na garganta. Fecho a janela e cerro os olhos. Minha história é como espinhos, minha vida são palavras, e minhas palavras, rajadas de vento.

O BAÚ DO AMOR

(PROJETO DE UM ROMANCE: PRIMEIRO RASCUNHO)

WADDAH DO IÊMEN
(ENTRADA 1)

Foi um poeta, um amante e um mártir do amor.

É assim que vejo Waddah do Iêmen, um poeta de cuja linhagem — e mesmo existência — os narradores e os críticos divergem. Para mim, porém, ele representa o que há de mais extremo em relação ao que o amor é capaz — uma morte silenciosa. O poeta se calou pois queria proteger sua amada, e o baú da sua morte, no qual o califa Al-walid Ibn-Abdulmalik o enterrou, era o baú do seu amor.

O título do romance será *O baú do amor*, e não vou fazer com ele o jogo da alegoria. O amor é a mais sublime de todas as emoções; é seu mestre e senhor. É o que dá sentido às coisas. Só o amor e a escrita dão sentido à vida, que não tem nenhum.

Recuso-me a escrever uma alegoria, pois o leitor que verá na história de Waddah do Iêmen um símbolo da Palestina estará simplesmente reduzindo-a a uma metáfora humana para os palestinos e para todos os perseguidos do mundo, incluindo os judeus.

Não quero me alongar na explicação dos significados de um texto — não estou confiante na minha capacidade de escrever nada a respeito do tema —, mas sempre que eu lia na cara dos meus amigos israelenses, ou em textos israelenses, o desprezo ou a crítica aos judeus da Europa por terem sido conduzidos ao massacre como ovelhas, eu me sentia sufocado. Acho que a imagem os transforma em heróis, como acho que a crítica oca dirigida a eles só aponta para a tolice daqueles que pensam que o poder que possuem agora durará para sempre; na verdade, esse desprezo pode ter sido o primeiro sinal do racismo que mais tarde se espalharia como uma epidemia na sociedade política israelense.

Mas o que tenho eu a ver com isso?! Adoro a imagem do carneiro abatido — uma emoção que posso ter adquirido da minha mãe, cristã, que, sempre que olhava para a foto do seu irmão Dawud, que se perdera no exílio, dizia que ele se parecia com um carneiro, pois tinha um quê do Senhor Jesus — que a paz esteja com ele.

No entanto, a ideia da história nada tem a ver com "uma ovelha que foi levada ao abate sem abrir a boca", de acordo com o profeta Isaías; ela me ocorreu quando vi o filme *Os enganados*, de Tawfiq Salih, uma produção síria dirigida por um egípcio, baseada no romance *Homens ao sol*, do palestino Ghassan Kanafani. O filme me abalou profundamente, me fez reler o livro e decidir escrever esta história.

Não gostei do grito no fim do romance. Os três palestinos que entraram no tanque d'água de um caminhão, conduzido por um homem cujo nome e aparência estão envoltos em mistério, morreram sufocados no tanque, no qual deveriam ser contrabandeados de Basra, no Iraque, para o "paraíso" do Kuwait. Eles morreram no inferno do tanque antes de cruzar a fronteira para o Kuwait, sem agir, fazendo com que o romance gritasse nos ouvidos do motorista aquele "por quê?" quase sufocado. Porém, o diretor egípcio, Tawfiq Salih, mudou o final, e assim, em vez de, como no romance, o motorista questionar os três palestinos por que não bateram na lateral do tanque, vemos as mãos deles batendo nas laterais do tanque e do filme.

No entanto, em ambos os meios, bater ou não bater não teria feito diferença, pois seria impossível para os oficiais da fronteira do Kuwait, dentro das salinhas e ensurdecidos pelo barulho do ar-condicionado, escutar alguma coisa, fazendo assim com que a verdadeira questão não fosse o silêncio dos palestinos, mas a surdez do mundo aos seus gritos.

Pensei em escrever meu romance a partir de uma perspectiva diferente: não dedicaria uma única palavra à Palestina e isso me salvaria do caminho escorregadio que transformou o romance de Kanafani num símbolo cujos elementos você tem que desconstruir para chegar àquilo que o autor queria dizer.

Não gosto de passar mensagens na literatura. A literatura é como o amor: perde seu significado quando transformado num meio para outra coisa que vai além dele, pois nada vai além do amor, e nada significa mais do que as palpitações da alma humana que pulsam na literatura.

Sim. A literatura existe sem referência ao significado localizado fora dela, e eu quero que a Palestina se torne um texto que existe sem referência à sua atual condição histórica, pois, pela minha longa experiência neste lugar, acredito que nada dura, exceto a ligação com o *adim* — a pele — da terra, do qual deriva o nome Adam — que a paz esteja com ele —, nome que me deram quando nasci. Meu nome, com referência ao nosso senhor Adam, foi o primeiro significante, e alude à relação do homem com sua morte.[1]

Waddah do Iêmen desenhou uma história de amor surpreendente, não vivida por nenhum outro amante, nem antes, nem depois. Foi único — um poeta que brincava com palavras, descansava nas rimas e montava o ritmo. No fim, ele decidiu ficar em silêncio para salvar sua amada e morrer como os heróis de histórias não escritas.

Nunca lhe ocorreu bater nas laterais do baú, e eu, ao contrário de Kanafani, nunca lhe perguntarei aquele maldito "por quê?".

Vou deixá-lo morrer, vou viver com ele seus últimos momentos no baú e darei à sua amante — que só é mencionada na literatura árabe como Umm-Albanin, "mãe de filhos" — um nome que faz da sua morte um grito final de amor, garantindo assim, à sua história, um lugar nas fileiras das histórias de amantes mortos. Essa amante — a esposa do califa — se chamava Rawd, "jardim". Esse é o nome que vou lhe dar, pois o amor do poeta por ela começou com uma confusão de nomes, na medida em que, depois da morte da sua primeira amada, Rawda, ele encontrou em Umm-Albanin seu jardim e seu túmulo; assim as duas amadas, as duas mortas e as duas assassinas se confundiram na sua mente, e ele, através do silêncio que escolheu como equivalente para a sua poesia, tornou-se a vítima, pois o único correlato da poesia são os intervalos do silêncio, cujos ritmos são precisamente afinados com os da alma.

---

1 Adam é Adão em árabe. Optamos por manter Adam ao longo de todo o texto, mesmo quando se refere ao Adão bíblico. (N. T.)

VIDA E SOFRIMENTO DO POETA WADDAH DO IÊMEN
(ENTRADA 2)

Disse o narrador:

Ó Rawda de Waddah,
   fizeste de Waddah do Iêmen teu cativo!
Dá, então, a teu amado,
   vinho claro e puro.
Seu aroma, o do marmelo,
   seu sabor, o de vinho envelhecido.
Casal de pombos no galho
   atiça meu desejo por ti.
Enamorados, compartilham
   amor e achego do convívio.

Foi isso que o amante declamou para a sua amada, mas o poema se misturou na cabeça do poeta: sobre qual Rawda ele escreveu? As duas mulheres com o mesmo nome teriam se tornado uma?

O que é o amor? E como pode a paixão nos invadir a ponto de nos tornarmos seu brinquedo e seguirmos obedientes ao nosso destino?

O que é esse mistério, que fez com que um poeta que estava à beira da insanidade, devido à separação forçada da sua amada Rawda, e do colapso ao vê-la no vale dos leprosos, deixasse sua terra natal na península Arábica e fosse para a Síria, apenas para encontrar seu fim numa nova história de amor?

Será que seu amor pela primeira Rawda morreu quando encontrou a segunda Rawda?

Como começa o amor, e como desaparece e morre?

Ibn-Hazm de Córdoba — Deus tenha misericórdia dele — disse: "O amor é acidente, e um acidente não pode ser suscetível a outros acidentes. Ao mesmo tempo, é um atributo, e os atributos não podem mais ser qualificados...". Esse atributo que engole a coisa descrita transformando-se nela é que levou os amantes, na literatura árabe clássica, ao seu destino. O destino é outro nome para fatalidade, e a fatalidade é a morte. O amor, no entanto, não se torna fatalidade, nem esta, morte, a menos que seja tecido em versos pelo poeta, que transforma as tremuras do coração em palavras, e o fascínio dos olhos em espelho. Não há amor sem uma ode ao amor, nem ode sem uma história que possa ser escrita às suas margens, momento em que a margem se torna o texto e o texto principal se transforma num destino. Foi nisso que os poetas acreditaram e foi isso que levou os amantes às tragédias, daí então suas odes se tornarem símbolo da sua loucura, e sua loucura, uma personificação da sua paixão.

Das centenas de livros sobre o amor que fazem parte do patrimônio da literatura árabe clássica, sinto-me próximo de um em especial, *O colar da pomba*, compilado por Ibn-Hazm em Xativa no ano de 418 a.H. (1027 d.C.). Nesse livro, que espalha amor nas narrativas e declama o sofrimento dos amantes em colares de odes, encontrei a definição mais precisa desse sentimento que consome a mente e conquista a memória, transformando a imaginação num estado parecido com a doença, e a enfermidade em cura.

Ibn-Hazm diz: "Amor, que Deus te exalte, começa em jocosidade e termina em seriedade. Por serem majestosos, seus aspectos são muito sutis para se descrever, e sua verdadeira natureza só pode ser conhecida por meio do sofrimento". Essas palavras me cativaram com sua sabedoria e sua desesperança. No entanto, como tudo o que se diz sobre esse tipo de sentimento, o tema só pode ser definido em termos negativos, pois o amor pode ser descrito apenas por meio da resistência à dor, enquanto a dor não tem nomes nem atributos.

O que me chamou a atenção na descrição elaborada pelo erudito andalusino foi a relação entre "jocosidade" e "seriedade", que resume a relação entre o início do amor e seu fim. Provavelmente, o que o autor quis dizer com seriedade é o viver sofrido, a dor, e talvez a morte, mas nunca lhe ocorreu lidar com a questão mais crítica, ou seja, o fim do amor. De repente, o amante se vê esvaziado do amor, como um vaso cuja água foi derramada. Essa é a seriedade que excede aquela descrita pelos contadores das histórias de amor. Todos eles param na separação, ou na partida cujo extremo é a morte, como disse Almutanabbi. Ninguém, no entanto, ousou abrir a porta do mistério maior que fica à espreita na escuridão da alma humana, aquele que obscurece o momento em que tudo some e cuja dor excede todas as outras. Não estou falando aqui da dor do amante abandonado, que infla os romances e outros livros, mas da dor do amante que perde seu amor por motivos que não são claros, que se vê vazio e insípido e descobre dentro dele uma desesperança profunda — inspirada por si mesmo, não pelos outros nem pela morte.

É em torno dessa desesperança que escreverei a história do meu belo poeta, Waddah do Iêmen, a história do seu amor por duas mulheres e a da sua morte, duas vezes.

Se eu tivesse a ousadia daqueles que escrevem autobiografias, escreveria sobre minha própria tristeza e dor. Não o faria porque Dália me deixou quando ficou debilitada por causa do filme que ela estava fazendo sobre seu amigo Assaf que cometeu suicídio, mas porque, de repente — de repente, juro por Deus! —, e sem um motivo claro, acordei um dia de um sono pesado, encharcado com a umidade e o calor sufocante de Yafa, e descobri que meu amor, que tinha durado dez anos inteiros, havia evaporado. Senti que tudo era vaidade. Como pude não ter sido paciente, depois de todos esses anos durante os quais eu experimentara dor, ciúme e medo, com a mulher em quem via tudo que existia de mais belo, mais puro e mais afável? Dália era a luz dos meus olhos: quando olhava para ela irradiando amor e brilhando, eu enxergava a luz e apalpava meu caminho pelas sombras deixadas por aquela luz e aquela alegria. É lógico que eu deveria ter sido paciente com ela no momento da maior provação da sua vida, quando descobriu como seu amigo Assaf tinha morrido. Ele era quinze anos mais novo e Dália cuidava dele como de um filho. Ela costumava me falar da sua fragilidade dizendo que dentro dele havia um artista que não seria capaz de suportar o serviço militar obrigatório no Exército israelense. E no meio do seu trabalho num filme sobre um amigo dele, que foi o primeiro israelense a ser morto durante a Segunda Intifada palestina, Assaf cometeu suicídio, deixando uma fita de vídeo semelhante à deixada pelos homens-bomba palestinos antes de irem para a morte. Naquele dia, Dália teve um colapso nervoso e me disse, enquanto discutíamos sua decisão de parar de fazer cinema, que ela não me amava e que iria desaparecer da minha vida para sempre.

Eu sabia que ela me amava, que suas palavras eram apenas fruto de uma crise no nosso relacionamento e que eu precisava esperar por ela, e na verdade era o que eu tinha decidido fazer. Eu sabia que o amor era a arte da espera. Havia praticado essa arte ao longo dos anos da minha relação com Dália, e estava preparado para fazê-lo de novo e entrar nos mundos da paciência e da latência, mas de repente senti, enquanto tomava meu café da manhã e sonhava com o chuveiro de água fria que iria remover os traços da noite úmida dos meus olhos e corpo, que eu era medíocre e vazio e que não amava mais essa mulher nem queria mais esperar por ela. Na verdade, eu queria fugir desse lugar que estava me sufocando e esquecer a mulher cujo encanto, de repente, desapareceu como se nunca tivesse existido.

Fiquei impressionado com a dor, não porque a perdi quando ela foi embora não sei para onde, mas porque me perdi. Descobri que a maior dor não vem do amor, mas da sua perda, e que eu tinha entrado no turbilhão da desesperança de mim mesmo, o que me levaria seis meses depois a emigrar para a América e trabalhar no restaurante de *falafel*. Essa é outra história que não interessa a ninguém, além de não me interessar também por ter sido apenas uma maneira de usar o tempo para matar o tempo — ou pelo menos foi o que pensei — até que o fantasma de Waddah do Iêmen voltasse a ocupar a minha imaginação, como imagem desejada, meu sonho que não se realizou nem na escrita, nem no amor.

Quem era Waddah do Iêmen?

Conheci Waddah do Iêmen num livro. Foi em 1978, quando eu era professor na escola em Haifa. Ensinava gramática árabe para jovens, confundindo-me com a declinação nominal do dual, sem compreender por que ele ainda não tinha desaparecido da língua árabe, como aconteceu nas outras línguas antigas, e sem saber como me salvar da armadilha daquela língua cuja musicalidade me encantava, mas cujas regras eu me sentia incapaz de ensinar porque as extirpara da minha memória quando entrei no Departamento de Literatura Hebraica da Universidade de Haifa. Um colega me aconselhou a ler o *Livro das canções* de Abu-Alfaraj Alasfahani e, naquela incomparável enciclopédia poética e lírica, encontrei meu poeta.

Ou melhor, não. Antes de encontrá-lo, eu já tinha dominado o dual e me apaixonado por ele, descobrindo que a porta de entrada para a língua dos árabes e sua poesia era aquela relação entre o "eu" e sua sombra, que havia sido moldada pelo senhor dos poetas árabes, Imrú Alqais Alkindi Aliamani, nosso avô, mestre e líder no paraíso da música e da poesia.

Imrú Alqais não era um amante como aqueles que vieram depois dele. Dizem, mas só Deus sabe, que esse poeta nunca existiu — uma ideia concebida pelo reitor da literatura árabe, Taha Hussain, no seu livro *A poesia pré-islâmica*. Da mesma forma, a famosa história sobre o reino perdido do poeta seria apenas uma alusão à história de um certo notável de Kinda e à sua relação com o islã. Mesmo a existência de um nobre *hadith* do profeta Muhammad, que diz que "o Rei Errante" levaria os poetas ao fogo infernal, não conseguiu demover o escritor egípcio — considerado um dos fundadores do modernismo cultural árabe — da sua convicção.

Não me importa que Imrú Alqais seja real ou inventado. Afinal, o que significaria aqui ser "real"? Temos uma história associada a esse poeta e temos seus poemas, o que é suficiente para torná-lo real, mais real do que a própria realidade. Segue-se que não entendo como os escritores podem defender seus heróis dizendo que eles são fictícios e não factuais. Malditos sejam! Considero Hamlet mais real do que Shakespeare; e o idiota, mais real do que Dostoiévski; e Yunis, mais autêntico do que aquele escritor libanês que distorceu sua imagem em *Porta do sol* etc. (Aqui terei que fazer uma nota de rodapé para dizer que conheço, pessoalmente, Khalil Ayyub, narrador de *Porta do sol*. Na verdade, eu me atreveria a dizer que conheço todos os heróis dos romances de que gosto, tanto quanto conheço Khalil Ayyub.)

Imrú Alqais me ensinou o dual, em que o "eu" do poeta é dividido em dois, tornando-se o espelho de um "eu" que se refrata sobre as sombras do poeta no deserto, e o diálogo entre o "eu" e o "eu" torna-se o ponto de partida para a relação entre palavra e música.

Conhecer Imrú Alqais não foi suficiente para mim. Viajei pelo *Livro das canções* como se visitasse minha memória e observei como meu próprio eu se tornou o receptáculo de uma tempestade literária, poética e linguística que sacudiu meu ser e me transformou também em dois homens habitando um único corpo. De repente, o árabe adormecido dentro de mim encontrou o cidadão israelense que deixou de ensinar e passou a escrever num pequeno jornal israelense publicado em Tel Aviv. Essa também é uma história que não é importante para o nosso presente tema, e não creio que tenha algum significado que ultrapasse o estritamente pessoal.

No *Livro das canções*, deparei com Waddah do Iêmen, mas a única coisa nele que me chamou a atenção foi a sua beleza. Trata-se de um dos raros casos na literatura clássica em que um homem é descrito como bonito, e sua beleza era tão provocativa que ele foi obrigado a cobrir o rosto. A poesia dele, no entanto, está aquém do nível alcançado pela poesia amorosa da sua época. Sua mísera produção não pode ser comparada com a de Qais Ibn-Almulawwah, "O Louco", nem com a de Jamil, ou Umar Ibn Abi-Rabía, e, apesar de eu ter lido a história comovente da sua morte, não percebi então o significado e a importância que tinha. Li a história sem prestar muita atenção, considerando-a produto da imaginação, e fiquei inclinado a crer que Waddah do Iêmen não era um poeta de verdade, mas uma história de amor romântica à qual alguns versos tinham sido adicionados para atribuir ao seu herói certa nobreza. (Naqueles dias, bastava ser poeta para alcançar uma posição social mais elevada.)

Os árabes antigos construíram sua lenda literária sobre a tríade poeta-rei-profeta. Esse esquema começou com Imrú Alqais, que era poeta e rei, e chegou ao seu apogeu com Almutanabbi, que era poeta e profeta, e aspirava à realeza. Os traços desse esquema permanecem gravados até hoje na poesia árabe, feito tatuagem.

Nossa relação com os poetas começa com o amor que temos pelos seus versos. Sem esse amor, o poeta perde sua presença pessoal na nossa vida e esquecemos sua história, ou era assim que eu pensava até conhecer o poeta palestino Râchid Hussain. Primeiro, familiarizei-me com Râchid por meio do poema "Ele era o que se tornou", de Mahmud Darwich, e fiquei assustado com a ousadia de Darwich em comparar o homem a um campo de batatas e milho, dizendo a mim mesmo que um homem que era igual a um campo de batatas merecia ser um grande poeta. Li os três livros de poesia de Râchid e fiquei decepcionado: gostei da sua poesia, mas senti que era pré-poesia, que abria caminho para os outros poetas que viriam depois dele e escrevia um soletrar do "eu" anterior ao domínio da linguagem na qual se expressa.

Quando, porém, olhei para a imagem do poeta na capa de um livro publicado nos Estados Unidos e editado por Kamal Bullata e Mirene Ghussain, fiquei espantado: era um homem bonito, com uma luz interior que emanava dos olhos. Um poeta que escreveu sua própria história poética ao morrer queimado num pequeno apartamento em Nova York.

Encontrei o livro na Livraria Strand, na Rua 12, em Manhattan, numa bancada de livros usados, vendidos na entrada, e paguei apenas um dólar por ele. A história da morte desse poeta palestino num incêndio causado pela bebida e pelo cigarro aceso me levou a reler seus poemas, e senti que sua história era sua poesia, e que a tristeza manifestada nas suas palavras era simplesmente uma introdução à história da sua morte.

Râchid Hussain não morreu de amor ou por causa dele. Morreu de desesperança, e seu desalento de então se assemelha ao meu agora. O poeta morreu como herói da sua própria história. Eu, por outro lado, não tenho coragem de cometer suicídio, e é por isso que não posso escrever minha própria história como fazem os heróis; pelo contrário, tenho que escrever a história deles para me aproximar de mim, inventando histórias para esconder minha incapacidade de ser um herói.

Foi a partir dessa perspectiva que redescobri Waddah do Iêmen, e a história de seu amor e morte, que me parecia ingênua trinta anos atrás, assumiu um novo significado, não apenas como uma metáfora que poderia servir para expressar os eventos da Nakba palestina (tal como aquela primeira leitura parecia indicar, com o amante escolhendo o silêncio para proteger sua amada), mas também como uma expressão do que se segue à desesperança que chega quando o amor morre e se dissipa. Assim, a morte do poeta em silêncio se torna significado do significado, ou o momento em que a vida adquire significado através da morte.

Terei que escrever a história duas vezes. A primeira, como a história da morte do amante que busca proteger a vida e a honra da sua amada; e a segunda, como a história da morte que vem para dar um significado às emoções que esvanecem.

A história de Waddah do Iêmen, como a de outros apaixonados, começou com o amor. Ele se apaixonou por uma jovem e escreveu sobre ela e para ela, mas, para evitar escândalos, sua família casou-a com outro, e o poeta enlouqueceu. A história de Waddah se assemelha à de Majnun da Laila. Qais Ibn-Almulawwah enlouqueceu não por ter amado, mas por ter se tornado parte da sua poesia; o homem se dissipou por inteiro, desaparecendo de toda história, a ponto de muitos estudiosos suspeitarem da sua existência, considerando-o mera lenda e alegando que a maior parte dos seus versos foi equivocadamente atribuída a ele.

Waddah do Iêmen foi um poeta que enlouqueceu, e sua história quase caiu no esquecimento no vale dos leprosos, onde sua primeira amada foi enterrada viva. A grandeza de Waddah do Iêmen, no entanto, reside na sua capacidade de transcender o bramido das palavras e revelar a eloquência do silêncio. É por isso que ele morreu de maneira cruel, proclamando o silêncio como o mais alto nível do dizer, pois guarda dentro dele a eloquência da vida, que excede, na sua capacidade expressiva, qualquer forma retórica que a linguagem possa conceber.

(Nota: parece que, em vez de escrever sua história, estou analisando uma história que nunca foi escrita, e essa é uma das desvantagens da profissão que escolhi. Decidi, sem um motivo claro e depois de obter a qualificação em literatura hebraica pela Universidade de

Tel Aviv, me tornar professor. E em vez de me ligarem a uma escola hebraica, eles me mandaram para a escola Wadi-Annisnas em Haifa e me deram a disciplina de literatura árabe para ensinar. Fugindo do cansaço e das inconveniências dessa profissão, fui para Tel Aviv, onde trabalhei com jornalismo e acabei não sendo nem uma coisa, nem outra — mas aqui não é lugar para essa história.)

A LOUCURA DO AMANTE
(ENTRADA 3)

Disse o narrador:

Como lhes descrever Waddah do Iêmen? Temo que minhas palavras possam levá-los aonde eu não quero, e, em vez de serem um guia para meu poeta, se tornem uma armadilha, e que vocês pensem que o homem cuja beleza enfeitiçou as mulheres da sua época era afeminado. (Eu uso a palavra "beleza" aqui em vez da expressão "boa aparência" que os escritores modernos usam geralmente para se referir ao sexo masculino. "Beleza", por razões que eu desconheço, foi considerada uma palavra relacionada ao feminino. E já que a palavra "beleza" é de fato feminina, então só posso descrevê-la em termos femininos, pois é, ao mesmo tempo, feminina e feminizada, como a literatura, que só se torna literatura quando é feminizada pela linguagem, e quando lhe é dada a transparência da água e a timidez dos olhos.)

O homem estava apaixonado, e paixão é o oposto da virilidade. Ela leva aos extremos o que chamamos de virilidade — em geral, uma coleção de reivindicações vazias que exterminam as emoções —, onde se dissolve na feminilidade da água e se adorna na brancura translúcida da morte.

Se Waddah do Iêmen falasse, ele nos descreveria a brancura na qual se afogou e como descobriu, na escuridão do baú do seu amor, uma brancura que não cabe em palavras.

Disse o narrador:

Waddah, o Luminoso, foi um epíteto que ele recebeu devido à sua beleza e ao seu esplendor. Seu nome verdadeiro era Abdurrahman Ibn-Ismail Ibn-Abdulkulal. Havia muitas histórias a respeito da sua estranha beleza. Ele tinha a pele branca, o cabelo avermelhado, um belo rosto, feições delicadas e um olhar distante, como se a luz brilhasse através dos seus olhos.

Os narradores divergem quanto à sua origem. Uma história afirma que ele descendia dos "Filhos", ou seja, dos persas que Saif Ibn-Dhi-Yazan chamou para ajudá-lo a lutar contra os abissínios no Iêmen; outra diz que seu pai morreu quando ele era criança e sua mãe então se casou com um persa, daí a confusão. Na realidade, o homem era de Himiar, por parte de pai e avô, e de Kinda, por parte da avó.

A história do epíteto que se tornou seu nome remonta, segundo os narradores, a um conflito que teria surgido entre o marido da sua mãe, por um lado, e o tio paterno e a avó, por outro, a respeito da tribo à qual ele deveria pertencer. Eles foram (como relata o autor do *Livro das canções*) ter com o regente, que arbitrou a favor do tio de Waddah. "E quando o regente arbitrou a favor dos himiaritas, ele passou a mão sobre a cabeça do menino e, abismado com sua beleza, disse: 'Vai, tu és Waddah do Iêmen, e não um dos seguidores de Dhi-Yazan!'."

A falta de clareza sobre suas origens teve efeito na sua história como poeta. Tudo começou quando ele foi vítima do amor, apaixonando-se por Rawda, mas esse amor por ela e a loucura que o acometeu não levaram ao fim da história, pois outra mulher apareceu na sua vida e fez da morte dele um espelho da confusão que deixou perplexos tanto os narradores como os críticos.

A partir do momento em que o regente deu ao jovem, cujo nome era Abdurrahman Ibn-Ismail, o epíteto de Waddah do Iêmen, o Luminoso do Iêmen, sua vida mudou e ele passou a ter dois nomes, um para o esquecimento e outro para a lembrança: esqueceu-se de Abdurrahman e se tornou Waddah. Lendas foram tecidas em torno da sua beleza; uma delas contava que, por medo do efeito encantador que exercia sobre as mulheres, ele costumava usar máscara.

Disse o narrador:

"Waddah do Iêmen e também o Mascarado de Kinda e Abu-Zubaid Attaí costumavam participar dos festivais dos árabes usando máscara; cobriam o rosto por temerem o mau-olhado e para se resguardarem das mulheres, de tão bonitos que eram".

A história começou quando o jovem tirou sua máscara e parou diante de um riacho, bebendo com os olhos uma beleza que se lhe apresentava como a imagem refletida na água de uma jovem mulher, para quem ele olhava, enquanto ela reunia as pontas do seu vestido, revelando pernas iguais ao mármore, como uma ninfa emergindo do córrego e trazendo nos olhos as sombras trêmulas dos cafeeiros sobre a água.

Rawda, uma moça de dezesseis anos, pertencia à tribo de Kinda, tribo dos reis árabes, da qual descendia Imrú Alqais, o maior poeta da língua árabe. A garota levantou as saias e pôs os pés na água. Quando o poeta a notou, tirou a máscara e ficou enfeitiçado pela sua beleza.

Histórias de amor suprimem geralmente os inícios, ao mesmo tempo que aparentam contá-los. O que os narradores não mencionam é o fato de a máscara de Waddah do Iêmen ter caído do seu rosto quando ele correu em direção à imagem da garota refletida na água. Ele chegou ao riacho, inclinou-se para beber, e a menina não teve escolha a não ser se retirar e se refugiar nas sombras do cafeeiro. Quando a água veio nas suas mãos em direção à boca, ele notou que a menina não veio com ela, então se virou, mas não pôde vê-la, e se sentou na beira do riacho a esperar.

A garota provavelmente o repreendeu e lhe pediu que fosse embora, e ele pediu a ela que aparecesse para que pudesse vê-la. Disse-lhe que era Waddah do Iêmen, que sua máscara tinha caído por ela, e pediu que se aproximasse para que pudesse vê-la, mas ela se recusou e o repreendeu pela sua impertinência, e assim por diante.

O primeiro encontro foi de insultos, e não de epifania, como diriam os poetas. A garota não ficou maravilhada com a beleza de Waddah e não deu atenção às suas belas palavras. Ela saiu do seu esconderijo e olhou para ele com o desprezo de uma mulher que sabe que tem diante dela um homem que construiu sua reputação na sedução. Então ela disse que ele não era tão bonito quanto se achava e partiu.

(Nota: o primeiro encontro entre Waddah e Rawda se assemelha ao encontro de outro poeta omíada com sua amada. Jamil Ibn-Maamar, que adotou o nome da sua amada Buthaina como segundo nome e ficou conhecido como Jamil-Buthaina, referiu-se ao seu primeiro encontro com ela como uma briga que chegou às raias do insulto:

De início, o que levou ao afeto entre nós,
em Wadi-Baghid, ya Buthaina, foi afronta —
Eu disse algo e com igual ela rebateu
para cada pergunta, ya Buthaina, há uma resposta.

Essa semelhança intriga os críticos, pois implica que o que está sendo narrado não é o relato de um fato, mas um texto que contém uma boa dose de imaginação e segue uma fórmula pronta que se repete. Em contrapartida, porém, na minha opinião, ele confirma a importância da história fictícia, sua superioridade ao relato factual e sua capacidade de transmitir a diversidade da experiência humana, ao contrário da notícia verdadeira que parece pálida e pode carecer de significado que valha a pena mencionar, embora isso seja outra coisa que não quero abordar agora.)

Volto ao meu poeta para dizer que seu primeiro encontro com Rawda se deu na aldeia iemenita de Alkhassib, numa área conhecida por sua abundância de água, planícies verdejantes e campos de flores silvestres espalhados aqui e ali. Dizem, mas só Deus sabe, que Waddah sentiu o formigamento da poesia que fermentava nas suas veias e escreveu inúmeros poemas, mas não se atreveu a recitá-los em público porque a poesia ainda não estava completamente formada no seu coração e na sua sensibilidade, e o demônio da poesia, ou *qarin*, ou djim da poesia, que dita aos poetas os versos, ainda tinha que aparecer para ele. (Era isso que as pessoas pensavam naqueles tempos, e os poetas acreditavam e ficavam esperando o djim fazer irromper dentro deles os significados e a música.) Então ele foi para Alkhassib em busca do seu espírito companheiro ausente e sentou-se à sombra de um cafeeiro, sombreado por um carvalho, para esperar por ele, a água do riacho à sua frente a refletir, nos seus espelhos, as cores da terra; e foi aí que ele a viu e foi aí que ele se inclinou sobre a água para beber sua sombra refletida.

Naquele dia, o belo jovem de Himiar se tornou poeta, e naquele dia, ele desenhou sua amada com palavras.

O jovem voltou ao riacho no dia seguinte e a viu novamente, como se ela esperasse por ele, e lhe recitou sua primeira ode, que se tornou a trilha para o coração da garota de Kinda, e assim a história começou.

Como todas as histórias de amantes daqueles tempos, esta foi carregada nas costas do poema, pois a poesia não é apenas a coletânea das obras poéticas dos árabes; é também o repositório das suas histórias. Sem ela, não há histórias, e, sem as histórias, a poesia murcha e morre.

E aqui começava a tragédia, pois os pais de Rawda não se restringiram a ser hostis com o poeta, mas casaram sua filha com outro homem. E a história não termina aí: o casamento com um homem mais velho foi o motivo da morte de Rawda daquela forma terrível e levou o poeta a perder o juízo.

Waddah descreveu Rawda nos seus versos. Tinha os seios fartos, a aparência luzente, a testa polida, embelezada com cabelos loiros da cor do rabo de um alazão, as sobrancelhas perfeitamente arqueadas, o olhar suave, o nariz arrebitado, os braços roliços, as mãos macias, o corpo elegante... Uma menina de dezesseis anos forçada a se casar com um homem de sessenta e ser sua quarta esposa e a destinatária do seu derradeiro prazer, antes de ele secar e o corpo arqueado desmoronar.

Antes do casamento, o poeta acreditava que a história era verdadeira e percebeu como lhe servia a personagem de Ântara Alabssi, o poeta e cavaleiro que lutou para alcançar sua amada, Abla, tendo a espada como marca e a poesia como novo atributo. Um poeta que era um escravo transformado, em virtude do seu verso, em senhor, e um senhor em cavaleiro; a pele escura do poeta, antes uma barreira entre ele e os senhores da sua tribo, tornou-se sua marca — a negritude contrastando com a brancura da sua lâmina.

Waddah acreditou na história. Ele era o jovem magro que tinha encontrado sua amada; e juntos colhiam flores selvagens e coletavam trufas, que ele grelhava para ela, bebia à sua saúde e sugava o néctar dos seus lábios enquanto lhe narrava seu amor em versos.

Rawda conseguiu enviar uma mensagem para ele contando que seus sete irmãos a tinham enclausurado e que sua poesia, que alcançara a fama, os escandalizara e ela temia por ele.

Ela disse: "Não venhas aqui em casa!
Meu pai é ciumento".

> *Eu disse: "Arranco-te dele sem que perceba;*
> *minha espada é bem afiada".*
> *Ela disse: "Sete irmãos me rodeiam".*
> *Eu disse: "Sou páreo para eles, sou arrasador".*
> *Ela disse: "Derrubaste todo e qualquer argumento!*
> *Vem, então, quando a noite cair.*
> *E cai sobre nós como cai o orvalho,*
> *sem quem proíba, sem quem impeça".*

Rawda ouviu o poema e embriagou-se. Viu a poesia desse Waddah se transformar num vestido para ela, tecido com a seda das palavras, e ela o vestiu e ele se tornou assim sua segunda pele; e em vez de lhe dizer para não vir, porque seus irmãos se preparavam para matá-lo, ela combinou com ele de vir na noite daquele mesmo dia e lhe disse que esperaria na sua tenda. Tudo o que ele tinha que fazer era se esgueirar para o acampamento à noite e ela iria ao seu encontro.

Os amantes acreditaram na poesia e desmentiram a verdade!

Naquela noite, Waddah do Iêmen caiu numa emboscada armada pelos sete irmãos. Quando o poeta se viu no círculo da morte, puxou as rédeas do seu cavalo e decidiu fugir, então ouviu uma risada e uma voz que lhe perguntava com sarcasmo sobre a espada "afiada" que ele havia mencionado no seu poema e que já estava na boca de todos. O poeta voltou atrás, percebendo que seu verso o tinha matado, e lutou sua breve batalha, que terminou com ele perfurado com feridas, prostrado no deserto, gemendo no seu sangue.

A história diz que Abu-Zubaid Attaí passou por Waddah enquanto o poeta estava à beira da morte e o levou na sua montaria até seu povo, onde ficou por um ano, acamado, sofrendo de alucinações febris: via o fantasma da sua amada, ela sendo morta nas mãos dos sete irmãos, o sangue se derramando de todas as suas partes.

Quando a febre o deixou, e a ferida na barriga tinha sarado e ele estava curado, descobriu que os pesadelos da febre tinham sido menos cruéis do que a realidade da cura. Contaram-lhe que Rawda foi forçada a se casar com um homem mais velho, o qual tinha, ao que parece, ocultado da sua família o fato de ser leproso; e que o marido morrera poucos dias depois do casamento. Rawda, porém, fora acometida pela doença maldita e sua família a jogou no vale dos leprosos, que viviam ali em total isolamento, recebendo apenas migalhas de alimentos doados por benfeitores, à espera da morte, enquanto sofriam o tormento do corpo e a angústia da alma.

Waddah não escreveu versos sobre a visita à sua amada no vale dos leprosos. Ele mencionou que a visitou, mas não mencionou o que viu ou o que ela disse ou o que ele disse. Tudo o que sabemos sobre a visita é que, no seu regresso, o poeta rasgou as roupas, rolou na poeira, enlouqueceu e parou de escrever poesia.

Disse o narrador:

"Homens de conhecimento, do Iêmen, familiarizados com os relatos de Waddah e Rawda, contaram que Waddah estava numa viagem com seus amigos e, no caminho, separou-se deles e se ausentou por um tempo; quando voltou, estava chorando. Perguntaram-lhe o que teria acontecido e ele respondeu: 'Eu desviei do caminho para ver Rawda, e descobri que ela contraiu lepra e foi expulsa da sua gente. Então, fiz o que pude para ajudá-la e dei-lhe um pouco do meu dinheiro', e começou a chorar de tristeza por ela".

Em outra versão do relato, o poeta se recuperou dos ferimentos um ano depois de ter ficado acamado e partiu para a região de Alkhassib em busca da amada. No caminho, passou por um grupo de pessoas que lhe informou que Rawda tinha sido atingida pela lepra e deixada no vale dos leprosos; então ele foi para lá atrás dela, declamando:

Ó Rawda de Waddah, ó mais bela Rawda,
  tua família podia nos conceder um lugar para viver.
Sou Waddah, teu cativo, que tu enlouqueceste.
  Se desejares curá-lo, então cura; se desejares matá-lo, então mata.

O poeta chegou ao vale, e lá seu espírito se quebrou. Ele foi até Rawda com o espírito determinado de um cavaleiro, querendo morrer com ela. Tinha decidido: derrotaria a morte com seu amor. Mas, quando ele a viu, e percebeu como a luz naqueles belos olhos tinha se apagado, como sua pele descascara e as sobrancelhas caíram, Waddad foi tomado pelo medo, seus impulsos cavalheirescos evaporaram e ele teve vontade de fugir. Rawda se aproximou do poeta, estendendo os braços e gemendo baixinho, então ele pegou algum dinheiro do bolso, jogou-o para ela e começou a recuar. A mulher, de pele descascada, do corpo diminuído, estendia os braços para o homem que estava diante dela como se quisesse voar, mas, em vez de voar, ela caiu, ruiu e cobriu o rosto com as mãos, e sua cabeça começou a se sacudir de um lado para o outro, como se quisesse dizer algo, mas não disse.

A mulher não se abaixou para pegar o dinheiro. Ela deixou seu amado recuar, sentou-se no chão e, em seguida, dispensou-o com um gesto de mão.

O narrador não conta o que disse o poeta sobre a viagem para ver a amada, nem como ele fugiu do lugar correndo, largando seu amor por medo da morte, fugindo para proteger sua vida do amor.

Depois disso, o poeta deixou de ser Waddah do Iêmen e tornou-se Waddah, o Louco. Vagou pelos desertos, comeu grama e dormiu a céu aberto. A máscara do jovem se tornou um símbolo do medo de si mesmo e dos outros. Tudo o que restou do amor foram os poemas; e da paixão, apenas as memórias putrificadas feito o corpo de um leproso.

A única esperança de o poeta escapar do seu vagar solitário e evitar afundar cada vez mais no delírio e na insanidade era convencê-lo a fazer peregrinação à santa Casa de Deus em Meca, para deambular e jogar pedras, e assim talvez o homem pudesse recuperar sua alma do diabo que a habitou.

Quando li essa história, como foi contada nos livros de literatura árabe, achei que a história de Waddah e Rawda fosse uma releitura da história de Qais, ou Majnun da Laila, a qual diz que os pais da amada se recusaram a deixá-lo se casar com ela porque ele a descrevera nos seus poemas, uma recusa que o levou à insanidade, para a qual ele tentou encontrar a cura fazendo a peregrinação a Meca. No entanto, eu estava errado. O erro ocorreu devido à negligência dos narradores em mencionar o que aconteceu com o poeta quando ele encontrou sua amada no vale dos leprosos. Essa negligência foi deliberada, pois o que aconteceu perturbava o esquema do amante-vítima, transformado em fonte para uma herança oral que conta como o amor leva à morte, ou à loucura, dos amantes.

A loucura de Waddah do Iêmen revelava outra face da insanidade, que era provocada pelo medo das consequências do amor, ou o medo da vida, que é outro nome para o medo da morte.

Tratava-se da loucura do fim do amor. E com essa loucura, e a tentativa de curá-la com peregrinação e orações, começa um novo capítulo da história de Waddah do Iêmen.

CONFUSÕES RELACIONADAS AO NOME
(ENTRADA 4)

Disse o narrador:

"Umm-Albanin, filha de Abdulaziz Ibn-Marwan, pediu permissão a Alwalid Ibn-Abdulmalik para fazer a peregrinação e ele a concedeu, sendo ele o califa e ela, sua esposa. Umm-Albanin chegou, trazendo com ela escravas de beleza nunca vista, e Alwalid escreveu ameaçando todos os poetas com consequências terríveis caso algum deles mencionasse o nome dela ou o de qualquer uma da sua comitiva. Ela chegou e foi vista pelo povo, e as gentes de poesia também saíram para vê-la; seu olhar, porém, caiu sobre Waddah do Iêmen, e ela se apaixonou".

O que ocorreu entre essa mulher e o poeta, que pareceu a quem o viu em Meca um esqueleto, um fantasma que vagava sem rumo, o olhar desfocado como se não enxergasse, os lábios rachados de sede, orando com fervor, caindo no chão, de onde lentamente se levantava e olhava ao redor, como se temesse a perseguição dos espectros do amor, e que tinha as palavras desmoronando dos seus lábios, assim como a pele de Rawda havia desmoronado da lepra?

E o que essa mulher buscava ao se divertir com a poesia e com os poetas?

Diz-se — e só Deus sabe — que Umm-Albanin queria, como era o costume entre as mulheres nobres dos Quraich na época, brincar com o amor na poesia e sentir que ela tinha entrado nos anais dos árabes por meio de uma ode escrita, que louvava sua beleza. Ela esperava que os poetas escrevessem versos de amor sobre ela como haviam escrito sobre sua cunhada Fátima, filha de Abdulmalik e esposa de Umar Ibn-Abdulaziz, e sobre Sakina, filha de Alhussain, e sobre todas as mulheres árabes nobres. Ela, então, pediu tanto a Kuthayir-Azza como a Waddah do Iêmen que a mencionassem nos seus versos. Kuthayir estava assustado e restringiu seus versos a uma das suas escravas, cujo nome era Ghâdira. Os versos de Waddah do Iêmen, no entanto, se tornaram sua mortalha e mais uma porta que o conduziu à tragédia.

A nova história começou em tom de brincadeira e terminou em seriedade, segundo Ibn-Hazm.

A brincadeira era da esposa do califa, que levou o jogo aos extremos. A seriedade, porém, ficou com nosso poeta, que acordou do assombro da sua loucura num outro assombro ainda maior, quando entrou com essa mulher nos labirintos do nome.

A história diz que Umm-Albanin primeiro queria Kuthayir-Azza, um poeta celebrado pelo seu amor a uma mulher chamada Azza, cuja paixão o levou a abandonar seu segundo nome e adotar o da amada. Além disso, ele a seguiu até o Egito, onde ela morava com o marido. Encontrou expressão para o seu amor contentando-se em seguir os passos da amada.

A esposa do califa tinha aprendido de cor um poema de Kuthayir em que ele fala da amada como se ela fosse divina:

Se eles ouvissem Azza, como eu ouvi,
diante dela cairiam de joelhos!

E ela pediu ao poeta que a deificasse também. O poeta a quem esses versos foram atribuídos estava diante de Umm-Albanin tremendo de medo. Ele disse que não se atrevia e ela disse que não podia acreditar. Ele disse que temia a ira do califa, temia pela sua vida, e não desejava comprar a morte com um poema.

Não, não foi assim.

A história diz que Kuthayir era famoso por sua feiura: um homem baixinho com um rosto horrível, idiota, e as pessoas costumavam zombar dele. Azza fugiu de Kuthayir, e tudo o que ele disse sobre seu caso com ela foi fruto da sua própria imaginação. Apesar disso, Umm-Albanin o quis pela pureza do seu estilo e sua influência expressiva. Quando a escrava Ghâdira o trouxe até ela, sentiu repulsa por sua feiura e se recusou a remover o véu.

Kuthayir suplicou à mulher que o isentasse da tarefa, pois os dois versos que comporia para ela custariam a vida dele.

A mulher, indignada, reagiu e disse que ele era um mentiroso e que os narradores também eram, pois fora Waddah do Iêmen que deificara sua amada, tendo Kuthayir simplesmente roubado o poema e mudado o nome de Rawda para Azza. Assim, ela o expulsou da sua presença.

Aqui terminava o primeiro capítulo da brincadeira da mulher, deixando-a com a sensação de que sua visita ao Hijaz fracassara e que ela nunca voltaria para casa com uma ode para imortalizar seu nome nos anais da poesia árabe e nas antologias da poesia amorosa.

(Nota: a questão que me intrigou ao ler essa história foi a obsessão dos poderosos com a literatura. Que paixão é essa pela poesia que fez reis, príncipes e governadores cativos da busca interminável pela palavra que os inscreveria no mundo da literatura? Por que eles estavam tão convencidos de que a literatura era uma porta para a imortalidade, a ponto de Saif-Addawla, príncipe de Alepo, se dispor a permitir que Al-mutanabbi se sentasse ao seu lado e recitasse seus versos, e que o poeta elogiasse a si próprio no mesmo texto em que elogiava seu patrono?

Isso deveria nos impelir a dar outra olhada no ataque dos críticos pós-clássicos à poesia panegírica como forma de humilhação para o poeta, que tinha que sacrificar seu orgulho e dignidade para ganhar dinheiro? A suposição anterior significa que o fenômeno do elogio não aponta para um fracasso na poesia, e sim, mais precisamente, para uma falha na autoridade, que se viu obrigada a se submeter à palavra, tornando-se sua cativa, na busca pela imortalidade, que só pode ser forjada através da literatura e da arte?

Essa é a ilusão e a fraqueza do poder, pois a imortalidade é uma ilusão dos vivos, não uma preocupação dos mortos, mas os vivos podem ler sua morte inevitável apenas no âmbito daquilo que assimilam com sensatez e compreendem. É por isso que eles lidam com a morte como se fossem viver para sempre e buscam a imortalidade para os seus nomes no registro dos vivos — porque do registro dos mortos eles não sabem nada.

Os reis buscam sua imortalidade na poesia, mas os poetas não se satisfazem com a poesia, pois querem transformá-la em profecia, ou algo parecido, para que possam adicionar a imortalidade do nome à imortalidade da autoridade e, em seguida, manipular as pessoas e governar sua vida por trás do véu da morte.

Um círculo vicioso de ilusão e de busca por mais ilusão.)

Umm-Albanin descobriu que este, o mais bonito dos homens árabes, estava fazendo a deambulação em torno da Caaba. Ela hesitou, no entanto, em se envolver com ele, por causa da sua loucura. Afinal, ela se encontrava ali para brincar nas margens do amor, não para cair presa nos encantos de um homem de beleza tão falada, como se fosse a personificação da beleza de José (que quase conheceu seu fim em consequência do caso com Zulaika, como relatado no Nobre Livro). Ela ouvira dizer que o homem tinha enlouquecido depois do casamento forçado da sua amada, que ficou leprosa. Mas a sedução da poesia era muito forte para resistir, e assim decidiu que não fazia sentido enviar sua escrava a ele, como ela fizera com Kuthayir, e que faria seu próprio caminho até o insano Waddah.

Foi ao seu encontro com o rosto à mostra. Deixou seus aposentos com roupas de escrava, acompanhada por Ghâdira, e caminhou sem véu nos becos de Meca, como era o costume das escravas de então, procurando pela sua presa. A escrava indicou o lugar em que o jovem com os lábios rachados caminhava, atordoado, pelas ruas, como se não visse nada. Ela se aproximou dele e perguntou seu nome. O homem se virou, viu um rosto cheio de beleza e desejo, mas baixou a cabeça e olhou para o chão.

Waddah estava parado feito pedra no local. A beleza da mulher o deslumbrou, e ele sentiu o impulso do desejo por um instante, depois seguiu seu caminho. Ela o alcançou e lhe ofereceu seu jarro de água. "Você está com sede", disse ela. "Pegue o jarro e beba. Seus lábios desejam água."

Ele murmurou que toda a água do mundo não poderia saciar sua sede.

A bela mulher não percebeu o que ele disse, mas lhe entregou o jarro, e foi quando ele viu suas mãos macias e o brilho da ponta dos seus dedos e disse: "Não", virando-se para ir embora.

A mulher agarrou-o pelo pulso e gritou: "Eu sou Rawd!".

De onde surgiu Rawda, aparecendo onde ele se refugiara para tentar curar sua insanidade com uma perambulação desorientada e tratando seu medo mórbido de amor com amor?

"Você é Waddah do Iêmen", disse a mulher. "Venha!"

O homem seguiu as duas mulheres sem ter certeza se estava vivo ou morto. Via as coisas como realmente eram, ou se tratava do fantasma da sua amada Rawda aparecendo diante dele?

Quando chegou ao lugar onde a mulher estava hospedada e viu as belas escravas ao seu redor, entendeu que Deus havia respondido às suas preces e que ele encontrava sua amada mais uma vez, depois de ter estado com ela na morte.

Sentou-se diante dela, bebeu até se saciar e então recitou três versos:

Deus sabe, se eu quisesse sentir mais amor por
   Rawda, não sentiria mais.
Os monges de Madian, por medo do inferno,
   sentados choram.
Se eles a ouvissem, como eu a ouvi, cairiam
   de joelhos diante dela, prostrados.

Ela lhe perguntou sobre seus lábios rachados, e ele disse que tinha decidido tratar a sede de amor com a sede dos lábios e acrescentou que nada se assemelha ao amor tanto quanto a sede, pois o amor é a água da alma, e ele decidira se punir por ter abandonado sua amada quando viu seu corpo doente descascar e sua alma vagar cegamente entre as sombras da morte.

E as palavras vieram.

Do homem que não tinha dito uma única palavra desde seu encontro com a doença da sua amada e que todos acreditavam ter sido atingido pela loucura do silêncio. As palavras dele fluíram como água, enquanto a mulher, que só queria brincar com a poesia e com os poetas, encontrou-se cativa de um sentimento que nunca tinha provado, pois o vivenciava pela primeira vez na vida.

Ela começou a rir e chorar, avançar e recuar, ouvir a poesia e beber das palavras, estender a mão para Waddah e voar com ele, e ele com ela.

Ela o interrogou e ele a interrogou. Ela o beijou e ele a beijou, e em vez de pedir que ele lhe escrevesse versos, ela se tornou o poema. Rendeu-se ao ritmo que a envolveu e entrou na magia das rimas que chamamos de paixão, e entendeu por que o poeta omíada Alfarazdaq havia se prostrado ao passar por uma mesquita em Kufa e ouvir um homem recitar o *poema suspenso* de Labid. Questionado por que se ajoelhava, ele respondeu: "Vocês conhecem a prostração do Alcorão; eu, a da poesia".

Naquele dia, a mulher conheceu a prostração da poesia, então se prostrou; aprendeu o significado do amor, então amou.

O que aconteceu naquele dia?

As coisas de fato se misturaram na cabeça do poeta, fazendo-o acreditar que ele estava diante da amada Rawda, que se curara? Ou seu coração, instável como todos os corações humanos, teria encontrado nessa mulher um novo amor que o fez esquecer o velho?

Era realmente "Rawd" o nome daquela mulher, como ela alegou?

O vacilo do seu coração foi a maldição que caiu sobre nosso amigo sem que ele percebesse. Provavelmente, Waddah sentiu que sua história era suficiente por si só. Ele se viu no pico da montanha da paixão, cuja única saída era a descida para o vale da morte, e ficou satisfeito com o final que ele mesmo escolheu, que se parecia com o final dos heróis das histórias. Ele enlouqueceu, ou fingiu estar louco, elaborando assim um novo capítulo nas histórias daqueles que perdem o juízo por amor. O amor de Qais, ou Majnun da Laila, aumentou quando Laila se casou, pois ao amor foi adicionado o ciúme, transformando as brasas em fogo, a obsessão em insanidade. Nada põe tanto fogo no amor quanto o ciúme — como se o amor precisasse desse fogo adicional para transformar o amante numa massa de chamas e sentimentos e levá-lo a uma humilhação insuperável.

Não pode haver paixão sem essa humilhação, a qual quebra a espinha dorsal da masculinidade e força o amante a se transformar num tolo, ou num ingênuo, ou numa mistura dos dois.

O destino, no entanto, quis que a história de Waddah tomasse um rumo diferente. No momento em que viu o corpo corroído de Rawda, o fogo do ciúme morreu no seu coração, e isso fez com que sua história de aflição e desespero fosse diferente da dos seus companheiros amantes, pois ele descobriu que, à medida que a vida apodrece no corpo do amado, o amor também apodrece.

Waddah do Iêmen foi a Meca para completar o círculo da história, deambulando a Pedra Negra, e, ao fazê-lo, declarava sua decisão de se enterrar dentro da sua história.

Waddah do Iêmen não sabia que o que ele considerava o fim da história era, na verdade, seu início, que sua trágica história estava apenas começando quando ele conheceu a mulher que as pessoas chamavam de Umm-Albanin e que, com o rosto sem véu, barrou seu caminho num beco de Meca para convidá-lo ao baú da sua morte e do seu amor, declarando ser Rawd.

Se Waddah do Iêmen falasse, ele nos diria como o nome o sacudiu quando pronunciado pelos lábios da mulher e vestiu o corpo dela, transformando-o numa nova imagem da sua amada.

Isso é defeito da memória ou sua magia?

Waddah do Iêmen não soube como o rosto que estava diante dele se tornou o rosto da sua amada. Ele escutou o nome e as feições se desenharam de novo, e essa Rawd tornou-se aquela Rawda e a paixão tomou um novo curso, no qual nenhum dos poetas anteriores daquele tempo havia entrado.

Quem sabe, talvez, devêssemos aqui fazer referência à história que causou a morte de Imrú Alqais, ou seja, seu amor pela filha do imperador do Bizâncio. O poeta e rei de Kinda foi até o imperador pedir seu apoio contra os assassinos do seu pai, mas, em vez de regressar numa procissão real para recuperar o trono perdido, ele voltou com um manto envenenado, doado pelo imperador. O poeta tinha se apaixonado pela filha do imperador e seu castigo foi um manto envenenado que cobriu seu corpo de feridas, como as de um leproso. Ele morreu perto de Antioquia, ou, de acordo com outro relato, perto de Homs, e foi enterrado ao lado de uma mulher desconhecida, sem nome, ao pé de uma montanha chamada Jabal Assib.

O manto era o baú do rei errante?

A lepra da primeira Rawda era uma reiteração das feridas de Imrú Alqais?

Waddah do Iêmen não se atreveu a comparar-se a Imrú Alqais, e nunca passou pela sua cabeça recitar os dois versos famosos do rei errante, dirigidos à mulher deitada ao seu lado:

Vizinha! Meu túmulo é vizinho do teu
  e enquanto Assib estiver de pé, eu estarei aqui.
Vizinha! Somos dois estranhos e todo estranho
  parente é do outro estranho.

Waddah do Iêmen, na morte, confundiu Qais Ibn-Almulawwah com Imrú Alqais?

Tal confusão provavelmente teria irritado os dois poetas: o primeiro era um poeta *udhri* que amava uma única mulher e adotou seu nome; o segundo, um poeta, rei, bêbado e insolente, para quem a mulher era um desejo passageiro.

No entanto, as histórias, como a vida, têm seus destinos, que são irreversíveis.

O BAÚ DA MORTE
(ENTRADA 5)

Disse o narrador:

Ninguém sabe como aquele jogo se transformou em tragédia. O encontro com a esposa do califa, que tinha deixado o palácio com o rosto desvelado, vestida como uma escrava, parecia um sonho.

Waddah do Iêmen não podia acreditar nos seus ouvidos nem nos seus olhos. Ele a escutou dizer: "Eu sou Rawd!", e a viu como quem visse sua amada assassinada, e assim sua vida se tornou um sonho do qual acordou apenas no baú do amor, ao qual os narradores se refeririam como o baú da morte.

Umm-Albanin era um sonho. Foi assim que o outro poeta, Ubaidallah Ibn-Qais Arruqayat, a descreveu. Mas qual era a relação entre esse outro poeta omíada com Umm-Albanin e sua história de amor?

Ubaidallah Ibn-Qais Arruqayat foi poeta de inúmeras mulheres que, em vez de adotar o nome do seu primeiro amor, Ruqaya, de acordo com o costume dos poetas da época, adotou o plural: em vez de Ruqaya, Ruqayat. O homem não foi fiel a nenhuma mulher, e é provável que para ele o amor não fosse mais do que um discurso ritmado; no entanto, foi o mestre de um novo gênero de poesia ao qual os críticos deram o nome de "amor satírico". A poesia amorosa dirigida a Umm-Albanin, esposa do califa Alwalid Ibn-Abdulmalik, foi o auge desse gênero, cuja finalidade era enfurecer e difamar o marido.

Esse poeta não vai encontrar um lugar na história de Waddah do Iêmen. Seu poema de amor para Umm-Albanin, embora escandaloso e obsceno para os padrões da época, não desempenhou papel algum na decisão do destino de Waddah ou da heroína da história. Se eu não admirasse tanto aquele poema, não teria me detido nele. Na verdade, prefiro acreditar que Arruqayat não foi o autor do poema em questão e que a atribuição da sua autoria a ele foi fruto das lutas políticas do período, e que seu verdadeiro autor foi provavelmente Waddah do Iêmen. Seus elegantes e encantadores versos devem ter sido a mensagem que precedeu a ida de Waddah a Damasco, para onde ele foi em busca da amada depois que a rainha regressou ao seu país.

Alguns podem alegar que estou imitando Hammad, o grande recitador de versos da época abássida, que foi acusado pelos críticos de ser o autor de milhares de versos que ele atribuía aos poetas pré-islâmicos, bem como de conferir poemas a pessoas que não os escreveram. Tal comparação não faz sentido para mim: não possuo o talento de Hammad, o qual, caso tudo que disseram sobre ele fosse de fato correto, teria sido indiscutivelmente o maior poeta da língua árabe. Ademais, tudo o que estou fazendo é seguir minha intuição, que me diz que esse poema terá um papel decisivo na composição do destino do "poeta do baú".

Depois do seu encontro com a segunda Rawda, ou Umm-Albanin, ela passou a ser uma espécie de sonho. Antes de Waddah deixar sua tenda, ela lhe pediu que fosse para Damasco e prometeu que intercederia em nome dele junto ao seu marido, o califa, a quem ele poderia dedicar versos laudatórios, vivendo assim sob sua proteção.

A segunda Rawda voltou para Damasco, e Waddah caiu cativo de uma nova paixão.

A primeira Rawda teria sido apagada para que uma nova mulher a substituísse? Ou o poeta combinou as duas em uma, como o escritor destas linhas está inclinado a acreditar?

Prefiro supor que ele as combinou, já que isso me poupa do esforço necessário para aceitar a primeira suposição: trocar uma mulher que tinha morrido, ou estava prestes a morrer daquela doença, por outra me parece um ato tão imoral que arruinaria a história e dificultaria a escrita. A literatura do amor não pode espelhar a crueldade humana, que chegaria a um novo clímax se as emoções fossem brutalizadas por meio de uma troca do tipo da que estamos discutindo aqui. Tal ato levantaria muitas questões quanto ao significado do amor; poderia inclusive transformar o amor numa palavra vazia e sem sentido.

Mesmo assim, essas coisas de fato acontecem, e é por isso que estou confuso.

Os antigos narradores da história de Waddah não prestaram atenção nessa aparente troca, e o deslocamento do poeta iemenita de um primeiro amor que terminou com a morte da amada para um segundo que acabaria matando o amante não lhes criou problema algum. Os narradores não questionaram o significado dessa mudança de uma velha paixão para uma nova, ambas fatais. Eles estariam buscando estabelecer um paralelismo secundário que apontasse para o fato de que o amor acontece entre duas mortes?

Na nossa história, as coisas não são assim. Waddah foi acometido por algo semelhante à loucura, e seu encontro com a primeira Rawda no vale dos leprosos, onde ele viu como a pele da amada tinha descascado e seu espírito havia se quebrado, tornou-o indiferente a tudo e incapaz de distinguir entre verdade e ilusão, ou entre realidade e imaginação.

No momento em que Umm-Albanin, ou Rawd, apareceu, as coisas se misturaram na sua cabeça. Mais uma vez, ele não foi capaz de dizer onde estava ou quem era, ou com quem estava, até o momento em que se viu no baú.

Agora vamos voltar à história, ao ponto em que descobrimos que, com o regresso de Umm-Albanin a Damasco, o poeta ficou estranhamente obcecado por dormir e amar, ou pelo amor durante o sono — se é possível dizer tal coisa —, um arroubo que tomou a forma dos sonhos. Assim que o poeta acordava, caía no sono de novo. No mundo dos sonhos, ele encontrou seu refúgio e descobriu a tranquilidade e o amor. Durante os momentos de vigília, quando bebia leite e mastigava tâmaras, a poesia chegava a ele na forma de memória dos sonhos. Gaguejava enquanto declamava seu poema — porque não compunha os versos, mas recordava o que compôs durante o sono —, falando de Rawda e de Umm-Albanin, que agora se tornaram uma só pessoa:

Para Umm-Albanin, quando
    sua paixão a traz mais perto —

> *Veio-me no sonho e quando*
> *   a tomei, foi isso que eu disse:*
> *Assim que obtive dela meu prazer*
> *   e seus doces lábios se viraram para mim,*
> *Bebi da sua saliva até me saciar*
> *   e passei a lhe dar de beber.*
> *Fiquei na sua cama, amando-a feliz,*
> *   agradando-a e ela a mim,*
> *Fazendo-a chorar, fazendo-a rir,*
> *   fazendo-a se vestir, fazendo-a se despir.*

Quando lhe disseram: "Tolo! Você não sabe que esses versos o levarão à morte?", ele deu de ombros, num gesto de indiferença.

Alguns narradores afirmam que esse e outros poemas de amor não foram escritos por Waddah do Iêmen; eram poemas de djim: havia um djim que provara a amargura e o terror do amor e decidira brincar com o amor, então ele aparecia para Waddah durante o sono e lhe ditava os poemas sobre Umm-Albanin. Outras pessoas enquadraram esses poemas nas lutas políticas entre os omíadas e seus inimigos, atribuindo-os a outros poetas. Foi nesse contexto que Ubaidallah Ibn-Qais Arruqayat apareceu na história e o poema foi atribuído a ele.

O que nos interessa é que o eco desses poemas chegou a Umm-Albanin, em Damasco, e ela percebeu que seu jogo tinha se tornado sério, e que a única coisa que ela queria agora era seu amado.

Tudo o que Umm-Albanin fez a respeito foi ordenar que a escrava Ghâdira se dirigisse a ela pelo seu novo nome, Rawd. Assim, ela manteve dois nomes: Rawd, para o seu poeta e para a sua escrava, e Umm-Albanin para os demais.

Será que o poema do sono despertou seus desejos, fazendo com que ela enviasse uma mensagem ao poeta e o convidasse para ir a Damasco?

Como a mulher teve a ousadia necessária para a aventura, mesmo depois que esses poemas de amor já estivessem em todas as bocas e ela já conhecesse a decisão do marido, o califa, de matar o poeta iemenita?

Ela o convidou para matá-lo?

Só a morte liberta o amante do seu amado. É o único apagador que pode transformar a vida em sombra, deixando na alma as marcas de submissão e humilhação.

Rawd, ou Umm-Albanin, sabia que ao convidar o poeta para Damasco estaria forçando a história ao seu clímax, permitindo que a morte viesse e apagasse a chama?

Eu não acredito que a mulher tenha encontrado uma maneira de contatar o poeta e convidá-lo para ir até ela. Provavelmente, Waddah decidiu ir porque ouviu o chamado do amor vindo até ele das profundezas da dor da separação.

A história diz que o poeta confidenciou sua decisão ao amigo Abu-Zubaid Attaí e que este arrancou a máscara do rosto e chorou. Então, disse ao poeta que iria com ele para a Síria a fim de testemunhar a morte que o esperava lá.

Waddah do Iêmen sorriu e respondeu ao amigo com dois versos da poesia de Imrú Alqais:

Meu amigo chorou ao ver a estrada à frente
 certo de que estávamos seguindo César.
"Não deixe seu olho chorar", eu disse.
 "Recuperemos o reino, ou morramos e sejamos absolvidos."

Waddah do Iêmen disse: "Não sou um rei procurando seu reino, e se eu for morto será pelos olhos da mulher que me trouxe de volta à vida".

Waddah chegou a Damasco na primavera. As ameixeiras estavam florindo às margens dos sete rios que atravessavam a cidade, e o branco dos galhos das amendoeiras brilhava sob o sol. A neve podia ser vista no pico do monte Haramun, que envolve as terras da Síria com seu manto branco.

Na cidade, que para o poeta era como o paraíso de Deus na terra, Waddah do Iêmen se alojava numa pousada à noite e vagava pelas ruas durante o dia. Começou a encolher e a emagrecer e a rodear o palácio de Alwalid.

Disse o narrador:

"A mente de Waddah foi ofuscada por ela e começou a encolher e a se dissolver. Depois de sofrer muito dessa angústia, ele partiu para a Síria, onde começou a rodear todos os dias o palácio de Alwalid Ibn-Abdulmalik. No entanto, ele não encontrava um artifício para entrar no palácio, até que avistou uma escrava loira. Ele logo fez amizade com ela e lhe perguntou: 'Você conhece Umm-Albanin?'. 'Ai de você, está falando da minha senhora!', respondeu a moça. 'Mas ela é minha prima', replicou ele, 'e ficaria feliz de saber onde estou, se você lhe dissesse'. 'Vou contar a ela', a escrava retrucou.

"Ela foi e informou Umm-Albanin, que exclamou: 'Sua infeliz! Ele está vivo?'. 'Está', respondeu a moça. 'Diga a ele', disse Umm-Albanin: 'Fique onde está até meu mensageiro vir a você. Eu darei um jeito'.

"E deu. Fez o poeta vir até ela dentro de um baú. Ele ficou nos seus aposentos durante um tempo; quando ela sentia que estavam seguros, tirava-o do baú e os dois se sentavam juntos; quando temia que pudessem ser vistos, ela o enfiava de volta no baú".

Nesse baú seria escrito o capítulo final da história do poeta cuja beleza enfeitiçou as mulheres e cuja morte silenciosa no baú do amor se tornou poema, escrito com a respiração sufocada e com uma rendição derradeira sem igual.

No baú do amor, o mundo iria se desfazer, as palavras se desintegrariam, os sentimentos seriam apagados e a brancura da morte preencheria a escuridão da vala em que o poeta fora lançado.

E é onde a história começa.

A NOITE DA RAINHA
(ENTRADA 6)

(Nota 1: neste capítulo, a história atinge seu clímax. O ponto que minha versão deve apresentar não tem nada a ver com a discussão estéril, habitual, em torno da veracidade histórica da narrativa. Talvez essa insistência em buscar a verdade tenha sido um dos fatores que impediram a emergência de uma literatura ficcional entre os árabes, ou que garantiram que ela emergisse de maneira oblíqua, antes de uma súbita e surpreendente explosão da imaginação com as histórias de *As mil e uma noites*. Vale ressaltar que Taha Hussain, líder e mestre dos modernistas, caiu nessa armadilha montada pelos antigos: em vez de analisar as histórias e lendas dos poetas antigos, ele optou por refutá-las cientificamente e, ao decidir expurgar a narrativa da história da literatura, acabou desperdiçando seu talento e erudição, tentando demonstrar que não precisavam de prova — como se a literatura pudesse funcionar sem a narrativa, sendo esta o núcleo da literatura! É curioso que o grande mestre, num momento de ímpeto racionalista, tenha descartado a poesia pré-islâmica como fonte da língua árabe, considerando o Alcorão sua fonte primeira. O racionalismo e o materialismo do homem o lançaram num buraco que os antigos críticos árabes, desde Qudama Ibn-Jaafar, procuraram evitar, de modo a libertar a língua da sacralidade corânica. Os linguistas e críticos consideravam a poesia pré-islâmica uma fonte para a compreensão do Alcorão e com isso fizeram com que a língua fosse uma referência anterior ao sagrado. O extremismo racionalista de Taha Hussain, no entanto, conduziu-o à armadilha, tornando-se a outra face da superstição religiosa — uma questão que merece tratamento à parte.)

(Nota 2: a questão com a qual minha versão vai lidar é a relação da morte com o amor. A história de como Waddah do Iêmen entrou no seu baú da morte é bem conhecida, foi contada dezenas de vezes, e seus ecos atingiram a poesia árabe moderna, como quando o poeta iemenita Abdallah Albardawni aludiu a ela em dois versos maravilhosos:

O que devo dizer de Sanaa, meu pai?
 Bela cidade, amada pela tísica e pela sarna!
Morreu por nada no baú de Waddah,
 mas, nas entranhas, amor e alegria ainda vivem.

A questão não é como Waddah chegou a entrar no baú da sua morte, uma história que contarei apenas para esclarecer os fatos, mesmo que envolva alguma repetição; a questão reside nos momentos que separam a vida da morte: como Waddah releu sua vida na brancura da escuridão, como ele recuperou sua primeira Rawda, a amada que ele deixou para morrer no vale dos leprosos, e como seu amor por Umm-Albanin evaporou?

Foi a desesperança do amor, que se transformou em desesperança da própria vida, que o levou ao silêncio.)

O narrador disse que Waddah não acreditou na escrava loira. Ele viu diante de si uma mulher loira que enrolara seu corpo num manto amarelo. Seus olhos diminutos eram engolidos por pálpebras grossas que os faziam parecer duas amêndoas pequenas. Ela se aproximou de Waddah e perguntou quem ele era. O homem iemenita caminhava às margens do rio Barada, contornando o palácio do califa à distância, sem ousar se aproximar e incapaz de se manter distante. Andava em círculos, declamando alucinado os poemas dos seus acessos de sono, que ficaram grudados na sua memória. Repetia o nome de Rawd, que aparecera para ele em Meca numa espécie de epifania.

O homem tinha começado a duvidar de si mesmo e da sua memória. Sua noite com Umm-Albanin foi real ou imaginada? Que diferença fazia, ele se perguntou, se depois da noite que passou na cama de Umm-Albanin, fazendo amor com ela, ele recobrou sua alma que o abandonara no vale dos leprosos e percebeu como a lepra da própria alma havia desaparecido, e como o amor nele luziu a beleza nas mulheres apaixonadas?

E ele decidiu ir até ela.

No entanto, depois da exaustiva viagem à Síria, coberta pela primavera com um azul que cintilava no céu, o poeta sentiu o deserto se infiltrar nele e a sede que vinha das suas entranhas abrasar seus lábios; sentiu-se estranho e só.

O poeta disse a si mesmo que tinha ido até ali para morrer, então sentou-se e esperou à sombra de um jasmim damasceno. Fechou os olhos e, de súbito, o demônio da poesia lhe apareceu:

Na Síria, minh'alma se recusou a se aprazer
    lembrei-me, pois, das moradas e das amadas.
Cativo, meu coração ficou onde ficaram
    e agora mal pode resistir ao seu chamado.
Quem dera os ventos fossem o mensageiro
    até vocês, onde estiverem, no norte ou no sul.

Waddah sentiu uma mão pegar a dele e puxá-lo para cima. Levantou-se e andou feito sonâmbulo. Ele se viu na escuridão. Tudo estava escuro dentro da passagem para a qual a mão o guiou. Ele andou e andou, tropeçando em passos trêmulos, sabendo que estava indo para a morte na presença dela.

A história diz que a história começou na ala da rainha.

O Alandalus ainda não tinha nascido na poesia na época de Waddah do Iêmen, mas ele sentiu o Alandalus do desejo. Ele sentiu que estava num lugar familiar, parecido com o arrepio andalusino que fez daquela terra um repositório para os mistérios de uma estranha mistura de pátria e exílio. Não sou especialista em literatura andalusina, mas quando leio a poesia de Ibn-Zaidun ou Walada ou Almutamid, e quando mergulho na música das *muwachahat*, sinto como se estivesse caminhando ao longo de uma borda estreita com vista para o vale da morte. Poesia escrita no meio da perda, e uma memória que ultrapassa a nostalgia para chegar a uma alegria misturada com dor.

Foi assim que imaginei Waddah entrando naquela passagem escura, segurando a mão da escrava, seu rosto a refletir uma mistura de medo, alegria, antecipação e curiosidade.

Nada se parece com o amor, exceto o amor.

Uma tempestade que recompõe o mundo, como se as coisas nascidas envoltas em mistérios e ambiguidades aparecessem agora novas, como se não tivessem existido antes de o amor borbotar da água dos olhos. Andou na escuridão, de olhos fechados, envolto em vertigem. Quando ele abriu os olhos e a viu, sentiu a fragrância da água e do louro que exalava do seu longo cabelo preto que manava até os tornozelos. Ele parou, deslumbrado com a brancura que luzia dos seus pulsos nus, e viu-se prostrado diante da poesia dos seus olhos.

A história conta que Waddah e Rawd viveram por três meses no seu Andalus particular. Passavam o tempo sozinhos, tomando o vinho dourado de Baalbek enquanto ele recitava poesia para ela.

Durante sua estadia no palácio do califa, Waddah descobriu duas escuridões: a do cabelo dela, que cobria seu corpo alvo, satisfeito pela noite do amor; e a do baú damasceno, no qual ela o escondia sempre que o perigo se aproximava.

A história diz que o poeta passou longas horas no baú e se acostumou a dormir na seda damascena com a qual sua rainha havia forrado o fundo do baú, e que o anjo da poesia se infiltrava até ele e lhe sussurrava as palavras que o poeta espalharia sobre o chão para que a rainha descalça caminhasse.

A história, no entanto, não conta os tormentos de Waddah.

É verdade que quando a rainha era visitada pelo seu amo, o califa, ela evitava encontrar-se com ele no aposento em que ficava o baú. O eunuco vinha até a rainha para anunciar a notícia da visita do califa, e ela se apressava para ir para outro aposento, onde se banhava, se perfumava e aguardava; só regressava depois da chamada da oração do amanhecer. Uma vez, porém, ela entrou no aposento onde ficava o baú na companhia do seu amo.

Ele a ouviu indagar: "Por que quer este quarto, senhor?", e o ouviu responder que naquele quarto ele sentia o cheiro de madeira síria.

Ele disse a ela que esse quarto tinha um cheiro diferente do dos outros aposentos.

Ela disse que era o cheiro do amor. "Mas eu sinto cheiro de vinho", ele disse.

"Eu bebo para extinguir meu desejo por você, e também meu ciúme quando o imagino depravar-se com suas muitas escravas", disse ela.

"Você é a mais bonita entre todas as minhas amantes", disse ele. "Venha!" Waddah ouviu o homem rir, enquanto ordenava que ela se despisse. E ele ouviu seus gemidos entre seus braços.

Como Waddah poderia descrever esses momentos terríveis? Provavelmente, nunca encontraria as palavras para tal e, se encontrasse, não conseguiria ninguém que o escutasse e, se conseguisse, ninguém acreditaria naquele sentimento estranho em que o ciúme se misturava com a luxúria, e o ódio, com o amor.

Ela gemia entre os braços do seu senhor como fazia com ele, repetindo a expressão que costumava incendiá-lo sempre que a penetrava, e gritava: "Deus!"; e, em seguida, calava-se por um instante antes de dizer: "*Rahimo!*"; e depois repetia as duas expressões inúmeras vezes, antes de suspirar com o jorro da sua água.

(Nota: quando Waddah ouviu a palavra *rahimo*, espantou-se com a amante, que pedia misericórdia ao seu amante no exato momento em que o amor atingia seu clímax, como se ela participasse de um ritual de adoração. Uma vez, ele lhe perguntou por que ela pedia misericórdia a ele, sendo ele que vivia à sombra do seu amor e da sua compaixão. A rainha sorriu e disse que ouviu a palavra pela primeira vez da sua escrava Ghâdira, que era filha de um príncipe assírio e havia sido capturada durante uma das investidas ao norte do Iraque, e ela contou que *rahimo* significava "amor" em siríaco. Naquele dia, Waddah aprendeu que *rahma*, "misericórdia"; *rahimo*, "amor"; e *tarahhum*, "compaixão mútua", vinham todas da mesma raiz, que é o *rahim*, o útero da mulher, e ele decidiu escrever um poema sobre a relação de *tarahhum* com o amor e sobre o *rahim* da mulher, inesgotável fonte de ternura. O destino, no entanto, não lhe concedeu tempo, e a misericórdia ainda aguarda seu poeta.)

As mesmas expressões, o *rahimo* que brotava do grito de amor, o suspiro que embalava o coração e a mulher se contorcendo... ele os via com os ouvidos e se abrasava com fúria; ele os via com os olhos fechados e ardia de desejo.

Waddah não dormiu naquela noite até escutar o muezim anunciar o amanhecer. Ele dormiu sem dormir e, quando acordou, sua amante não estava mais lá para abrir o baú e convidá-lo para comer. Ele permaneceu escondido com fome e sede e, quando a rainha abriu o baú à noite, ele não viu os olhos dela, que olhavam para baixo, enquanto seu corpo tremia e sua voz engasgava na garganta.

Naquela noite, ela lhe deixou comida e bebida e foi dormir em outro quarto.

O BAÚ DO SILÊNCIO
(ENTRADA 7)

(Nota: tenho eu o direito de pular os três meses que Waddah passou no palácio da rainha e me deter em dois momentos apenas — a ida do poeta até a rainha e a confusão dos seus sentimentos ao ouvi-la deitar-se com o califa —, antes de alcançar, ou com o objetivo de alcançar, seu trágico fim?

Acho que essa maneira de fazer as coisas não é apropriada para um romance; assemelha-se mais a uma abordagem cinematográfica, em que o roteirista divide o tempo em cenas que resumem as coisas de forma a conduzir o espectador ao lugar em que os finais são construídos. Em outras palavras, tal abordagem leva em consideração apenas o início e o fim, e ignora o cotidiano que a reinterpreta e lhe atribui sentido. Um romance, por sua vez, recompõe a própria vida por meio da imaginação, para que o leitor possa viver a relação entre o início e o fim como uma jornada, e não como um destino.

Mas, quando o autor se vê implicado com metáforas, é obrigado a fazer essa economia e se vê numa situação semelhante à dos poetas, porém sem dominar o maior recurso estilístico destes, ou seja, a música. No entanto, não tenho escolha, pois a história de Waddah só pode ser escrita como uma história poética, isto é, como uma metáfora, e por isso o final tem que carregar dentro dele todos os significados possíveis e resumir a vida ao tempo dentro do baú, que não passou de meia hora.)

(Nota: ao narrar este capítulo final da história, vou recorrer a uma série de livros além do *Livro das canções*, minha referência básica. Aludo a dois livros de autores modernistas: *A tragédia do poeta Waddah*, de Muhammad Bahjat Alathari e Ahmad Hassan Azzayat, publicado pela editora Dar-Aláhd, de Bagdá, em 1935, ao qual devo muito pela leitura que fiz da história de Waddah e por ter me ajudado a me libertar da discussão estéril em torno da verdade e da imaginação, à qual são dedicadas muitas das suas páginas; e *Conversa de quarta-feira*, de Taha Hussain. Entre os títulos antigos, revisitei *O livro dos homens assassinados*, de Ali Ibn-Abu-Sulaiman Alakhfach; *História de Bagdá*, de Alkhatib Albaghdadi; e *O livro da eloquência e da exposição*, de Aljahiz.)

Disse o narrador:

Os amantes não falaram daquela noite triste. A rainha mandou-o esquecer. Ela disse que o esquecimento era a cura para quem não controlava seu viver nem sua vida. Ela disse que temia por ele e por si mesma.

O poeta esqueceu-se daquela noite, ou decidiu esquecer-se dela, e as coisas voltaram a ser como antes, ou foi disso que os amantes tentaram se convencer. Duas mudanças evidentes, no entanto, ocorreram na relação cotidiana dos dois. A primeira foi a aparição na história do fator medo. O que a rainha não contou ao poeta foi que ela sentiu que o califa tinha percebido a traição. O desaparecimento de Waddah do Iêmen e do Hijaz e o silêncio dos narradores quanto à recitação de novos poemas compostos por ele podem ter despertado suas suspeitas. Além disso, a insistência do califa em fazer amor com ela no aposento em que ficava o baú de Waddah porque "cheirava diferente" fez com que ela se comportasse o tempo todo com medo. Ela já não ria em voz alta, parou de cantar seus poemas enquanto dedilhava o alaúde e bebia menos vinho, temendo o aparecimento repentino do marido. Passou a não desejar mais nada do poeta além do corpo, como se os espíritos de amantes mortos, que vibravam no aposento do baú, tivessem abandonado o local para nunca mais voltar. A segunda mudança se manifestou no fato de o poeta não escrever mais poesia. Quando ela perguntou se seu demônio o abandonara, ele respondeu que as palavras se sentiam consternadas, incapazes de falar diante do poema do seu corpo, que foi escrito pelo Criador, Todo-Poderoso. Ela fez que sim com a cabeça, mas não acreditou nele.

Como pode o amor viver com medo e sem poesia?
Disse o narrador:
"Umm-Albanin se apaixonou por Waddah. Ela mandou buscá-lo, e ele veio e ficou com ela e, quando ela sentia medo, trancava-o dentro de um baú que era seu.

"Alwalid foi presenteado com um colar de grande valor, que lhe causou admiração e ele o achou bonito; chamou então um dos servos para entregá-lo a Umm-Albanin, com a seguinte mensagem: 'Este colar me agradou, e considerei que você era a mais digna dele'.

"O servo entrou no aposento sem aviso enquanto Waddah estava com ela, que se apressou a fechá-lo no baú, mas o servo viu tudo. Entregou à rainha a mensagem de Alwalid e a joia. Então disse: 'Senhora, dê-me uma pedra preciosa deste colar!'.

"'Não dou, não, seu filho de uma fedorenta! O que você faria com tal coisa?', disse ela.

"Então o servo saiu, cheio de raiva, foi até Alwalid e contou o que vira. Alwalid disse: 'Você é um mentiroso!', e ordenou que o decapitassem. Então, calçou os chinelos e foi ter com Umm-Albanin, que estava sentada no mesmo aposento, penteando os cabelos. O servo tinha descrito para ele o baú no qual ela escondera o poeta. Ele se sentou sobre o baú e perguntou: 'Umm-Albanin, você gostou do colar que eu lhe enviei?'. 'Todas essas coisas bonitas', ela disse, 'vêm da sua generosidade, assim como o colar, meu senhor'.

"Então ele disse: 'O que faz você gostar mais deste quarto do que de todos os outros? Por que você prefere este?'.

"Ela disse: 'Eu passo mais tempo nele e o prefiro porque todos os meus pertences estão aqui, e tudo de que preciso encontro ao meu alcance'.

"Ele disse: 'E esses baús damascenos, o que você guarda neles?'.
"Ela disse: 'Ponho ali meus pertences, meu senhor'.
"Ele disse: 'Dê-me um deles'.
"Ela disse: 'Eles são todos seus, Comandante dos Fiéis'.
"Ele disse: 'Eu não quero todos eles. Quero apenas um'.
"Ela disse: 'Pegue o que quiser'.
"Ele disse: 'Este no qual estou sentado'.

"Ela disse: 'Tome outro, pois tenho nele coisas de que preciso'.
"Ele disse: 'Eu não quero outro'.
"Ela disse: 'Tome-o então, Comandante dos Fiéis'.

"Assim, ele convocou os servos e ordenou que o levassem, o que fizeram conduzindo-o à sala de audiências. Em seguida, ele chamou alguns dos escravos e lhes ordenou que cavassem um poço profundo bem no meio da sala; afastaram o tapete e uma vala foi cavada, até o nível da água.

"Então, ele se dirigiu ao baú e disse: 'Ó tu! Uma história sobre ti chegou até nós. Se for verdade, estamos te amortalhando e enterrando junto com todos os teus vestígios até o fim dos tempos, e, se for mentira, nada enterramos além de um baú de madeira. O que pode haver de errado nisso?'.

"O baú foi jogado no poço, a terra derramada por cima, o chão nivelado e o tapete posto de volta no lugar, onde o califa Alwalid se acomodou. Desde então e até hoje, nenhum vestígio de Waddah foi encontrado".

Esse texto traz inúmeras perguntas. No entanto, o que me intriga é uma só: por que Waddah permaneceu em silêncio dentro do baú, por que ele não gritou pedindo misericórdia?

Essa é a pergunta que me faz transformar este projeto num romance. Meu romance levará ao baú, e nisso ele se parece com *Homens ao sol*, de Ghassan Kanafani, que levou seus protagonistas ao tanque de um carro-pipa, para que pudesse fazer a pergunta: "Por quê?". A pergunta de Kanafani veio de fora do tanque, mas a minha virá da escuridão do interior, onde a escuridão da alma se mistura com a escuridão do mundo. Da mesma forma, não perguntarei nada ao meu poeta, que agora se tornou meu amigo. O que ele experimentou está além da pergunta e da resposta. A experiência quadridimensional vivida por Waddah: o amor, a morte, a morte do amor e o amor da morte, me deixa sozinho diante da eloquência do silêncio e da morte e me incapacita de ligar sua história a um significado direto, seja político ou moral, como Kanafani fez com seus heróis.

Antes de chegar à cena em que o poeta é levado vivo dentro do baú do seu amor, que se assemelhava a um caixão, gostaria de considerar os outros protagonistas da história: Alwalid, Umm-Albanin e o escravo decapitado.

No que diz respeito ao escravo e ao seu destino, era parte dos costumes da época, quando a morte de escravos, como a vida deles, não tinha sentido fora do contexto da relação com seus senhores. O escravo vivia e morria de acordo com a mesma lógica e, quando descobria um segredo do qual não tinha o direito de se aproximar, a morte era seu destino.

O escravo nessa história é simplesmente uma ferramenta para ligar o enredo ao seu clímax, ou seja, ao seu fim. Essa é a função dele. No meu romance, no entanto, vou excluí-lo, de modo a transformar a história do baú numa progressão, que começa com uma noite de amor no aposento em que o baú se encontrava e onde o califa sentiu que algo estava errado, passando pelo momento em que ele sente que tem que ir até o aposento, onde vê, com os olhos da mente, a ponta da vestimenta de Waddah desaparecer dentro do seu esconderijo, no baú.

A exclusão do escravo, no entanto, complicaria a questão e, é lógico, também levaria ao assassinato de Umm-Albanin, já que seria difícil, se não impossível, que o califa enxergasse com seus próprios olhos a evidência da traição da sua esposa e ficasse satisfeito em matar apenas o amante. É por isso que tem que haver uma testemunha que, por um lado, possa ter seu testemunho questionado e, por outro, possa facilmente ser morta sem maiores consequências.

A existência do escravo abre espaço para a possibilidade da dúvida quanto à veracidade do seu testemunho e, ao mesmo tempo, permite ao rei, cujo coração tinha sido inflamado pelo ciúme de um amor que, ele não sabia como, o deixara desorientado, perdoar Umm--Albanin, ficando satisfeito com o assassinato do amante ou com a história do assassinato do amante.

Alwalid possuía inúmeras escravas, e o amor nunca fez parte do léxico da sua vida. Uma mulher era um corpo que constituía uma extensão dos seus desejos sexuais. Umm-Albanin, por sua vez, esposa e mãe dos seus filhos, tinha um duplo significado para ele: a mãe que ele desejava ver cercada pela santidade da maternidade e o corpo que, em raras ocasiões, se tornava parte do corpo feminino em geral, embora lhe provocasse uma excitação especial devido à sua timidez e sonolência. Quando ele dormiu com Umm-Albanin no quarto do baú, ela o surpreendeu com seus gemidos e palavras. Ele saiu de lá confuso, tendo uma sensação ambígua, a qual se recusou a chamar de amor. Depois, quando refletiu sobre isso, lembrou-se dos versos de Waddah que estavam em todas as bocas, e sentiu ciúme porque imaginou que a mulher pensava no seu poeta enquanto estava com ele.

Alwalid falou a verdade quando disse ao baú: "Ó tu! Uma história sobre ti chegou até nós. Se for verdade, enterraremos tuas notícias e apagaremos todos os vestígios da face da Terra, e, se for mentira, não há nada de errado em enterrar um baú de madeira". O califa decidiu não acreditar no escravo, mesmo acreditando, porque, ao mesmo tempo, ele decidira enterrar o que os narradores e as pessoas falavam sobre a paixão de Waddah pela sua esposa.

Enterrar o baú foi, para o califa, um ato simbólico por meio do qual ele esperava matar a história e enterrá-la na terra e na água.

E é aqui, no momento da sua morte, que a história obterá sua vitória. O soberano tirano tem autoridade sobre escravos e objetos. Ele pode matar pessoas e dizimar plantações e terras. Mas, quando ele tenta matar uma história, transforma-se num personagem menor dentro dela e perde o poder e a liberdade de ação.

Se o rei não tivesse enterrado o baú, a história de Waddah teria permanecido apenas como uma parte do tecido de inúmeras histórias sobre poetas que flertaram com as esposas de reis e de nobres e cujas histórias terminavam naquele momento, e não teria nenhum significado especial. Mas o ciúme que abrasava o coração do califa, e que deu origem ao amor, levou-o a fazer o que ninguém antes tinha feito, e, em vez de matar a história, passou a ser parte dela. O estranho é que o amor do soberano por Umm-Albanin se dissipou no exato momento em que ele enterrou o baú. Como os árabes antigos costumavam dizer: "Só a morte apaga o amor".

Quanto a Umm-Albanin, que abdicou do seu nome poético, Rawd, e voltou a ser apenas uma esposa quase esquecida do califa, duas histórias foram contadas sobre ela. A primeira diz que a mulher continuou com sua vida no palácio e decidiu esquecer, enveredou pelo caminho da adoração e nunca perguntou ao califa sobre o baú enterrado. Nessa versão, o autor do *Livro das canções* relata, citando Ibn-Alkalbi, que "Umm-Albanin nunca viu coisa alguma no rosto de Alwalid que desse qualquer pista sobre o assunto, até o dia em que a morte os separou".

Em outra versão, a mulher experimentou tormentos. Quando Ghâdira lhe contou como Alwalid enterrou o baú e o que ele disse naquele instante, ela desmaiou.

A vida perdeu todo o seu sabor. Ela rezava e pedia perdão, mas sentiu que suas orações não chegavam, como se os céus tivessem fechado as portas às palavras de uma mulher destruída pela tristeza e pela culpa. A morte do poeta arrasou sua vida. Ghâdira relatou que sua senhora sentia constantemente como se estivesse sufocando. Ela disse que o ar havia se tornado tão sólido quanto a rocha e ela não podia respirar pedra. Abria a boca, implorando por ar, mas não havia ar. Ela começou a ser cercada pelo vazio: olhava e não via, chorava sem lágrimas. Disse a Ghâdira que suas entranhas secaram e que tudo o que ela esperava da vida era o anjo da morte.

Uma noite, ela foi à sala de audiência do califa quando estava vazia, porque sentiu seu fim se aproximar e queria, como disseram, abraçar com sua morte a morte do seu poeta, ou ela se jogou no chão da sala e cometeu suicídio?

Nem o *Livro das canções*, nem qualquer um dos outros livros antigos que narraram a história de Waddah do Iêmen mencionaram o suicídio da mulher, pois a mulher, depois da morte do poeta, não interessava mais aos narradores — e aqui reside uma falha nessa história, que eu tenho que corrigir, pois não estou disposto a concordar que a mulher (neste caso, esposa do califa e amante do poeta) era apenas uma ferramenta que permitia a transmissão da história de Waddah como a história de um homem que foi enterrado vivo com sua história. Tentarei, portanto, recuperar a outra narrativa e escrever a história do suicídio da rainha, como o final do meu romance.

Infelizmente, porém, por mais heróis que tenham as histórias, elas se concentram, no final, em apenas um. Serei, portanto, obrigado, apesar do meu intenso interesse pelo fim da rainha, a me concentrar no poeta. Escrever exige um ponto de vista específico. Apesar da sua importância, incidentes semelhantes ao suicídio da rainha são encontrados em muitos romances e peças teatrais, enquanto o método pelo qual Waddah conheceu sua morte é único, e só ocorreu uma vez, e é o que permitirá que o texto se aproxime do que podemos chamar de essência do significado do amor.

Disse o narrador:

Waddah tremia dentro do baú. A rainha lhe disse que achava que o escravo a vira fechar a tampa do baú e notara a ponta da roupa. Ela disse que se recusou a lhe dar uma pedra preciosa do colar porque tinha certeza de que ele iria chantageá-la: nenhum escravo havia antes levantado os olhos para olhar para ela, então por que este se atreveu a fazê-lo? Como ela lidaria com ele depois de ceder à sua exigência? Ela disse também que ele nunca teria a coragem de contar nada sobre ela porque isso não apenas causaria a sua morte e a do amante, mas também o condenaria.

Waddah disse que ela estava errada, e ela lhe pediu que baixasse a voz. Ele disse que a história já teria se espalhado porque o escravo contaria aos seus companheiros antes de contar ao califa, ou enquanto caminhava até ele.

Ela lhe disse para calar a boca.

Ele tentou abrir a tampa do baú, mas ela a trancou, dizendo: "Não. Você tem que ficar aí".

Ele tentou convencê-la a fugir daquele lugar, embora soubesse que era impossível à luz do dia, e era apenas meio-dia. Ele sabia também que aquela mulher, a quem ele escreveu sua poesia, nunca sairia do palácio, pois era a heroína da história e tinha que se comportar como tal.

Foi então que Waddah entendeu como a mulher se tornara uma história e se deu conta de que havia perdido duas mulheres e duas histórias. Quando chegou à beira da terceira história, percebeu que tinha se perdido também.

Disse o narrador:

"Quando Umm-Albanin ouviu os passos do califa, ela se postou em frente ao espelho que estava na parede perto do baú a pentear os cabelos. Quando o califa se aproximou dela e pôs a mão no seu ombro, ela vacilou, antes de se virar e dizer: 'Como entrou, meu senhor? Você me assustou!'.

"'Você tem medo de mim?', perguntou o califa.

"'Todos os seus súditos o temem, senhor, e eu sou apenas uma das suas escravas.'

"O rei intuiu a mentira e a traição, mas a calma do vingador desceu sobre ele e então lhe perguntou por que ela gostava mais daquele quarto do que dos outros, e depois sobre os três baús damascenos dispostos na mesma sala. Em seguida, perguntou-lhe do colar que tinha enviado pelo escravo. Depois de ouvir as respostas dela, o silêncio reinou.

"Waddah estava apoiado no lado direito, dentro do baú, aguardando seu fim. O poeta imaginou uma cena em que a tampa se abria e ele via a barba do califa, que tremia de raiva, e com a espada na mão ordenava que ele saísse.

"O poeta visualizou a morte na forma de uma espada, de dois olhos que emitiam fogo e de uma mulher afastada no canto do aposento, e decidiu morrer como um verdadeiro cavaleiro. Ele sairia com a cabeça erguida e anunciaria que pedia ao senhor que o considerasse um mártir do amor.

"No entanto, a tampa do baú permaneceu fechada. Ele ouviu o califa pedir que ela lhe cedesse o baú; por isso, um suor frio banhou seus olhos. O tempo parou, como se os planetas começassem a girar mais lentamente, como se seu movimento tivesse diminuído, e como se a escuridão do baú tivesse transformado o dia em noite.

"Ele esperou pelas mãos que o segurariam, mas elas não vieram. Em vez disso, ouviu sussurros, e as gotas de suor desenharam nos seus olhos coisas nebulosas, e um pensamento lhe ocorreu, o de que a morte chegava a quem morria sob a forma de pequenas coroas brancas cobrindo tudo.

"Ouviu passos e começou a se elevar do chão. Forçou seu corpo para o fundo do baú para que ele não rolasse e decidiu se deitar de costas, e entendeu que a melhor maneira de pôr um cadáver na sua maca de madeira, depois de ter sido lavado e envolto na mortalha, era deitado de costas para que não caísse antes de chegar à sua cova final.

"O formigamento subiu das suas pernas para os ombros, e ele sentiu o toque do carvalho contra os braços. A madeira era lisa e sedosa, e algo como formigas saiu dela e se espalhou pelo baú. Seu coração começou a bater forte, ficava mais alto, e o baú sacudia, como se os batimentos do coração, que tinham transformado seu medo num grito sufocado, fossem derrubar o baú. Pediu ao seu coração que ficasse em silêncio. Ele estendeu a mão, agarrou o coração e o fez se calar, mas o batimento transferiu-se para os ouvidos, e os sons vindos de fora perderam o sentido.

"O baú foi depositado no chão, e ele ouviu a voz do califa ordenar aos escravos que cavassem, então entendeu que estava prestes a ser enterrado vivo. Fechou os olhos e se rendeu ao torpor do sono.

"O tempo que se passou entre o início da escavação e o som da voz do rei sussurrando para o baú foi menos do que meia hora, mas transcorreu como segundos. Só a morte é como o amor na sua capacidade de abreviar o tempo e produzir a ilusão de que ele não passa, quando passa.

"A voz do califa chegou baixinha até ele, intercalada com ruídos altos, que pareciam feridas: 'Algo chegou até nós. Se for verdade, nós o estamos amortalhando e enterrando junto com todos os seus vestígios até o fim dos tempos'. E o poeta decidiu morrer".

A história toda está aí.

Waddah morreu sufocado na água porque decidiu proteger a história?

O homem percebeu que não podia escapar da morte, então seu espírito de repente se acalmou. Seu corpo parou de suar, o tremor que o afligia desde o momento em que ouviu os passos do rei cessou, as pequenas coroas que encheram seus olhos desapareceram, e ele viu a escuridão que o cercava. Ele sentiu a água que se infiltrava na madeira vir na sua direção. Enrolou-se em si como um feto e a vida dentro dele começou a sufocar.

Naquele momento de serenidade, enfrentando a rendição à escuridão da morte, Waddah decidiu permanecer em silêncio, tal qual "uma ovelha que foi levada ao abate sem abrir a boca", como diz o profeta. Ele decidiu ser o carneiro de Rawd porque queria proteger a amada com seu silêncio, pois qualquer sinal de que ele estava dentro do baú levaria à morte dela.

Ele sabia que morreria em todos os casos e entendeu que a única maneira de proteger a história do seu amor era suprimir o instinto de vida dentro dele.

Ou ele morreu amortalhado em silêncio porque se encheu de sentimentos estranhos que o deixaram indiferente à crueldade da sua morte?

Waddah não sabe quando aquilo começou. Podemos, é claro, simplificar as coisas e supor que a visita do soberano ao quarto do baú tenha abalado a estrutura do poeta, o que é verdade: ele sentiu que era apenas uma pequena nota de rodapé, não só na vida daquela mulher que fez dele seu prisioneiro e do palácio, mas na própria vida. É verdade que se deixara convencer pelo argumento dela de que deveria esquecer aquele *rahimo!* proferido enquanto se deitava com o califa, ao mesmo tempo que tentava abandonar a ideia de ser cativo e isolado, e de que sua poesia se perdera, tendo agora apenas um ouvido para escutá-la, o de Rawd. Ele convenceu a si mesmo de que o baú não era um túmulo para a sua poesia, afinal o objetivo da poesia é a comunicação, e a união com o ser amado é o objetivo final de toda comunicação, portanto sua poesia se tornara sua maneira de alcançar a união com sua amada. Todos o esqueceram, e os narradores não transmitiram seus mais belos versos, escritos na Síria (e é por isso que, nos seus poemas reunidos, só encontramos os primeiros poemas, e é por esse motivo que os livros não o listam como um grande poeta), mas ele estava feliz pois o que escrevia tornava-se um segundo corpo para a amada.

De repente, no entanto, ele sentiu como se estivesse sufocando. Dez dias antes da sua morte, Waddah parou de fazer amor. Umm-Albanin passava a maior parte do seu tempo com ele, mas ele perdeu primeiro as palavras e, em seguida, o desejo. A mulher não perguntou nada. Ela respeitou seu silêncio e sua distração, mas persistiu em usar o perfume de que ele gostava e o beijava quando chegava e quando saía, sentindo o gosto dos seus lábios frios, mas nada dizia.

No momento em que o baú foi alçado do chão, Waddah percebeu que o desvanecer do amor tinha destituído a vida de sentido e que a morte do amor é a morte.

Ele não pensou em nada. Ele se rendeu ao torpor do fim e entendeu que a morte não era, como afirmavam, o preço do amor, mas o preço do fim do amor.

Naquela hora, chamada de "temível hora" porque contém o terror que o ser humano tem do término de tudo, o poeta não sentiu medo. Ele não desejou que a tampa do baú se abrisse e deixasse entrar o ar fresco. Ele se esqueceu de que, durante sua estadia no palácio com sua rainha e nos longos períodos que passou dentro do baú, ele sentia seu peito encolher e seus pulmões murcharem, e, quando era liberado, antes de pedir água, bebia o ar.

Naquele momento, ele sentiu que o baú tinha se tornado tão amplo quanto o mundo, que o ar brincava nos seus cantos, e escutou os batimentos do seu coração diminuírem pouco a pouco.

Ele se esqueceu de Umm-Albanin e de Rawda, como se elas nunca tivessem existido, enrolou-se dentro do baú, que tinha começado a se encher, e entrou na letargia da água.

Foi assim que terminou a história do amante mais bonito da história do amor conhecida pelos árabes.

(Nota: a história parece ter dois clímax contraditórios, mas não me sinto obrigado a escolher um deles, fato que pode ser atribuído à decisão de me recusar a apresentar uma escrita interpretativa, simbólica para ela. Os narradores dessa história caíram, sem exceção, na cilada da interpretação e acabaram escolhendo uma das duas soluções fáceis: terminar a história com as palavras do rei — nesse caso, tudo o que o leitor sabe do destino de Waddah é sua morte, enquanto sua experiência dentro do baú é negligenciada e, dessa forma, a escrita da história torna-se parte da escrita da História segundo os vencedores, e daí traímos a literatura, cuja tarefa é inverter essa fórmula e fazer da história a História dos vencidos, que os historiadores não têm coragem de escrever —, ou considerá-la um mito tolo e uma falsificação política dirigida aos omíadas. Sou contra ambas as opções, pois a versão interpretativa transformaria Waddah num símbolo, o que é impossível, uma vez que é condição da figura simbólica que seja replicada, como é o caso da personagem do Majnun da Laila. Tudo o que sei é que a história de Waddah não se repetiu no passado e nunca será repetida no futuro. Da mesma forma, considerar a história como um mito ou uma mentira, contada como parte da guerra entre os omíadas e seus inimigos, é transformá-la numa narrativa puramente gratuita. Detesto esse tipo de história porque perde o sentido com o tempo, enquanto a história de Waddah não perdeu; pelo contrário, ganhou mais brilho e singularidade.

Por outro lado, entrar com o poeta no baú para escrever a história de dentro da escuridão me põe diante de duas outras opções, entre as quais não sou capaz nem estou disposto a escolher.

Será que o poeta ficou em silêncio, a fim de proteger sua amada, e, nesse caso, sua história seria um símbolo de devoção e de abnegação? Ou ele ficou em silêncio porque já não se importava com a vida em si, depois da obliteração do amor na recusa dos lábios a falar e a beijar e, assim, encontrava na morte uma forma adequada para o fim do seu amor?

Minhas perplexidades com a memória me levam de volta ao xeique Ussama Alhomsi, que minha mãe trouxe para casa para me fazer memorizar o Alcorão como uma forma de preservar meu árabe quando a minoria dos habitantes de Lidd que permaneceu na cidade percebeu que tudo o que era árabe estava ameaçado de extinção sob o novo Estado que havia ocupado a Palestina. Sempre que eu perguntava algo difícil relacionado à lei islâmica ao meu xeique e mestre, ele me dava duas respostas diferentes, e, quando lhe perguntava qual era a correta, ele respondia: "Há dois pontos de vista, e só Deus é quem sabe".

Termino este manuscrito com a mesma expressão do meu reverenciado xeique, na esperança de que eu possa escrever meu romance a partir de dois pontos de vista e deixando o tempo reescrevê-lo como bem quiser.)

ADAM DANNUN

AS DUAS ORAÇÕES DE REFÚGIO

Diz: Eu me refugio no Senhor dos homens, no Rei dos homens, no Deus dos homens, contra o sussurrador, o traiçoeiro, que sussurra falsidade no peito dos homens, dos djins e dos homens.

Saí do cinema consumido pela raiva e busquei refúgio nas duas orações.

Diz: Eu me refugio no Senhor do amanhecer, contra o mal daquilo que Ele criou, contra o mal da noite quando entenebrece, contra o mal das sopradoras dos nós e contra o mal do invejoso quando inveja.

Foi uma cena estranha. Naquele cinema de Nova York, vi minha vida sendo rasgada diante dos meus olhos. Vi como os cadáveres dos meus amigos foram arrastados da minha memória e dissecados na frente das pessoas na sala de um cinema nova-iorquino. Senti raiva, que logo se diluiu numa leve tontura acompanhada de náuseas e de uma sensação de que eu estava prestes a vomitar. Ninguém tem o direito de transformar a memória num cadáver e depois dissecá-la e rasgar suas articulações na frente de todos só para fazer um filme.

O que é isso?

Lembro-me de que Sarang Lee foi atrás de mim, correndo, e me levou ao café, onde explicou que eu estava errado e que era incabível insultar o diretor e o autor. Quando ela chegou à parte na qual disse que eu parecia um psicopata, alegando que eu conhecia pessoalmente os protagonistas do filme e do romance, vi-me levantar e chutar a mesa de ferro do jardim do Lanterna Café, que tinha uma cobertura de vidro, e sair para a rua.

O chão estava coberto de neve lamacenta. A temperatura estava cinco graus abaixo de zero, e eu andava sem abotoar o casaco, expondo meu peito ao assobio do vento nova-iorquino, que leva o frio até os ossos.

Algo dentro de mim pegava fogo, meu peito queimava, e tive uma ânsia estranha por ar, como se meu peito tivesse se fechado e meus pulmões perdessem a capacidade de respirar. No mesmo momento, todos os meus poros também se fecharam e minha cabeça começou a zumbir como uma espécie de alucinação.

Não me lembro exatamente do que aconteceu! Entrei num bar, bebi muita vodca e saí de novo para a rua, onde andei desorientado. Não sei como cheguei ao meu pequeno apartamento na Rua 96. Caminhei do Baixo Manhattan até minha casa, peguei um táxi, ou o quê? Não sei. Tudo o que sei é que despertei do meu torpor quando caí no chão do banheiro, bati a cabeça na borda da banheira e vi sangue. Lavei o rosto e a testa e fui para a cama dormir. De manhã, encontrei-me no meio de uma poça de sangue que havia se espalhado pelo travesseiro e não conseguia sair da cama por causa da tontura.

Sarang Lee me disse que tinha desistido de ligar para mim, então dois dias depois veio à minha casa e bateu muito na porta antes de eu abrir. Quando entrou, ficou assustada com a minha palidez e o sangue ressecado no travesseiro e no lençol, e com as crises de febre que tive. Disse que não entendeu uma palavra sequer do que eu falei porque minha língua estava pesada; ela chamou um médico e ficou comigo por quatro dias, até que comecei a sair do ciclo da febre.

Seis dias foram suficientes para minha vida virar de cabeça para baixo e eu virar a página do romance que tinha começado a escrever.

Há muito tempo, sonhava em escrever um romance. Um único romance seria suficiente para dizer algo que ninguém tinha dito antes. Sou filho de uma história muda e quero que ela fale pelas minhas mãos. Quando encontrei a história e me alojei no baú de Waddah do Iêmen, apareceu aquele maldito filme e me expulsou do baú da metáfora, que eu esperava que seria o túmulo da minha história e a caverna da qual ela brilharia outra vez. A névoa se dissipou diante dos meus olhos e vi que estava sozinho, procurando minha sombra, que eu tinha perdido. Minha sombra desapareceu, mas antes de começar a escrever eu tinha que encontrar uma sombra na qual pudesse me apoiar.

A febre estava me devorando e eu tentava explicar à minha jovem amiga, tropeçando no inglês, quem eu era. Contei-lhe todas as coisas e vi como minha vida foi tomando forma feito uma história diante de mim, e minha história era longa. Ela me escutava? Ou seus olhos não podiam ver a história porque ela não conseguia entender o que eu estava dizendo?

Ela me disse que minha língua estava pesada e que eu falava sem parar, pulando de um assunto para outro; começava em inglês, depois mudava para árabe ou para uma mistura de árabe e hebraico; e bebia muita água. Falou que viu lágrimas nos meus olhos e que tentava o tempo todo me acalmar.

Estranho. Eu me lembro das coisas de forma diferente. Lembro-me de ver tudo com clareza e de ficar espantado com o que via. Eu me lembrava de tudo. Vi os remanescentes do povo de Lidd vivendo num gueto cercado com arame pelos israelenses e senti cheiro de morte. Eu até vi diante de mim as palavras que minha mãe usou para falar do meu nascimento; eu as vi diante de mim como se estivesse me lembrando delas. Lembrei-me de tudo... e hoje me sento para escrever o que recordei e o que vi, convencido de que a memória é um fardo muito pesado para qualquer um carregar e que o esquecimento vem para nos libertar desse fardo.

A partir daquele momento, o peso da minha memória começou a me cansar, e eu decidi escrevê-la para que pudesse esquecer.

As pessoas pensam que escrever é a cura para o esquecimento e o recipiente da memória, mas estão erradas. Escrever é a forma adequada ao esquecimento, e é por isso que decidi rever todo o meu projeto e, em vez de matar a memória com a metáfora, como tentava fazer por meio do meu abortado trabalho de ficção sobre Waddah do Iêmen, vou escrevê-la, transformando-a num cadáver feito de palavras.

Eu não sou Waddah do Iêmen, não morrerei dentro de um baú, e minha amada não é Rawda nem Umm-Albanin.

Sim. Eu amei duas mulheres: a primeira morreu, e meu amor pela segunda morreu no meu coração. Entre essas duas, amei várias outras; não, não amei, tive relações que se pareciam com o amor, que logo murchavam. O que resta, porém, na minha memória do sangramento do coração está ligado a apenas duas mulheres: a primeira nasceu em Saffuriye na Galileia e morreu em Haifa aos vinte e dois anos; a segunda era uma polonesa iraquiana nascida em Arramle, que se mudou para Tel Aviv para viver e estudar, e que não morreu, mas o amor por ela morreu no meu coração sem nenhuma razão clara, além do fato de que o amor morre, e foi isso que me levou à depressão de escrever.

Ao contrário do meu querido poeta, não entrei em nenhum baú, embora agora perceba que vivi toda a minha vida dentro do baú do medo, e que, para escapar, eu devo quebrá-lo, e não apenas escrevê-lo.

É por isso que decidi mudar tudo.

Sei que desistir de escrever a história de Waddah do Iêmen acabaria com minha única esperança de escrever um romance, de ser igual aos romancistas e terminar meus dias abraçado ao calor das páginas impressas que saciariam minha sede pela vida.

Mas não posso mais.

O que aconteceu no cinema?

Agora, revendo aqueles momentos, não consigo entender o estado em que entrei durante os seis dias de delírio. Não era para tanto. Eu deveria ter saído do cinema em silêncio, sem barulho, deveria ter voltado para casa e me afogado no *Livro das canções*, como faço todos os dias. Volto do meu trabalho no restaurante, lavo o cheiro de óleo de fritura do meu corpo e fico limpo para ser digno da bênção de ler poesia e as histórias dos poetas.

A verdade é que... (Eu tenho que parar de usar essa palavra. Ela não expressa a verdade das coisas, porque ninguém sabe a verdade sobre a selva de galhos emaranhados chamada alma. Nossa alma é um mundo manchado de escuridão e ninguém conhece sua verdade, e quando a inspiração ou qualquer coisa do tipo possui o poeta, ele acredita que alcançou a verdade, mas a inspiração é abundante e diversa, como é a verdade.)

A verdade é que o filme e a discussão que se seguiu desencadearam algo dentro de mim que estava só esperando o instante de explodir. Não vou dizer que minha memória explodiu e que sua água fluiu como o sangue de um derrame, mas o que aconteceu foi parecido com isso.

A água da minha memória afogou a metáfora e apagou o símbolo, e é por isso que agora sinto que tenho que escrever a verdade nua, chocante, contraditória e cruel, como eu a vivi.

Decidi adotar o que rejeitei ao longo de toda a minha vida. Meu problema com muitos romances sempre foi a sensação de que o escritor toma emprestado o gênero romance para escrever uma parte da sua biografia de forma torcida. Eu costumava considerar esse tipo de literatura um artifício e uma saída fácil — e continuo considerando. Foi por isso que afastei todas as referências à minha própria história de vida, até mesmo aquelas ligadas à mulher com quem eu estava prestes a compartilhar a vida e a morte. Eu me recusei a agir como fazem os namorados no início, quando contam um ao outro as histórias da sua vida. Disse a Dália que não tinha história para contar. Ela era a garota morena em cujos braços brilhava o desejo; quando arrebatada pelo amor, transbordava de palavras, então pedia que eu contasse. Costumava dizer que meu silêncio era sinal da deficiência do meu amor, e eu não dizia nada. Como contaria a ela uma história muda? Como contaria a ela da criança invisível que fui e da jornada da minha vida que desaparecera sob o gorro da invisibilidade? Minha mãe costumava mandar eu vestir o gorro para que desaparecesse e ninguém pudesse me ver, pois tínhamos que viver como pessoas invisíveis para não sermos expulsos do nosso país, ou mortos.

Nunca deixei Dália entrar na minha história porque minha língua foi cortada. Nunca contei a ela sobre Hanan, que morreu em Haifa.

Agora, porém, me vejo nadando em palavras e em depressão, tiro meu gorro mágico e não me importo, o que é um sinal do fim.

Quero esclarecer as coisas para mim mesmo primeiro. O que escrevo agora, e o que escreverei, não é um romance ou uma autobiografia e não é endereçado a ninguém, e seria plausível não publicá-lo em livro, mas não sei. Deixarei minha alma conversar consigo mesma à vontade, sem regras, não mudarei os nomes para me fazer pensar que estou escrevendo literatura e não vou fabricar uma estrutura. Vou escrever as coisas como contei à minha jovem amiga. Não gosto do que os críticos chamam de "autoficção" como forma literária e não gosto de autobiografias, apesar da minha extrema admiração pelo livro de Jabra Ibrahim Jabra, *O primeiro poço*, que considero a coisa mais bonita escrita por esse elegante e admirável homem de Jerusalém.

Acho que a literatura não deve se parecer com a vida, deve ser pura literatura dedicada à linguagem e às suas infinitas belezas.

Isto não é um romance, nem uma história, nem uma autobiografia.

E isto não é literatura.

Perdi a oportunidade de fazer literatura quando decidi abrir o baú de Waddah do Iêmen, e devo pagar o preço, deixando a tinta fluir à vontade.

Tenho que começar do início, mas cada começo tem seu próprio começo; então por onde começo?

Eu estava atrás do balcão observando os dois jovens egípcios que preparavam sanduíches de *falafel* e *chawarma* para os muitos clientes que lotaram o pequeno Palm Tree, quando Haím Zilbermann entrou no restaurante que eu gerenciava havia mais de dois anos. Eu gostava desse homem. Primeiro apreciei o jeito como ele devorava a comida: quando come um prato de *hommus*, sinto-o se deleitar com o ritmo da interação entre o alho, o *tahine*, o limão e o grão-de-bico amassado. Esse homem enorme e careca virou meu degustador pessoal; nele eu testava as diferentes alterações que introduzia nos pratos. Ele foi o primeiro a provar o sanduíche de berinjela frita misturada com *tahine* e coalhada, que se tornou um dos motivos do sucesso do restaurante.

Em segundo lugar, gostei dele porque ele gostava do Oriente Médio, que deixara por causa da sensação de que não havia lugar para ele num país que tinha ocupado outro, e isso por causa do que aconteceu com ele e o burro na guerra de outubro, ou Yom Kippur, de 1973.

E, em terceiro lugar, eu gostava dele porque era um diretor de cinema consciente e fazia documentários fascinantes.

Minha amizade com ele se fortaleceu quando conheci sua esposa judia americana, Tally, que não sentia frio em Nova York; uma mulher que escondia por trás da delicadeza uma humanidade profunda, que eu só vim a descobrir quando ela me contou a história do seu amor por Haím.

O homem cinquentão tornou-se meu amigo. Conversávamos em hebraico, recordávamos o sol do Oriente Médio e falávamos de política; às vezes saíamos na companhia da sua esposa para a pizzaria italiana Tre Giovanni, onde tomávamos vinho tinto. Eu observava seu constrangimento diante da pizza, que ele não se atrevia a comer na frente da esposa porque alegava estar de dieta; então Tally e eu comíamos enquanto o pobre homem devorava um prato de salada de peito de frango assado, olhando de modo furtivo e com tristeza para nossa comida saborosa.

Naquele dia, Haím não veio comer, e quando lhe preparei um sanduíche de *falafel* jumbo, ele o pegou com uma expressão irritada e disse, enquanto o devorava, que não estava com fome.

Este era o hábito dele: vinha ao restaurante e, quando eu lhe oferecia comida, ele a fitava aborrecido, porque não era adequada à dieta dele, e depois comia com apetite agressivo.

Naquele dia, ele veio me dizer que tinha conseguido dois ingressos para a estreia do seu novo filme.

Eu disse que um era suficiente, e ele disse que depois do filme sairíamos com Tally e alguns amigos, e que ele gostaria de conhecer a jovem que tinha visto ali na minha companhia em muitas ocasiões — e piscou para mim antes de gargalhar.

No dia seguinte, fiquei surpreso quando Sarang Lee me convidou para o mesmo filme. Eu lhe disse que tinha ganhado um ingresso do diretor e que tinha outro para ela, e Sarang Lee me disse que iria comigo embora não precisasse da minha entrada porque seu professor libanês também a convidara.

Não perguntei o que o professor tinha a ver com o filme. Supus que fazia parte das desculpas do corpo docente para se livrar das aulas. Foi isso que um cliente me disse certa vez; um palestino vivendo em Ramallah, que ensinava história na Universidade de Birzeit e também trabalhou como professor visitante na universidade daqui e com quem eu tinha uma história antiga que aconteceu em Yafa — mas este não é o momento de contá-la. Hanna Jiryis usava muito os filmes como recurso pedagógico; quando perguntei o motivo, ele me deu uma palestra sobre a importância da imagem no período pós-moderno. Adivinhei que o homem, que amava a "Grande Maçã" (como os nova-iorquinos chamam sua cidade), tinha escolhido uma maneira mais fácil de apreciá-la do que se enterrar em livros, dedicando-se ao seu passatempo de caçar garotas com a máquina de cappuccino.

Foi Haím quem me contou sobre essa obsessão de Hanna, e que o professor o levara ao Café Reggio para lhe mostrar a mais antiga máquina de cappuccino da América.

Eu pensei que o professor libanês que convidou minha amiga para assistir ao filme também devia ser apaixonado por cappuccino e fazia o mesmo jogo de Hanna, cujo talento de preparar a bebida ficou evidente para mim por causa das belas garotas que ele trazia para o restaurante, antes de seguir com elas para os paraísos do cappuccino na sua bela casa com vista para a Washington Square, onde os professores universitários residiam.

Mas eu estava errado.

Não odiei Haím depois do filme. Não teve nada a ver com ele e eu tinha certeza das suas boas intenções de fazer um filme sobre o início da Segunda Intifada, e que essa foi sua maneira de expressar a raiva que sentia da Ocupação.

Não posso culpar ninguém, mas culpo a verdade incompleta. A arte, por mais que tente, nunca dará conta de todas as faces da realidade; por isso, não há sentido em falar de "realismo" na arte. O erro do meu amigo estava em pensar que a exaustiva pesquisa que fez o levou à verdade completa.

A verdade era conhecida por apenas uma pessoa, chamada Dália, e foi ela quem me contou antes de decidir me abandonar e abandonar seu projeto de um filme sobre Assaf depois de assistir à fita de vídeo que ninguém mais viu.

Minha raiva se dirigia ao escritor, aquele que tinha vindo antes ao restaurante com Sarang Lee e a quem ela me apresentou. Acho que o homem deve ter ficado desapontado quando não o recepcionei de forma especial nem me referi aos seus romances. Sarang Lee alegou que minha raiva era fruto do meu ciúme porque, como todos os homens, eu só conseguia pensar numa coisa. Mas isso não é verdade. Ter ciúme de quem e por quê?

Como eu poderia sentir ciúme de uma garota com quem eu não tinha tido um caso e com quem eu nunca quis ter um caso? Era verdade que chegamos, algumas vezes, perto disso, mas havia sempre algo: Não!

A viagem equivocada começou em Tel Aviv.

Encontrei Naúm Hirschman por acaso na rua em Tel Aviv em janeiro de 2003. Eu estava saindo do teatro depois de assistir à peça *A cantora careca*, de Eugène Ionesco, pela quarta vez. Minha cabeça reverberava com os significados moldados pelo dramaturgo romeno a partir da insignificância das palavras quando vi Naúm Hirschman à minha frente. Esse Naúm era um amigo meu dos tempos da universidade. Eu o chamava de "Soldado dos Lírios Brancos" porque via nele a figura do soldado israelense do poema de Mahmud Darwich, que sonhava com a paz e queria deixar Israel. Naúm cumpriu sua decisão e desapareceu. Nós dois nos formamos ao mesmo tempo pelo Departamento de Literatura Hebraica da Universidade de Haifa. Eu comecei a lecionar em Haifa e ele foi para a América.

Naquele encontro, decidi emigrar para os Estados Unidos.

Ele me ofereceu um emprego no seu restaurante em Nova York, que enfrentava dificuldades financeiras. Entrei como sócio, com o dinheiro que tinha juntado para me casar, e me tornei um vendedor de *falafel*, bem como um verdadeiro chef, graças aos acréscimos que fiz ao cardápio de fast-food do restaurante, dentre eles as *manaqich* grandes, às quais demos o nome de "pizza oriental". Dentre elas, estavam as feitas de *kichk*, que saíam muito, e ao lado dos vários pratos com berinjela figurava como prato preferido do restaurante principalmente o *makdus*, que se tornou um dos nossos sanduíches mais famosos e consistia em berinjela recheada com nozes e alho conservado em azeite. Naúm o chamou de *olive eggplant* em inglês e *hatsilim makhdus* em hebraico.

Eu disse "equivocada", mas foi um erro acertado, pois eu não tinha alternativa. "Os caminhos se estreitaram", como dizem os árabes, o que significa que eu não conseguia mais encontrar um lugar no meu próprio país. Os caminhos lá acabaram fazendo com que eu me perdesse, e e escutei a voz da minha mãe dizer que eu acabaria me perdendo, como seu irmão, meu tio Dawud, com quem eu tanto me parecia.

Eu tinha que trocar um lugar por outro, novo, para que pudesse chegar ao fim. Normalmente, as pessoas emigram para começar uma vida nova. Minha decisão de emigrar foi uma busca pelo fim. Eu disse a mim mesmo, enquanto me despedia da minha casa no bairro do Ájami de Yafa, que o fim se assemelha ao início e que, quando eu partisse em busca do meu fim, este se tornaria uma metáfora para o início, e que as duas palavras mereceriam figurar nos dicionários árabes de antíteses, em que uma mesma palavra significa uma coisa e seu oposto.

Considerei meu trabalho no restaurante de *falafel* a melhor escolha para sair dos círculos culturais e intelectuais e me dedicar a escrever meu romance. A questão nada tinha a ver com critérios de fracasso e sucesso: eu era um jornalista de sucesso, escrevendo um artigo semanal sobre música árabe e acariciando uma memória oriental israelense, que é uma mistura de nostalgia e exotismo. Foram-se os dias do Café Nuh, onde músicos judeus egípcios que haviam emigrado para Israel costumavam se encontrar para tocar sua memória dolorosa no exílio e recordar o Egito que perderam para sempre. Então chegaram os dias do Oriente israelense, que era dividido em dois: um Oriente da religião, que havia se tornado o refúgio das almas dispersas de marroquinos e iemenitas que tinham emigrado para Israel; e um Oriente do exotismo, que vê no Oriente uma almofada para os seus desejos.

Tive sucesso, e eu era um israelense como outros israelenses. Não escondi minha identidade palestina, mas a mantive guardada no gueto onde nasci. Sou filho do gueto, e o gueto me concedeu a imunidade de Varsóvia (mas essa é outra história, que contarei quando chegar a hora certa).

Decidi deixar a imunidade do gueto de Varsóvia para trás e abandonar a *sitt* Umm-Kulthum e suas canções e minhas análises da arte oriental, que eram os meios pelos quais eu tinha conseguido ocupar uma coluna semanal no jornal.

Não me despedi de ninguém. Não havia ninguém para dizer adeus. Nos últimos dez anos, bastavam os amigos de Dália me iludindo, dizendo que eu tinha ganhado. Sim, ganhado do artista alemão cujas fotos encheram as galerias de Tel Aviv com as feições de Dália. Não prestei atenção em sua presença nas fotos até ela me contar que sua relação com o pintor terminara, que a parede de cores entre eles se quebrou. Ela disse que se cansou de viver em fotos e decidiu tirar o véu das cores, que havia se tornado um fardo para a sua alma. Eu acreditei nela. O pintor não era realmente alemão, mas, naquele pequeno círculo ao redor de Dália, nós o chamávamos assim porque era alto e loiro, tinha músculos salientes e parecia um alemão. Não sei por que terminaram: apaixonei-me por Dália antes de descobrir que ela era a namorada do pintor Amnun. Eu a conheci por acidente no Ichía, em Tel Aviv, um pequeno bar frequentado por intelectuais de esquerda.

De repente, eu a vi à minha frente. Ela estava de pé como se fosse sua própria sombra. Eu vi a sombra de uma mulher, mas não podia ver uma mulher. Dália tinha uma translucidez misteriosa e dava a impressão de que se podia enxergar as coisas através dela, e era tão bonita quanto o silêncio (não sei se essa expressão é adequada para descrever uma mulher coberta com sua própria sombra e um silêncio que falava sem palavras).

Ela se aproximou e se sentou ao meu lado. Estava enrolada em si mesma, escondida atrás do véu fino de tristeza que cobria seu rosto. Achei que ela tinha me perguntado algo, ou dito que me conhecia; foi nisso que acreditei durante os dez anos do meu relacionamento com ela, mas agora minha memória ganha vida para me contar outra verdade: a mulher não fez nenhuma pergunta; quando falei com ela como se estivesse respondendo a uma pergunta que fizera, ela nem olhou para mim.

Tudo aconteceu muito rápido. Eu falei, falei e vi minhas palavras rasgando seu silêncio e se infiltrando pelos seus lábios fechados. Então, ela falou. Não me lembro do que disse, mas vi palavras desenhando-se sobre seus olhos cinzentos.

Bebemos muito naquela noite, depois caminhamos sem rumo pela rua, e me vi abraçando-a e beijando-a.

Não acredito em amor à primeira vista, mas me apaixonei por ela e lhe disse, em frente ao prédio onde ela morava, que a amava, e a ouvi rir e dizer que era o vinho.

Não entendi por que, dois dias depois, Dália se comportou como se não me conhecesse. Ela estava sentada no mesmo bar, cercada por um grupo de homens. Aproximei-me, cumprimentei-a e me juntei a eles sem ser convidado. Eu me senti desconfortável, mas o amor me fez ver as coisas da maneira errada. Só consegui superar meu constrangimento quando Amnun, gentil, começou a falar comigo e nós entramos numa discussão sobre a relação da pintura com a música. O homem gostava de Umm-Kulthum e disse que, quando pintava uma mulher, ele escutava essa cantora; não entendia nada, mas ficava inebriado pela voz, que penetrava pelos seus poros. Ele disse que a pessoa que o apresentou a Umm-Kulthum lhe ensinara o que significava para a música ser sensual e, para a voz, elevar-se das profundezas do desejo. Ele disse que Umm-Kulthum tinha introduzido um aroma do Oriente nas suas telas e foi através dela que ele descobriu o Iraque!

Não consegui entender a relação entre Umm-Kulthum e o Iraque. Para mim, ela era o Nilo, brilhando com as profundezas escondidas sob sua superfície calma. Umm-Kulthum é o Nilo quando transborda de desejos, regando a terra e devorando-a ao mesmo tempo. Contudo, não fiz nenhum comentário e mais tarde descobri que o "Iraque" do qual ele falou era apenas o nome simbólico da mulher por quem eu iria me apaixonar.

Como Dália entrou na minha vida?

O que eu queria de uma garota que dizia ser iraquiana e que através de mim podia sentir o cheiro de café misturado com cardamomo? Não tomo meu café com cardamomo e fico tonto quando sinto o cheiro. Mais tarde, descobri que ela estava procurando, através de mim, algo misterioso, algo que havia nascido nas suas profundezas quando a parede de cores entre ela e o pintor alemão desabou.

Não acreditei nela quando me disse que eles tinham terminado. Eu sentia a presença do seu fantasma em todos os lugares, e um misterioso ciúme me devorou ao longo de dez anos.

A mulher que era feita de espaços marrons que luziam dentro do azul nas telas pintadas pelo alemão com os mesmos detalhes dos nus de Matisse saiu da minha vida da mesma forma furtiva que entrou.

Ela disse, esboçando seu sorriso misterioso, que tinha decidido partir, porque a vida perdera o significado.

Respondi com um dar de ombros.

Esse foi nosso último encontro. Em vez de esperar por ela, o amor que me envolvera sumiu. Eu me tornei como uma árvore que o outono despiu de folhas e descobri que ela dissera o que eu não tinha ousado sequer pensar, que ela me deixava porque eu a deixara.

Não vou contar minha história com Dália agora, não porque quero adiar, mas porque abrevia todas as histórias que constituem minha vida, e ela vai aparecer em todos os lugares. Até sua ausência enche o lugar com sua ambígua presença.

Quando me lembro do gueto de Lidd, onde nasci, sinto como se ela tivesse vivido a história comigo — e então zombo da minha memória e zombo do amor que tantas vezes me fez lembrar a Dália eventos que ela não tinha vivido. Talvez seja isto o amor: viver o que não vivemos como se tivéssemos vivido; e quando o amor termina, as lembranças são transformadas em aromas que não podemos recuperar.

Agora eu vivo a memória da fragrância que um dia existiu e que me parece um sonho que se aproxima de longe, como se a vida que eu vivi não fosse mais do que um ensaio para a morte que me espera.

INTERSEÇÕES

No momento, meus problemas são minha incapacidade de me concentrar e minha confusão mental. Normalmente, os escritores não sabem como começar, porque o início dos seus romances define o final. Não sou um escritor e não estou no processo de escrever um romance. Deixo minha memória dizer o que ela quiser e as imagens se gerarem desordenadas, e é por isso que não me importo com o final, que não vou, de todo modo, escrever. Qualquer um que, como eu, queira contar sua história deve estar ciente de que nunca escreverá o fim, porque não o conhece.

Meu problema é mais simples. Agora que abandonei a ideia de escrever o romance sobre Waddah do Iêmen, a questão se resolveu sozinha, e tudo que tenho a fazer é entrar no assunto e ignorar o sopro de poesia com o qual a história de Waddah encheu as primeiras páginas deste texto e fez com que eu me perdesse nas meditações e memórias e abandonasse a busca por um começo que se encaixasse no final.

O assunto é simples e fácil.

Era o dia 10 de fevereiro de 2005. Deixei meu trabalho no restaurante às sete da noite. Fui para casa, tomei banho e fui ao cinema. Encontrei com Sarang Lee no cruzamento da Quinta Avenida com a Rua 12 e caminhamos juntos. No saguão, comprei um copo de café e, para minha jovem amiga, um saco de pipoca e uma Coca-Cola. Entramos e descobrimos que a sala estava lotada.

Até aquele momento, Dália estava completamente ausente da tela da minha memória. Nova York era uma grande borracha que apagara minha memória e me fizera aproveitar os pequenos detalhes da vida. "Esta é a vida!", eu disse à minha alma. "A vida está em viver o presente como ele é." Invejei aqueles americanos que fizeram as pazes com os detalhes da vida. Eles esqueceram os objetivos maiores, esqueceram os massacres cometidos na sua terra. Até o grito de guerra contra o Iraque e o ódio histérico contra os franceses que o acompanhou pareciam falsos, apenas um entretenimento.

Eu me convenci de que aqui finalmente teria que viver e aproveitar a vida. Todos os meus casos com mulheres eram efêmeros, e eu me recusei a permitir que elas rompessem as paredes da minha alma que, depois de Dália, eu tinha reconstruído, adicionando um escudo de ferro que brotou do meu peito. Mesmo Sarang Lee eu tinha mantido fora desse escudo, e, mesmo quase deslizando num amor que considerara, desde o início, proibido, consegui não escorregar. Do passado, fiquei só com o passado do passado e me camuflei com as histórias dos meus ancestrais, os poetas árabes, considerando tal camuflagem nada mais do que um jogo, até que, naquela noite congelante de Nova York, as coisas viraram de cabeça para baixo.

Nova York é uma cidade rítmica. Nela, descobri que a vida cotidiana se compõe de um conjunto de vozes que se harmonizam ao longo de inúmeras trajetórias. Não acreditem nos poetas! Esta não é apenas uma cidade de aço e arranha-céus, mas também uma cidade de componentes requintados onde se vive, a um só tempo, entre o estranhamento e a familiaridade. Uma cidade sem memória! Um dos meus clientes libaneses me dissera que ela se assemelhava a Beirute, embora eu não acreditasse nele, a menos que considerássemos que ambas as cidades vivam dentro de uma memória perdida que não recorda.

Eu me recriei. Tornei-me um lobo solitário e esqueci os sentimentos de uma só vez — um homem sem afiliação nem língua, um homem que passou dos cinquenta anos, que começa sua vida nos momentos finais e se embriaga com a morte.

Fiz da pequena cozinha do restaurante meu mundo, e meu amigo Haím ficou tão satisfeito com minha dedicação que sugeriu que abríssemos um restaurante de verdade, no qual eu seria chef, mas recusei. Ele disse que eu não tinha ambição, e estava certo. Dane-se a ambição! Meu mundinho e meus pequenos sucessos são suficientes para mim, assim como os livros que leio, os bares que frequento e minhas mulheres passageiras.

Decidi escrever como se eu fosse um leitor, que é onde está o verdadeiro prazer. Você abre a capa do livro, teme seus mundos misteriosos, depois vai se aproximando dele como quem para na praia, hesitante diante da água. Então, quando mergulha, descobre que se tornou parte das ondas, do seu fluxo, subindo e descendo, e sente que é o verdadeiro autor do livro, pois ele se tornou uma propriedade sua, só sua. Foi assim que vivi meus dois primeiros anos nesta cidade. Eu ia ao cinema, gostava de balé e de música, tomava vinho francês e vodca e lia como se escrevesse.

Sarang Lee não fazia parte do meu mundo. Ela era apenas um sopro de ar fresco e só entrou na minha vida depois da crise pela qual passei, quando decidi reescrever o romance que eu viria a escrever, e se tornou companheira da minha agonia.

Não quero generalizar e dizer que toda escrita é uma forma de morte, mas é assim que me sinto agora, enquanto escrevo. Talvez todos os escritores tenham esses pensamentos, não sei. No meu íntimo, acredito que os escritores se aproximam da morte, certos de que nunca morrerão e de que a morte é apenas um jogo artístico que lhes permite acessar as emoções mais extremas. Pessoalmente, eu discordo. No instante em que recuperei a consciência, senti que a morte havia chegado tão perto de mim que nunca mais seria capaz de me libertar das suas garras, e que minha decisão de abandonar a história de Waddah do Iêmen para escrever a história da minha relação com o filme que eu tinha acabado de ver, com a consequente necessidade de escrever a história da minha própria vida, foi o instante da morte, do qual nenhum homem pode escapar.

Nenhuma alma sabe em que terra morrerá, como diz o Alcorão.

O que me deixou louco foi a falsificação da verdade. O fato de o diretor ficar de pé, acompanhado pelo autor de *Porta do sol*, para falar da Palestina antes do início da exibição, não me provocou. Considerei aquilo uma situação normal que não exigia nenhuma atenção especial. Mas, quando o filme começou a contar a história do suicídio de Assaf depois da morte do seu amigo Dani em Gaza, no início da

Segunda Intifada, senti o fogo inflamar meu cérebro; antes daquele dia maldito, eu nunca tinha sentido como se as dobras do meu cérebro estivessem em chamas e o sangue prestes a explodir nas minhas veias. Eu conhecia toda a história — não apenas a história de Assaf, cujo vídeo, gravado antes do seu suicídio, Dália havia me mostrado, mas também a história de Yibna, a cidade onde nasceu o mártir palestino Fahmi Abu-Ammuna — do início ao fim.

Minha avó Najiba, que veio me visitar uma vez em Haifa, é originária de Yibna. Ela morava em Lidd e depois fugiu com o resto daqueles que debandaram, apenas para se encontrarem de novo em Yibna. Ela me contou tudo. Não sei como ela reconstruiu a relação com sua família no Campo de Nussairat, em Gaza, depois que foram expulsos de Yibna, mas ela sabia de tudo — o que me levou a visitar a família muitos anos depois, quando cheguei a encontrar o irmão da minha avó, Abdulghaffar, cuja história mereceria ser contada.

Sarang Lee estava certa? Eu deveria ter ficado em silêncio, deveria ter ido até o diretor e tê-lo cumprimentado, e depois saudado o escritor, demonstrando minha admiração pela sua obra?

Como eu poderia admirar o que sabia ser falso? Eu conhecia Khalil Ayyub, o narrador e protagonista de *Porta do sol*, e conhecia sua mãe. Encontrei com Khalil algumas vezes às margens do mar Morto e o homem me pareceu mais um poeta do que um comandante militar, apesar de ter sido responsável por um dos braços da Força de Segurança Preventiva Palestina antes de se tornar governador de Nablus. Quanto à mãe dele, Najwa Ibrahim, ela era a bela enfermeira que conheci no hospital de Ramallah, quando quebrei a mão em decorrência de um acidente de carro, e que me pediu que a ajudasse a vender sua casa em Lidd, que herdara do marido beduíno.

Eu não disse a verdade a Sarang Lee; contei apenas uma parte da história, deixando a outra na obscuridade. A verdade é que, três dias antes de ir ver o filme, tive uma experiência pessoal aterrorizante: encontrei Mamun, o cego, por acaso em Nova York. Esse encontro, que não sei como descrever, ou se algum dia serei capaz de transformar em palavras, me reduziu a um trapo molhado de perplexidade e tristeza e dilacerou minha alma.

O cego Mamun, que viveu num quarto no quintal da nossa casa no gueto durante sete anos e foi o substituto do meu pai para mim, e que fez eu me sentir órfão quando nos deixou, de repente apareceu, mais de cinquenta anos depois, na forma de um homem idoso com a auréola de especialista, vindo do Cairo para Nova York para dar palestras sobre literatura palestina e discorrer sobre a imagem de Rita na poesia de Mahmud Darwich.

Sua fala era cativante, e a habilidade de alternar entre árabe e inglês era espantosa. Aproximou-se do púlpito com passos hesitantes, mas, assim que tomou sua posição, ele foi se transformando, com seus óculos escuros, numa combinação de Taha Hussain e Edward Said. A hesitação do cego desapareceu e deu lugar ao domínio absoluto da língua. Começou falando sobre a cidade de Lidd, onde vivera até os vinte e cinco anos; contou que a tragédia de Lidd o ensinou a ler o silêncio das vítimas e disse que a poesia de Mahmud Darwich era forjada a partir das lacunas de silêncio que formam a base para os ritmos dos significados.

Em vez de ouvi-lo, ouvi a voz da minha memória, descobri que só os poetas podem despertar as vozes dos que partiram e vi a criança que eu fui nas ruas de Lidd voltar para mim numa membrana de lágrimas que se acumulavam no canto dos olhos, sem cair.

Assim que encontrei Mamun, o amigo da minha infância e o professor que me traiu quando eu tinha sete anos, partindo para o Egito para terminar seus estudos universitários e me deixando sozinho com minha mãe, eu perdi tudo de novo e senti que aquele "eu" no qual tropeçara era uma ilusão, porque, no que diz respeito a Mamun, eu não passava de uma história que merecia encontrar quem a escrevesse.

Foi o que ele me disse, literalmente, quando aceitei seu convite para tomarmos alguma coisa no saguão do hotel depois da palestra. Ele me disse que eu estive com ele todos esses anos como uma história que daria uma boa metáfora, uma história que ele tentou escrever várias vezes, sem sucesso.

Ele disse que a maioria das histórias não encontra ninguém que as escreva e que ele lamentava nunca ter sido capaz de escrever a minha história, nem mesmo nas suas memórias, as quais ele decidira finalizar logo, antes da partida final, que estava próxima.

Não lhe pedi nenhum esclarecimento adicional, pois fui tomado pela tristeza e considerei inútil tentar investigar uma história cujas testemunhas já tinham todas morrido, com exceção desta última, que foi incapaz de escrevê-la.

Mamun contou minha história, que ninguém conhecia, exceto duas pessoas, ele e Manal. Quando ele viu que fiquei surpreso, expressou seu espanto por Manal não ter me contado. Ele disse que a fez prometer que me diria a verdade quando eu fizesse quinze anos, porque uma pessoa deveria saber a verdade sobre si mesma, e não viver uma ilusão.

E ele contou.

Eu o escutei com os olhos, e me vi bebê, atirado, dormindo sobre o peito da minha mãe.

Meu Deus!

De onde esse cego saiu com essa história?

Meu Deus! De repente, no fim da minha vida, descubro que eu não sou eu e que o "eu" que vejo nos espelhos dos outros se estilhaçou.

Mamun contou que ele tinha deixado a cidade com o resto daqueles que fugiram e caminharam na trilha da morte sob as balas, o sol e a sede, mas, antes de chegar a Naalin, ele me encontrou atirado embaixo de uma oliveira, sobre o peito de uma mulher morta.

Ele disse que eu ainda era um lactente (Manal estimou que eu não tinha mais do que quarenta dias de idade) e que decidiu me pegar e me levar para minha família, fazendo o caminho de volta para Lidd, mas ninguém dos grupos deslocados, que padeciam de sede e fome, muitos desaparecendo para sempre no descampado, olhou para mim ou quis ficar comigo. Ele disse que me ergueu bem alto e gritou para todos que tinha encontrado aquela criança deitada sob uma oliveira nos braços da mãe, que havia deixado esta vida, mas ninguém parou para fazer perguntas nem pegar a criança das mãos do jovem cego. Quando ele chegou à cidade fantasma chamada Lidd e se viu num hospital, uma jovem enfermeira chamada Manal veio até ele, tirou-me das suas mãos e disse que eu seria filho dela.

"Então Manal não é minha mãe?", perguntei.

"Nem Hassan Dannun é seu pai!", respondeu.

"E ninguém veio me procurar?"

"Sua verdadeira mãe estava morta, e eles provavelmente pensaram que você tinha morrido com ela."

"Então por que você...?"

"Sei lá! Juro que eu o peguei sem pensar, voltei para Lidd e fiquei preso no gueto."

"Então você é meu pai."

"Se você quiser, mas sei lá... você é filho da oliveira."

Ele contou que tinha pensado muito em escrever um romance intitulado *O filho da oliveira*, e que contaria, através de mim, a história da terrível tragédia sofrida pelo povo de Lidd, mas não conseguiu. Disse que era um crítico, não um romancista. "E essa é uma história que pede um romancista, como Ghassan Kanafani ou Emile Habibi."

"Mas como você pôde me ver? Você é cego!"

Ele disse que quem me viu foi seu amigo Nimr Abu-Alhuda, que o guiava pela mão o caminho todo, e que quando ele se abaixou para me pegar, ouviu Nimr lhe dizer para me deixar ali e ir embora, mas ele me pegou e voltou por conta própria, pois seu amigo Nimr tinha desaparecido na multidão.

Eu disse que não acreditava nele, apesar de ter acreditado, e a verdade é que não senti nada. Tudo o que eu senti foi que Mamun tinha me abandonado quando foi para o Egito, e ele não tinha esse direito.

"A culpa foi de Manal. Eu lhe disse: 'Vamos nos casar e ir embora; a gente leva o menino junto', mas ela respondeu que não iria deixar a Palestina."

A história parecia sem sentido para mim. Não me importava de quem eu era filho. Ser o filho da oliveira em cuja sombra minha verdadeira mãe morrera, e cujo nome eu não sabia, era melhor do que ser o filho de um mártir que morreu na guerra da Nakba e o neto de um herói da Primeira Guerra Mundial.

Eu disse a Mamun que Manal tinha razão em não me contar e não estava com raiva dela, mas que agora eu começava a entendê-la, embora não conseguisse entender o próprio comportamento de Mamun. Como ele pôde deixar o filho e ir embora, e nunca ter perguntado sobre ele?

Ele disse que se arrependeu, e esperava que eu aceitasse seu convite para visitá-lo no Egito.

Ele me contou toda a história e eu ouvi como se fosse um conto de fadas, e quando me levantei para ir embora, às três da madrugada, ele reiterou o convite para visitá-lo no Cairo.

Eu fugi de um livro que nunca foi escrito e descobri que não sabia quem eu era.

Sou filho da história?

Os filhos das histórias crescem rápido e morrem rápido, e eu também. Todos nós somos filhos de uma história, porque a vida nos leva para onde bem quer, como as histórias fazem com seus heróis.

Eu era parte de uma história da qual tentei escapar e me vi cativo de outra. Minha nova história transformou o sussurro da primeira em silêncio.

Para existir, eu devo não existir. Esse foi o truque que criou o começo da minha vida e me acompanhou por cinquenta anos. Eu recriei minha vida seis vezes: uma vez, ao fugir da minha mãe e aceitar um emprego na oficina mecânica do sr. Gabriel, um judeu; uma segunda vez, ao entrar na Universidade de Haifa e viver na companhia de judeus religiosos; uma terceira vez, ao ler e analisar a literatura israelense; uma quarta vez, ao me tornar jornalista e escrever sobre música oriental e Umm-Kulthum; uma quinta vez, através do meu relacionamento com Dália; e uma sexta vez, ao emigrar para Nova York, largando tudo para trabalhar no restaurante. Hoje é a sétima vez, e estou recompondo minha vida, ao reunir os retalhos, desamarrar os fios e tecê-los numa nova vestimenta que só pode ser minha mortalha. Isso é escrever. Não acreditem nas alegações dos intelectuais e dos artistas: a arte não derrota a morte, como escreveu Mahmud Darwich. A arte nos tece uma mortalha de palavras e cores na qual nos envolvemos, fingindo encontrar esperança onde não há nenhuma.

Quando uma pessoa chega ao ponto de afirmar que está reunindo os pedaços da vida, ou das vidas, que viveu ou supõe ter vivido, ela descobre que seus dias passaram como um sonho evasivo.

Sou filho da história e da sede. A água da minha história é inesgotável e minha sede é insaciável.

SEDE

Nasci na sede, foi isso que minha mãe disse. Agora, enquanto escrevo sobre aquela mulher que desapareceu da minha vida quando eu tinha quinze anos, não sei se seus lábios estavam realmente rachados em linhas paralelas, retas, ou se é a imagem da sede, que me persegue desde a infância, que torna seus lábios sedentos sempre que eu me lembro dela.

Ela era minha mãe, e ela era Manal, filha de Átif Sulaiman, da vila de Eilabun na Galileia. Quando me lembro dela, ponho o verbo "ser" no passado, depois o nome e só. Para mim, ela é um sujeito numa frase sem predicativo. Quando eu saí de casa, aos quinze anos, para trabalhar na oficina mecânica do sr. Gabriel, em Haifa, descobri que essa mulher tinha passado pela minha vida como uma brisa, não deixando nada além do seu mundo de histórias, de quem só recordo os lábios rachados, os largos olhos amendoados, onde no fundo das pupilas uma cor marrom-escura ondulava, duas linhas finas quase invisíveis nas bochechas e um sentimento profundo de que eu tinha sido abandonado para viver sozinho.

Não sei o que trouxe essa mulher da Galileia para Lidd, ou por que ela fugiu da sua aldeia e se estabeleceu numa cidade quente e úmida sob cerco. É isso que é o amor?

Ela disse que um único olhar de Hassan foi o suficiente para mudar o curso da sua vida. Quando ela falava comigo sobre Hassan, olhava para mim com olhos de dó e dizia que se espantava que "este Adam" — ou seja, eu — não se parecia com o pai.

Hassan era alto, moreno e de ombros largos. Olhos castanhos, com um brilho fulminante, e o sorriso, que iluminava seu rosto, sinalizava sua postura diante da vida.

Ela disse que o conheceu em Eilabun. Ele fazia parte dos combatentes *fedayín* de *Aljihad Almuqaddas*. Ele lhe perguntou onde ficava o olho-d'água da aldeia, então ela caminhou com ele e, em vez de levá-lo até a água, foi ele quem a levou à sua cidade.

Essa mulher amou um único homem. Ela me contou que quando se casou com Abdallah Alachhal e fomos morar com ele naquela casa — um casebre — no flanco do monte Karmel, não foi por amor, mas por resguardo. Olhei para ela com olhos estranhos e não disse nada; decidi ir embora.

Eu tinha dez anos quando decidi deixar essa mulher para sempre. Não sei de onde veio esse "para sempre"! Lembro, porém, que foi isso que sussurrei para mim mesmo, mas só pus minha decisão em prática cinco anos depois. Essa é outra história, e é o começo da minha própria história.

Minha mãe era uma mulher feita de palavras, um sujeito sem outro predicativo além do gueto, como se tivesse nascido lá. Ela não tinha família, nem aldeia, nem memória. Ela não falava de Eilabun nem da sua família e só mencionou sua vida anterior uma única vez, quando me disse que eu me parecia com Dawud e meu destino seria como o dele. Ela disse isso resmungando, porque eu não me parecia com o homem que ela amava.

"E quem é Dawud?", perguntei a ela.

Eu tinha sete anos. Eu estava à sua frente enquanto ela cortava meu cabelo.

"Você chama isto de cabelo?", perguntou.

"O que há de errado com ele?", repliquei.

"Loiro", respondeu, e acrescentou que estava triste por mim porque eu não me parecia com meu pai, mas sim com Dawud.

Quando perguntei quem era Dawud, ela disse que meu pai tinha sido um herói e, quando ela me deu à luz, sentiu que Hassan voltara para ela. Ela queria me chamar de Hassan por causa dele, mas Hajj Iliya Batchun, chefe da comissão dos habitantes no gueto, disse que eu era a primeira criança nascida no gueto, portanto meu nome deveria ser Adam, e foi isso que aconteceu, contra sua vontade.

Perguntei-lhe novamente sobre o Dawud com quem eu me parecia, mas ela não respondeu e tive que esperar oito anos para ouvir, naquela noite chuvosa de Haifa, a história de Dawud e suas andanças intermináveis.

Não sei por que não perguntei mais! Naquele momento, eu me senti pronto para escapar da armadilha da vida que meu padrasto impôs a mim e ficava apavorado com os ventos violentos do mar, que faziam nosso casebre tremer.

Eram duas da manhã. Eu não tinha dormido naquela noite e estava preocupado. Então veio a chuva para fazer com que eu me sentisse inteiramente sozinho neste mundo, tendo que desenhar minha vida outra vez. Eu estava sentado na sala de janela retangular e larga, que minha mãe usava como oficina de costura, ouvindo o barulho da chuva batendo contra o vidro. Eu a vi entrar usando a longa camisola azul-clara e ficar ao lado da janela. Ela olhou para mim com os olhos meio fechados e disse, sussurrando, que sabia que eu ia embora.

"Desde o dia em que te pari, sabia que você era como Dawud."

Ela contou a história das intermináveis andanças do homem. Disse que o perderam porque a estrada o engolira.

"Eles foram expulsos de Eilabun, caminharam e caminharam até chegarem ao Líbano, e em Tiro sentiram sua falta. Alguém disse que ele foi visto em Sidon. Seu irmão foi procurá-lo em Sidon, onde lhe disseram que ele foi visto em Beirute, e em Beirute disseram que ele estava em Trípoli, e em Trípoli, que estava em Alepo, e em Alepo disseram que ele estava em Lataquia, e em Lataquia, que estava em Antioquia. Seu irmão voltou de Lataquia para Sidon, dizendo que não pôde continuar. 'Aonde eu deveria ir? Talvez ele esteja no fim do mundo agora. Eu deveria ir para os confins da Terra atrás dele?' E quando foi decidido que os habitantes de Eilabun deveriam voltar para sua aldeia, um ano depois de terem sido expulsos, seu irmão Subhi estava no meio das famílias que se reuniram para esperar pelos ônibus, chorou e fez todos chorarem. Ele disse que Dawud ainda devia estar andando para o norte e continuaria andando até chegar ao fim do mundo."

Manal disse que o povo de Eilabun voltou para sua aldeia, mas Dawud continuou desaparecido: "E você se parece com ele. Você também vai andar até o fim do mundo e eu não posso impedi-lo, porque você está seguindo seu destino".

Ela se aproximou de mim. Pensei que ia se abaixar e me abraçar, apertar-me contra o peito, mas ela permaneceu parada no lugar. Pensei ter visto lágrimas nas bochechas dela, mas não tinha certeza. A escuridão e a luz pálida da lâmpada me faziam enxergar as coisas como sombras.

Agora, também vejo Manal como uma sombra desenhada em preto e vejo seus lábios sedentos. No passado, eu achava que os lábios rachados eram uma marca indelével dos dias de sede no gueto, mas agora vejo as coisas de outra forma. Acredito que os lábios racharam sequiosos por um beijo. Tenho certeza de que a relação dela com meu pai era uma sede de amor que só se realizou no leito de morte, e que o outro homem — que se casou com ela cobiçando a casa de Lidd, que ele acreditava ser dela, mas veio a descobrir que ela não tinha nada — nunca a beijou nos lábios, porque ele não sabia como beijar uma mulher, ou pensava que beijar uma mulher a igualava ao homem. E quando fiquei sabendo que ela morreu sozinha em Eilabun depois do seu divórcio e que nos seus últimos dias ela pediu para me ver, não chorei. Eu estava me embebedando num bar em Tel Aviv e não sei que diabo me possuiu, mas minha reação à notícia foi rir. Foi desprezo o que vi no rosto do homem que me contou que estava me procurando havia tempos porque eles me queriam lá na aldeia por causa das condolências. Ele virou as costas e saiu, resmungando insultos.

Agora, quando me lembro da história, meus olhos ficam cheios d'água e sinto nos lábios o gosto das lágrimas. Choro sem chorar; meu choro não tem sentido, pois chorar também tem seu tempo, e esse tempo tinha passado.

Levantei-me, enchi meu copo com vinho tinto francês, acendi um cigarro, abri a janela para que eu pudesse respirar o ar quente de verão de Nova York, que penetra o rosto feito agulhas, e decidi esquecer a mulher novamente.

Posso dizer que vivi sozinho dentro das jaulas do gueto feitas das palavras e das histórias da minha mãe, e da nostalgia dela pelos tempos do arame farpado. Essa história fincou-se na minha memória tão firmemente como se eu a tivesse vivido e como se o arame que circundasse o bairro de Sakna, onde ficava o hospital em que nasci e no qual Lidd foi transformada num campo de detenção cercado por todos os lados por sepulturas, fosse minha vida; ela se tornaria minha história secreta por mais de cinquenta anos. Quando me perguntavam na Universidade de Haifa de onde eu era, eu sempre respondia com uma única palavra: do gueto. Eu achava que meus colegas, garotos e garotas, me olhariam com pena por eu ser filho de um sobrevivente do gueto de Varsóvia.

Eu não estava mentindo. Conheço bem as histórias do gueto de Varsóvia, assim como conheço as histórias do gueto de Lidd. Tais histórias se assemelham umas às outras, como os mortos. As histórias do primeiro, eu li tantas vezes, até ficarem gravadas na minha memória, e as do segundo eram como uma tatuagem na minha alma — histórias que li e histórias que ouvi, não apenas com meus ouvidos, mas com meu corpo, sobre o qual as palavras da minha mãe foram traçadas.

Mesmo assim...

Não quero mentir agora como menti durante a infância e a juventude. Ou melhor, eu não mentia: quando me perguntavam quem eu era, eu passava os dedos pelo meu cabelo loiro e crespo e dizia uma palavra, e o ouvinte entendia que eu me transferia para a memória dele, não para a da minha mãe. Era, é claro, uma mentira silenciosa, mas só se acreditarmos que as nuvens estão mentindo quando não trazem chuva. O silêncio tem sido a marca distintiva da minha vida, e era isso que tínhamos em comum, minha mãe e eu. Agora, eu chamo a mulher de minha mãe, mas não me lembro de tê-la chamado por nada além do nome dela, esvaziado da água da maternidade.

Manal era jovem e permanecerá assim para sempre. Se eu a conhecesse agora, iria tratá-la como uma criança. Ela era uma criança que nunca deixou a infância. Apaixonou-se por um homem vinte anos mais velho como se fosse um jogo, e o jogo a levou a uma tragédia que desenharia uma máscara permanente de dor infantil no seu rosto.

Eu lhe disse que ia embora. Eu era jovem. Uma penugem já estava traçando meu bigode e eu tinha decidido que não poderia mais suportar a vida ali, ao lado do lixão, onde Abdallah Alachhal morava com a mulher dele e o filho dela.

Ele nunca me chamou de "filho", nem sequer dirigia a palavra a mim. Ele falava com minha mãe quando precisava falar comigo, já que eu era filho dela. Eu não sabia nada sobre aquele homem. Eu odiava o cheiro de conhaque misturado com o de lixo que vinha da sua boca e da sua roupa. Quando mais tarde conheci sua história, a pena se misturou à aversão, por ele e por mim mesmo. Ele me odiava e odiava a insistência da minha mãe em me mandar para a escola em Wadi-Annisnas.

Quanto a mim, eu não me importava. Os livros eram portas que eu abriria para o mundo, e o professor de hebraico ficava surpreso com meu encantamento pela "língua da bênção", como ele chamava a língua da Torá, e por eu ser o único da classe que falava bem o idioma. Era minha porta para o mundo. Nunca entrei no mundo dos livros infantis, que não me atraíam, mas sim no mundo amplo criado pela literatura. Memorizei a poesia de Bialik e li os romances de Yizhar, fiquei enfeitiçado por Agnon e encantado com Beniamin Tammuz, mas meu verdadeiro amor era pela literatura russa traduzida.

"Seu filho tem que trabalhar", disse o homem à minha mãe, numa noite chuvosa de inverno.

Quando chove em Haifa e o vento do mar salgado se espalha, você sente, você que mora no flanco do monte Karmel, que está numa arca arremessada pelas ondas, e que a pomba se afogará no mar.

Contei à filha do dono da oficina em que eu passei a trabalhar e viver, cujo nome era Rifqa, sobre Haifa, que a cidade se parece com uma pomba plantada na água. Foi por aí que entrei no coração dela. A garota só entendeu o que eu quis dizer com essa comparação quando fomos juntos para o mar num barco de pesca. Lá, Rifqa descobriu a pomba e quase se afogou... e essa é outra história que merece ser contada.

"Não posso gastar mais com ele. Já está do tamanho de um burro, então tem que trabalhar e me ajudar", disse meu padrasto.

O burro decidiu ir embora. Naquela noite, ele não dormiu, e às duas da manhã Manal veio até ele e ele não lhe contou, porque ela já sabia.

Fiquei surpreso com o fato de a mulher não me perguntar para onde eu ia. Ela se abaixou, me beijou e disse que era hora, então entendi que ela sabia e que queria que eu fosse.

Ela foi para o quarto e voltou na ponta dos pés descalços, deu-me uma longa carta escrita a tinta quase apagada, juntamente com uma folha de papel escrita com letra legível.

"Estes papéis", disse, "são a herança do seu pai. Estou dando a você, mesmo que ele os tenha deixado para mim, pois eu não os mereço. Eles são o legado que seu pai deixou para você."

Peguei os papéis e quase ri. "Você chama estes papéis de herança?", perguntei.

"Nós não temos mais nada", ela respondeu, "além de palavras."

Essa foi nossa despedida. Ela disse que talvez tivesse errado: "Bem, bem, talvez tivesse sido melhor enterrar a herança com seu pai, mas naquele tempo, ai de mim, não sabia o que estava acontecendo, tudo ficou misturado com tudo. Eu não soube o que fazer e agora entrego a você o que foi confiado a mim. Você é filho dele. Faça como quiser".

Coloquei a herança na minha bolsa, fui embora e, quando li as páginas no quarto minúsculo em que me instalei, na mecânica do sr. Gabriel, senti-me pela primeira vez como uma personagem de um romance, não uma pessoa real. Quando, quarenta anos depois, em Nova York, ouvi meu amigo cego Mamun me contar minha história como ele a vivera em Lidd e no meio da caravana da morte que havia deixado a cidade, senti como se um raio tivesse me dividido em dois e não sabia mais quem eu era. É uma história que "se for inscrita com agulha na retina dos homens, servirá de lição para quem quiser aprender", como disse Chahrazad no seu livro (convidando-nos para ler a história com os olhos cegos de Mamun).

O CEGO E O GOLEIRO

Nada sobrou da minha infância a não ser uma vaga imagem de dois amigos com quem vivi nos tempos do gueto ao ritmo das histórias da minha mãe.

Posso descrever Mamun e Ibrahim como amigos?

Ibrahim era amigo de Mamun, por isso se tornou meu amigo. Mamun foi quem criou essa tríade da amizade, que mais parecia uma escala em termos de idade. Mamun era dezoito anos mais velho do que eu, mas a diferença entre mim e Ibrahim era de apenas cinco anos. Mesmo assim, Mamun foi capaz de construir uma pirâmide de amizade. Ele nos uniu num cadinho que só pode ser compreendido pela sensação de perda que transformara os habitantes da cidade de Lidd em estranhos.

Mamun foi meu primeiro amigo.

Chamei o homem de amigo porque ele insistiu nisso, mas teria sido mais apropriado chamá-lo de pai. Não sei nada da relação dele com minha mãe, mas cresci encontrando-o na nossa casa. É verdade que ele chamava o quarto em que morava de sua casa, mas seu quarto ficava no quintal da casa que havia se tornado nossa depois da queda de Lidd; então era como se ele morasse conosco. Com ele, eu aprendi a ver de olhos fechados e a ler as letras na penumbra.

O homem cego era como um pai. Com ele, eu descobri que vivia num mundo imaginado, mesmo que fosse real e tangível. As coisas ao meu redor eram substitutas de outras coisas. Nossa casa não era nossa casa, mas uma substituta para aquela que tinha sido ocupada por pessoas vindas da Bulgária. Aquela casa, que não tínhamos o direito de habitar, minha mãe chamava de "nossa casa", enquanto chamava aquela em que morávamos de "casa dos Alkayali". Da mesma forma, meu pai, que tinha morrido antes de eu nascer, tornou-se pai na história, mas meu pai do dia a dia foi o cego que me ensinava e cuidava de mim porque minha mãe estava ocupada o dia todo trabalhando no pomar vizinho.

Quando foi removido o arame farpado, que havia definido as fronteiras do gueto onde o povo da cidade viveu após a ocupação da sua cidade e o massacre da mesquita de Dahmach — depois do qual a grande maioria foi forçada a se deslocar na "Caravana da Morte" —, Mamun, o cego, tornou-se professor do gueto. Ele foi o único entre os jovens que se formou, em 1948, no Colégio Amiriya, em Yafa, e obteve o certificado de *matriculation*. Por isso ficou acordado que ele abriria uma escola para ensinar quinze jovens, meninos e meninas, com idade entre cinco e catorze anos, que eram todos os que restavam da geração mais jovem de Lidd. Frequentei essa escola bizarra por dois anos, até que foi fechada depois que a cidade voltou à normalidade e se abriu a primeira escola árabe oficial, que ficou sob a responsabilidade de um professor de Nazaré, chamado Awwad Ibrahim.

Mamun conseguiu transformar sua escola, que ele chamou de *Oásis de Lidd*, no único lugar que preservava alguns vestígios da cidade arrasada.

Como o jovem cego conseguiu administrar uma escola composta de uma única sala de aula, reunindo uma diversidade de idades e níveis, foi uma história incrível que fez de Mamun "a única pessoa de visão na cidade", como descreveu o enfermeiro Ghassan Bathich durante a celebração de despedida do professor Mamun, realizada na praça em frente à mesquita. Ele tinha decidido viajar para Nablus e se juntar à sua família, de onde partiria para o Cairo ou para Beirute para completar seus estudos.

Naquela época, ninguém se opunha à ideia de alguém deixar a Palestina, cujo nome se tornou hoje "Israel". Uma vez que, com a abertura da escola oficial, o professor cego perdera o emprego, porque a Secretaria de Educação da cidade, devido à sua deficiência, recusou seu pedido para integrar o quadro de docentes da nova escola como professor de inglês, não havia mais razão para ficar longe da sua família, que se mudara dois meses antes da queda da cidade.

Mamun se recusou a sair e atravessou sozinho o cerco de Lidd e o massacre. No êxodo em massa, conhecido como "Caravana da Morte", ele decidira voltar, porque percebeu que a humilhação que enfrentaria no exílio não seria muito diferente daquela que iria enfrentar na cidade ocupada. Uma vez, ele contou aos alunos da sua escola que tinha decidido voltar porque preferia morrer com os tiros a morrer de sede no deserto. E ali, em Sakna, o bairro que se tornaria o gueto cercado por arame farpado da cidade, ele dormiu na Grande Mesquita por dois dias, antes de encontrar para Manal a casa em cujo quintal ele viveria, num cômodo construído originalmente para armazenar alimentos.

Mamun inventou um método de ensino único. Ele dividiu os alunos em três grupos: a classe dos grandes, a dos médios e a dos pequenos. Ele ensinava árabe, inglês e matemática para os grandes e estes, por sua vez, ensinavam para os médios, que ensinavam para os pequenos. Os livros didáticos foram trazidos pelos grandes, das suas incursões às casas abandonadas, a quem ele pedira que pegassem o que encontrassem de livros, cadernos e lápis.

Assim, o trabalho na escola se firmou, e nosso professor tinha uma memória incrível, como se tivesse aprendido todos os livros de cor. Ao nos ensinar, ele parecia ler com as sobrancelhas, que se moviam e lhe permitiam ver tudo. Ele nos corrigia mexendo o dedo, desenhava as palavras no ar, e nada escapava a ele, tanto que os alunos achavam que o cego não era cego, que enxergava, mas usava óculos pretos espessos só para que pudesse ler os segredos das pessoas.

Entre todos os alunos, Mamun escolheu como amigo Ibrahim, que era um estudante esforçado, mas não tinha um desempenho excepcional em nenhuma matéria. Apesar disso, o professor Mamun o escolheu como amigo porque via nele o vigor palestino que inevitavelmente acordaria quando o terror dos dias da Nakba terminasse!

Quando ele nos deixou, para completar seus estudos, senti-me órfão e senti meu mundo desmoronar, e eu não conseguia mais enxergar as coisas. Depois da sua partida repentina, que não pude compreender, tudo perdeu o sentido. Dois meses mais tarde, Ibrahim nos deixou também, dizendo, pulando de alegria, que sua mãe tinha decidido voltar e viver com sua família em Nazaré. Nazaré, segundo o que ele nos disse, repetindo as palavras da sua mãe, ainda era uma cidade árabe: "Lá podemos respirar e morrer, porque estaremos entre a nossa gente, e lá posso realizar meu sonho e me tornar goleiro num time de futebol".

Eu tinha sete anos e me senti sufocado e sozinho. Acho que Manal também deve ter sentido saudade de casa, porque ela não era de lá, e seus dois homens a deixaram sozinha, com uma criança pequena chamada Adam; por isso, ao se casar com o homem que humilhou a ela e a mim, Manal encontrou uma porta para sair de Lidd e ir morar em Haifa.

Em Haifa, aprendi a ler as páginas do mar e a me tornar amigo da espuma das ondas que batiam na praia. Lá, na escola de Wadi-Annisnas, encontrei nos livros meu refúgio, meu mundo, e fiquei encantado com os livros do Antigo Testamento, especialmente com o das "Lamentações de Jeremias", no qual achei um eco da dor que, sem nenhuma razão clara, havia se espalhado pelos meus ombros. Minha mãe me levou a um médico árabe em Wadi-Annisnas, de cujo nome já não me lembro mais. Ele lhe disse que não havia "nada de errado com o menino — são sintomas psicológicos resultantes do trauma". Ele a aconselhou a cuidar de mim e disse que a melhor cura era o ar marinho e as águas ricas em iodo do mar.

Perguntei à minha mãe o que significava "trauma" e ela não sabia, mas a palavra me deu uma sensação de importância. Eu costumava dizer aos meus colegas de escola, quando eu não brincava de pula-sela, que tinha uma doença que se chamava "trauma". Isso virou um dos meus apelidos na escola, Trauma, e só fui descobrir o que significava na Universidade de Haifa, quando tive uma aula sobre o Holocausto nazista, durante a qual o professor descreveu o trauma que acometia os judeus que sobreviveram à calamidade.

De vez em quando, o cego me chamava de Naji, Salvo, e quando eu me revoltava, rejeitando esse nome, porque já tenho o nome Adam, o pai da humanidade, ele me dava tapinhas no ombro e me dizia: "Seu nome também é Naji, e o tempo vai lhe ensinar o que significa ter dois nomes".

Quando reclamei uma vez com a minha mãe que ele tinha me chamado de Naji na escola, ela sorriu e disse: "Deixe-o dizer o que quiser. Ele é cego, e os cegos veem coisas que a gente não vê".

Nunca perguntei, durante a infância, por que esse homem morava na nossa casa. Desde que me conheci por gente, ele era uma parte inseparável do meu mundo, então nunca perguntei à minha mãe: "Quem é Mamun?". Só uma vez, quando Manal me comunicou que havia decidido se casar com Abdallah Alachhal, perguntei por que ela não tinha se casado com Mamun. Ela não respondeu, e a pergunta permaneceu sem resposta. Por que eles viviam juntos, e qual era a natureza do relacionamento deles? Manal queria que Mamun fosse como um pai para mim, depois da morte do meu pai? E como poderia o povo do gueto aceitar esse negócio de um homem jovem vivendo com uma moça viúva na mesma casa?

Esse é o mistério da minha mãe.

Toda a minha vida senti que essa mulher se escondia atrás de um grande mistério cujos muros eu era incapaz de derrubar ou de abrir uma passagem neles. Ela guardou sua história nos seus olhos castanhos e nunca a contou para mim, e agora eu a vejo caminhando como um fantasma, seus pés sem tocarem o chão, vagando pela nossa casinha no flanco do monte Karmel e depois parando em frente à porta que dá para o mar de Haifa, aspirando o ar marítimo para bem fundo dos seus pulmões.

Uma mulher de sede, que enchia todos os recipientes da casa com água porque a experiência do gueto a ensinou a temer sua falta. Seu marido constantemente expressava desgosto pelo seu apego à água e a amaldiçoava por transformar a casa num charco.

Manal, minha jovem mãe, que se afogou nas suas lágrimas no dia da partida de Mamun, não chorou na noite em que eu anunciei que estava saindo de casa. Não pude ver o efeito do que disse nas suas feições, mas tive a sensação de que ela se afogara nos seus olhos e fora para longe. Seus olhos eram sua arma. Ela os abria até onde dava e então os apertava, como se abraçasse o mundo inteiro dentro deles, depois se enrolava no silêncio.

Mamun, Ibrahim e Manal, esse foi o trio que rodeou minha infância e formou minhas memórias do gueto. É verdade que, quando me tornei consciente do mundo, o arame farpado tinha sido removido e as pessoas do gueto não eram mais obrigadas a ter permissão do oficial israelense para deixá-lo. No entanto ele permaneceu na vida delas, e mais: sua presença se tornou ainda mais forte.

Quando, para ir à cidade, passávamos por lugares onde antes havia arame, nós nos curvávamos um pouco como se passássemos por baixo dele. Até mesmo Mamun, o cego, se abaixava, sem que ninguém lhe dissesse que a cerca havia estado ali. Nós nos abaixávamos e continuávamos nosso caminho, como quem se infiltrava de um lugar para outro.

As pessoas do gueto eram uma família, e eu, Adam Dannun, fui a primeira criança do gueto, então todos me adotaram. No entanto, o homem que ficou gravado na minha memória como um pai que não me gerou foi Mamun, que me cercou de todos os lados, me ensinou a ler a escuridão, e então me deixou ao meu destino e partiu.

O TESTAMENTO: MANAL

Manal disse que era o testamento dele e que eu tinha que levá-lo comigo aonde quer que fosse. Ela não me perguntou para onde eu estava indo ou como sobreviveria sozinho, ou que rumo daria aos meus estudos! Ela só disse que sabia que chegaria a hora, e parecia que havia chegado. Éramos como dois fantasmas estranhos balançando na escuridão de Haifa. Estou de frente para o mar distante, inalo a umidade da noite e vejo minha mãe se afastando.

Decidi ir embora porque não suportava mais o marido dela. Aos quinze anos, senti que eu já era um homem e que meu padrasto, que cheirava a lixo e conhaque, me odiava, e eu precisava me decidir por matá-lo ou ir embora.

Era o que eu pensava, então. Tinha certeza de que era a decisão certa: precisava escapar daquela atmosfera. Hoje, porém, eu descubro, enquanto escrevo estas histórias, que a decisão não foi minha e que fui embora porque minha mãe tinha se afastado.

Posso imaginar que a causa do seu isolamento e do seu silêncio era sua incapacidade de procriar. Seu marido, Abdallah, nunca parou de insultá-la porque não podia ter filhos, e ele queria um filho para carregar seu nome e não desejava ter como herdeiro aquele órfão "cujo nome vocês não sabiam, então o chamaram de Adam".

Ele me chamava de "órfão" e desprezava meu nome pois não era um nome, e minha ida à escola o provocava porque me transformava num fardo para ele e para a sociedade. O problema dele não era comigo, mas com Manal. Ele se casou com ela acreditando que a casa em que morávamos no gueto de Lidd pertencia a nós e ele poderia vendê-la quando quisesse. Quando descobriu que nossa casa estava catalogada como propriedade de ausente, que as autoridades israelenses confiscaram e entregaram a uma família de imigrantes búlgaros, e que a casa em que vivíamos pertencia à família Alkayali, que havia se mudado para a Cisjordânia, e então a propriedade passou a ser do Estado e, portanto, não tínhamos o direito de tomar nenhuma decisão relacionada a ela, ele enlouqueceu.

"O mártir não te deixou nada e eu odeio mártires", ele costumava dizer a ela quando estava bêbado, e eu assistia à sua humilhação, e à minha, e não podia fazer nada.

Por que eu não disse a Manal para vir comigo?

Por que ela não sugeriu vir comigo? Na despedida, bastou-lhe o silêncio. Depois, ela entrou no quarto de dormir e voltou com um envelope, que me entregou, dizendo: "Este é o testamento do seu pai", e me deixou sozinho no escuro.

Não sei por que não abri o envelope naquela noite! Coloquei-o entre minhas roupas e o carreguei comigo em todas as minhas andanças, mas não o abri até chegar à oficina. Naquele dia, não entendi nada e não encontrei nele nenhum segredo; pensei muitas vezes em rasgá-lo, mas não tive coragem, pois eu, como todos os palestinos que perderam tudo quando perderam sua terra natal, não jogo fora nada ligado à nossa memória fugitiva, pois somos escravos dessa memória. Não, não é verdade o que diz Jabra Ibrahim Jabra no seu romance *O navio*, que a "memória é como música". Não, a memória é uma ferida na alma que nunca fecha. Você tem que aprender a viver com o pus que escorre de todas as fissuras abertas.

Voltei ao testamento mais uma vez e descobri, ao lê-lo, que não tinha nada a ver comigo. Era uma carta que Ali Dannun, meu suposto avô, havia escrito para o seu pai, desde a Manchúria, pouco antes de morrer. Provavelmente o filho de Ali, meu pai Hassan, herdou a carta do seu avô, preservou-a e depois a entregou à esposa enquanto estava morrendo no hospital em Lidd, e ela nunca foi pensada como testamento. Não sei por que Manal achou que a carta deveria estar na minha posse e que eu tinha que suportar o fardo dos dois mártires, meu pai e meu avô!

Sinto que não consigo seguir escrevendo. Depois do meu encontro com Mamun, as acepções das coisas mudaram e eu me tornei igual a um cego. Dessa vez, as histórias eram verdadeiras. Mamun me disse, quando se despediu, que a história de Lidd fora inscrita nos seus olhos e que ele não escreveu a história da sua cidade porque a tinta com a qual fora inscrita era incolor, e tudo o que tínhamos de fazer era olhar nos seus olhos fechados e ler.

"Eu deixei você, Naji, meu querido, porque não tive outra opção."

"E qual era o nome do bebê que você encontrou sob a oliveira, no peito da mãe morta?", perguntei a ele.

"Como eu poderia saber? É por isso que chamei você de Naji."

"Quero meu nome original", eu disse.

"Seu nome, Naji, meu querido, é Naji."

Não acreditei nele. Não estou dizendo que não acreditei na história da oliveira: apesar da sua importância simbólica, é apenas parte de uma história da qual não posso afirmar ser o único herói e, portanto, não deveria ter nenhum impacto sobre o tempo que me resta. Eu sou eu e não quero me transformar num símbolo. Odeio símbolos, e esse foi um dos motivos pelos quais abandonei meu plano de escrever a história de Waddah do Iêmen. É por isso que tenho que ignorar a história que Mamun me contou, embora agora acredite que ela teve um grande papel no casamento de Manal e no seu afastamento de mim. Mas não acredito que Mamun não tivesse escolha; o mais provável é que o homem não tenha aguentado ficar sem trabalho depois do fechamento da sua escola e decidiu fugir da responsabilidade por uma mulher e uma criança às quais ele se via preso.

Mas como posso escrever minha história agora que Mamun revelou meu segredo?

Minha única escolha é voltar para Waddah do Iêmen, não para seguir com sua história, mas para enterrar, no baú do amor, essa história de eu ter sido encontrado sob a oliveira; para deixá-la imersa lá na água do esquecimento e nunca permitir que flutue de volta à superfície. Deixá-la e voltar ao meu nome, pois eu sou Adam do Gueto: meu pai morreu no hospital antes de eu nascer, minha mãe me concebeu de forma milagrosa quando dormiu ao lado do moribundo no leito do hospital em Lidd, e Iliya Batchun, quando me viu enfaixado nos braços da minha mãe, gritou meu nome, dizendo: "Um Adam para o gueto!".

Guardei a história da oliveira dentro do baú de Waddah do Iêmen e me voltei para a história de Adam do Gueto para me dar a chance de dizer que adiarei, até chegar a hora certa, a história de Naji, aquele que foi salvo dos braços de uma mulher infeliz, que morreu de fome e de sede embaixo de uma oliveira. Eu sou Adam, descendente da família Dannun, que teve, em nome de um dos seus antepassados, um xeique sufi, um santuário construído na periferia da cidade, agora devastado pelo tempo.

Deixarei a história de Mamun e do seu amor silencioso por Manal e voltarei ao início da história.

Mesmo assim, eu deveria ter perguntado a Mamun sobre seu amor por Manal. É uma história que não foi contada nos becos do gueto e permaneceu confinada no esquecimento. Tudo se resume ao fato da minha memória imaginativa (elementos fictícios sempre rastejam até nossa memória, formando grande parte dela) ter transformado essa suposta relação num caso de amor tempestuoso, que terminou com a partida do herói.

Não posso situar essa história corretamente na sequência dos primeiros dias após a queda da cidade, a expulsão dos seus habitantes e seu vagar em terrenos baldios. Manal nunca me contou nada, e não seria razoável esperar que ela o fizesse. As mulheres são tímidas e preferem permanecer, aos olhos dos filhos, envoltas em castidade, sendo a mãe para sempre uma figura sagrada intocável. Essa foi a imagem de mãe que prevaleceu na minha infância e que permaneceu firmemente embutida na minha consciência, embora fosse mudar com o tempo.

Naqueles dias, a mãe precisava preservar aquela auréola, que faz do seu amor algo restrito aos filhos. Mesmo o homem, ou o marido, só tinha lugar no escuro. A luz era dedicada à relação sagrada que fazia de "mãe" outro nome para a virtude.

Manal não disse nada sobre o assunto, e estranhamente eu nunca ouvi nenhuma insinuação dos meus amigos sobre a relação da minha mãe com o professor da escola. Na época, eu considerava a presença de Mamun no quarto do quintal da nossa casa bastante natural. Da mesma forma, eu não refletia sobre certas coisas obscuras que testemunhei durante minha infância e cujos significados só ficaram claros para mim quando me apaixonei por Rifqa, a filha do dono da oficina em que eu trabalhava, e senti um formigamento nos lábios — o mesmo formigamento cujos vestígios eu sentia nos lábios da minha mãe quando ela me dava o beijo de boa-noite.

Não consigo esquecer aquela noite de um inverno tempestuoso, quando acordei em pânico ao som de um trovão e das rajadas de granizo que açoitavam a janela, e não a encontrei ao meu lado na cama. Levantei-me, tremendo de frio, e procurei por ela na casa toda, mas ela não estava lá. Sentei-me sozinho no sofá da sala e chorei. Devo ter cochilado e só acordei quando me vi nos braços da minha mãe — cujas roupas estavam molhadas de chuva —, que me levava de volta para a cama. Naquele instante, o céu se iluminou com um raio e eu vi o rosto da minha mãe. Ela luzia, estava bonita e tudo nela brilhava. Ela me beijou nos olhos e eu senti seus lábios formigantes.

Ela começou a desaparecer, ou eu comecei a notar seus sumiços noturnos. Eu não ficava mais com medo. Tinha certeza de que ela voltaria e não lhe perguntava, nem a mim mesmo, aonde ela ia e não fiz nenhuma vinculação entre Mamun morando no nosso quintal e as ausências da minha mãe.

Isso é o suficiente para supor a existência de uma história? Claro que não, mas eu sentia algumas coisas obscuras, durante os cochichos na mesa do jantar, do toque involuntário das suas mãos, ou da apreensão de Mamun quando dizia à minha mãe para não ir mais trabalhar nos pomares dos judeus, porque seu salário da escola nos bastava.

Manal sempre respondia dizendo que ela não estava trabalhando nos pomares dos judeus. "Esta é nossa terra", ela dizia, "e logo a recuperaremos."

Então o que aconteceu e por que o relacionamento deles terminou daquela forma?

Não é verdade que quando me encontrei com Mamun em Nova York não perguntei a ele sobre seu relacionamento com minha mãe porque fiquei com vergonha. Não perguntei porque perdi a capacidade de falar quando descobri que o homem lidava comigo não como o filho que ele tinha abandonado, mas como uma história. Senti raiva e tristeza. Eu sou uma pessoa, não uma história; no entanto, veja o que estou fazendo comigo agora! Que contradição! Estou sentado no meu pequeno apartamento em Nova York, com pilhas de papel escrito diante de mim, transformando-me numa história e me tornando o que Mamun queria que eu fosse!

É lamentável e me leva à beira do melodrama que eu havia evitado quando recusei a história da criança deitada no peito da mãe, abandonada a um destino miserável, dizendo que tal fato não mudaria nada, pois já tinha lido dezenas de histórias semelhantes sobre os filhos da Nakba, sem falar da história da criança a quem Umm-Hassan deu o nome de Naji, em *Porta do sol*, e da história do bebê que foi deixado para a morte e os vermes numa das casas de Lidd, contada por Salim toda vez que minha mãe falava da saudade que tinha dos dias do gueto.

Mamun disse que eu era uma história, mas não percebeu que ele também poderia se tornar uma e que, para reformar minha própria história, eu teria que remontar as passagens que faltavam da história dele com a minha mãe, passagens que eu não encontraria em nenhum lugar.

Como começou a história de amor entre Manal e Mamun?

Era um amor sem história, pois as histórias, para existirem, devem ter um começo. Minha mãe nunca se cansou de contar o início do seu amor por Hassan Dannun, o mártir. Ela disse que quando andou à frente do seu cavalo para levá-lo até o olho-d'água, sentiu que seus pés não podiam mais sustentá-la. "Ele tinha nos olhos um brilho irresistível. Estava fugindo do exército britânico, que perseguia os revolucionários, quando passou pela nossa aldeia, e eu estava com um grupo de meninas. Ele parou, olhou para mim e me escolheu dentre todas as outras para mostrar-lhe onde ficava o olho-d'água."

Tudo o que pude entender dela foi que a história do seu amor por Hassan permaneceu no início, pois terminou no momento em que a menina de Eilabun pensou que começava. O homem, com quem ela partiu sem olhar para trás, levou-a para a casa da mãe dele e foi embora. Ele se casou com ela às pressas e foi embora; e, quando voltou, para que a história pudesse começar, levou um tiro nas costas e morreu.

A história de Mamun, por outro lado, nunca começou porque Manal se viu no meio dela sem se dar conta. Posso imaginar a história do jeito que ela apareceu para mim durante as noites de Nova York. Aqui, em Nova York, quando me encontrei sozinho, percebi que minha mãe vivera dois amores abortados: o primeiro havia morrido; e do outro ela tinha medo, por isso o deixou ir embora. Dois amores abortados: o primeiro nascido da admiração pelo cavaleiro montado no cavalo de um herói; o segundo, da pena do cego que veio até ela trazendo o presente que seu cavaleiro não pôde lhe dar. Dois homens se uniram na consciência da mulher e se tornaram um único homem vivendo em duas trevas: a do túmulo para o qual seu cavaleiro havia partido e a dos olhos em que seu novo homem vivia.

Mamun, no entanto, via as coisas de outra forma. Uma vez ele me pediu que lhe descrevesse as cores e eu fiquei sem saber como fazer. As cores não obedecem à língua, pois têm sua própria língua. Eu era uma criança e não sabia como descrever as coisas; junto a Mamun eu ficava impressionado com a habilidade daquele cego de descrevê-las nos mínimos detalhes.

Ele disse que os árabes eram os mestres da descrição: "Nossa poesia pré-islâmica é um épico de descrição sem igual entre as literaturas do mundo". Ele também disse que era obrigado a traduzir formas em palavras para poder interagir com elas, mas não tinha ideia de como traduzir cores em palavras que falassem atributos.

Isso foi, até onde eu me lembro, alguns meses antes da sua partida. Fechei os olhos e vi a cor preta, com rachaduras brancas, por onde a luz do dia se infiltrava. Apertei as pálpebras para afogar meus olhos no negrume e disse-lhe que pelo menos ele conhecia uma cor, que era o preto.

Lembro-me de que ele não respondeu, mas murmurou algo nebuloso.

Quando nos encontramos em Nova York depois da sua palestra na universidade, ele me relembrou dessa conversa e falou que eu estava errado.

"É um erro comum", disse ele, "em que a maioria dos escritores recai quando escreve sobre os cegos. Eu não vivo na cor preta porque não sei o que você quer dizer com essa palavra. Eu vivo no meu mundo, que é diferente do seu e que você pode, se quiser, descrever como um mundo sem cores, embora essa descrição não signifique nada para mim."

Ele disse que podia ver: "Eu sou a única pessoa em cujas profundezas a tragédia de Lidd está gravada. Quando ocorreu o grande massacre de Lidd em julho de 1948, era preciso um cego para vê-lo. A história é cega, meu querido Naji, e é preciso um cego como eu para enxergá-la. Agora você entende? Eu não te abandonei. Eu tive que ir embora para que a cegueira da história pudesse se completar através de nós três: você, Manal e eu".

Senti vontade de dizer a ele que Ismaíl Chammut, que pintou os corpos de homens e mulheres palestinos horrorizados diante do terror do massacre e da expulsão de Lidd, foi o único que viu... mas eu não disse. Naquele encontro, no qual estávamos acompanhados por outro homem, que se juntou a nós no saguão do Hotel Washington Square às onze horas daquela noite, eu me vi impotente para falar.

Não vou discorrer sobre o outro homem agora. Tenho certeza de que Mamun o convidou para que pudesse enrolar a corda do espelho em volta do meu pescoço e me mostrar a outra imagem de mim mesmo, aquela incorporada num professor universitário que lecionava filosofia na Universidade da Pensilvânia, que ele me apresentou como dr. Naji Alkhatib. Mamun me contou sobre esse outro Naji, dizendo que Umm-Hassan o resgatou de onde estava, debaixo de uma oliveira, e o devolveu à sua mãe na aldeia de Qana.

"Vocês são como dois espelhos, um de frente para o outro. Qualquer um que esteja disposto a olhar verá nos dois tudo o que precisa para ler a Nakba", disse Mamun.

Quero esquecer o outro Naji, por enquanto. Não gosto desses joguetes com a vida. Não somos heróis de romances para que joguem assim com nossos destinos e histórias. Não sou herói e odeio heróis. Sou apenas um homem que tentou viver, mas descobriu a impossibilidade de fazê-lo. Não estou afirmando que a vida não tem sentido, porque o sentido não me importa, e procurá-lo me parece aborrecido e trivial. Sou um homem que viveu a vida toda no adiado e no temporário.

Mamun me deixou, o que é compreensível. É o que os pais às vezes fazem. Alguns deles até matam os filhos, o que é esperado e não deveria surpreender. Desde a história do Nosso Senhor Abraão (a paz esteja com ele) e do seu filho, os pais têm repetido o ato de matar. Mas as mães não!

Por que Manal me deixou ir? Por que ela não veio comigo e abandonou o marido, Abdallah Alachhal, que ia se divorciar dela, em todo caso?

Manal tinha medo dele e do seu complexo com as mulheres? Sua primeira esposa o deixou depois que eles foram expulsos de Haifa e levados para o Líbano. Ela pegou suas três filhas e voltou com elas para Haifa, infiltrando-se pela fronteira. Quando, mais tarde, quatro anos depois, ele também voltou infiltrado e foi ter com ela, ficou muito infeliz, pois descobriu que sua esposa não era mais sua, que suas filhas haviam se tornado filhas de outro homem e que sua casa estava ocupada por estranhos. Ele viveu então como um ladrão na periferia da cidade em que havia nascido e trabalhou no lixão, onde morava e de cujas sobras tirava seu ganha-pão. E em Manal ele encontrou o refúgio que nunca poderia substituir sua vida.

O que eu tenho a ver com a história desse homem? A hora dela chegará, e o que quero dizer agora é que não entendo por que Manal me abandonou! Será que a jovem pensou que estava vivendo uma tragédia grega, cuja última palavra tem que ser do Destino, e não das suas vítimas? Nós, árabes, porém, não conhecemos na nossa tradição clássica nada que possa ser chamado de "tragédia". O escritor argentino cego, Jorge Luis Borges, zombou de nós por traduzirmos as palavras "tragédia" e "comédia" com o sentido de "panegírico" e "sátira", o que levou nossos filósofos a não compreenderem a estética aristotélica e por isso a distorceram. O argentino cego zombou de todos os árabes que enxergavam, mas não se atreveu a tocar em Abu-Alaalá Almaarri, não apenas porque o cego de Maarra entendeu o significado das duas palavras e as traduziu lindamente, mas porque ele navegou para um lugar distante e, na *Epístola do perdão*, traçou o caminho para a jornada mágica da literatura para o Céu e o Inferno, iniciando o diálogo entre os mortos e os vivos que está na essência da literatura.

O comportamento de Manal talvez não tenha sido trágico, mas pode sim ser descrito como tendo levado o melodrama ao seu máximo. O silêncio das mulheres nos filmes egípcios é uma porta de entrada para o melodrama, e Manal escolheu o silêncio e se afundou no melodrama, onde perdeu tudo. Não estamos num filme dirigido por Ádil Imam, que precisa ter um final feliz para agradar ao público, ou triste para fazer fluir as lágrimas. Aqui, um final que poderia ser imaginado por um diretor de cinema na forma de uma união entre mim, ela e Mamun não existe. Estamos numa verdadeira tragédia, cujos elementos se distorceram para se formarem na nossa consciência como um melodrama. Isso não é bonito nem abre nenhuma porta para a esperança; pelo contrário, a história se abre para um inferno de histórias sem fim.

Imagino a história de amor que uniu Manal e Mamun, e fico frustrado porque minha imaginação não me ajuda. Mamun se contentou em me dizer que a amava, nenhuma palavra mais. Ela, porém, nada disse. Não porque eu não tive coragem de perguntar a ela, mas porque seu casamento com Abdallah Alachhal fez com que ela se envolvesse no manto do silêncio.

Como descrever o silêncio dela?

Eu era uma criança vivendo das migalhas das histórias contadas apenas em sussurros, e depois que Manal se casou os sussurros terminaram. A mulher acabou cercada por uma muralha de silêncio. Minhas memórias são provavelmente imprecisas, porque o silêncio dela de fato começou quando o cego Mamun nos deixou. Naquele dia, vi como o manto da tristeza a envolveu e, quando eu lhe perguntava dele, Manal sempre respondia: "Foi embora, todos vão". Eu descobri seu silêncio depois do casamento dela e da nossa mudança para Haifa. A única maneira que encontro hoje para explicar seu casamento é dizer que foi vingança: Manal não encontrou ninguém para se vingar, então se vingou de si mesma.

Eu a odiei, achei que ela me abandonara e me senti um estranho na nova casa para onde nos mudamos. Na época, eu não tinha ideia de que havíamos sido obrigados a desocupar nossa casa em Lidd. Não sei exatamente o que aconteceu, mas na única vez em que Manal me contou por que nos mudamos para Haifa, ela disse que "eles queriam tomar a casa".

Não perguntei a ela a quem o pronome se referia; naqueles dias, "eles" significava uma coisa. "Eles" significava os judeus.

Eles tomaram sua primeira casa, depois a expulsaram do trabalho como enfermeira no hospital porque ela não tinha um diploma de enfermagem. Em seguida, Manal trabalhou no campo de oliveiras e no laranjal que pertencia ao seu marido, Hassan, ambos considerados propriedades de ausentes. E, no fim, eles tomaram a segunda casa, ao lado do hospital, na qual ela se refugiara durante os dias do gueto.

Agora, depois da sua morte, quando me lembro do seu silêncio, sou acometido por algo parecido com a paixão. Quando tentei descrever Dália como sendo "tão bonita quanto o silêncio", minha namorada judia olhou para mim com espanto e me perguntou se era uma coisa árabe descrever a beleza daquela maneira. Respondi que tinha lido a expressão num poema de um escritor de cujo nome eu não conseguia me lembrar, mas ela disse que não gostava daquela comparação estranha. "O silêncio é o oposto do amor", comentou.

Não sei por que Dália me entendeu mal. Eu não estava descrevendo o amor, estava descrevendo a beleza. Mesmo assim, eu disse que ela estava certa. É assim que os namorados se transformam em tolos ou ingênuos, ao concordar sem pensar. O amor por Dália me levou aos jardins da fala, mas não mudou minha opinião sobre a estética do silêncio. A beleza não tem nome, e Manal era linda do jeito que era. Apesar disso, perdi Dália da mesma forma que perdi Manal.

Não sei por que, mas estou triste! Tristeza não é arrependimento, mas memória; assim como a memória não é nostalgia, mas uma tatuagem marcada bem fundo em nós.

O TESTAMENTO: CAMELA DE DEUS

Não sei por que, toda vez que tentava ignorar os papéis que Manal me entregara como o testamento do meu pai, eu me via preso na mesma armadilha: corria para as folhas, lia, relia e depois decidia que não havia nenhum proveito em dar atenção a elas, que eram inúteis, e eu deveria rasgá-las. Contudo, em vez de fazê-lo, eu as enfiava de volta na pasta e decidia não escrever sobre elas, pois não mereciam fazer parte da minha vida.

Hoje não consegui: parece que o preço de se livrar da ilusão de pertencimento é pertencer.

Lembro que estava sentado sozinho à noite na oficina onde eu trabalhava e vivia quando uma tristeza estranha me invadiu. Eu dei a essa tristeza o nome de uma cidade, e assim a tristeza que me acompanharia por toda a vida ganhou um nome especial: a tristeza de Haifa.

A tristeza de Haifa não tem motivo. Não é um aborrecimento nem a falta de algo e não se assemelha à depressão de jeito nenhum. É um estado que aflige a alma, tateia suas câmaras escuras e se estabelece ali, fazendo da minha solidão e da minha introversão parte da transparência do momento triste, que pode se dissipar depois de um curto período ou se prolongar por dias.

Relacionei esse estado a Haifa por causa do mar. Durante a infância que passei no gueto, nunca vi o mar. Quando fui com minha mãe para Haifa e senti o coração suspirar diante da brancura raiada de azul, um sentimento confuso me acometeu, deixando-me mudo. Mais tarde, achei que o único nome que combinava com esse sentimento era "a tristeza de Haifa".

Uma tristeza que não se parece com a tristeza: o mar de Haifa é o espelho da tristeza dessa cidade que despenca do topo do monte

Karmel até o mar, abrindo suas asas como uma pomba que voa no espaço das águas.

No meio dessa tristeza, voltei para a minha mala, li o que Manal chamou de "testamento" e decidi me esquecer dele, pois não significava nada para mim.

Naquela época, eu acreditava que não significava nada para mim; hoje eu não sei.

Hoje, depois de ter bebido a parte que me cabe do vinho tinto francês, decidi voltar à pasta e tentar entender.

Contemplei a foto do meu pai, embrulhada em papel branco. Eu não conseguia deixar de ficar fascinado pela magia do seu sorriso e pela imensidão dos seus olhos. Deixei a foto de lado e voltei para as folhas. Li as quatro páginas, cujas bordas estavam esfareladas devido à umidade, e caí num sono profundo, do qual só fui resgatado pela chuva, que tinha feito seu caminho através da janela, aberta ao calor úmido e sufocante de Nova York.

Como vou reescrever esse "testamento", que de forma alguma se parece com um, para torná-lo parte da minha vida? Por que tenho que fazer isso? Seria porque o recorte de uma manchete de jornal enfiado dentro da pasta como parte do testamento tinha uma magia irresistível? Era a primeira página de um jornal editado por oficiais cativos do Exército otomano em Krasnoyarsk, na Sibéria, chamado *Camela de Deus*. No topo da página, havia a imagem de um camelo perdido na Sibéria e embaixo dela estava escrito: "Um jornal semanal de crítica literária satírica". À direita da página havia um versículo do Alcorão referindo-se ao milagre da camela de Deus que o profeta Salih operou quando seu povo o desafiou para que lhes desse um sinal, o que aconteceu por meio de uma camela dando leite: "Ó meu povo! Essa camela de Deus é um sinal para vós. Deixem-na comer da terra de Deus, e não a toqueis com mal algum, pois apanhar-vos-ia castigo próximo" (Hud, versículo 64).

Nada explica minha volta aos papéis, exceto a magia das palavras. A magia começou com palavras e, quando as palavras são escritas, pulsam com as possibilidades da vida. Então, aqui estou eu, olhando atordoado para as palavras do passado do próprio passado e me vendo diante de uma história da qual sinto ser herdeiro simplesmente porque sou seu único leitor.

Isso, é claro, me leva de volta à minha relação com a leitura, que não posso revelar a ninguém por ser muito difícil de acreditar. Apesar da convicção dos meus professores da escola Wadi-Annisnas de que eu me tornaria poeta ou escritor, passei toda a minha vida impossibilitado ou, digamos, relutante, de escrever. Eu me contentei em escrever artigos em hebraico sobre a estética dos modos melódicos da música árabe e nunca tentei escrever um único conto, apesar da minha cabeça estar lotada de histórias que eu inventava para mim mesmo, mas nunca escrevia.

O motivo era minha paixão pela leitura. Não pensem mal de mim: minha paixão pela leitura não quer dizer sentir-me impotente diante da criatividade dos escritores cujos romances e versos eu amo. Pelo contrário, o sentimento que tenho quando leio um belo texto é de ser um parceiro da sua escrita ou, mais precisamente, de ser seu verdadeiro autor, e assim o escritor verdadeiro se torna apenas um nome ou uma assinatura sem sentido.

Esse sentimento me levou a lugares distantes, com cuja existência nunca sonhei, e fez com que me sentisse repleto. Sou um escritor cheio de textos que li/escrevi como se fossem reais; exploro a imaginação dos outros para servir à minha. Nessa perspectiva, sou o escritor que nunca escreveu nada porque escreveu tudo, e isso me torna superior a todos os escritores do resto do mundo, que se sentem cercados por um vazio árido, enquanto eu sinto prazer e uma sede por mais água das palavras.

Vocês podem estranhar o que estou dizendo e estão certos. Até eu, para ser honesto, acho estranho e difícil de acreditar. Mas sua pergunta mais legítima deveria ser: por que decidi, no fim da vida, escrever, abandonar os prazeres da plenitude pelo deserto do vazio?

(Escrevo como se estivesse me dirigindo a alguém, mesmo sabendo que o que escrevo não é publicável e nunca será publicado. Cheguei a um tal nível de desesperança que nunca tentarei publicar, por mais que a glória de ser chamado de "autor" me tente a buscar essa glória para o meu próprio nome. Mesmo assim, escrevo porque sinto que posso falar com as palavras, pois as palavras são criaturas vivas, capazes de ouvir, desde que saibamos como falar com elas.)

Onde estávamos?

Estávamos tentando contar a história do testamento e então tropeçamos na pergunta do significado da minha decisão de escrever no fim da vida.

É claro que a pergunta não diz respeito a essas histórias pessoais, porque elas não têm forma, e quando um texto não tem forma nunca pode ser guardado num determinado compartimento literário e, por consequência, nunca pode ser uma fonte de inquietação existencial para o seu autor.

A pergunta diz respeito ao meu projeto de escrever o romance de Waddah do Iêmen. A verdade é que isso nunca foi mais que um desejo passageiro, que eu logo superei, já que não sou a pessoa certa para escrever uma grande alegoria palestina baseada na história daquele amante eterno. Foi um desejo com o qual eu acreditei que poderia preencher o vazio dos meus dias ao escrever o tão esperado romance.

Há sempre um tão esperado romance, e é preciso um escritor corajoso que se decida a apostar sua reputação para escrevê-lo. A Palestina está esperando por esse romance há mais de meio século e eu não perderia nada se tentasse; então que seja eu, Adam Dannun, filho de Hassan, portador do testamento da "Camela de Deus", esse escritor.

A verdade é que fui levado a escrever por um motivo pessoal, que teve a ver com Dália. Foi a ideia do fim do amor, não do seu início.

No entanto, descobri que não sou o escritor que tem o direito de escrever o tão esperado romance, pois não existe o tão esperado romance. Tudo é vaidade. Mesmo a história de Waddah do Iêmen, com todo o seu fulgor simbólico, nunca será mais do que uma dentre centenas de histórias, e com certeza não é a melhor delas.

Decidi parar de escrever através da transformação da escrita num jogo pessoal, usando este texto, sentindo, enquanto o escrevo, que reescrevo todos os romances que já amei, livre do fardo da forma e evitando a necessidade de atravessar o deserto do vazio que circunda a escrita literária.

(Assim termina minha resposta àquela pergunta, que nunca mais devo trazer à tona.)
Ponto-final.

No fim da primeira página do jornal *Camela de Deus* há um artigo intitulado "O santuário do profeta Dannun, o Egípcio, na Palestina". Sem assinatura, o artigo reúne alguns dos ditados do sufi, para quem o povo de Lidd construiu um santuário na cidade. Desconfio que o autor do artigo era meu avô, e que essa página foi acrescentada à carta que o homem escreveu no seu leito de morte na Manchúria e que foi entregue à sua família pelo famoso historiador palestino Árif Alárif, quando voltou do cativeiro na frente russa durante a Primeira Guerra Mundial.

Ao lado do jornal havia dois pedaços de papel escritos à mão em que o homem conta sobre seu triste agonizar numa terra estranha, ansiando, abatido, pela esposa e pelos filhos, pedindo a Deus que ajudasse os pobres, a fim de que a justiça pudesse se espalhar pelo mundo, além de outras palavras sobre o arabismo, o islã e a Palestina.

A escrita está quase apagada e toda a história pode ser resumida no primeiro trecho da carta:

Depois do tormento do cativeiro e da fome no meio da Sibéria, e acompanhado por nobres irmãos da Síria e da Palestina, Deus destinou nossa libertação às mãos dos bolcheviques, os quais, assim que tiveram sucesso na sua revolução, nos libertaram do nosso cativeiro. Saímos vagando pelo mundo, atravessamos países e cidades em busca do regresso para casa. Aqui estou eu, acometido pela febre, numa pequena vila na Manchúria, sendo cuidado por irmãos queridos; mas sinto os tremores da morte passando pelo meu corpo e parece que não estou destinado a voltar a ver meu amado filho Hassan, que deixei bebê quando fui forçado a me alistar no Exército. Peço a Deus, Poderoso, Onipotente, que me considere um mártir, e já deixei avisado para que eu seja enterrado onde morrer.

Caminhamos passos escritos para nós.
    Quem tiver os passos escritos há de caminhá-los

E quem tiver seu fim em uma terra
não se encontrará com a morte em outra.

E você, Hassan, não lerá esta carta agora, mas quando você crescer, seu avô vai dá-la a você para que não se esqueça de que seu pai morreu como um estrangeiro e um andarilho sobre a terra de Deus, e que antes de morrer ele teve uma visão maravilhosa e entendeu que Deus, glorificado seja, o escolhera para morrer em uma terra estrangeira. Eu me vi curvar para beber leite das tetas de uma camela que vagava sem rumo no deserto de neve da Sibéria e, quando me levantei de novo, vi letras escritas com luz que diziam: "Camela de Deus".

Depois dessa visão, há coisas sobre o campo de oliveira e o pequeno laranjal e um pedido ao seu filho para que visitasse o santuário do profeta Dannun uma vez por ano e participasse da festa de Lidd, que era realizada na igreja de São Jorge, também conhecido como Alkhidr.

Onde está o "testamento"?

Qual o propósito da história de um homem que foi recrutado para o Exército otomano, foi feito prisioneiro e depois morreu de febre na Manchúria?

Por que Manal me deu essa carta como testamento do meu pai, mesmo que meu pai não tenha escrito nada nem me deixado nada?

(Agora entendo como o jogo inteiro funciona. Os romancistas, quando começam a escrever um trabalho, têm certeza de que estão inventando a história a partir da sua imaginação. No entanto, logo se veem diante de uma explosão das suas próprias lembranças e deparam com eventos e emoções provenientes de um lugar escondido dentro deles. Então tentam enganar a memória usando a imaginação, ou melhor, dissolvendo a memória na imaginação. Este é todo o segredo do jogo de Emile Habibi: tudo que esse homem fez foi escrever sua memória depois de tê-la cortado em pedacinhos, utilizando-os, como faz um mecânico que usa peças usadas para consertar o motor de um carro que quebrou. Agora estou no mesmo lugar. Decidi escrever um romance imaginado sobre o poeta do amor no período omíada, fazendo uso das lembranças de outras pessoas que encontrei nos livros, e me vejo diante da explosão da minha própria memória. Foi isso que me levou a abandonar a história de Waddah — além das outras razões que mencionei antes.

A perda de memória é inimiga da imaginação. Quando uma pessoa perde a memória, torna-se incapaz de imaginar, porque a imaginação existe como matéria-prima na memória. Aqui reside o segredo da minha admiração pelo romance *Arabesques* de Anton Chammas: o escritor não nos enganou nem enganou a si mesmo; ele deixou a memória expandir-se aos poucos até conduzi-lo ao auge da imaginação, onde escreveu aquele incrível encontro entre Michael Abiad e Anton Chammas, que tratou como as duas metades de um único homem, ou melhor, como a conclusão do primeiro hemistíquio de um verso pelo segundo, e ao fazê-lo produziu esse instante incrível chamado literatura.)

Voltando ao testamento do meu pai: não é um testamento, e meu pai também não escreveu uma palavra sobre isso. Parece que Manal encontrou os papéis na famosa malinha da qual ele nunca se separava nas suas viagens, durante os dias do *Aljihad Almuqaddas* na Palestina. Então ela os guardou e decidiu, na própria cabeça, que eram um testamento. Esses papéis também eram a única coisa de valor que ela possuía de recordação do mártir Hassan Dannun, por isso decidiu dá-los a mim, para que fossem um fio que me atasse ao meu pai e ao meu avô e para que, como as outras pessoas, eu tivesse uma história.

A história diz que meu avô Ali, filho de Hassan Dannun, nascido na aldeia de Deir-Tarif em 1888, residia na cidade de Lidd, onde era proprietário de um pequeno laranjal e um campo de oliveiras. Em 1913, ele se casou com uma garota de Yibna chamada Najiba, que tinha dezoito anos, e ela lhe deu um filho, que o pai chamou de Hassan, em homenagem ao seu avô. A data do nascimento de Hassan era 2 de julho de 1914. Quando o *seferberlik* foi anunciado, meu avô e minha avó fugiram com seu único filho e se instalaram em Yibna com a família da minha avó. Meu avô acreditava que ao fugir evitaria o recrutamento no Exército otomano, mas estava enganado. Um mês depois da sua chegada a Yibna, uma companhia de soldados otomanos o prendeu e ele foi recrutado, e a má sorte o levou à frente russa, onde morreu.

Isso é tudo que fiquei sabendo por Manal. Não, tem mais: soube também que minha avó Najiba voltou com o filho para Lidd depois da morte do marido. A mulher recusara, terminantemente, a decisão da sua família de casá-la com o irmão mais novo do marido, Kámil, como era costume naqueles dias, e acabou sendo repudiada pelos outros membros da família. Ela trabalhava na terra que o marido tinha deixado para ela e vivia na pobreza, sozinha.

Manal disse que não tinha certeza se Najiba soube da morte do filho, já que o homem morreu em 10 de julho de 1948 e Lidd caiu em 12 de julho do mesmo ano.

"Não sei o que aconteceu com minha sogra. Fui ao hospital e fiquei por lá. O homem estava muito doente, e um médico dali, da família Habach, esqueci o nome dele, disse que precisavam de enfermeiras, então me voluntariei, vesti o jaleco branco e passei meu tempo ao lado de Hassan até que sua alma o deixou. E continuei lá. Sua avó fugiu com os outros, não sei como. Todos foram para Ramallah, mas ninguém a viu lá. Sua avó era teimosa, cabeça-dura, era o que as pessoas diziam. Eu realmente só a conhecia fazia alguns meses e havia tiroteio para todo lado. Afinal, ficamos sabendo que ela foi para a casa da família em Yibna e nunca mais ouvimos falar dela."

Quanto ao meu avô, Ali Dannun, e o que aconteceu com ele na Sibéria, são coisas que eu nunca ficaria sabendo se não tivesse topado com um homem de Ramallah chamado dr. Hanna Jiryis, que trabalhou no Centro de Estudos Palestinos em Beirute antes de voltar para Ramallah e se tornar professor na Universidade de Birzeit. Hanna descobriu, não sei como, que meu avô tinha morrido na Manchúria durante a Primeira Guerra Mundial. Ele me contatou e veio me ver na minha casa em Alájami, em Yafa. Ele me contou que estava preparando um estudo sobre Árif Alárif e queria me perguntar algumas coisas sobre meu avô.

Quando o homem descobriu que eu não sabia de nada, perguntou-me se meu avô tinha deixado algum documento escrito à mão. Então me lembrei do testamento e lhe mostrei o recorte do jornal.

O homem ficou espantado e me implorou para ficar com o recorte, dizendo que ele ficaria preservado no arquivo da universidade, pois seria um documento de grande importância para os pesquisadores da história da causa palestina. Eu me neguei, dizendo a ele que não poderia abrir mão da herança da minha família. Ele disse que eu estava errado, pois não se tratava de uma herança pessoal, mas pertencia à memória do povo palestino. Diante da minha insistência, ele aceitou fazer uma cópia do recorte, e as coisas ficaram nisso.

Claro, agora eu me arrependo. Eu não deveria ter dado a ele só o recorte, mas a carta também, já que, se eu tivesse feito isso, teria garantido um lugar, mesmo que numa nota de rodapé, na história da Palestina. Sem dúvida, o estudo que seria publicado se concentraria no grande historiador Árif Alárif e não mencionaria um pobre soldado chamado Ali Dannun, que morreu sozinho, um estranho numa terra estranha.

Quando eu disse ao homem que fora Árif Alárif quem tinha entregado a carta à minha avó, seu rosto se iluminou, e, em vez de eu lhe contar o que sabia, ouvi dele uma das mais estranhas histórias palestinas.

A história que ouvi me transportou para a Primeira Guerra Mundial. O historiador palestino que pesquisava sobre a vida de outro historiador esbarrou com meu avô, Ali Dannun, o soldado otomano que morreu como um vagabundo enquanto tentava voltar ao seu país depois dos tormentos do cativeiro na Sibéria.

O homem queria que eu respondesse à pergunta: tinha meu avô se juntado às Brigadas Vermelhas Turcas (Türk Kizil Alay), que reuniram cerca de mil combatentes, feito contato com os bolcheviques e participado da luta contra os brancos?

Pela carta, percebi que Dannun simpatizava com os bolcheviques que tinham libertado os prisioneiros depois da vitória da sua revolução, mas eu não sabia que tinham se formado brigadas vermelhas entre as fileiras dos prisioneiros. Tudo o que eu sabia era que meu avô deixara a Rússia e se juntara a um comboio de soldados árabes depois que foi atingido por um tiro na coxa, mas o homem não disse nada sobre o motivo nem onde ocorreu.

Quando ele leu sobre a morte do meu avô na Manchúria, o historiador me disse: "Eu estava procurando por este homem", mas ele expressou sua decepção quando não encontrou em minha posse o documento que esperava encontrar e que provaria que o bolchevismo árabe havia começado nos campos de prisioneiros de guerra da Primeira Guerra Mundial. Ele disse que esperava encontrar pelo menos um documento que provasse sua hipótese, para que pudesse publicar sua teoria.

Ele me contou sobre um encontro que teve em Beirute com o filho de um desses prisioneiros, um damasceno da família Qarut, que lhe disse que o pai havia se tornado bolchevista em Krasnoyarsk, na Sibéria, e tinha se juntado às Brigadas Vermelhas Turcas lá. Quando voltou para Beirute, ele começou a promover o pensamento comunista; então, por acaso, encontrou Fuad Alchimali, um dos fundadores do Partido Comunista na Síria e no Líbano, e foi quando se juntou ao partido.

O historiador disse que estudou a vida dos prisioneiros de guerra árabes otomanos e começou a me contar sobre o campo de detenção em Krasnoyarsk, perto da margem do rio Yenisei, no centro da Sibéria. Ele falou do frio, da fome e do sofrimento dos prisioneiros, que eram forçados a trabalhar nas minas, e das torres e dos arames que cercavam o campo Wayuni Gorduk.

"E depois?", perguntei.

"Depois nada", ele respondeu. "A Revolução Bolchevique aconteceu e eles fugiram para se juntar a Faissal I."

"Então, o que tudo isso tem a ver comigo?", perguntei.

"Quero apenas uma coisa de você. Tente encontrar algo escrito pelo seu avô para que eu possa provar minha teoria."

Disse-lhe que aquilo era tudo o que eu havia guardado e que ele não precisava de mais nada, já que tinha o testemunho de Qarut como prova.

Ele afirmou que não era suficiente. A história tem que se apoiar em documentos escritos, de preferência oficiais. O historiador disse que lamentava que Árif Alárif não tivesse escrito sobre esses bolcheviques árabes e que, por isso, ele seria incapaz de provar sua teoria.

"Que tipo de bobagem é essa?!", comentei. "Toda a história da nossa Nakba não está escrita. Isso significa que não temos uma história? Que não houve a Nakba? Tem cabimento isso?"

Ele disse que esses eram os critérios da disciplina de história, e que só poderíamos enfrentar os historiadores sionistas se tivéssemos um passado devidamente documentado que eles pudessem reconhecer.

Eu disse que sentia muito e sugeri que reescrevêssemos a carta do meu avô e adicionássemos uma passagem em que ele contaria como se juntou às Brigadas Vermelhas, como foi ferido na coxa, vindo depois a morrer de gangrena.

"Isso é verdade?", ele me perguntou.

"É como se fosse", respondi.

"Assim fazem os escritores", disse ele, "mas não os historiadores."

"Qual é a diferença?", perguntei.

Ele balançou a cabeça com desdém e saiu andando.

A TRAIÇÃO DOS PAIS

O historiador se foi, deixando-me perplexo.

Eu queria correr atrás dele para que pudéssemos discutir o significado da verdade, pois tenho certeza, devido aos fragmentos das histórias que Manal me contou sobre seu primeiro marido, de que meu pai era provavelmente um simpatizante do pensamento marxista, mesmo que não pertencesse ao Partido Comunista. Isso explicaria por que, nas fileiras de *Aljihad*, eles se referiam a ele como o Guerreiro Vermelho.

Se minha mãe estivesse certa, o suposto comunismo do meu pai era fruto do efeito que causou nele o que lhe contaram sobre a relação do seu pai mártir com o bolchevismo.

Por que o criterioso historiador dr. Hanna Jiryis se enfureceu quando sugeri adicionar um pequeno parágrafo à carta do meu pai, resolvendo assim o problema do texto que ele procurava? Dessa forma, ele poderia apresentar sua nova tese de que a fundação do Partido Comunista palestino não se deu apenas pelas mãos dos judeus, mas também pelos prisioneiros de guerra palestinos na Rússia, que eram membros das Brigadas Vermelhas Turcas.

Eu não estava sugerindo falsificar a História, apenas preencher suas lacunas. O historiador disse que a imaginação servia para a literatura, mas não para escrever História. Se é assim, como ele quer que escrevamos a História? Devemos deixar essa tarefa apenas para os sionistas? E quem disse que a História escrita da Palestina é verdadeira, e não uma orgia de falsificações elaboradas pelos vencedores?

Deveríamos ter discutido esse assunto quando ele frequentava o restaurante em Nova York para comer favas ensopadas, mas eu tinha me esquecido dessa história, que só agora apareceu por trás das dobras da memória, ao me sentar aqui, sozinho, para tentar juntar os fios da minha vida.

O que eu quero, e quem sou eu?

Deus me proteja da palavra "eu", como dizem os árabes! Procurando por mim nessas histórias que narro, encontro-me nos espelhos dos outros. Cada pessoa é o reflexo de outra, cada história, o reflexo de outra; foi isso que minha solidão nova-iorquina me ensinou. Quando cheguei a esta cidade, fugindo de um amor que havia morrido, eu esperava experimentar a solidão, viver comigo mesmo, esquecer aquele mundo tão cheio de pessoas e eventos e folgar no tédio.

"Nada supera o tédio!", disse a mim mesmo enquanto acomodava a bagagem no pequeno apartamento em Nova York. Até mesmo escrever a história de Waddah do Iêmen era parte do que os jogadores de gamão e de cartas chamam de "matar o tempo". No entanto, desde o dia em que entrei nesse inferno, estive cercado por pessoas que se mantinham escondidas nas profundezas da memória e, em vez de aproveitar o enfado, eu me vi atrapalhado, e tenho que reservar um tempo para todos esses fantasmas que me cercam e organizar sua introdução neste texto, para que haja um curso que eu possa seguir.

Este mundo consiste em espelhos que, quando quebrados, se despedaçam em mil fragmentos que são transformados em novos espelhos que precisam ser quebrados. Os espelhos que me cercam hoje são os três pais que me abandonaram.

Começarei do fim, pois nunca me interessei pela questão da relação paternal. Cresci sendo o filho do mártir Hassan Dannun e um filho do gueto de Lidd, e isso é suficiente. Mesmo o casamento da minha mãe com Abdallah Alachhal não alterou de forma alguma essa convicção. Sou descendente do grande sufi Dhu-Annun, o Egípcio, e filho da cidade de Alkhidr, e cidadão árabe, ou palestino, que vive no Estado de Israel. E quando saí da casa da minha mãe, descobri que era o filho de mim mesmo e que todas as lendas sobre o heroísmo do meu pai que ela tinha plantado na minha cabeça não significavam nada para mim. Tudo o que sei do homem é um nome e uma imagem, e nomes e imagens nada significam, exceto se carregados de uma voz que nos toma de surpresa quando evocada de algum lugar desconhecido.

Encontrar o cego Mamun aqui em Nova York, e as histórias que ele me contou sobre meu outro e verdadeiro pai, levantou muitas dúvidas em mim. Quando essas dúvidas toparam com o filme que apresentava uma falsificação da verdade sobre Dália e seus amigos e não fazia referência a Yibna, a aldeia da minha avó — como seria justo com uma aldeia cujos habitantes foram brutalmente expulsos em 1948 —, minha alma explodiu e minha memória se derramou!

Para ser breve, direi apenas que quando eu frequentava as aulas de psicologia na Universidade de Haifa, li avidamente sobre o complexo de Édipo elaborado por Freud, não porque eu sentia que o pai tinha que ser morto, mas, pelo contrário, porque me considerava livre desse complexo, já que houve quem cuidasse para que meu pai fosse morto antes de eu nascer.

Mesmo quando minha mãe se casou (e eu tinha oito anos na época, ou seja, depois da fase fálica, regida pelo complexo de Édipo), eu não sentia ciúme do homem. Pelo contrário, sentia nojo, o que nada tem a ver com ciúme. Sentia pena da minha mãe por ter que dormir ao lado dele.

Eles, no entanto, não ensinam o complexo gêmeo do de Édipo: o de Abraão. Agora, baseado na minha experiência pessoal, acredito que o complexo de Abraão é o que está mais firmemente enraizado no inconsciente humano coletivo. O único lugar onde deparei com ele foi na literatura judaica contemporânea israelense, que tem um forte foco no sacrifício do filho.

(Nota: de maneira estranha, a religião judaica não tem uma data que celebre o sacrifício de Isaac, embora haja tantos dias comemorativos judaicos e apesar da centralidade fundamental dessa história do sacrifício do filho. Por outro lado, os muçulmanos transformaram essa história na sua maior celebração, que chamam de Festa do Sacrifício, na qual cumprem o dever da peregrinação e o sacrifício de carneiros como um resgate pelo filho que foi salvo no último momento — o filho mais velho, chamado Ismail, antepassado dos árabes. Os cristãos, por sua vez, combinaram o sacrifício do filho humano com o do filho divino, daí a Páscoa — que no nosso país eles chamam de Grande Festa —, na qual celebram o assassinato do filho e sua ressurreição.)

Voltando ao complexo de Abraão, eu diria que o ponto essencial é o do sacrifício do filho, enquanto o sacrifício do pai na história de Édipo não é mais do que uma reação ao fato de o pai ter pregado os pés do seu filho num pedaço de madeira e tê-lo deixado ali para morrer. Édipo matou o pai apenas porque o pai queria matar o filho, por medo da profecia do oráculo e como uma etapa no processo da sua realização.

Agora, na minha solidão, descubro que meus três pais queriam me matar. Na verdade, falando em termos simbólicos, eles me mataram, e eu deveria tê-los matado, em defesa da minha própria existência. Sou a vítima assassinada que tem que se tornar assassina enquanto sente pena das suas próprias e infelizes vítimas.

Não sei nada do meu primeiro pai, ou seja, o biológico — de acordo com o relato de Mamun, que me encontrou deitado no peito da minha falecida mãe —, nem mesmo o nome dele. Parece que a esposa, com seu filho bebê, ficou para trás na marcha da morte, e o homem continuou, como todos os outros que se perderam de membros da família e que tinham certeza de que se encontrariam com eles assim que chegassem às áreas sob controle do Exército jordaniano. Quando ele chegou a Naalin, procurou sua esposa, mas não conseguiu encontrá-la; então se juntou às fileiras dos que procuravam, que ficaram desanimados pela indiferença dos outros com sua situação. Naquele terrível dia de julho, as pessoas perderam a alma e foram transformadas em cadáveres vivos. Elas foram devoradas pelo calor e pela sede e sentiram o grande medo que liberta o instinto de sobrevivência de todas as amarras. Os filhos abandonaram os pais, e os pais, seus filhos. Crianças pequenas se perderam sob os pés e adultos morreram de calor e sede.

As pessoas falam de medo como se fosse uma experiência individual. Falam da frouxidão dos joelhos, do vazio dentro do coração, da aniquilação. Mas é o medo que se transforma em ondas que é o medo maior, este que se espalha entre milhares de pessoas lançadas no ermo, sob a chuva de balas e entre o rosto dos soldados que exultam com seu infortúnio. Soldados espalhados ao longo dos caminhos pedregosos que tomam tudo que o fluxo de fugitivos possui, dinheiro e joias, e olham para a multidão errante com indiferença.

Uma onda de medo aumenta e meu pai caminha só, um jovem de vinte e cinco anos que perdeu a esposa e o único filho. Ele anda ao lado do seu pai idoso e fica se virando para procurar a esposa. Então a onda o varre e ele se vê sozinho, contorcendo-se de medo. Sua sede se transforma numa sensação de sufocamento. Ele levanta a cabeça acima da onda para respirar e depois é engolido novamente por ela.

Não quero procurar desculpas para esse homem de quem nada sei. A verdade é que, desde que tomei conhecimento da minha história com ele, não lhe devotei nada além de pena e desprezo. Como... como pôde ter abandonado o filho, que não tinha mais do que quatro meses, para salvar a própria pele?

Estou supondo aqui que meu primeiro pai escapou da morte na "marcha da morte", que ele chegou a Naalin em segurança e que de lá continuou com a caravana de refugiados até Ramallah, mas isso não foi confirmado, e não estou preparado para ir procurá-lo. Provavelmente ele está morto, ou à beira do túmulo. Encontrá-lo agora não faria bem a nenhum de nós. Não teria nem sequer o sabor de um encontro melodramático, em que jorram as lágrimas. Seria um encontro de estranhos.

Vamos supor que o jovem cego não me salvasse nem me entregasse a Manal. Provavelmente eu teria morrido de fome. Prefiro não abordar agora a descrição que Mamun fez da rigidez da criança que ele pegou; isso me dá arrepios. Além de tudo, desde que ele me contou a história, comecei a ter dores de cabeça estranhas e sinto como se meu "eu" se afogasse em neblina, como se eu não fosse eu.

Meu primeiro pai me matou. Abandonou-me para morrer sobre o peito de uma mulher morta e fugiu em direção à sua vida. Essa é minha primeira história com os pais. Um pai covarde e impotente, um povo que caminhou, feito um rebanho de ovelhas, em direção à morte e uma criança, de corpo enrijecido pela sede, jogada sobre os seios secos da sua mãe.

Tudo de que eu precisava era uma gota de leite. Uma gota que os seios da minha mãe não podiam me conceder, e por isso dormi sobre eles, esperando para morrer. Minha relação com a morte começou naquele dia tórrido de julho, o dia em que morri e Manal teve que esfregar meu corpo com óleo e me deu para mamar, no seu dedo, a pasta de lentilhas cozidas, até que o povo do gueto conseguisse encontrar uma vaca com leite que me salvasse e salvasse da morte o resto das crianças.

Mamun disse que o momento em que encontraram a vaca foi o mais bonito da sua vida. "Imagine, rapaz, como a gente estava! Até hoje acredito que a vaca foi um presente de Deus, louvado seja..."

Não quero mergulhar nos dias do gueto agora, pois é uma história que preciso escrever do começo ao fim, de uma só vez e sem digressões. Em vez disso, contei a versão de Mamun da história do meu primeiro pai, que não tem história, além do meu sentimento de que sou um filho assassinado e de que meu assassino era meu pai.

Talvez, ao dizer isso, eu esteja sendo um pouco injusto com o homem que não conheci: ele era uma vítima, e eu vítima de uma vítima. É um tipo de justificativa que não aprovo. Ser vítima não concede a ninguém o direito de fazer outras pessoas de vítimas; pelo contrário, torna-o duplamente responsável por elas. Tentei explicar isso tantas vezes aos meus amigos judeus israelenses, porém sem grande sucesso. Na verdade, para ser honesto, minha amada Dália uma vez me surpreendeu adotando a mesma ideia e, de fato, expressando-a com eloquência quando disse: "Os palestinos são as vítimas das vítimas, e as vítimas judias não têm o direito de se comportar como seus carrascos. É por isso que não sou apenas judia, sou palestina também".

Caminhávamos naquele dia na praia de Yafa, perto do Cemitério do Mar, onde o acadêmico e escritor palestino Ibrahim Abu-Lughd foi enterrado. Contei a ela sobre esse homem cuja voz ainda soava nos meus ouvidos. Contei que, quando ele morreu, sua filha Laila o levou de carro de Ramallah a Jerusalém para que sua morte pudesse ser anunciada naquela cidade e ele pudesse reivindicar, como um americano não judeu, o direito de ser enterrado em Israel, ou seja, no cemitério em que jaziam seus pais e antepassados. Um ar de tristeza passou pelo esbelto semblante moreno de Dália e ela anunciou que havia se tornado palestina.

Como e por que Dália veio a abandonar a mim e à sua palestinidade é outra história, tecida com tristeza e ambiguidade.

Meu primeiro pai não olhou para trás e assim falhou em me ver sendo retirado do ventre da minha mãe pela segunda vez, para que eu não morresse. Posso imaginar o homem chorando, ou fingindo chorar, pelo único filho e me proclamando um mártir, depois se casando com uma mulher, parente dele, tendo um filho, e dando-lhe meu nome.

Embora eu não saiba, e não queira saber, qual foi esse nome.

Meu nome é Adam e não me importa que meu primeiro pai não saiba disso, porque esse homem não significa nada para mim. Ele apareceu na tela da minha vida como um homem feito de palavras ditas pelo cego — sem feições, como uma mancha preta no meu olho.

Talvez eu esteja sendo injusto com o homem! Estou baseando tudo na suposição de que ele seguiu em frente sem ter feito uma busca séria por mim. Mas e se ele já tivesse sido morto? E se ele fosse uma das vítimas do massacre que ocorreu na Mesquita Dahmach? Se foi assim, significa que minha mãe fugiu comigo sozinha.

É uma probabilidade séria, mas não tenho condições de confirmá-la — é o caso de todas as outras probabilidades sobre meu primeiro pai. Mesmo assim, prefiro não incluí-lo nas fileiras dos mártires, pois um pai martirizado já é o suficiente.

Meu segundo pai, Hassan Ibn-Ali Dannun, era um ser humano de verdade, com quem me familiarizei por meio de uma fotografia pendurada na parede. Um jovem de vinte e poucos anos, ombros largos, cabelos pretos cor de carvão, olhos enormes, que pareciam estar bebendo o mundo, e um bigode preto espesso que cobria seu lábio superior. Manal sempre falava de como ele era bonito e da magia escondida nos seus olhares. Vivi minha infância como filho desse mártir, cujos pulmões foram rasgados enquanto lutava para defender a cidade de Lidd, e eu deveria me sentir orgulhoso de ser herdeiro do sangue e do heroísmo.

Eu deveria ter recebido o nome Ali, em homenagem ao meu avô, que também era um mártir, pois meu pai era chamado de "Abu-Ali". Era assim que todos o chamavam quando vinham nos visitar e ficavam diante da sua fotografia, emoldurada de preto e coberta com o *kufiye* palestino.

Minha mãe queria me chamar de acordo com o desejo do meu pai, mas mudou de ideia e decidiu me dar o nome do meu pai mártir, Hassan. O destino, no entanto, tinha outros planos. Mamun me disse que, quando eu era criança, tinha três nomes: eu era Hassan para a minha mãe, Naji para ele e Adam para a gente do gueto. No fim, foi o terceiro que prevaleceu e o que sinto grudado à minha pele e à minha alma. A história de como "Adam" veio para ficar comigo não se resume apenas ao fato de o prefeito ter me registrado com esse nome depois do aceite da minha mãe, que foi mais ou menos coagida pela decisão do povo do gueto, mas porque eu o queria. Eu o vesti e ele me serviu.

Adam é o nome que melhor expressa a verdade. Entendi isso muitos anos depois; era como se minha intuição tivesse me dito que eu não era a pessoa certa para qualquer outro nome, ou que todos os nomes não serviam para mim, exceto esse, que se refere ao *adim* da terra, sua pele, isto é, seu solo (como está nos livros). Portanto, sou filho da terra e não tenho pais.

Quando soube da história do meu primeiro pai, fiquei chocado, não posso negar, mas depois superei a coisa toda; afinal, não havia nenhuma razão convincente para eu mudar minha afiliação da família Dannun. Vivi toda a minha vida como filho de um homem que não sabia que se tornaria pai porque morreu antes de eu nascer. Isso me poupou das complicações das relações com os pais, especialmente aqueles que são heróis, como o meu.

Tenho que admitir que Manal me libertou definitivamente do meu pai quando se casou com Abdallah Alachhal. Depois que nos mudamos para Haifa, saí da história do homem, apesar da minha mãe não ter ousado pendurar o retrato do meu pai na sala da nova casa e tê-lo deixado no meu quarto, e quando ela vinha me acordar, de manhã, demorava-se na frente da foto e continuava suas conversas murmuradas com ele em voz baixa.

Digo que saí da história do homem, mas não foi bem assim. Eu me libertei da fotografia do mártir, mas nunca da sua história milagrosa, que minha mãe contava sem parar, mesmo depois do casamento com Abdallah Alachhal e da descoberta da sua incapacidade de ter filhos.

Como é que nunca fiz a ela, ou a mim mesmo, a pergunta mais óbvia sobre essa incapacidade? É assim que a maioria das pessoas é: incapaz de ver as coisas que estão mais próximas delas na vida.

"Quanta cegueira!", disse o cego Mamun. "Poxa, homem! Se ela não lhe contou, você não podia ver sozinho?"

Eu deveria ter entendido, mas não entendi — pelo menos não naquela noite, quando Manal pediu a Abdallah que eu fosse levado para dormir na casa de algum parente, pois era a noite de núpcias dos dois, e o homem recusou dizendo que não tinha parentes e acrescentou: "E por que tanto barulho? Por acaso você é virgem? Você tem um garoto do tamanho de um homem!".

Eu tinha oito anos. Fui com a minha mãe para Haifa depois que ela recolheu alguns pertences e roupas numa trouxa, e o homem estava esperando por nós na frente da sua casa.

Ele zombou dela e da trouxa dizendo: "Seu enxoval é seu filho, que só Deus sabe de onde apareceu!".

As formalidades do contrato de casamento foram concluídas com constrangimento: o xeique veio, trazendo duas testemunhas, e, quando ele terminou seu trabalho, virou-se para Manal e pediu-lhe que fizesse uma ululação de alegria. O que saiu da sua boca foi algo sem vida, mais parecido com um gemido.

Depois... Eu não quero lembrar! Ouvi o homem gritando que podia sentir sangue; xingava-a porque achava que Manal estava menstruada, e eu a ouvi sussurrando para ele e jurando que não tinha percebido.

Depois disso, não me lembro. Talvez eu tenha cochilado, ou desmaiado, ou... não sei o que aconteceu.

Eu deveria ter sabido, como o cego disse, mas me recusei; então aqui estou agora, observando esses momentos que irrompem de um lugar que eu não sabia que existia. Recordo como se imaginasse ou como se a cena acontecesse na minha frente agora.

É melhor eu voltar para meu pai e pedir à minha memória que apague aquela cena e a jogue no depósito de lixo do esquecimento.

A história diz que meu pai foi ferido na Batalha de Latrun e passou dez dias no hospital em Lidd.

Manal nunca se cansou de contar a história do heroísmo do seu falecido marido. Ela dizia que meu pai era um auxiliar do mártir Hassan Salama, a quem o Comitê Superior Árabe nomeou comandante do Distrito Central, ou seja, a área de Yafa-Lidd, durante a guerra da Nakba. Por um milagre, os dois homens sobreviveram à tentativa da Haganah de explodir o lugar que Hassan Salama havia estabelecido como seu quartel-general de comando, um abrigo localizado a oeste de Ramallah, que consistia num grande edifício de três andares rodeado por um laranjal, a cerca de dois quilômetros do assentamento judeu de Beer Yakov.

As forças da Haganah conseguiram penetrar no edifício e explodi-lo, e por volta de trinta combatentes sucumbiram: seus restos mortais foram vistos nas paredes e nas árvores.

Meu pai e seu comandante sobreviveram ao massacre por acaso. Manal nunca parou de agradecer ao Senhor de Todos os Mundos por soprar na cabeça dos homens que não passassem a noite ali.

O destino, no entanto, tinha outros planos, pois os dois homens morreram como mártires um depois do outro. Meu pai morreu primeiro, na Batalha de Latrun. Hassan Salama o seguiu dez dias depois, na Batalha de Ras-Alein.

Os dois eram parecidos em tudo, e o relato de Manal sobre as duas mortes os fez parecerem gêmeos, porque ela os misturou e eles se transformaram numa única pessoa com dois nomes e duas mortes.

"Por Deus, meu querido, foi assim que aconteceu, e Deus é minha testemunha, que não fiquei triste pelo homem nem por mim mesma. Seu pai é um mártir e está nos Jardins da Eternidade e Deus me deixou viva por sua causa; do contrário, para que serviria essa minha vida? Eu fiquei para criá-lo, para que você crescesse e me liberasse dessa missão e eu pudesse me juntar a ele."

Em vez de eu liberá-la, ela me liberou: ela foi e se casou com aquele homem. Não consegui entendê-la ou encontrar qualquer explicação para o que ela fez. Dois anos mais tarde, ela me disse que não o amava e que sofria. "Então por que se casou com ele?", perguntei. Ela olhou para mim com os olhos vazios e respondeu de modo estúpido: "Foi o destino".

"O que você quer dizer com 'destino'?"

"Quero dizer destino. Maldição! Você não sabe o que isso significa? Era meu destino e eu o aceitei, e pronto. Juro que não entendo por que fiz isso, só espero que Deus me perdoe."

Deixe Manal para lá! Meu pai é o assunto no momento. A história dela foi adiada e vai continuar sendo adiada, pois não a compreendo, assim como não entendo por que ela se apartou de mim, dispondo um véu de silêncio entre nós, como se quisesse me forçar a sair da sua vida para que ela pudesse ir para a morte sem ter a mim na sua consciência.

A notícia da morte da minha mãe chegou a mim quando eu tinha trinta e cinco anos — ou seja, vinte anos depois que nos separamos. Ela morreu depois de ter se divorciado do marido e voltado para a sua família em Eilabun. Posso imaginá-la sendo desprezada na sua aldeia, tornando-se uma empregada na casa da família, herdada pelo irmão mais velho e caminhando para a morte porque parou de comer. Foi o que o homem que me deu a notícia me disse. Ele também me disse que eles me queriam lá para que eu recebesse as condolências, mas não fui, o que foi um dos meus muitos erros. Eu deveria ter ido para descobrir a história da mulher, mas tinha outro humor na época. Eu jogara o passado inteiro no esquecimento e seguira com a minha vida, ou o que parecia ser a minha vida, do jeito que eu queria. Agora, porém, estou arrependido. Eu não deveria ter deixado a minha vida cheia desses buracos e lacunas que se transformaram em fantasmas que me cercam.

O fantasma do meu pai aparece para mim, pintado pelas palavras da minha mãe. Eu a vejo usando a roupa de enfermeira, sentada ao seu lado, massageando suas mãos trêmulas de dor. Eu a vejo inclinar a cabeça e se curvar sobre ele, beijar seus lábios secos e, em seguida, deitar-se ao lado dele, fechando os olhos, mas sem dormir. Ouço seus suspiros e testemunho o gemido da morte se misturando ao gemido da vida.

Minha mãe disse que o levaram para o hospital com sangue espalhado nas costas. Eles o deitaram do lado esquerdo porque suas costas doíam e seu peito fora atingido. Em meio à dor o homem pediu para ver seu comandante, Hassan Salama, para que pudesse lhe devolver o que a ele fora confiado.

Minha mãe disse que o encontro dos dois homens foi breve e sem emoção nem lágrimas, mas o suficiente para fazer uma rocha chorar. Abu-Ali Salama se inclinou e beijou a testa do amigo. Meu pai fechou os olhos, exaustos de dor, e pediu à esposa que lhe passasse a pistola, que ele mesmo entregou ao amigo. No dia seguinte, Hassan Dannun morreu.

Minha mãe disse que a pistola se tornara uma lenda. Abu-Ali Salama a dera de presente a Hassan Dannun pela sua coragem, e quando meu pai foi ferido na Batalha de Latrun, ele, morrendo, a devolveu ao seu dono. E quando Abu-Ali Salama estava morrendo no hospital em Lidd, depois de ser ferido na Batalha de Ras-Alein, ele deu a pistola a Hamza Subh, que havia liderado a batalha para recuperar Ras-Alein das forças judias. Minha mãe disse que soube que Hamza Subh, quando foi ferido e estava morrendo depois da Batalha de Annabi Assalih perto de Ramallah, pediu que sua pistola fosse dada ao filho de Hassan Dannun, que ainda não tinha nascido. Quando minha mãe me contou essa história, eu tinha nove anos e lhe pedi a pistola. Ela respondeu com o olhar distante: "Você ainda é muito pequeno".

Então, quando ela me deu o testamento, na pressa de chegar aonde meus pés me levariam, eu me esqueci de perguntar sobre a pistola.

Voltando ao assunto do meu pai, procurei a foto dele na pasta. Vi um homem magro com olhos de falcão olhando para o horizonte e disse a ele que nós dois tínhamos sido enganados. Meu pai tinha vinte e seis anos quando morreu, um homem jovem que poderia ser meu filho hoje, embora na verdade eu seja sozinho e não tenha filhos. Perguntei-lhe o que ele diria se invertêssemos as coisas: eu o adotaria, plenamente ciente do que estava fazendo, em vez de ele me adotar sem saber o que estava fazendo. Ouvi sua risada explodindo nos meus ouvidos e ele disse algo, com uma voz parecida com a minha, mas não entendi o que era. Sua voz se assemelhava aos textos nos meus sonhos: eu sonho que escrevo algo e, quando tento ler o que escrevi, as letras se sucedem como pequenos grãos negros e não consigo decifrá-las. Parece que não sou um escritor de verdade, pois acredito que os escritores sonham com seus textos e tudo o que têm que fazer é recordá-los e escrevê-los quando acordam.

Eu o ouvi e não ouvi. Não propus adotá-lo para que pudesse matá-lo, como os pais fazem, aplicando a vontade do Escolhido por Deus, Nosso Senhor Abraão. Posso matá-lo como pai: isso é esperado e aceito, pois Freud nos convenceu de que matar o pai não só é possível, mas necessário. O assassinato de filhos, no entanto (que na minha opinião condiz mais com a natureza humana), aparece na nossa era moderna como um ato bárbaro com o qual ninguém concordaria.

Eu não me importo se a história da pistola era verdadeira; decidi acreditar porque é uma bela história. A beleza — não a realidade — é o parâmetro da veracidade literária. Quanto à história sobre Manal ter ficado grávida de mim, sou incapaz de acreditar ou de pô-la no contexto da relação entre beleza e verdade. Minha mãe não tinha nada a ver com magia ou com histórias de ifrites, porém essa história, contada por ela mais de uma vez, podia fazer parte de *As mil e uma noites*, mas não parte da história da minha vida.

Investiguei a fundo essa história, não por razões literárias, mas para ter certeza da veracidade do relato do cego Mamun que me deixou atordoado.

Sei que sou o único filho de Hassan Dannun e que minha mãe não conhecia meu pai antes de ele ter sido ferido. (Uso aqui o termo "conhecer" no sentido bíblico, no episódio que trata da gravidez de Maria e seu filho Jesus, no qual se enfatiza que a Virgem não tinha "conhecido" seu marido José, o que significa que não havia dormido com ele.) Minha mãe me contou que era uma noiva sem noivo e que, depois de pular no cavalo do meu pai — indo embora com ele e se casando pelas mãos de um xeique numa das cavernas em que os revolucionários estavam escondidos —, uma mulher apareceu e a levou para Lidd. O marido pediu que esperasse por ele na casa da mãe e prometeu que voltaria logo para construir uma casa para os dois. A jovem se viu esperando numa casa antiga, localizada numa cidade desconhecida, vivendo com uma idosa que nunca parava de rezar.

Manal me contou que só viu seu marido e amado encharcado de sangue. Ouviu um alvoroço lá fora e escutou um homem dizer à velha que seu filho estava no hospital, ferido.

Minha mãe correu atrás dele e se viu entrando num longo corredor e pisando numa poça de sangue do marido. Daquele momento em diante, nunca mais saiu do lado do seu amado.

"Eu fiquei com ele. 'O que você está fazendo, mulher?', eles me perguntaram. Eu disse que era a mulher dele. Eles disseram: 'Vá para casa. Não há nada que você possa fazer aqui'. Eu lhes disse que era enfermeira, e então um médico da família Habach — que Deus o abençoe — teve pena de mim. Ele era branquelo e tinha um bigode grosso como o do seu pobre pai e disse: 'Venha comigo, irmã'. Fui com ele e ele me deu um jaleco branco e disse: 'Agora você é uma enfermeira. Fique com o homem e cuide dele. Ele está muito mal'. E foi isso que aconteceu. Fiquei com ele e vi sua alma partir. Meu Deus, que alma linda! A alma de um mártir é como incenso — fumaça branca-clara com um aroma agradável. Vi a alma de Hassan e vi quando voou sobre minha cabeça antes de desaparecer. Ele me recomendou cuidar de você, e até agora, sempre que tenho saudade dele, sinto o mesmo cheiro."

A história — não a que minha mãe contou, mas aquela na qual a maioria das pessoas do gueto acreditava firmemente — diz que a jovem de Eilabun passou dez dias ao lado do seu noivo moribundo e se esgueirava para a sua cama à noite e dormia ao lado dele, e que ela engravidou antes da morte dele.

Não vivi a experiência do gueto; na verdade, eu a vivi, mas não me lembro dela. O arame farpado foi retirado do gueto, mas não saímos de lá; eu tinha um ano e um mês, então como esperam que eu me lembre? (A verdade é que nunca saímos do gueto. Ficamos nele, e quando o arame farpado foi removido, eles disseram: "O gueto acabou", mas não acabou, e o fato é que ele ainda me cerca, até hoje; em poucas palavras, é isso.)

Quem disse que é memória o que lembramos? Memória é o que sentimos que estamos lembrando. Sendo assim, a memória do gueto vive dentro de mim. Quando eu costumava dizer aos meus colegas da Universidade de Haifa que era do gueto, não estava mentindo. Estava dando a eles a "prima-irmã" da verdade, que é sempre mais verdadeira do que a verdade.

Nunca me perguntei como a mulher teria engravidado de um homem deitado numa cama, entre a vida e a morte, com os pulmões danificados por balas, gemendo incessantemente de dor. Acreditei nela, como todos no gueto acreditaram! Naqueles dias terríveis, quando irmão renegava irmão e um filho pisoteava o pai enquanto tentavam escapar da morte, qualquer coisa podia ser verdade. Coisas inacreditáveis aconteceram. Um povo inteiro foi levado para o matadouro. Mais de cinquenta mil pessoas se viram caminhando na marcha da morte, impelidas pelas forças da Palmach que invadiram a cidade. Havia corpos despedaçados nas paredes da Mesquita Dahmach, restos humanos nas estradas, animais correndo soltos, moscas devorando os mortos e os vivos.

Ninguém estava interessado em investigar a história de uma mulher que se viu sozinha com o corpo do marido, um mártir; então acreditaram nela, transformaram o filho recém-nascido em Adam do gueto e o celebraram como o primeiro filho das suas histórias, muradas pelo silêncio.

Verdade seja dita, eu estava encantado com a história do meu nascimento, como era contada por Manal. Acreditei, considerei-a meu destino e vivi minha infância com a imagem do meu pai, o mártir que havia operado o milagre do meu nascimento de dentro da sua morte. Mesmo assim, a história há muito tempo se desfez e seus pequenos fragmentos caíram no meu coração. Meu pai não significava mais nada especial para mim. Ele era apenas uma história que eu tinha escondido em algum lugar secreto, e me esquecera onde. E quando, hoje, ela irrompeu da escuridão, virou pó.

A curiosidade e o instinto de morte me levaram a pesquisar as datas das batalhas que minha mãe adotara como marcadores do meu nascimento. Descobri que não só a história era um tecido de mentiras do começo ao fim, mas que a ingenuidade de Manal tornou muito fácil expor sua fabricação. Estou falando aqui exclusivamente do meu nascimento. A história da relação de Manal com Hassan Dannun e como ela virou enfermeira no hospital Lidd e a coisa do seu encontro com um médico da família Habach — provavelmente o dr. George Habach, o líder palestino que recebeu, e com uma boa razão, o título de Doutor da Revolução Palestina — não têm nada a ver comigo, mas tendo a acreditar nela porque é uma história bonita e merece ser verdadeira.

Manal contou que meu pai foi ferido na Batalha de Latrun, que ele morreu dez dias depois devido aos ferimentos, que o comandante Hassan Salama morreu em consequência dos ferimentos na Batalha de Ras-Alein e, finalmente, que Hamza Subh, que decidiu devolver a pistola para o filho do mártir Hassan Dannun, isto é, para mim, morreu na Batalha de Annabi Salih em Arramle.

Deixando de lado a semelhança suspeita entre a lesão do meu pai e a de Abu-Ali Salama, algo que eu prefiro não examinar muito de perto porque pode ser verdade e/ou fruto de uma desordem na memória confusa da minha mãe (a memória é, como sabemos, sempre confusa!), uma investigação das datas dessas batalhas leva a uma única conclusão: que a história da minha mãe ter engravidado de mim depois que meu pai foi ferido não pode estar certa de jeito nenhum.

De acordo com minha mãe e com meu documento de identidade, nasci em 14 de julho de 1948, o que significa que minha mãe tinha que ter me concebido nove meses antes dessa data, ou seja, no fim de novembro ou no início de dezembro de 1947, mas a Batalha de Latrun aconteceu em 15 de maio de 1948. Assim, se eu fosse acreditar na minha mãe, o "milagre" da sua gravidez teria ocorrido em maio, e eu teria nascido antes de completar dois meses na sua barriga, o que é impossível.

Minha mãe não estava dizendo a verdade. Ela fingiu ter dado à luz a mim, e Mamun, por alguma razão que eu desconheço, conspirou com ela. Enquanto isso, as pessoas que permaneceram na cidade, dentro do gueto, numa atmosfera semelhante à do "Dia da Ressurreição", não estavam em condições de investigar a história de uma mulher que apareceu para elas usando uma túnica branca, como um anjo, carregando outro anjo, pequeno, e alegando que se tratava da primeira criança palestina a nascer no gueto de Lidd.

A expressão "um anjo carregando outro" não é criação minha, e sim de Mamun. Quando ele me contou a história, disse que as pessoas tinham visto uma garotinha branca carregando um bebê. "Sua mãe era uma criança", disse ele e parou de falar, e eu vi lágrimas brancas correndo dos seus olhos fechados, e fui tomado pelo terror ao ver aqueles olhos apagados verterem lágrimas, como se tivessem brotado do nada. Então ele disse: "Não, não era uma criança. Era um anjo carregando outro anjo".

"Por que ela mentiu e por que você se juntou a ela na mentira?", perguntei depois de longos minutos de silêncio.

"Não, sua mãe não mentiu. Ela disse metade da verdade."

"Então, qual é a outra metade?", retruquei.

"O que estou contando a você agora", ele respondeu.

"Por que foi assim?", perguntei.

"Por que a Nakba?", respondeu Mamun. "A única coisa que poderia salvar uma jovem da morte que tinha se aninhado dentro de cada um dos habitantes do gueto era uma nova vida chegando como um milagre, e o milagre ocorreu nas minhas mãos, sem intenção, como acontece com todos os milagres."

Que emaranhado é esse? O homem que alegou ter produzido o milagre do meu nascimento matou meu segundo pai mais de cinquenta anos depois que alcancei uma idade em que já tinha perdoado esse pai por ter me abandonado, matado minha infância e me entregado ao homem sem coração que se tornara o marido da minha mãe.

Eu havia odiado meu segundo pai por ter me matado, e agora aqui estava eu assistindo a ele ser morto, hoje, diante dos meus olhos, no meio das lágrimas brancas de Mamun, enquanto fico ali parado, feito um idiota, incapaz de salvá-lo.

Mamun viera até mim, quando tudo acabou, para destruir a imagem que eu tinha desenhado de mim como o filho assassinado pelo pai, e aqui estava eu, diante de dois pais impotentes: o primeiro, que havia me abandonado quando o céu de Lidd desabou; e o segundo, que era apenas uma imagem na qual Manal, sozinha em meio às poças de morte e de tristeza, se refugiou para dar sentido à sua vida, que havia perdido todos os seus significados.

Porém, não permitirei que você, Mamun, meu terceiro pai, escape da punição do filho que você matou e abandonou, fugindo para o Egito para estudar e construir sua vida sobre as ruínas da vida dele!

Que estranha coincidência me levou a Mamun ou o levou até mim na minha fuga de mim mesmo e da minha terra para Nova York?

Depois que ele me contou o que fez, eu me perguntei qual era o significado de tudo aquilo. Seus olhos fechados e as lágrimas brancas ficaram cravados na minha memória e provocaram pânico em mim. Estávamos sentados. Ele bebendo uísque e eu, vodca. Seu amigo Naji estava sentado num canto, como se não quisesse participar da conversa. De repente, Mamun tirou os óculos escuros e chorou. No começo, pensei que tinha descoberto os olhos apagados para enxugá-los, então estendi a mão com um guardanapo de papel, mas ele nem notou. Eu depositei o guardanapo na sua mão, ele o pegou e passou na testa, mas não limpou os olhos nem as bochechas, como se quisesse que as lágrimas permanecessem gravadas no seu rosto e eu fosse uma testemunha do seu batismo nelas.

Eles matam como pais e choram como filhos!

Era como se Mamun quisesse assumir meu papel; interpretava o carrasco e a vítima ao mesmo tempo, enquanto eu era apenas uma testemunha. Ele foi o Abraão que pôs a faca no pescoço do filho e o Ismail que, abandonado à sede do deserto, se refugiou nas suas lágrimas e iniciou o batismo que se tornou uma marca da desorientação e do exílio.

Agora entendo por que a poesia árabe começou com Imrú Al-qais. O errante e exilado rei de Kinda, em meio às ruínas, chorou e comoveu, mas ele era o oposto de tudo o que os críticos diziam dele. Ele não foi o primeiro a inaugurar os versos e a vida com lágrimas. O primeiro foi o filho abatido que deu aos árabes seu batismo particular: o primeiro foi Ismail, cujas lágrimas foram transformadas na água com a qual ele saciou sua sede e a sede da sua mãe.

Paremos e choremos a memória da amada e da morada!

Com essas palavras, a poesia árabe começou, no deserto que tinha dado à luz os profetas, e eu, o fugitivo da sombra desses profetas, odeio-me por ter me deixado abalar pelas lágrimas de Mamun. Senti que ele roubava minhas lágrimas, pegando emprestados meu nome e minha história para provar a inocência do seu crime.

Ele se senta ali e traz seu amigo, ou aluno, chamado Naji, para ser testemunha da minha história. Esse Naji não é uma pessoa real, é uma personagem de um livro que Mamun trouxe com ele para provar que a realidade é mais fictícia do que a ficção.

Esse foi o cerne da fala de Mamun sobre Mahmud Darwich na universidade. Ele deu uma palestra surpreendente sobre a personagem de Rita nos versos darwichianos e depois passou a argumentar que o poeta que amou Rita e se casou com ela não foi Darwich, mas Râchid Hussain, e que a história da morte desse poeta em Nova York era mais trágica do que toda a poesia palestina.

Mas isso é um erro.

Fiquei de boca fechada durante a discussão que se seguiu à palestra, sobre cuja importância excepcional todos os palestrantes concordaram. Ninguém se opôs às conclusões tiradas, à exceção do dr. Naji, que fez uma longa intervenção sobre a poesia de Mahmud Darwich, que se resumia à ideia de que a ficção tinha muito mais capacidade de revelar as múltiplas camadas da realidade do que os eventos reais.

O dr. Naji, afastado no seu canto, me observa no meu papel do herói de uma história não escrita!

Que brutalidade é essa?

Depois desse encontro, foi possível dizer o que eu sempre acreditei, mas nunca ousei dizer: que os escritores são capazes de ser as mais cruéis de todas as criaturas. Na sua pretensão de revelar a condição humana e expor a repressão, a tortura, o sadismo, o assassinato e assim por diante, eles se transformam em bisbilhoteiros que se divertem com o que imaginam e descrevem!

É por isso que nunca escreverei um romance. Isto não é um romance, e Mamun, com a ajuda do meu amigo, o diretor de cinema israelense, abriu a porta da salvação para mim.

Mamun estava cercado de escuridão e silêncio. Eu me vi afogar na escuridão junto com ele e não conseguia pensar em nada para dizer.

Levantei-me, aproximei-me dele para apertar a sua mão, mas recuei. Virei-me, murmurando um obrigado, e fui embora.

SONHO FEITO DE PALAVRAS

O que significa quando um sonho se repete várias vezes? O que trouxe o dr. Jiryis ao meu sonho?

Em Yafa, encontrei esse homem uma única vez, quando ele me veio com a história da "camela de Deus". Depois, encontrei-o várias vezes aqui no restaurante em Nova York; no entanto, ambos nos comportamos como se fosse nosso primeiro encontro e como se nossa conversa sobre meu avô, que tinha morrido na Manchúria, nunca tivesse acontecido. Provavelmente, o professor universitário já não encontrava no vendedor de *falafel* que me tornei um interlocutor à altura dele e da sua elevada posição acadêmica. O homem se restringia a comer um prato de fava no meu restaurante, uma vez por semana, e passava de vez em quando com suas alunas para comprar sanduíches de berinjela e *falafel*. Da minha parte, limitei-me a observar os vários meios que ele empregava para seduzir as garotas, usando sua máquina de cappuccino.

Quando o homem desapareceu, tendo encontrado trabalho numa universidade no extremo Oeste americano, só me dei conta do seu sumiço depois de um tempo e por acaso. O homem e suas pesquisas sobre a "camela de Deus" não significavam nada para mim naquela época.

Mas ele voltou de repente e, sem pedir permissão, entrou nos meus sonhos e se tornou testemunha da minha crise sobre ler e escrever.

O sonho diz que estou sentado num jardim público. Não fica claro onde se situa esse jardim, mas não é nem em Nova York, nem em Haifa, talvez seja em Beirute. Acho que é em Beirute, que nunca visitei por causa do barulho. O jardim é pequeno e cercado por arame farpado e estou sentado sozinho, tendo meus papéis comigo. O arame farpado poderia ser um sinal de que o jardim ficava no gueto de Lidd, mas, logicamente falando, não poderia haver um jardim público no gueto.

O que Haifa tem a ver com Beirute? É verdade que Haifa está a apenas cento e trinta quilômetros de Beirute e que, sob as condições climáticas certas, alguém na praia em Tiro consegue enxergar, a olho nu, Haifa mergulhando no mar, mas a distância entre as duas cidades não pode ser medida em quilômetros. Entre elas existem rios de sangue e outros obstáculos que tornam impossível mover a localização do jardim daqui para lá.

Mas é um sonho, e os sonhos não conhecem fronteiras nem reconhecem distâncias. O importante é que estou sentado num jardim público cercado por arame farpado semelhante ao do gueto de Lidd. Na minha mão, seguro folhas de papel, parecidas com estas nas quais estou escrevendo agora e tento ler.

De repente, vejo o dr. Hanna, sentado ao meu lado no banco, soprando a fumaça do seu charuto cubano.

Digo-lhe que vou ler o capítulo que escrevi sobre ele e meu avô.

"Como é? Você sabe escrever?", pergunta, rindo.

Ele diz apenas essas palavras, que se repetem como um eco, e quando inicio a leitura, a chuva começa a cair com toda força — cordas de chuva, bloqueando o horizonte cinzento e encharcando os papéis. Vejo a tinta escorrendo e a chuva ficando preta, e tento pegar as palavras que correram para o chão, e meu rosto e minhas mãos ficam manchados de tinta.

O sonho acaba aí, pois não me lembro do que acontece depois disso! O sonho continuou ou parou? É estranha nossa relação com os sonhos, porque nos lembramos apenas de fragmentos deles, o que é melhor: como alguém que se lembra da totalidade dos seus sonhos conseguiria distinguir entre a vigília e o sono?

Dessa vez, não consegui ler. Em vez de as palavras se apagarem e se transformarem em aglomerados de formigas negras, elas se dissolveram na água, ao som da gargalhada do historiador, que zombou de mim e dos meus escritos.

No entanto, o sonho se repetiu duas vezes, de formas diferentes, e nas duas não havia água; em vez disso, as palavras entravam umas nas outras, como se engolissem as próprias letras, e as linhas começaram a dançar diante dos meus olhos e eu não podia ler nenhuma letra. Desviei o olhar da folha e tentei ler usando minha memória, mas minha memória não recordava.

Isso significa que tenho que parar de escrever? Apesar da minha insistência, em princípio, de que o que escrevo não serve para publicação e nunca será publicado, em momentos de fraqueza, um desejo de ver meu nome entre os escritores que amo me invade e sonho, em instantes que não deixo se prolongarem, em publicar esta coisa que estou escrevendo.

Esse sonho que se repetiu três vezes serviu para me devolver ao caminho que eu mesmo tinha desenhado para mim. Não escrevo para ser lido pelo dr. Hanna e seus pares nem para ser reconhecido por historiadores árabes e israelenses. Minha tragédia não precisa do reconhecimento deles e é indiferente se a reconhecem ou não, pois ela está gravada em almas e lugares. As rochas, as árvores, os pássaros, os rios e os mares falam dela, e que se dane o conhecimento dos intelectuais, se permanece cativo de uma história mentirosa baseada em documentos incompletos!

Sarang Lee chamou minha atenção para outro aspecto da questão. Quando lhe contei um dos meus sonhos (não, é claro, aquele com o dr. Hanna), disse que estava lendo um livro de cujo título não me lembrava, mas eu não conseguia ler, como um analfabeto que vê à sua frente formas cujos significados é incapaz de entender. Ela disse que ninguém pode ler enquanto sonha, e quando duvidei das suas palavras, ela disse que também já tinha sonhado que não podia ler um texto e que meu sonho era comum, e não havia nada com que se preocupar etc.

Eu disse que não acreditava nela; Sarang Lee virou-se então para mim e me perguntou por que eu não consultava um psicólogo.

"Por que um psicólogo?", indaguei.

Ela riu, com timidez, como sempre, cobrindo a boca com a mão, e disse que tinha notado que eu ficara um pouco estranho desde aquela noite do maldito filme, e que eu estava bebendo muito e fumando sem parar. "Talvez você precise ver um terapeuta para ajudá-lo a superar essa crise."

Eu disse a ela que não acreditava na psicanálise e não gostava dessas bobagens.

Estávamos na pequena sala do meu apartamento. Eu estava sentado na cadeira de balanço de bambu que havia garimpado num lugar onde vendiam móveis usados em East Hudson, e Sarang Lee estava de pé, nos servindo café. Ela colocou as xícaras na mesa e se esticou no sofá cinza. Seu vestido subiu acima dos joelhos, e eu a ouvi dizer: "Deite assim, como eu, feche os olhos, e diga o que quiser". Ela fechou os olhos, e o silêncio reinou. "Por que você não fala nada?", perguntou ela, com os olhos ainda fechados. Naquele instante, desejei seus joelhos, mas, em vez de pular e me deitar ao lado dela, fechei os olhos e imaginei que eu abraçava a garota e só fui acordar do meu sonho travesso quando senti a mão dela acariciando meu rosto enquanto me perguntava para onde minha imaginação tinha me levado!

Às vezes, ao lado dela, eu ficava em silêncio, quando sentia que as palavras estavam prestes a se transformar em espinhos na minha garganta, e ela respeitava meu silêncio e não me perguntava nada, esperando até que eu voltasse do lugar ou do tempo para o qual tinha viajado. Então retomávamos a conversa como se nada tivesse acontecido.

Dessa vez, porém, eu tinha rompido com a tradição ligada à nossa amizade, que começara havia três anos. Acho que tive receio de ela ter adivinhado meus sentimentos e fiquei envergonhado, com as faces coradas.

Ela me disse para não ter medo, que não havia nada do que se envergonhar caso eu fosse a um terapeuta. "O médico esquecerá tudo o que você disse assim que você pisar fora da clínica; além disso, existem regras rígidas de proteção aos pacientes."

Eu disse a ela que não acreditava em psicanálise e que aquilo que eles chamam de mal-estar "psicológico" ou "espiritual" eram apenas reações químicas.

"A química da alma!", disse ela. "O ser humano é uma química espiritual, caso contrário não seria humano."

Sarang Lee talvez tivesse razão. Escrevo agora, sem perceber, como se estivesse deitado no divã de um psicanalista, conversando de forma espontânea, embora não seja esse o caso. O objetivo de se deitar é mergulhar profundamente no eu, de modo a chegar, por meios indiretos, à causa dos distúrbios psicológicos que se está experimentando. Isso não se aplica ao meu caso, pois não estou falando porque busco alguma coisa e não fecho os olhos para mergulhar no meu eu. Meus olhos estão completamente abertos para que eu possa ver o mundo inteiro nos espelhos das palavras. Essas palavras que escrevo tornaram-se meus espelhos. Olho para elas a fim de descobrir o mundo e recompô-lo mais uma vez. Nossa vida, como Manal, minha mãe, costumava dizer, passa veloz e leve, como um sonho, e ela estava certa. A vida é como os sonhos, e a única maneira de vê-los é no espelho das palavras. Aqui, na minha opinião, reside a importância da literatura, pois a literatura é o sombreamento de um mundo sem sombras, para revelar seus segredos. Tal revelação não tem outro objetivo a não ser criar prazer, um puro prazer que não tem outro horizonte a não ser ele próprio. Não acreditem em escritores com mensagens! São apenas falsos profetas e adivinhos fracassados. Pessoas com mensagens religiosas, por sua vez, são, em essência, escritores que sonham em preencher a distância entre ficção e realidade e que, portanto, constroem um mundo de delírios que rapidamente os transforma numa autoridade que pratica repressão, terror e controle. É por isso que escolhi como religião a literatura e, como literatura, as sombras do mundo; por isso vivi toda a minha vida como se saísse de um romance ou de um poema para simplesmente entrar num novo romance ou poema; meus olhos se transformaram em depósitos de tristeza e minha tragédia, em ficção... tudo isso graças a *sitt* Umm-Kulthum — que Deus a tenha —, embora isso seja outra história!

A única pessoa para quem contei o sonho sobre as palavras que se recusaram a ser interpretadas foi Sarang Lee, que me sugeriu consultar um terapeuta, não conseguindo entender que minha doença não era psicológica e que a batalha que travei no sonho com o dr. Hanna me tira o sono, porque me parece uma versão compacta da minha história com a minha mãe, com Mamun e com Dália.

O dr. Hanna Jiryis é um homem sagaz e tem uma lógica irrefutável. Não se deve escrever uma obra de história para se adequar aos seus próprios gostos ou como resumo da sua experiência pessoal; pelo contrário, a escrita da história deve ser documentada e baseada em fatos. Minha sugestão de adicionar um parágrafo à carta do meu avô não era séria, eu só disse aquilo brincando. No entanto, agora, tornou-se uma questão verdadeira, porque decidi escrever a história do lugar onde nasci, e é aqui que reside o dilema, pois a história que contarei é cem por cento verdadeira e se baseia em coisas que minha mãe me disse tantas vezes que comecei a sentir que não estava ouvindo as histórias com meus ouvidos, mas antes as vivera e testemunhara. É como se fosse minha memória rememorando, não a da minha mãe. Ao mesmo tempo, fiz uso de uma série de livros e testemunhos, incluindo os escritos de Issbir Munayir sobre Lidd, as memórias de Rajaí Bussaila, o estudo de Michael Palumbo sobre a expulsão dos palestinos, o romance de Ethel Mannin, *O caminho para Beercheba*, e vários livros sobre a Palestina que encontrei na biblioteca da Universidade de Nova York, até chegar aos escritos de Árif Alárif sobre a Nakba e os estudos de Walid Khalidi. Cheguei a visitar especialmente Emmanuel Saba, que eu tinha conhecido no seminário que tratou de levar a julgamento os crimes americanos de guerra cometidos no Iraque, organizado por um grupo de estudantes e professores de esquerda na Cooper Union. Visitei-o na sua casa no Brooklyn e o convidei para jantar no restaurante Tannurin, onde ele me contou o que eu já tinha ouvido sobre minha mãe. Lembro-me da voz trêmula da sua esposa, Ahlam, dizendo, quando começamos a comer o finíssimo *knafe* ao modo de Nablus, que ela podia sentir na boca o gosto da Palestina. Também contatei muitas pessoas que ainda viviam em Lidd para coletar depoimentos daqueles dias, enfrentando no processo muitas dificuldades, como se estivesse voltando a um lugar ao qual eu não queria voltar — mesmo sabendo que voltar era uma condição para a minha saída final do casulo daquele lugar e da sua memória cheia de furos.

Não vou continuar descrevendo minhas tentativas de documentar os dias do gueto. Foi uma experiência cruel e amarga. Mesmo assim, devo confessar que há muitas lacunas nas histórias daqueles dias, da forma como as recolhi, e só posso escrever um relato bem ordenado se eu preencher os espaços em branco da maneira que propus ao dr. Hanna, ou seja, adicionando e subtraindo ao mesmo tempo.

Tive que deixar de fora muito do que ouvi porque eram coisas cheias de emoções apaixonadas e forjadas de um romantismo inabalável. É razoável um homem de setenta anos que vive no Brooklyn, que passa a maior parte do tempo organizando atividades religiosas na congregação da Igreja Ortodoxa Grega de São Juliano, sentir saudade dos dias do gueto porque estavam repletos de emoção, afeto e solidariedade?!

"Saudade?", perguntei a ele. "Está falando sério, homem? Alguém sente saudade de moscas, sede e todas as outras porcarias?" Ele respondeu que eu não o entendera: quando usou a palavra "saudade", ele não quis dizer isso no sentido trivial. Ele quis dizer "sentir nostalgia".

"E o que é nostalgia?", preguntei a ele.

"Nostalgia é nostalgia, significa o calor da memória", respondeu. "Quando sua alma sente frio, o que você faz? A única coisa que aquece a alma é a nostalgia. Mesmo que as lembranças sejam difíceis, pois você volta ao ninho que deixou e se aquece com as recordações e nelas encontra refúgio."

Eu não lhe disse que o refúgio que ele mencionou era a causa da minha raiva, que eu tinha que me livrar do calor da memória porque me fazia sentir a pele coçar, e que eu gostaria de rasgar minha memória para poder sair do casulo da nostalgia e olhar para o futuro.

"De que futuro você está falando, filho? O futuro ficou para trás", foi o que me disse uma mulher que vivia em Lidd quando liguei para perguntar sobre Karim, o louco, que, segundo eu tinha ouvido falar, tentara estuprá-la no gueto. "Não era louco nem nada, meu filho; disseram que ele enlouqueceu para não ser punido. Foi o falecido Abu--Adnan — que Deus tenha misericórdia dele e do seu túmulo — que anunciou que o homem estava possuído por um djim infiel, e a coisa terminou numa cerimônia de *zikr* e alvoroço enquanto ele representava como o djim deixou seu corpo relutante, e os gritos e ululações tiveram início, e os judeus pensaram que havia uma revolta no gueto e começaram a disparar para o ar. Todos fugiram para casa e o djim não soube o que fazer, então fugiu do gueto e nos livramos dele. Foi o que disseram, e o que eu poderia fazer? Meu pai disse que eu tinha que me casar, e eles me casaram com Abu-Riad. Ele era um velho decrépito cuja esposa e filhos não o aguentavam; eles o deixaram aqui e foram embora. O que posso dizer, meu filho? Eram dias amargos."

A mulher chorou ao telefone como se estivéssemos num funeral e começou a me contar a história como se fosse o enredo de um melodrama. Ela me contou sobre seu amado, que havia se esgueirado de volta pela fronteira por causa dela e, quando descobriu que eles a tinham casado, decidiu se matar: "Mas ele não se matou. A vida é cara, como dizem, e ele voltou para Ramallah". Ela me contou que ficou viúva quando nova e teve que cuidar do velho que havia se tornado seu marido depois que ele ficou hemiplégico, e sobre o soldado israelense que cuspiu nela quando estava parada diante do arame farpado esperando os homens voltarem com os barris de água, e assim por diante... Eu queria algo diferente dela. Eu queria que ela me contasse sobre o ritmo da vida cotidiana, então perguntei sobre seus sentimentos quando o arame foi removido, mas, em vez de responder à pergunta, ela continuou a deplorar sua má-sorte, como se a Nakba tivesse acontecido especificamente para derrotá-la; como se todas as histórias do gueto pudessem ser resumidas na tragédia do seu marido paralisado.

Tudo isso precisava ser deixado de lado para que o texto não se afundasse na nostalgia e na tristeza e a experiência perdesse seu sabor, pois a verdade nem sempre é crível; às vezes, de fato, parece inventada e exagerada. Escrever a verdade requer evitar os elementos melodramáticos, que têm que ser eliminados das nossas histórias de vida senão a tragédia se transforma em farsa. E, assim como eliminei muitos detalhes da minha vida, de modo consciente e inconsciente, eliminarei uma série de detalhes da vida cotidiana no gueto e não serei mais tirano do que a própria memória; afinal, ela faz o mesmo, continuamente e sem nos darmos conta.

No entanto, a tarefa mais difícil era preencher as lacunas, uma etapa importante para que a história tomasse sua forma acabada. Nós não gostamos de histórias incompletas, embora nossa vida seja eternamente incompleta.

No meu trabalho de preencher as lacunas, não recorri à invenção de eventos que não aconteceram. Em vez disso, eu deslocava um evento de um lugar para outro. Vamos supor que a mulher que me contara sua história com o marido idoso, e que se chamava Umm-Jamil, não fosse a mesma mulher que foi agredida por Karim, o louco. Agora, vamos supor que Karim tentara agredir minha mãe, e eu soube da história por um colega de escola, e que quando lhe perguntei sobre isso ela tenha negado vigorosamente e dito que era apenas um monte de tolices que o marido de Umm-Jamil teria contado depois que ficou senil.

Eu não teria discutido o assunto com minha mãe, mesmo sabendo que o homem perdera o poder da fala depois que ficou hemiplégico. Mas se eu fosse acompanhar minha suposição sobre a tentativa de estupro da minha mãe, daria à história que estou escrevendo uma dimensão mais profunda, e Mamun entraria em cena como o homem que abordou seu oponente e o derrotou. Olhando por esse ângulo, sua relação com Manal assumia uma nova dimensão.

Ainda não sei qual versão adotar. Escrevi as duas de modo a elucidar o que eu queria dizer com "preencher as lacunas", que não é apenas uma questão de invenção aleatória; é uma operação muito complexa.

Naturalmente, o dr. Hanna Jiryis consideraria isso "literatura". O homem usava a palavra com desprezo, pois acreditava que a literatura não era algo sério. Não sei o que ele queria dizer com "sério", mas dava a entender que partia da arrogância dos cientistas que só veem os fatos. Contudo, o homem não trabalhava com ciências exatas, e sim com ciências humanas, as quais, na minha humilde opinião, estão muito próximas da especulação e se assemelham à literatura em muitos aspectos, porém carecem da sua magia e beleza. Para ilustrar sua ideia, o dr. Hanna acabou se traindo quando disse, zombando, que os leitores de romances eram, na maioria, mulheres. Essa é uma posição machista, que eu rejeito, embora seja, até certo ponto, verdadeira. O dr. Hanna considerava isso uma falha porque, na sua opinião, ler literatura significa apenas preencher o vazio com mais vazio, enquanto a vida me ensinou que as mulheres são a luz do mundo, e para que a literatura exista ela deve se tornar feminina e buscar inspiração na sua fonte chahrazadiana.

Chahrazad foi a primeira narradora. Ela deu à luz crianças e contou mil histórias, e cada uma delas se tornou uma pessoa que narra. Eu queria explicar ao criterioso historiador que Cervantes encontrou seu romance escrito na língua de Chahrazad, e o romance nasceu em suas mãos por meio de uma tradução da "língua do *ain*", uma língua transformada por uma mulher encantadora na língua de se contar histórias. Foi o que alegou o autor de *Dom Quixote*. Talvez ele estivesse mentindo. É provável que mentiu quando alegou ter comprado o manuscrito do livro de um livreiro árabe no mercado de Toledo, mas sua mentira era mais verdadeira do que a verdade em si.

(Não sei por que os antigos linguistas árabes chamaram seu idioma de "a língua do *dâd*": o *dâd* não é uma letra bonita nem inspiradora, e minha admiração por Alkhalil Ibn-Ahmad Alfarahidi, fundador da ciência da prosódia, levou-me a adotar a sugestão que ele faz no seu dicionário *O livro do ain*, no qual sugere que o *ain* seja considerado a primeira letra do alfabeto. A mesma suposição que levou a língua a ser chamada de língua do *dâd* serve para o *ain*, que não é encontrada em nenhuma outra língua do mundo, sem mencionar o fato de possuir inúmeros significados, que vão desde o "olho" pelo qual enxergamos ao "olho" do qual bebemos etc.)

O que tenho a ver com esse maldito sonho que se repetiu três vezes, mas que não permitirei que se repita mais?!

Escreverei a história do gueto, não porque a nostalgia pelo meu país me impele a fazê-lo. Sou um estranho aqui em Nova York como era lá, em Lidd, Haifa e Yafa. Escreverei sobre meu sentimento de desterro, não sobre minha nostalgia. Esse é o tema.

OS DIAS DO GUETO

DE ONDE VEIO O GUETO?

(1)

Os habitantes do gueto acordaram às seis da manhã ao som de tiros. Balas atingiam as paredes das casas, competindo com os ecos do alto-falante que convocava as pessoas a se reunirem na praça em frente à Grande Mesquita.

Foi sua primeira noite dentro da cerca construída pelo vitorioso exército israelense ao redor do bairro que circundava a mesquita, a igreja e o hospital. Eles não sabiam que seu bairro era chamado de gueto. Tudo o que sabiam era que ainda estavam vivos e eram o que restava dos habitantes da cidade depois da grande expulsão. Eram uma estranha mistura de pessoas — médicos, enfermeiros, lojistas, camponeses, refugiados de vilarejos vizinhos — que a coincidência do medo havia reunido e levado a se esconder dentro e ao redor do hospital enquanto fugiam das balas que voavam sobre a cabeça das pessoas, e que levaram os habitantes da cidade a deixá-la, a pé, para lugar nenhum.

As pessoas acordaram com medo. Depois dos três dias de matança aleatória, que chamaram de "massacre", elas passaram sua primeira noite cercadas por um estranho silêncio que só foi perturbado pelo latido de cães de rua que vagavam sem rumo pelas ruas da cidade.

As pessoas do gueto dormiram sua primeira noite sem balas. Exaustão, fome e sede os impediram de notar o extraordinário número de moscas que se espalhava por toda parte, juntando-se sobre corpos que nadavam no suor e no calor do verão. Mais tarde, Manal chamaria essa primeira noite em que dormiu sem ser acordada pelo som de tiros de metralhadora de "a noite das moscas". Ela disse que se não fosse pelo seu filho, cujo rosto ela era obrigada a cobrir com o lenço para evitar que as moscas comessem seus olhos, ela teria dormido feito pedra e não teria sido incomodada pelas picadas das moscas. "Todo mundo dormiu. Como dizem, filho, 'o sono é um sultão'."

Todos dormiram ao som dos latidos, intercalados apenas por um gemido misterioso, e acordaram ao som de balas voando e uma convocação para que se reunissem na praça em frente à Grande Mesquita. E quando o sono começou a se afastar dos seus olhos, deixando espetos feitos da dor da penumbra atravessada com fios de luz, eles caminharam com a lentidão dos apavorados em direção à praça da mesquita, certos de que seu destino não seria diferente do destino dos cinquenta mil habitantes de Lidd que haviam sido obrigados a partir nos últimos três dias. Eles viram o arame farpado cercando-os por todos os lados e ouviram a voz do dr. Mikhail Samara declarar: "É uma gaiola!". E depois, olhando para sua esposa que segurava a mão da filha pequena, acrescentou: "Não se preocupe. Eles não vão nos expulsar. Eles nos enjaularam, como animais".

As pessoas se dirigiram, empurrando umas às outras, para onde tinham sido ordenadas a se reunir. Os habitantes de Lidd que permaneceram tinham aprendido bem a lição: esses soldados não brincavam, estavam dispostos a matar, aliás, desejosos: o cheiro de sangue aumentara sua fome de sangue.

O dr. Samara notou que o chão estava manchado com uma mistura de sangue e terra e sentiu o cheiro da morte. Ele se virou para a enfermeira Manal, que estava andando ao lado dele, carregando seu bebê, e disse-lhe para tomar cuidado para não pisar no sangue. "Hoje vamos ter que lavar o chão com água. É pecado andar sobre sangue."

As pessoas chegaram em grupos, vindas de onde estavam escondidas — da igreja, da mesquita e do hospital. Olhavam para todos os lados, olhares se encontravam, e o único barulho que se ouvia era o de passos pisando o chão. Os disparos pararam e o alto-falante ficou em silêncio. As pessoas se espremeram na praça em frente à Grande Mesquita, onde foram cercadas por uns dez soldados, prontos para atirar com os rifles.

Os soldados tinham uma aparência bizarra — imberbes, olhos meio cerrados como se não tivessem dormido bem, o uniforme cáqui solto no corpo, fumando vorazmente e olhando para a direita e para a esquerda, como se sentissem medo. Alguns cobriam a cabeça com o *kufiye* palestino para se protegerem do calor, enquanto outros usavam bonés militares amarrotados.

Fazia muito calor naquela madrugada de julho. Os fantasmas caminhavam lentos em direção ao local de agrupamento, estavam grudados uns nos outros, como galinhas assustadas. Cerca de quinhentos homens, mulheres e crianças se aglomeraram no canto da praça. A cena era cômica, ou pelo menos foi o que pensou um soldado israelense barbudo. Ele apontou, rindo, para as pessoas amontoadas no canto da praça e disse em hebraico: *"Khavasim, kmo khavasim!"*.

"O que ele está dizendo?", Manal perguntou ao médico, que estava de pé ao lado dela.

"Ele está apenas tagarelando em hebraico", disse o doutor.

"Ele está dizendo que somos como ovelhas", disse Mufid Chahada, que aprendera hebraico trabalhando na colônia vizinha de Ben Shemen.

Nesse momento, ouviu-se um tiro, disparado perto de onde as pessoas estavam reunidas, e um grande pássaro caiu do céu e ficou se debatendo no chão no meio da multidão atordoada.

Foi o soldado que descreveu as pessoas reunidas como ovelhas que disparou para o ar, atingindo um pássaro que pairava no céu sobre a cidade. O dr. Samara se abaixou para ver o pássaro, que já estava morto, pegou-o pelas patas e o estava levando para longe das pessoas quando escutou o soldado gritar com ele. O médico parou no mesmo instante e olhou para a direita e para a esquerda, sem saber o que deveria fazer. O soldado disparou uma rajada de tiros perto dos seus pés. O médico estremeceu, depois se agachou e largou o pássaro.

O soldado se aproximou dele e ordenou, com um movimento do rifle, que ficasse de pé, mas o médico, cujo corpo ainda estava tremendo, não se moveu. Ele permaneceu agachado, com os olhos fechados e os dentes batendo.

O soldado apontou seu rifle como se fosse atirar, aproximou-se do médico e o agarrou pelo braço para fazê-lo se levantar, mas o médico palestino recusou-se a se mover. Dois outros soldados chegaram e puxaram-no pelos braços, fazendo-o ficar de pé. Naquele instante, os soldados israelenses explodiram numa gargalhada.

"*Assa batakhtonim!*" ("Ele se mijou!"), o primeiro soldado gritou. "*Maguia la lamut!*" ("É covarde, merece morrer!"), disse o segundo. Os soldados se afastaram do médico e apontaram os rifles na sua direção. O homem caiu no chão de novo e lá ficou; soluçava como se estivesse chorando. Naquele momento, os soldados ouviram a voz do oficial ordenando-lhes que não atirassem. O médico permaneceu sentado onde estava, sem se mover, durante as longas horas que o povo do gueto passou na praça da mesquita esperando as ordens dos israelenses.

Quando os soldados recuaram, deixando o médico, que havia se mijado de medo, sentado onde estava, as pessoas olharam para cima e notaram os estranhos pássaros que circulavam no céu, e um medo obscuro, diferente do medo que se desenhara no seu rosto durante a invasão da cidade, os envolveu. As pessoas recordariam esses pássaros como um dos sinais do fim. Elas sentiriam que estavam prestes a se tornar alimento de aves de rapina, e que seu destino seria semelhante ao dos cadáveres espalhados pelas ruas da cidade.

As ordens do oficial israelense eram firmes: "*Lo rotseh leshmoa milah*", que um dos soldados, gritando, repetiu traduzindo: "Nem uma palavra! Nem um som! Entendido?". O silêncio reinou sobre os homens e as mulheres reunidos na praça em frente à mesquita. Nada rachou o muro de silêncio que cercava as pessoas até que um bebê começou a chorar e logo foi acompanhado por um grupo de outras crianças, que transformaram o lugar num festival de choro.

(Manal se gabou de eu ter sido o líder do coro de chorões que quebrou o silêncio. Ela disse que não sabia o que fazer: eu estava com fome e o leite secara nos seios dela. Ela empurrou os mamilos na minha boca, mas eu recusei. Manal disse que na noite anterior tinha me preparado mais uma refeição de lentilhas cozidas e me fez lamber o dedo dela, que molhara com a água das lentilhas, e eu tinha adormecido, exausto de tanto chorar, mas não ocorrera a ela, de manhã, a ideia de trazer um pouco daquela água, já que saiu às pressas com todos os outros para ir até a praça em frente à mesquita. Manal disse que meu choro tinha cortado as cordas do seu coração e, em vez de me silenciar, ela ficou lá enquanto as lágrimas começavam a correr pelas suas bochechas e se misturavam às do filho faminto.)

Um soldado se aproximou de Manal e tentou tirar a criança dos seus braços; então Umm-Yahia correu, pegou o bebê e começou a balançá-lo e deu-lhe o peito. Ele mamou e ficou em silêncio, e o barulho começou a diminuir. Manal chorou agradecendo a Umm-Yahia.

"Depois daquele maldito banho de sol, alguns dos moradores do gueto fugiram. Não sei como conseguiram escapar pelo arame farpado. O médico, Mikhail Samara, desapareceu com a esposa e a filha; Umm-Yahia também tinha sumido com o marido e os quatro filhos e havia outros que eu não conhecia. Dizem que subornaram os soldados, mas ninguém sabe. Não pensamos nisso na época, e acho que não houve suborno. Eles disseram que queriam ir para Ramallah, então o portão lhes foi aberto e eles foram embora. E você, coitadinho, mamou uma vez só no peito de Umm-Yahia e sobreviveu com água de lentilha até que as coisas melhoraram."

Mães embalando seus bebês, homens exaustos pelo esforço e pelo medo, e o cheiro da morte. Mais tarde, o dr. Mikhail Samara, num artigo que publicou na revista *Assuntos palestinos*, falaria longamente sobre o cheiro que se espalhou pela cidade.

(Lembro-me de ler o texto do dr. Samara na biblioteca da Universidade de Haifa, onde topei com ele por acaso quando preparava um artigo para o seminário sobre o romance *Khirbet Khizeh*, de S. Yizhar, traduzido para o árabe pelo romancista palestino Tawfiq Fayad, na revista *Assuntos palestinos*, que era publicada pelo Centro Palestino de Pesquisa, em Beirute.

Eu considerava — e, passados todos esses anos, ainda considero — o romance de Yizhar uma obra-prima, porque foi capaz de chegar a uma profunda catarse aristotélica numa linguagem adequada aos tempos modernos. Nele, vi a imagem do Judeu Novo, sem os fardos da ideologia do período do *tsbar* e dos pioneiros — um judeu existencial criando a si mesmo e aos seus erros sem nenhum complexo de culpa. É uma pena que o romance tenha sido traduzido apenas há pouco tempo para o inglês; ele permanece um testemunho da profundidade da relação com a morte que une a língua árabe e a hebraica. Recentemente, porém, descobri nesse romance novas profundidades e múltiplos níveis — mas isso é outra questão e requer um contexto diferente.)

Por coincidência, o artigo do dr. Samara foi publicado no mesmo número da revista que publicou o romance de Yizhar. O artigo dedicou-se a analisar o massacre de Sabra e Chatila, cometido pelas forças libanesas sob supervisão israelense durante a operação denominada "Paz para a Galileia", que atingiu seu ápice em 15 de setembro de 1982, quando o exército israelense invadiu Beirute depois da partida dos combatentes da Organização para a Libertação da Palestina. O artigo se concentrou em dois aspectos. O primeiro é o cheiro; o segundo, a "dança da morte", quando as vítimas foram forçadas a dançar antes de serem mortas.

Li o artigo e vi diante de mim a imagem do dr. Mikhail, como retratado pela minha mãe: um homem de trinta e seis anos que se formou na Universidade Americana em Beirute e voltou para Lidd para ser vice-diretor do hospital da cidade. O jovem alto e autoconfiante casou-se com Sawsan, a garota mais bonita da cidade, na Igreja de São Jorge, e o casamento foi abençoado por Teófilo, o patriarca grego de Jerusalém, que veio, apoiado nos seus oitenta anos, retribuir o favor ao jovem médico de Lidd que o curara de um ataque de soluços que quase o levou ao túmulo.

Esse homem, que falava com as pessoas com o nariz empinado e dizia a todos que tinha decidido ir para a América para completar seus estudos como especialista em doenças do sistema respiratório, inclinou-se com arrogância, pegou o pássaro, ainda se debatendo com a morte, de modo a afastá-lo das multidões que se reuniam no canto sul da praça da mesquita, agachou-se no chão e, quando o soldado israelense disparou balas nos seus pés, molhou-se.

Quando a queda da cidade nas mãos das forças israelenses se confirmou, o médico ordenou que todos os funcionários do hospital usassem seus uniformes brancos e se certificassem de colocar neles o emblema da Cruz Vermelha. Ele havia dito que os soldados nunca ousariam atacar a equipe médica. Portanto, o homem ficou surpreso com a indiferença a tais preocupações demonstrada pelos membros das forças israelenses, que pertenciam à 8ª Brigada da Palmach, e sentiu vergonha da sua covardia, por isso não levantou a cabeça. Depois que aquele longo dia de sol terminou e o oficial ordenou que as pessoas se dispersassem, o médico não encontrou forças para se levantar e ficou onde estava; ele só foi embora, com a esposa e a filha, depois que todos os outros tinham deixado a praça.

O que trouxe o dr. Samara a Beirute durante o massacre de Sabra e Chatila?

O artigo publicado na revista era basicamente uma palestra ministrada na conferência anual da Associação de Graduados da Universidade Árabe-Americana, realizada em novembro de 1982 em Minneapolis, Minnesota. Na introdução, o médico mencionava que fora para Beirute no início de agosto como integrante de uma delegação de acadêmicos palestinos chefiada pelo dr. Ibrahim Abu-Lughd. Declarou que sua participação na delegação ocorreu a pedido de Edward Said, a quem ninguém recusaria um pedido, dado o status acadêmico e moral do autor de *Orientalismo*. Disse também que havia decidido ficar em Beirute depois da partida dos combatentes palestinos, a fim de participar da organização do trabalho do Crescente Vermelho na cidade devastada, e vira-se preso no seu apartamento em Ras-Bairut enquanto os israelenses ocupavam a cidade. Então, quando soube do massacre, correu para o campo e viu-se na presença da morte, do cheiro e das moscas.

O médico escreveu:

Laila Chahid me ligou de manhã e começou a gritar no meu ouvido, relatando com palavras ofegantes que fora com o escritor francês Jean Genet ao campo Chatila, e andaram entre os corpos inchados que lotavam os becos. "O que você está fazendo em casa, doutor? Faça alguma coisa! Eles estão nos massacrando!" Quando entrei no campo, fui recebido primeiro pelo cheiro. O cheiro de Lidd voltou. O cheiro não tem nome e só pode ser lembrado quando você o sente de novo, quando é exalado pela memória. Senti o cheiro da morte antes de ver qualquer coisa. Entrei no campo, e as palavras que ouvi de Laila Chahid tornaram-se ecos reverberando no meu cérebro. Eu não sabia de onde vinha o zumbido que ouvia. Então, notei os enxames de moscas, incontáveis moscas, e senti o cheiro de Lidd — o mesmo cheiro, o cheiro queimado de tempero, espalhando-se entre as moscas azuis, como se o tempo me levasse para trás trinta e quatro anos, e me vi ali, sentindo náuseas; caí, incapaz de me levantar.

Ele contou a história da sua ronda pelos becos na companhia de um médico que trabalhava no Hospital Galileia no campo.

Recuei, sentindo que estava prestes a cair, depois me apoiei contra a parede descascada do hospital e fechei os olhos. Então, senti uma mão tocar meu ombro. Pulei assustado e vi diante de mim um jovem alto, moreno, usando um jaleco de médico. Ele me perguntou quem eu era e, quando eu lhe disse que era um médico palestino-americano, ele me pegou pela mão e me levou para o primeiro andar do hospital, que cheirava fortemente a clorofórmio. Ele se apresentou, dizendo que era o dr. Khalil Ayyub, deu-me um copo d'água, levou-me com ele numa ronda ao campo e me contou a história.

O estilo do artigo me pareceu excessivamente pessoal. Na verdade, o que li não era um artigo, mas um discurso que o dr. Samara fez nos Estados Unidos, numa reunião de professores americanos de origem árabe. O tom íntimo do texto me perturbou e eu não pude explicar o estilo até que vim, anos depois, para Nova York e descobri que o que parecia estranho para mim era, de fato, uma peculiaridade da vida na América, onde se dá a discursos proferidos em ocasiões políticas uma interpretação pessoal para fazê-los soar mais verdadeiros. Para ser honesto, fiquei espantado quando descobri que as pessoas aqui não mentem sobre sua vida pessoal e que a verdade é um valor moral e social absoluto. Naturalmente, isso não é um elogio ou admiração, apenas uma observação que qualquer um que mora aqui é levado a perceber; no entanto, essa propensão à verdade não se reflete de forma alguma no discurso político americano. Além disso, acredito que uma preocupação exagerada com a verdade acaba com um dos elementos básicos da língua, uma vez que a decepção é um dos ingredientes da língua: na medida em que são símbolos, as palavras enganam e não simplesmente expressam — isso quando expressam —, mas montam armadilhas para esconder a verdade, mesmo quando estão tentando fazer uma declaração honesta dela.

O relato do médico palestino de como ele chegou a ficar sentado no chão durante todo esse dia de julho me intrigou. Será que falou do cheiro para evitar falar do medo? Ou ele se lembrou da sua história e a recompôs na mente ao longo de mais de trinta anos, de tal forma que poderia esquecer que tinha sido transformado em motivo de chacota? Ou a coisa toda não é nada mais do que o constrangimento do homem pelo fato de ter se mijado, levando-o a se recusar a reconhecer a verdade? Minha mãe me contou a história inúmeras vezes, e eu acredito nela. Todas as histórias sobre Lidd que ouvi e colecionei têm uma fonte principal, que é Manal, a qual, sempre que chegava ao fim de uma história daqueles dias no gueto, suspirava e dizia: "Temos que esquecer, mas do sofrimento não há como esquecer".

Acredito na minha mãe. Não tenho escolha; do contrário, a história estaria perdida. É verdade, Manal não me disse toda a verdade, talvez porque teve pena de mim. Não estou falando apenas da oliveira sob a qual fui encontrado, mas de muitos detalhes da vida no gueto, que eu juntei das pessoas aqui e ali para completar a imagem da minha infância. Não estou me valendo das palavras ambíguas do romancista francês Albert Camus sobre a guerra da Argélia, quando ele disse que escolheu sua mãe para evitar a pergunta mais profunda sobre a escolha entre o carrasco e a vítima. Minha mãe é a vítima, e eu juro que, se fosse forçado a escolher, optaria por ser uma vítima também, e é por isso que acredito nela.

(Uma vez, Dália me fez uma pergunta desconcertante: "Se você pudesse escolher entre nascer palestino ou judeu israelense, o que escolheria?".

Eu disse a ela que a escolheria.

"Isso significa que você escolheria ser um israelense?"

Respondi: "Tentei ser um israelense, mas não consegui. Um palestino só pode escolher ser o que ele é. Mas sei lá!".

Ela disse que, se eu tivesse lhe perguntado, ela teria respondido sem hesitação que escolheria ser palestina, pois preferia ser a vítima.

Argumentei que ela dizia isso porque a opção não estava disponível, o que lhe permitia usufruir tanto das virtudes da vítima quanto dos privilégios do carrasco.

Ela disse que eu não a entendia. "O tempo vai ensiná-lo a me entender, e, quando você chegar a esse momento, vai descobrir que todo ser humano é filho de um exílio permanente. Essa, na minha opinião, era a condição existencial dos judeus antes de Israel acabar com ela em favor de uma existência absurda desprovida de significado.")

O médico contou que o dr. Ayyub o levou pelos becos do campo, que estavam frios e vazios agora que a Cruz Vermelha tinha coletado as centenas de cadáveres, polvilhado cal sobre eles e os enterrado numa vala comum cavada na sua periferia.

Ele parava em cada curva que levava a um beco, contava dos cadáveres e descrevia as estranhas posições em que os encontrara. Quando terminou de descrever os corpos inchados e empilhados, apontou para os enxames de moscas em todos os lugares acima de nós, dizendo que elas eram tudo o que restara do massacre. Então, ele me levou até a entrada de um dos barracos no campo e contou como os homens armados cortaram a barriga de uma mulher grávida ali mesmo.

Não quero me alongar mais contando o que o dr. Mikhail narrou, pois os detalhes do massacre de Sabra e Chatila já são bem conhecidos por todos, em especial depois da publicação do livro de Baian Nuwaihid Alhut, que é uma referência fundamental sobre o assunto. O massacre foi um testemunho não apenas da selvageria dos assassinos e do exército israelense, que lhes permitiu realizá-lo e foi parceiro nele, iluminando a noite do campo com sinalizadores, mas também da capacidade dos humanos de perder a alma e se embriagar com sangue.

O que me surpreendeu no artigo do médico, no entanto, foi a descrição dos últimos momentos das vítimas, quando foram forçadas a dançar e a bater palmas na sua marcha final do campo até a Cidade Esportiva.

O dr. Samara escreveu:

O dr. Ayyub viu como suas palavras se gravaram no meu semblante. Ele me pegou pelo braço e me levou de volta ao Hospital Galileia, dizendo que gostaria de me consultar sobre um assunto médico, e me explicou sua teoria a respeito da cura através da fala. Ele disse que tinha descoberto que poderia fazer um paciente em coma acordar, contando-lhe histórias.

"*O quê?*", *perguntei-lhe, e ele repetiu sua ideia, dizendo que ele contava ao paciente a história da sua vida, revivendo assim a memória danificada e permitindo que a alma despertasse através das histórias de amor. Ele disse que tinha sido levado a essa conclusão pelo diagnóstico da condição de um paciente.*

"*Isso é impossível*", *eu disse, e expliquei a ele que teríamos de diagnosticar a causa do coma por meio de um exame da imagem cerebral. Em geral, um coma era consequência de um derrame, e poderíamos avaliar o tamanho do dano medindo até onde o sangue havia se espalhado no cérebro.*

Fiquei espantado com a insistência do homem, que até onde eu sabia era o único médico daquele lugar caindo aos pedaços, que se assemelhava a um hospital apenas pelo cheiro de desinfetante que se espalhava pelos corredores. Ele continuou com essa estéril discussão médica e me pediu que visitasse um paciente, seu pai. Disse que o pai estava deitado lá havia sete dias e começou a mostrar algum progresso como resultado dessa "terapia da fala" que ele tinha inventado. O caso era evidentemente absurdo, pois o idoso estava com morte cerebral e não havia esperança de recuperação. No entanto, aprendi com esse enfermeiro (descobri mais tarde pelo dr. Amjad, diretor do Hospital Galileia, administrado pelo Crescente Vermelho Palestino em Beirute, que Khalil Ayyub era um enfermeiro que se dizia médico) que tal quadro do médico e do seu paciente não era mais insano do que a experiência de morte pela qual o povo de Sabra e Chatila tinha passado. Esse médico estava proclamando, à sua maneira particular, sua devoção obstinada à vida, fazendo da sua memória e da do seu pai uma entrada para uma possível sobrevivência. Os outros, no entanto, que se viram debatendo-se no próprio sangue acabaram vivendo a experiência da morte enquanto dançavam sob as ordens dos seus carrascos.

O dr. Khalil contou sua história. Sua voz, interrompida por trechos de silêncio, tremeu quando ele disse que a memória da dor era mais terrível do que a própria dor.

"*A história não está na matança, nos corpos das vítimas nem na selvageria que se gravou no rosto dos assassinos, que brilhava sob as bombas luminosas disparadas pelo exército israelense; a memória da dor, doutor, é a morte pela humilhação. Imagine que nós dançávamos — sim, dançáva-*

mos — *enquanto nos matavam, e que eu dançava e fui assassinado, mas não morri. A bala não conseguiu me matar porque o 'General' (os assassinos deram esse nome a um dos líderes, que habitualmente escondia os olhos atrás de óculos escuros) estava ocupado emitindo ordens para o trator que trabalhava na escavação de uma vala comum e não notou que eu tinha sido ferido apenas no ombro e que minha morte fora uma dissimulação. Eu me deitei entre os cadáveres, para esconder minha morte com a morte dos outros. Esperei duas horas antes de me levantar e sair correndo para o hospital, onde cuidei sozinho das minhas feridas.*

"*Eram sete e meia da manhã de sábado, dia 17 de setembro de 1982, o último dia do massacre. Ouvimos os alto-falantes convocando as pessoas a deixarem sua casa e caminharem em direção à Cidade Esportiva. Eu fui com os outros, e caminhamos. Era uma multidão. O campo, que fora coberto pelo silêncio, abriu-se de repente, revelando um número enorme de pessoas, que caminhavam como ovelhas. Estávamos ladeados por homens armados, e o homem com os óculos escuros segurava um alto-falante e dava ordens: 'Batam palmas!', batíamos; 'Não estou ouvindo bem, quero palmas mais fortes!', batíamos mais forte; 'Digam, viva Bachir Gemayel' — dizíamos; 'Digam, morte para Abu-Ammar', repetíamos; 'Mais alto!', aumentávamos a voz. Caminhamos, aplaudimos e gritamos, ao mesmo tempo que os homens armados puxavam grupos de jovens para o acostamento, ordenavam que se deitassem no chão de bruços e atiravam neles. Foi, doutor, uma marcha de aplausos, lemas e massacre. Mas isso não foi suficiente para eles. Quando a marcha chegou à estátua de Abu-Hassan Salama, eles nos fizeram parar, e ouvimos o alto-falante que nos mandava dançar. 'Dancem, seus filhos da puta! Quero ver seus corpos sacudirem!' O assombro nos assombrou. Ninguém se mexeu ou emitiu um som. Silêncio total, que foi interrompido apenas pelo som de balas atiradas para o alto pelo general, do seu rifle M16. E, ao som de balas, avistamos Umm-Hassan. A senhora de setenta anos, que tinha amarrado a cabeça com um lenço branco, emergiu por entre as fileiras do povo, e seu corpo inteiro, que estava coberto por um longo vestido preto, começou a dançar, no início com timidez, e depois foi ganhando velocidade até que ela parecia um círculo girando em torno de si mesma. Como posso lhe descrever a cena, doutor? A imagem daquela mulher, cujo corpo se retorcia ao ritmo das balas, me* ocorre coberta de lágrimas, e o tamanho relativo das coisas se torna confuso. Vejo seu corpo ficar fino como um fio, em seguida se ampliar e esticar, o branco do lenço de cabeça espalhando-se sobre o preto do vestido, e tudo gira. E eu vejo seu rosto, no qual os anos gravaram histórias, revelar um sorriso misterioso. Você não conhece Umm-Hassan. Se quiser, posso apresentá-lo a ela, pois sempre vem visitar Yunis. Ela é como uma mãe para mim, na verdade é minha mãe e é a única parteira legalizada daqui, todas as crianças do campo caíram do ventre da mãe por suas mãos.

"Quando vimos Umm-Hassan dançando, a febre da dança nos acometeu, e todo mundo dançou. Para ser honesto, dancei sem tomar nenhuma decisão de fazê-lo. Eu me encontrei dançando, e não me pergunte quanto tempo dançamos porque não sei. O tempo desaparece apenas em dois momentos: na dança e na morte. Então, imagine quando os dois se juntam! Estávamos dançando e morrendo, doutor, e só nos demos conta das cicatrizes na alma depois que tudo acabou e descobrimos que todos nós tínhamos morrido. Você está certo, ninguém tem o direito de converter a morte em números. Mil e quinhentas pessoas morreram aqui, como contam, mas o número não diz nada, porque todos morreram aqui. A totalidade da humanidade morreu naquele momento de dança, quando alguns eram levados para a parede de execução ainda dançando. Naquele momento, eles me levaram. Puxaram-me da dança para a morte, mas não morri. Umm-Hassan dançou até cair no chão. Então, as pessoas ouviram tiros e disseram que a mulher tinha sido morta, mas, como eu e a maioria dos outros, ela morreu e permaneceu viva."

O dr. Samara terminou seu artigo com uma análise da imagem das ovelhas na fala de Khalil Ayyub, opinando que o sentimento de humilhação no homem resultava da submissão das pessoas ao seu destino. Elas sabiam que estavam indo para a morte, mesmo assim perderam a vontade de resistir, e o instinto de viver as abandonara. Ele, então, estabeleceu um paralelo entre a forma como os nazistas trataram os judeus durante o Holocausto e os métodos usados no massacre de Sabra e Chatila.

Não gosto desse tipo de comparação. Priva as coisas dos seus significados e transforma a relação do homem com a história numa repetição chata, inocenta o criminoso de um jeito oblíquo, tornando-o apenas uma cópia de algum outro criminoso, e trata os crimes de guerra como se fossem inevitáveis. Transforma as vítimas em números, ignorando sua singularidade e a singularidade da tragédia de cada um.

Sem mencionar que o artigo me irritou em duas outras perspectivas.

A primeira foi sua publicação coincidente e lado a lado, na mesma edição, com o romance de S. Yizhar, *Khirbet Khizeh*, que descreveu a queda de uma aldeia no sul da Palestina (trata-se provavelmente de Khirbet Khissas), sua destruição e a expulsão dos seus habitantes. Uma das cenas do romance coincide num grau quase incrível com uma das cenas do primeiro dia do gueto de Lidd e com a de Umm-Hassan durante o massacre de Sabra e Chatila. Qualquer observador, ao ler ou ouvir os eventos daquele dia, notará isso.

A segunda é a forma como está escrito, que mistura identificação com a vítima e empatia por ela. O estilo realmente me deixou constrangido, pois o texto termina com um tom de pastor protestante pregando entre os fiéis.

O texto do dr. Samara despertou muitos pensamentos dolorosos em mim, sobretudo a cena em que Umm-Hassan dança na festa da morte de Chatila. Essa mulher, de cuja ternura e amor pelas pessoas Khalil Ayyub contou histórias intermináveis, tornou-se a única personagem cuja presença no romance do escritor libanês sobre a aldeia Bab Alchams [Porta do sol] me encantou. Essa mulher, uma casa de sabedoria, cuja alma irradiava uma beleza que iluminava seu rosto enrugado, liderou a dança da morte. Umm-Hassan, a personagem repleta de humanidade, apareceu para mim, desde que a conheci por meio das palavras, como se fosse escrita em água, não em tinta, por causa da sua transparência, através da qual a alma brilhava; e aqui eu a vejo dançando ao ritmo das balas dos assassinos!

Umm-Hassan liderou a dança, então todos dançaram, e a própria morte dançou. Ó Deus dos céus... por que testou a mulher que pegou o bebê Naji e o devolveu para sua mãe? Por que a testou com essa dança da vergonha?

Nunca perguntei a Umm-Hassan por que ela dançou, pois nunca a conheci. Como eu poderia ter conhecido uma mulher morta? Sua morte é a cena de abertura do romance *Porta do sol*, mas, quando Khalil me contou fragmentos das suas lembranças no campo de refugiados de Chatila, ele não disse nada sobre a dança da morte, e eu não lhe perguntei sobre Umm-Hassan. Ele deu um tapinha no meu ombro, dizendo que a memória do massacre tinha se transformado em lacunas de silêncio na sua vida e que ele não contara sobre isso nem mesmo à sua esposa, que era da Galileia, porque não foi capaz.

Umm-Hassan dançou ao ritmo da morte. Por que o autor de *Porta do sol* não mencionou nada sobre o incidente? Será que o desconhecia? Ou ele também tem lacunas na sua memória, como Khalil Ayyub? Ou seria por vergonha?

A dança não abalou minha admiração nem meu amor por Umm-Hassan. Pelo contrário, me fez admirá-la e amá-la ainda mais.

(Da minha parte, eu me recuso a escrever a partir de uma memória falha ou furada. Vou preencher todas as lacunas da história e, se não encontrar os fatos, vou procurá-los na obra de outros. Assim construirei meu espelho, com o qual me completarei. Mas o que devo dizer sobre Umm-Hassan? Posso dizer que, depois do meu encontro com Mamun em Nova York, desejei que tivesse sido Umm-Hassan quem me pegou na estrada da morte em Lidd? Se isso, ou algo parecido, tivesse acontecido, minha vida teria sido radicalmente diversa, e hoje eu sentiria que pertenço a uma mãe que me deu à luz mesmo que não tivesse dado, e não me assombraria esse sentimento de ser filho do acaso e da minha vida ser feita da poeira das ilusões.)

Minhas reservas sobre esse texto advêm de outro lugar. Samara fez uma comparação apressada entre Sabra e Chatila e o gueto de Lidd, e isso não convém. É legítimo comparar os massacres de Lidd e o massacre de Chatila; a marcha da dança e da morte em Chatila e a marcha da morte na qual mais de cinquenta mil seres humanos foram obrigados a deixar Lidd pela força das armas e pela violência. E esses casos nos permitiriam analisar longamente como a sede pelo sangue sobe à superfície da alma das pessoas e as transforma em monstros, e é por isso que o profeta Dawud, em seus Salmos, grita: "Poupe-nos do sangue, ó Senhor!". A selvageria em si é uma questão trivial, uma vez que pode ser regulada ou contida, embora volte, ou seja trazida de volta, regularmente. O problema maior é a mentalidade canina, ou cínica, que está por trás disso. Aqui está o crime maior. Os assassinos de Sabra e Chatila eram conduzidos por sede de sangue e drogas, mas aquele que mexia as cordas, por trás da cortina, estava calmo e racional. Ele precisava do massacre para alcançar um objetivo político específico, que era cauterizar a consciência dos palestinos convencendo-os de que a ânsia e a nostalgia pela sua terra eram inúteis e só levariam à morte pela humilhação.

Em Lidd, da mesma forma, a equação estava explícita: um massacre para expulsar os habitantes da cidade e enjaular aqueles que ficaram. Nesse caso, porém, não havia distância entre o implementador estúpido e ignorante e o planejador, como foi o caso de Chatila. Lá, o planejador era o implementador, e é por isso que ele foi obrigado a mentir e negar, e a verdade teve que esperar longos anos para aparecer.

A maior selvageria não é a expressão sangrenta de uma reação egoísta. A maior selvageria é a organização da matança e da repressão sem se afetar e de acordo com um racionalismo frio que se esforça para realizar seus objetivos.

(Para escrever este capítulo, tive que voltar a um número da revista *Assuntos palestinos* que eu lera muito tempo antes na Universidade de Haifa e que, se não fosse Sarang Lee, não teria conseguido. Ela foi à Biblioteca Bobst da Universidade de Nova York, encontrou o número e o trouxe para mim. Supondo que eu tivesse confiado apenas na minha memória, eu teria escrito um capítulo incompleto, tendo como centro de incompletude a personagem do dr. Khalil Ayyub, que apareceu no artigo cerca de dezesseis anos antes de aparecer em *Porta do sol*. Quando li o artigo em Haifa, o médico não significou nada para mim como personagem, nem a história do seu pai, dormindo em coma, ficou na minha memória. A análise do cheiro do dr. Samara me surpreendeu e a dança da morte me arrepiou, mas, se não fosse por Sarang Lee, eu teria perdido o significado do meu encontro com Khalil Ayyub em Ramallah em 1997 e a história teria ficado incompleta.

Não estou em busca de uma história completa, isso sem mencionar que o que escrevo aqui não é uma história, mas meu ensaio final para a morte. Não estou revirando o passado porque sinto nostalgia; detesto a nostalgia. Estou, sim, rendendo-me à memória, que está acertando as contas comigo antes que ela também se extinga com minha própria extinção e morte.)

(2)

Depois do que aconteceu com o dr. Samara, o silêncio reinou sobre a multidão que tinha se reunido no canto norte da praça em frente à Grande Mesquita. Um silêncio perturbado apenas pelo zumbido das moscas que sobrevoavam e pousavam no rosto e no pescoço das pessoas e pelo som de uma ou outra criança pequena, que logo era abafado.

O tempo passou lentamente sobre os corpos que balançavam de leve sob o sol acinzentado de julho. Longas horas, durante as quais os soldados passeavam com seus rifles atrás do arame farpado, observando a aglomeração humana.

Manal disse que ouviu o barulho de um corpo batendo no chão. Ela se virou e viu uma idosa se contorcendo. Ninguém se atreveu a sair do lugar. De repente, o menino Mufid Chahada aproximou-se dela, inclinou-se e tentou reanimá-la, depois recuou, afastou-se e caminhou na direção do arame farpado.

"Volte!", um dos guardas gritou, apontando a arma para ele.

"A mulher", disse o jovem, "vai morrer e precisa de um gole d'água."

"Não tenho água", gritou o soldado. "Volte!"

"O tanque de abluição, senhor! O tanque de abluição está cheio de água. Vou pegar um pouco, polvilhar no seu rosto e dar-lhe de beber."

"Não dê mais um passo. Volte para onde você estava!"

"Mas ela vai morrer", murmurou o jovem, voltando para seu lugar em meio à multidão.

O pranto das mulheres aumentou. Não era um grito, mas choro, um som meio oprimido que eclodia de dentro do seu peito. Manal contou que ficou assustada no início: "Nunca tinha ouvido algo assim, era como o som de djins ou ifrites, depois, não sei como, meu filho, o gemido começou a sair também de mim sem que eu percebesse, como se o ar que a gente respirava tivesse virado sons que emanavam do peito de todas as mulheres".

Naquele momento, Mamun surgiu da multidão e caminhou em direção ao arame farpado. Ninguém sabia o nome daquele jovem de dezoito anos, nem como ele chegou ao hospital, muito menos como apareceu no gueto!

Mamun usava shorts e, amarrado na cabeça, o *kufiye* preto e branco que Manal tinha dado a ele quando deixaram o hospital. Seus olhos estavam cobertos por óculos escuros. Caminhou em direção ao arame farpado, em meio aos gritos de um dos soldados, que apontava o rifle para ele. Um jovem magro andando com passos lentos, explorando um chão que seus pés desconheciam. Avançava, sua sombra movia-se atrás dele, seus braços estendidos à frente, caminhava em direção ao soldado que gritava para que ele parasse.

As pessoas ouviram o som do rifle sendo engatilhado e posto em mira.

"Deus é grande!", foi o grito que saiu da garganta de Hatim Allaqis e repetido, de modo espontâneo e sem pensar, por Manal, até a multidão inteira se transformar num só coro de *Allahu Akbar*, ao qual até o dr. Samara se juntou. O soldado recuou e os dez soldados que guardavam o cerco assumiram a posição de tiro. Os gritos de "Deus é grande!" foram diminuindo até virar um murmúrio. Mamun, que só podia ver com o ouvido, sentira, quando todos gritavam numa única voz, que ele era o mais forte e que nenhuma força sobre a Terra poderia impedi-lo de ir aonde ele quisesse.

O soldado, que não parava de ordenar que o jovem cego voltasse para seu lugar, apoiado num joelho só, apontou a arma para Mamun, mas antes do tiro Mamun sentiu uma mão que o empurrava e o jogava no chão. Escutou uma voz ao seu lado lhe pedir, com um sotaque estranho, que voltasse.

"Volte. Eles vão atirar em você", disse a voz.

"A mulher está morrendo de sede e todos nós queremos morrer com ela", gritou Mamun, enquanto se ajeitava, livrando sua mão da mão do dono da voz, e correu em direção ao arame farpado.

Os soldados pareciam ter sido surpreendidos pelo clamor de "Deus é grande!" e ficaram paralisados diante da cena do rapaz que corria, tropeçando nos próprios pés como um homem cego. Quando chegou ao arame farpado, arrancou os óculos escuros e gritou para o soldado: "Me mate!".

Hatim, que tinha corrido atrás de Mamun e jogado o rapaz no chão, para protegê-lo da morte, contou essa história mais de uma vez, e cada vez que chegava na parte do "Me mate!", sua voz ficava embargada, ele parava e respirava fundo antes de continuar.

No que se refere à estranha história de Hatim Allaqis e como o destino o levou da sua cidade, Marun-Arras, no Líbano, para o gueto de Lidd, vou escrevê-la quando ela chegar até mim.

Hatim disse que tudo o que viu foram as costas de Mamun e sua sombra. Soube da retirada dos óculos pelo movimento da mão do cego na sombra que se alongava sob o sol ardente de julho. "Juro que não escutei nada. Depois que Mamun gritou a plenos pulmões, ele aproximou o rosto para mais perto do arame e disse algo bem baixinho. Vi o pavor no rosto do soldado israelense, que recuou, deixando o lugar por alguns minutos antes de voltar e falar com Mamun. Em seguida, Mamun se virou para nós, levantou os braços para o alto e disse: 'Bebam!', e caminhou em direção à multidão, apressado, mas logo tropeçou e caiu, e seus óculos também caíram da sua mão. Corri até ele e o escutei dizer: 'Por favor, meus óculos'. Catei-os do chão e os entreguei a ele, que limpou as lentes de poeira, pôs os óculos na cara e se levantou. Naquele instante, vi a brancura dos seus olhos, que se abriam à brancura, e pensei que o soldado só pode ter se assustado com essa brancura absoluta, sem uma mancha preta sequer, e que talvez por isso permitira que tomássemos água do tanque de ablução."

Manal disse que a multidão correu em direção ao tanque. "Depois a gente percebeu, meu filho, que não tinha nada com que recolher a água para beber, então fomos usando as palmas das mãos, mas não bastava, por isso a gente abaixava a cabeça, engolia e engolia. Fizemos como os animais; só depois de saciados, a gente se deu conta do que tinha feito, e começamos a rir de nós mesmos."

Havia apenas uma torneira, que Mamun guardava, afastando as pessoas ao dizer que estava reservada aos doentes e idosos. Mamun pediu a Hatim e a alguns rapazes que estavam ali que socorressem a senhora que havia desmaiado, dando-lhe água para beber. Estranhamente, o dr. Samara não se mexeu para acudi-la; quem fez isso foi um rapaz de uns vinte e cinco anos, chamado Ghassan Bathich, que era um enfermeiro no hospital; recolheu água, espargiu o rosto da mulher, deu-lhe de beber com a mão e ajudou-a a se levantar.

Reunidas em torno do tanque de ablução, as pessoas pareciam ter escapado do círculo de terror que as circundara, forçando-as a ficar de pé paradas, por longas horas, sob o sol impiedoso que queimava seu rosto e seu corpo.

Massas humanas, que tinham emergido dos seus esconderijos no hospital, na mesquita e na igreja, e se encontravam numa jaula cercada com arame farpado, descobriram que seu destino agora estava nas mãos de uma tropa de soldados que pareciam não ter ideia do que estavam fazendo.

A massa muda que balançava como estátuas fenícias dispostas uma ao lado da outra, em fileiras, explodiu de uma vez em palavras e agitação. As pessoas sentiram que tinham recuperado um pouco da sua alma, engolida pelo medo, e o barulho foi aumentando, até que a voz de Fátima, esposa de Jamil Salama, o padeiro, se levantou, pedindo pão. A palavra "pão" teve uma carga mágica, porque o povo que saciara a sede de repente sentiu fome. As pessoas acordaram apavoradas de manhã ao som dos tiros e do alto-falante, e ninguém pensou em pôr algo na boca. A voz de Fátima despertou a voz da fome, e as pessoas começaram a pedir pão. A mão de Mamun se levantou, pedindo-lhes que ficassem quietas, para que lhe dessem tempo de ir até o arame falar com o soldado, mas ele foi repreendido pela voz de Iliya Batchun ordenando-lhe para não falar.

"Não é hora de brincadeiras e bobagens!", gritou o sexagenário, baixinho e barrigudo. "Primeiro, temos que formar uma comissão para que você fale em nome do povo da cidade."

"Antes da comissão, precisamos comer", disse Mamun.

"Quem é esse?", gritou Iliya. "Você não deve ser daqui; a gente não te conhece. Qual é seu nome, rapaz?"

"Mamun. Mamun Khudr."

"Você é filho de Salim Khudr, certo? Onde está sua família, rapaz?"

"Foram para Naalin."

"Então o que você está fazendo aqui, cego e sem ninguém para olhar por você? Você deveria ter ido com eles."

"Eu não quis ir", disse Mamun.

Mamun sentiu uma mão dando tapinhas nas suas costas e ouviu a voz de Manal dizer: "Mamun está com a gente, Hajj Iliya, e nós estamos com fome. Isso não está certo, deixar a gente debaixo do sol desde cedo, sem água nem pão".

"Você está certa, irmã", disse Iliya Batchun, chamado de *hajj* porque, todos os anos, ele insistia em passar a véspera do domingo de Páscoa em Jerusalém, em vigília na Caverna da Luz na Igreja da Ressurreição, à espera da explosão da luz divina que anunciava a Ressurreição do Salvador.

Hajj Iliya inclinou-se sobre a criança que Manal carregava nos braços: "*Benza Deus*! É o filho do mártir, que Deus o tenha. Que idade ele tem?".

"Uma semana", Manal respondeu.

"E que nome deu a ele, que Deus o guarde?"

"Quero dar o mesmo nome do pai dele, o mártir Hassan."

"Ele é a primeira criança a nascer aqui", gritou Mufid Chahada.

"Vamos chamá-lo de Naji", disse Mamun.

"Ele é a primeira criança, então é como Nosso Senhor Adam — que a paz esteja com ele — no Jardim do Éden. Devemos chamá-lo de Adam", disse Iliya.

"O Jardim do Éden?!", disse Mamun, rindo. "Aqui é o inferno, *hajj*, devemos chamá-lo de Naji, porque Deus o salvou do massacre."

"Adam é um nome bonito", disse Manal, "mas e o nome do pai?"

"Adam é pai dele também", disse Hajj Iliya. "Todos nós somos filhos de Adam, irmã."

Em meio ao caos em torno do tanque de ablução, os habitantes do gueto conseguiram dar nome à criança — que ninguém sabia como havia nascido —, um nome apropriado para o gueto, que se tornara o novo endereço da cidade. "Seu nome é Adam", disse Hajj Iliya Batchun, e, como Manal não disse mais nada, todos entenderam que ela tinha concordado em ser mãe de quem não tinha nenhuma mãe. Adam — a paz esteja com ele — foi o primeiro humano, o primeiro profeta e o primeiro poeta. Nasceu sem mãe e tinha, de acordo com a história, que fazer nascer sua mãe e sua mulher das suas costelas. É por isso que ninguém chamou Manal de Umm-Adam, como é o costume, quando desaparece o nome da mulher para ser substituído pelo nome da maternidade ao lado do nome do seu primogênito. Ao contrário, ela ficou com seu nome original, permanecendo jovem para sempre, os anos envelhecendo nela sem que ela envelhecesse.

No meio do caos e do barulho em torno do nome dado ao menino, a primeira criança nascida no gueto, as pessoas ouviram tiros de novo. As vozes desapareceram e todo mundo ficou parado no lugar; avistaram um oficial israelense, cercado por três soldados, abrindo passagem pelo arame com as próprias mãos e avançando na direção deles.

O oficial pegou o alto-falante, aproximou-o da boca e disse em árabe: "Sou o capitão Moche. Todos devem se afastar do reservatório de água agora mesmo".

A multidão começou a se mover como se estivesse hipnotizada; ninguém abriu a boca. Assim que eles se afastaram, a voz de Moche foi ouvida ordenando: "Homens com catorze anos ou mais à direita, mulheres à esquerda".

Homens e mulheres começaram a se mover. Um soldado se aproximou do dr. Samara para ordenar que se juntasse aos homens, mas o oficial gritou na cara do soldado, que recuou, e o médico permaneceu onde estava, a uma distância dos dois grupos.

"Pão, senhor."

O capitão Moche virou-se para onde vinha a voz e viu Manal segurando o braço de Mamun, que tentava se desvencilhar dela.

"Para a direita!", gritou o oficial.

Mamun virou-se na direção em que Manal o puxava, sem dizer nada.

O oficial passou na frente da multidão de homens e escolheu trinta deles, todos em seus vinte e poucos anos; ele ordenou que os escolhidos deixassem a multidão acompanhados de dois soldados e fossem até um caminhão do Exército que estava esperando por eles lá fora. Então, notou Mamun, que se locomovia com lentidão, e ordenou com um gesto de mão que se juntasse a eles, mas Mamun continuou caminhando em direção ao local indicado para o agrupamento de homens, como se ignorasse a ordem dada.

"Você é surdo, animal?"

"Mamun é cego", Manal gritou.

"Cego, surdo, não importa. Vá com eles."

Mamun ficou parado, sem saber o que deveria fazer. Hajj Iliya se adiantou, pegou Mamun pelo braço e o conduziu para onde estavam os trinta homens escolhidos.

Manal correu e gritou na cara do oficial: "O homem é cego! Cego!".

Um dos soldados aproximou-se dele e disse algo em voz baixa. O oficial ordenou que Mamun tirasse os óculos escuros. Mamun obedeceu e ficou ali, de olhos abertos para a brancura, bem diante do oficial, que deu um passo para trás antes de ordenar que ele voltasse ao seu lugar.

O comboio de trinta homens deixou a área cercada e, assim que o ronco do motor do caminhão foi ouvido, o pranto eclodiu entre as mulheres. "Estão sendo levados para a morte." Fátima, a mulher do padeiro, gritou, acenando para o filho, Ahmad, com o lenço branco que ela arrancou da cabeça, e batendo no peito.

O choro das mulheres foi seguido pelo das crianças, como se o peito delas de repente explodisse com lágrimas. Até os homens choraram. "Não fosse a sabedoria de Hajj Iliya, eles teriam atirado em todos nós", disse Manal.

"Fiquem caladas!", gritou o oficial.

Naquele momento, uma mulher com roupas esfarrapadas apareceu de repente, como que das entranhas da Terra, carregando um bebezinho. Levantou os braços com a criança e foi na direção do oficial. "Leva ela! Leva a menina! Leva! Eu quero morrer. Leva ela."

A menina branca e magérrima estava quase nua. Do rosto, só se viam dois olhos grandes. A mulher ergueu a filha, e os pés minúsculos da criança, que pareciam manchados de uma espécie de lama, foram vistos. A mulher gritava e chorava, enquanto a merda se espalhava; parecia que a criança tinha se cagado toda. A mãe perdera o controle quando viu seu único filho, que tinha catorze anos, ir com os jovens que tinham sido levados para o caminhão do Exército. Todos ali estavam convencidos de que os trinta jovens haviam sido levados para a execução. Isto era o que as forças da Haganah e da Palmach faziam quando entravam numa aldeia árabe: escolhiam um grupo de jovens, punham-nos de lado, matavam-nos a tiros e em seguida começavam a atirar para o alto, por cima da cabeça das pessoas, para forçá-las a partir.

Khalid Hassuna foi até a mulher. Esse Khalid era um dignitário da cidade; sua palavra era ouvida e respeitada. Todo mundo viu o homem de setenta anos, mancando do pé esquerdo, aproximar-se da mulher e lhe dizer para baixar a criança.

"Dê-me a menina, filha, e tenha fé em Deus."

Em vez de lhe entregar a menina, a mulher correu em direção ao oficial e virou a menina no alto como se fosse arremessá-la. Sinais de nojo apareceram no rosto do oficial israelense, que gritou com os soldados para manter a mulher longe dele.

Nesse momento, senhores, não sei o que aconteceu exatamente. Manal me disse, mas não acreditei, apesar de ela ter jurado pelo túmulo do meu pai que era verdade. Eu perguntei a Mamun e ele me contou a mesma coisa, porém de um jeito diferente e mais conciso.

Manal disse que a mulher ficou louca, ergueu a filha e começou a dançar. Dançou como se ouvisse uma batida de tambor nos seus ouvidos e começou a rodar em torno dos soldados, que ficaram imóveis, perplexos.

Ela dançou com as lágrimas escorrendo pelo rosto, gritando: "Leva ela! Eu quero morrer!", enquanto as pessoas assistiam. Até Khalid Hassuna ficou lá, sem saber o que fazer, então desatou a chorar quando se aproximou da mulher, puxou a menina das suas mãos e sentou-se no chão.

As pessoas se perguntaram onde estaria o marido da mulher, e ela respondeu prontamente: "Meu marido foi morto na porta da mesquita e me deixou o menino e a menina. Eles levaram o garoto para matá-lo, então o que eu devo fazer? Que me matem e acabem com isso".

Manal não sabia como Khalid Hassuna conseguiu acalmar a mulher e enxugar suas lágrimas, porque naquele momento todo mundo se distraiu, pois Hajj Iliya gritava na cara do oficial.

Hajj Iliya era conhecido pela sua calma e pelo seu equilíbrio. Durante o cerco, ele foi o presidente da comissão de abastecimento e conseguiu garantir que houvesse comida suficiente para cinco mil pessoas — os habitantes de Lidd e os refugiados dos vilarejos vizinhos — durante seis meses. O homem de sessenta anos, que possuía um laranjal e um campo de oliveiras, estava convencido de que o cerco iria continuar por muito tempo, mas também acreditava, como todos os palestinos, que, apesar da sua superioridade militar esmagadora, os judeus nunca seriam capazes de expulsar os palestinos, que constituíam a maioria dos habitantes do país. Então, quando viu o país cair, a cidade cair e o sangue ser derramado pelas ruas, ele se recusou a se juntar às multidões que foram forçadas a sair. Ele disse à esposa, aos filhos e netos que nunca deixaria a cidade de São Jorge e procuraria refúgio no hospital, fingindo estar doente, e deixaria as coisas tomarem seu curso. Ele não tentou persuadi-los a ficar, pois sabia que seria impossível no meio do caos da morte que tomou conta da cidade, mas ele decidiu ficar. Disse aos filhos que preferia morrer ali, e não queria mais do que isso. "Eu vivi bastante, é suficiente. Quero morrer ao lado de Alkhidr. Ele nunca permitirá que o dragão devore a cidade."

Seu filho mais velho, Iskandar, acusou-o de ter ficado louco e senil, e tentou levá-lo com eles à força, mas o homem recusou, gritou com eles, xingou-os e sumiu no meio da multidão. Reapareceu naquele dia no gueto para gritar na cara do oficial, para devolver Hámid à sua mãe.

"É uma criança. O que vocês querem com ela? Mataram o pai, agora a deixem com a mãe, tenham dó!"

Hajj Iliya se aproximou da mulher, pegou a menina, que não parava de chorar, das mãos de Khalid Hassuna, levou-a para o tanque de ablução, lavou-a, enxugou-a com sua camisa e a abraçou. O choro da menina se acalmou nos braços do *hajj*, que chamou Khulud, a mãe, para que se aproximasse e pegasse a filha, e ficasse ali calma até que ele pudesse resolver o problema com o capitão israelense.

Não passava pela cabeça de Hajj Iliya Batchun que sua ternura com a criança poderia levá-lo de volta a uma história que ele nunca teria considerado possível, dado que ele já tinha passado dos sessenta e cinco anos; afinal, o homem era conhecido pela sua piedade e devoção e por ter criado uma grande família de cinco filhos e nove netos. Ele era, da mesma forma, tão dedicado à sua esposa, dona Eveline, que os filhos sempre acreditavam que era ela quem decidia tudo para eles e para ele. A mulher de Yafa que se casara aos dezessete anos com um homem vinte anos mais velho não era uma jovem de olhos tapados, como pensara Iliya, cujo casamento foi um símbolo de redenção, depois de uma juventude festiva passada nos bares de Beirute: após a morte do pai, que tinha juntado uma fortuna do seu trabalho num pomar do qual era proprietário em Lidd e do comércio de laranja, Iliya despertou da sua frivolidade e resolveu se casar, como parte da decisão de mudar seu modo de vida e dedicar-se ao trabalho.

Ouvi dizer, mas só Deus sabe, que ele encontrou orientação pelas mãos de um monge libanês que tinha abandonado o mosteiro de Mar-Saba, localizado a leste de Belém com vista para Wadi-Aljoz, e que vagava pelos becos de Jerusalém Velha, onde ficou conhecido como Jorge, o monge. Hajj Iliya falou dele para a esposa Eveline apenas uma vez, quando o corpo do monge foi encontrado jogado perto de Bab-Assahira, todo cravejado de balas. Ele disse a ela que tinha perdido seu guia espiritual e acusou os judeus de tê-lo matado. A história do assassinato do monge é obscura: a única referência encontrada está nas narrativas populares, que o transformaram em herói e santo. Provavelmente, os gregos que dirigiam o mosteiro de Mar-Saba e a Igreja Ortodoxa de Jerusalém consideraram o homem um herege e expurgaram-no da sua memória.

Eveline atribuía a relação que Hajj Iliya tinha com a Caverna do Santo Sepulcro à influência incrível que o monge exerceu sobre o marido dela, pois o hajj deixava sua casa em Lidd na manhã da Sexta-Feira Santa e ia para Jerusalém, onde permanecia em jejum na porta da caverna até a madrugada de domingo, quando voltava para casa, cheio de luz, para festejar a Grande Festa com a esposa e os filhos.

Esse homem, que se rendeu ao Deus do seu monge libanês e à sua esposa Eveline, que se tornou a autoridade incontestável da casa e que foi considerado um dos mais sensatos e notáveis de Lidd, desempenhou um papel essencial durante os combates que se deram em torno de Lidd em 1948 e se tornou presidente da Comissão Popular, formada pelos habitantes do gueto, que comandava as relações com o exército israelense da ocupação e gerenciava a difícil vida diária dentro da jaula de arame farpado.

E é esse mesmo senhor de idade que vai trombar inesperadamente com o amor e se afogará no seu mar tempestuoso, e tudo isso aos olhos de todos, na porta da igreja de São Jorge, no gueto de Lidd.

Manal disse que se tratava da tolice dos sessenta anos.

Mamun disse que era amor, e o amor era cego.

Khalid Hassuna disse que era a loucura decorrente da loucura da Nakba.

O que quer que as pessoas dissessem, o que aconteceu se tornaria uma das grandes histórias do gueto, porque o homem virou muçulmano e se casou com Khulud seguindo "a tradição de Deus e do Seu Mensageiro", e quando os processos de reunião familiar começaram a ser cogitados, o filho mais velho, que foi com o resto da família viver em Albireh, na Cisjordânia, espantou-se ao descobrir que o pai ignorou as cartas de dona Eveline, nas quais ela exigia se reunir com ele e ser levada de volta a Lidd. No que se refere ao que aconteceu quando sua esposa e seus filhos souberam do seu casamento, e à reação de Hámid, filho de Khulud e irmão da Huda, depois que ele voltou do cativeiro, são de fato histórias que merecem ser contadas.

Iliya Batchun tornou-se muçulmano sem se render inteiramente à nova religião. Ele projetou para si uma nova tradição ligada à

Páscoa, que não era diferente do que tinha aprendido com o monge libanês, começando seu jejum depois do meio-dia da Sexta-Feira Santa e terminando na madrugada do domingo de Páscoa na Igreja de São Jorge, à qual passou a se referir como o Santuário de Alkhidr. Quanto ao seu funeral, em 1953, foi único, diferente de qualquer funeral que a Palestina já tivesse testemunhado.

Iliya Batchun deixou a menina de dois anos nos braços da mãe e apressou-se até o capitão israelense, para implorar e exigir que Hámid fosse solto. Ele disse que era desumano, que o jovem tinha apenas catorze anos, que isso não deveria ser permitido, mas as feições do capitão não mudaram; parecia ter o rosto esculpido em pedra. Iliya virou-se para trás e pediu a Khalid Hassuna que se juntasse a ele na negociação com o capitão israelense.

Manal disse que as negociações foram difíceis. "Claro, não escutamos nada, mas era evidente que Hajj Iliya, modelo de dignidade, se humilhou diante do oficial. Sua cabeça estava baixa e os braços levantados, como se implorasse. Não sei o que disseram, estávamos de pé e a fome nos devorava. Ficaram assim mais de uma hora e meia, depois o comandante pegou o alto-falante e nos informou das decisões."

"Ouçam bem!

"Primeiro, pedimos ao sr. Iliya Batchun e ao sr. Khalid Hassuna que formassem uma comissão para representar o povo da cidade diante do governador militar.

"Segundo, ninguém pode passar pelo portão sem a permissão do governador militar.

"Terceiro, os habitantes podem usar as casas localizadas dentro do arame, sob a supervisão da comissão local.

"Quarto, o exército israelense não é responsável por fornecer comida e bebida aos habitantes. A responsabilidade é de vocês, e não aceitaremos mais nenhuma discussão sobre o assunto.

"Quinto, a comissão é obrigada a fazer um censo dos habitantes e apresentar uma lista completa de nomes, idades e profissões, amanhã às dez da manhã.

"Sexto, todos são obrigados a se reunir neste lugar às dez horas, para receber novas instruções."

Depois do discurso, o oficial se retirou para fora do arame com seus homens, que pareciam relaxados carregando os rifles sobre os ombros, depois se sentaram no chão, comendo sua refeição com apetite de quem não comia havia muitas horas. As pessoas, combalidas pela fome, começaram a se retirar pouco a pouco.

(3)

"E vamos para onde?", perguntou Khulud, que carregava sua filha Huda nos braços.

"Tenha fé em Deus, irmã", disse Hajj Iliya. "Volte para onde você dormiu ontem à noite e depois a gente vê. Deus vai dar um jeito."

Eram seis horas da tarde. Depois de um longo e cansativo dia de espera, as pessoas começaram a deixar a praça em frente à Grande Mesquita. Pareciam sombras envoltas em silêncio. "Juro, Naji, naquele dia, pela primeira vez na minha vida, eu ouvi o som do silêncio", disse Mamun. Descrevendo como as pessoas começaram a ir para lugar nenhum, Mamun disse: "O capitão israelense foi claro: 'Vocês podem viver em qualquer casa, desde que esteja dentro do arame'".

"E nós?", perguntei a Mamun.

O cego disse que foi ele quem encontrou a casa e disse a Manal: "Vocês dois moram na casa e eu fico no quarto no quintal, assim fico com vocês".

(O cego, que havia descoberto o som do silêncio e seus diversos ritmos, transformaria o tema dessa descoberta em fundamento para a palestra sobre a poesia de Mahmud Darwich que ele proferiu aqui, na Universidade de Nova York, na qual leu os ritmos do sentido nos intervalos do silêncio, anunciando que a marca da literatura da Nakba palestina era ter moldado, a partir do silêncio da vítima, interstícios que reconstruíram a imagem poética. Mesmo que, como a maioria do público que ouviu a palestra na biblioteca do Centro Kevorkian, localizada no cruzamento da Sullivan Street com a Washington Square, eu não tenha assimilado o que ele queria dizer, as palavras de Mamun me atingiram no coração, não apenas porque sua análise foi surpreendente, mas porque ele me levou de volta à praça da mesquita, onde o silêncio das vítimas se ergueu, afogando as vozes dos soldados israelenses.

A eloquência do silêncio das vítimas na praça em frente à Grande Mesquita me fez pensar na eloquência da dança na praça do vilarejo de Fassuta, na Galileia. Vi a poeira do silêncio se levantar, cobrindo a todos — poeira como aquela que se levantou por debaixo dos pés do povo de Fassuta ao se render ao exército israelense com o *dabke* típico do Norte. A poeira cobria o povo e os soldados, igualando conquistador e conquistado na ausência e na invisibilidade —, um momento aterrorizante, descrito por Anton Chammas no seu maravilhoso romance *Arabesques*.)

O silêncio foi quebrado de repente quando se ouviu Iliya Batchun dizer ao povo para aguardar a formação da comissão que deveria tomar conta dos assuntos do bairro e distribuir as pessoas entre as casas localizadas dentro do cerco, mas ninguém lhe deu ouvidos. As pessoas já queriam entrar nas casas, não para ocupá-las, mas para procurar comida.

Khalid Hassuna aproximou-se de Hajj Iliya e eles falaram em voz baixa. Em seguida, a voz de Khalid foi ouvida de novo, anunciando os nomes dos membros da comissão.

"Gente! Escutem! A comissão é formada por Iliya Batchun, presidente; Khalid Hassuna, vice-presidente; Ibrahim Hamza, Mustafa Alkayali e Ghassan Bathich."

"Alguma objeção?", Hajj Iliya perguntou.

Mufid Chahada levantou a mão. "Eu me oponho", disse o jovem. "Tem que haver alguém na comissão que fale hebraico para que possa se comunicar com eles."

"Você sabe hebraico?", perguntou Hajj Iliya.

"*Ken*", respondeu Mufid em hebraico. "Eu costumava subir para entregar os legumes para a *kubbaniya* judia em Ben Shemen e lá aprendi algumas palavras, quer dizer, posso me comunicar com eles, e tem também o dr. Lehman: ele é meu amigo e do meu pai e deu ao meu pai uma carta dizendo isso."

"Onde está seu pai, garoto?"

"Meu pai se foi com os outros. Primeiro, ele não quis deixar a casa. Os soldados vieram e disseram: 'Saiam e vão até Abdallah!'. Eram dois usando *kufiyes*. Meu pai entregou-lhes a carta. O primeiro soldado pegou e leu, mas, em vez de chegar a um acordo conosco, fez uma careta e disse: 'Vão! Saiam daqui!'; cuspiu e xingou o dr. Lehman. O segundo soldado pegou a carta e já ia rasgá-la, mas eu disse: 'Por favor, me dê a carta, Deus o guarde!'. Peguei a carta e corri, e eu os ouvi rindo, mas não olhei para trás. Corri até que me vi aqui na igreja; eu me perdi da minha família, mas ainda tenho a carta."

"Então, onde estão seu pai e sua família agora?"

"Não sei."

"Onde está a carta?"

"Está comigo; peguei do soldado e corri."

Mufid puxou a carta do bolso com cuidado e acenou com ela.

"Esta carta não é útil para nós!", disse Iliya Batchun. Mas Khalid Hassuna tinha uma opinião diferente. Ele disse que a carta poderia tranquilizar os israelenses. "O importante, meu rapaz, é que você guarde bem esta carta. Ela pode ser útil."

"Dê-me a carta, filho", disse Iliya Batchun.

"Não vou dá-la para ninguém. O dr. Lehman disse para entregá-la a Mula e ele cuidaria de nós."

"Quem é Mula?"

"Não sei."

Apesar de todos os seus esforços, Mufid Chahada não conseguiu ser incluído na comissão. Mamun disse que a comissão deveria incluir uma mulher e propôs Manal, pois era viúva do mártir Hassan Dannun, mas Hajj Iliya recusou, dizendo que lugar de mulher era em casa. "Você quer que nos comportemos como os judeus? Não, meu filho. As mulheres são honra, e a honra deve ser guardada."

"O importante é que a comissão foi formada, e temos pessoas que podem nos representar e defender nossos interesses perante os judeus", disse Ghassan Bathich, que trabalhou como enfermeiro no hospital e cuja adesão à comissão fora aceita por sugestão do dr. Mustafa Zahlan, que foi contra a participação de qualquer um dos médicos na comissão pois seu trabalho poderia tomar um rumo político, o que comprometeria a sacralidade da profissão médica e do juramento de Hipócrates, que a tornara uma profissão sagrada, acima da política. Com isso, os papéis se inverteriam no pequeno bairro, com o poder de decisão nas mãos de um enfermeiro, Ghassan Bathich, que se tornaria uma lenda no gueto por ter levado Ibrahim Annimr com ele para a reunião da comissão com Moche, transformando assim a ideia de Hatim Allaqis em realidade quando Annimr conseguiu persuadir o oficial israelense encarregado a permitir que um grupo de jovens buscasse água em barris de um pomar cítrico próximo. A comissão realizou sua primeira reunião lá no meio da praça e discutiu a necessidade de um plano para distribuir as pessoas entre as casas vazias, com o objetivo de aliviar a pressão, sobretudo do hospital e, em segundo lugar, da mesquita e da igreja. Iliya Batchun gritou para as pessoas esperarem pelas decisões da comissão, mas ninguém deu bola. A fome, a sede e o sol que tinham adentrado seus corpos depois daquele longo dia de espera os tornavam incapazes de entender o que estava acontecendo, e tudo o que eles queriam era sair para procurar uma migalha de pão e uma gota d'água.

Naquele momento, ocorreu a primeira tragédia do gueto, e a tragédia daquele jovem de dezessete anos permaneceria gravada na mente das pessoas para sempre. Mamun não conseguia evitar as lágrimas quando contou para mim, aqui em Nova York, o que ele recordava das suas emoções e das da minha mãe, quase cinquenta anos depois que o garoto foi morto daquela maneira lamentável. Sua memória, qual rajada de vento, o transportou para o dia em que Mufid Chahada morreu, pendurado no arame farpado como um pardal de pescoço quebrado e penas espalhadas, e então caiu, despencou com os braços abertos.

O povo o chamou de pardal, disse Mamun. Sua morte foi o início da relação entre as crianças do gueto e a morte.

"A morte era incalculável: para onde quer que você olhasse, só via a morte. Não estou falando aqui dos corpos que tivemos de pegar nas ruas e nas casas e depois enterrar ou, no fim, queimar. Não, estou falando do fantasma do medo da morte e da doença que assombrava o gueto e transformava nossa vida em pouco mais do que uma pequena vírgula no registro dos mortos. O que posso dizer?

A cidade tinha morrido. Alguém já viu o cadáver de uma cidade? Juro, a morte das pessoas não é nada. Os corpos decompostos não podem ser comparados à decomposição dos cadáveres das casas e ao desmoronamento das ruas e das calçadas. Lembra-se da rua Salahidin? Eu vi que a rua tinha morrido quando eles nos retiraram do gueto em grupos para reunir os corpos. Juro por Deus: nenhum de nós ousou pôr todo o peso sobre os pés, pois sentia que o asfalto estava se desfazendo. O asfalto tornara-se um cadáver, e tivemos de andar sobre ele lentamente para não perturbá-lo na sua morte enquanto procurávamos nossos próprios mortos."

Mamun, lembrando-se de Mufid Chahada, disse que quando a memória da morte varre uma pessoa, paralisa todas as suas faculdades. "Tivemos que aprender, meu filho, a viver à mercê da memória, que, quando sopra, é como um vento furioso que quebra nossa alma em pedacinhos e rasga nosso corpo."

"E quanto a você", perguntou-me, "como é sua relação com a memória?"

Disse a ele que não gostava das lembranças e odiava a nostalgia do passado, porque eu não tinha um passado do qual sentisse saudade. "Até os estilhaços desse passado foram desfeitos na minha frente quando você me contou a história de como pegou a criança que eu era debaixo da oliveira; como pode esperar que eu me lembre? Quando alguém não se lembra de quem é filho, a memória se torna um truque. Não quero cair na armadilha da memória! Deixe-me em paz, meu amigo, para viver minha vida. Por que me seguiu até aqui? O que você quer de mim?"

Mamun não respondeu. Vi o fantasma de um sorriso envergonhado passar sobre seus lábios, e ele disse que nossas lembranças são uma tempestade que temos que enfrentar ou seremos transformados em cadáveres. "Só a morte, meu filho, não tem memória."

Eu não estava preparado para discutir com o idoso cego que se sentou diante de mim no saguão do Hotel Washington Square, não por pena dele, pois meu coração tinha sido libertado de toda pena depois que ele decretou que minha memória não deveria existir e confessou que foi conivente com Manal em me fabricar e me transformar numa mentira. Não foi por pena, foi por desesperança. A desesperança, senhoras e senhores, é de fato o momento em que nossa natureza humana atinge seu ponto mais alto, aproximando-se da divindade. Os deuses devem certamente experimentar o desespero, sem ter o que fazer diante dele; mesmo o suicídio é impossível para eles, já que aquele que nunca dorme nunca morre, e os deuses não dormem nem morrem e são desprovidos da capacidade de se matar.

Voltando à história. Não sei o que acontece comigo quando tento escrever. É como se não fosse eu quem estivesse escrevendo, ou como se as palavras passassem por mim a caminho de aonde quer que estejam indo. É o que chamamos de digressão, outro nome para aquilo que os críticos ocidentais chamam de fluxo de consciência. Não estou, no entanto, escrevendo um fluxo de consciência. O fato é que não me importo com fórmulas. Deixo as palavras correrem através dos meus dedos e a escuridão das suas letras negras se desenha na página branca, e eu assisto à minha alma rompendo sob a fúria de uma memória que eu tinha decidido abandonar, e que agora, de repente, me devora, por nenhuma razão a não ser minha decisão de dizer a verdade diante das mentiras compartilhadas que tomaram conta do auditório da sala de cinema quando o diretor israelense e o escritor libanês conspiraram para deformar a imagem da mulher que havia se tornado vítima do filme que ela queria fazer.

Meu amor por aquela mulher se extinguiu por alguma razão que desconheço ou que tenho medo de confessar, mas minha admiração por ela não tem limites. Talvez meu amor tenha morrido porque eu tinha medo dessa admiração e da descoberta de que a mulher se tornara uma vítima do seu próprio filme. Dália era uma verdadeira artista, e um artista não fabrica obras ou escreve textos. O artista é apenas um vetor impotente. É por isso que o escritor acaba não escrevendo, mas sendo escrito. Não foi esse o destino de Gógol? Emile Habibi não acabou acreditando no que escreveu mais do que na própria vida? As histórias de Ghassan Kanafani não se misturaram com seus restos mortais?

Dália era dessa estirpe de gente. É por isso que ela era incapaz de me fazer sentir que era minha, mesmo eu tendo certeza agora de que ela me amava. Mas eu estava com medo, e o medo paralisa o amor, e quando Dália me deixou eu estava com medo do fim do amor, então fugi. Meu coração fugiu de mim, uma parede surgiu no meu peito, e senti de alguma forma obscura que eu tinha de fugir antes de ser surpreendido pela morte do seu amor. Talvez tenha sido isso que eliminou o desejo no meu coração e me fez descobrir que o amor havia escorrido e desaparecido sob a água fria do chuveiro, levando-me a me afastar de mim mesmo e da minha memória e a me recompor como um vendedor de *falafel* tentando escrever um romance sobre um poeta pouco conhecido envolto pelo silêncio, na vida e na morte. E a escrita me levou para onde ela queria, e eu me encontrei saindo do baú de Waddah do Iêmen para entrar no baú da minha própria história, e fui obrigado a voltar ao princípio.

O começo me fez recordar tudo o que eu tinha esquecido, e o começo foi o gueto, onde nasci, ou foi o que me disseram. E no início do gueto, o garoto morreu, pendurado no arame, onde seu corpo continuou a tremer na memória do povo.

A história diz que, enquanto os membros da comissão estavam ocupados organizando a alocação das casas desertas, Mufid Chahada correu em direção ao arame acenando com um pedaço de papel com dizeres em hebraico e gritava: "Senhor, senhor!".

O menino correu até o arame farpado e começou a tentar escalar.

"*Tahzor le-ahora! Assur!*", gritou um soldado, anunciando que era proibido se aproximar da cerca.

Escalar o arame era impossível. Ele fora instalado às pressas para demarcar os limites da área, e reconstruído e reforçado três dias depois, quando o local trancado ficou semelhante a uma jaula sem teto, e Iliya Batchun faria sua célebre observação: "Isto não é um gueto, é uma gaiola, e nós somos como galinhas. Eles nos tratam como galinhas numa gaiola; que suas almas fiquem cegas, como são mesquinhos! As pessoas alimentam as galinhas, mas eles nos deixaram sem nada".

Mufid Chahada correu, acenando com o papel na mão.

"*Rotseeh ledber* com o sr. Mula!", gritou em hebraico. "Quero falar com ele!"

Um soldado se aproximou, brandindo o rifle. "Fora, *yalla, yalla!*", gritou.

"Sr. Mula", disse Mufid. "*Yesh li mikhtav* para o sr. Mula."

O soldado hesitou um pouco quando ouviu que o garoto segurava uma carta para o sr. Mula.

"*Ken*, Mula é meu amigo e eu tenho uma carta para ele."

A cena do garoto dava dó. De pé, sozinho, com um pedaço de papel cuidadosamente dobrado na mão, com o qual acenava para os soldados, pedindo-lhes que levassem a carta para seu amigo, o sr. Mula.

O soldado, que tinha chegado até a cerca, estendeu a mão para pegá-la.

"*Lo, lo!*", gritou Mufid. "Não é para você. *Rotseh ani Mula*. Diga ao sr. Mula que Mufid *ha'ben shel* Ghassan Chahada — Mufid, o rapaz que costumava levar as verduras para Ben Shemen com o pai — está aqui e apela à sua bondade. Sr. Mula, eu quero ir para nossa casa, quero meu pai e minha mãe, meus irmãos e minhas irmãs. Devolva-os para mim. Será possível que o senhor não se importe? Meu avô disse ao meu pai: 'Não acredite nos judeus, eles não têm honra', mas meu pai disse: 'Não, o sr. Siegfried não mentiria quando disse que estávamos sob sua proteção'. Siegfried Lehman era meu amigo e amigo do meu pai, e foi ele que pediu ao meu pai que me matriculasse na escola com as crianças judias em Ben Shemen. O sr. Siegfried disse que Mula era seu aluno e não faria nada contrário às instruções do seu professor. Ele deu a carta ao meu pai e disse: 'Não mostre a ninguém, exceto ao sr. Mula!'. Meu pai mostrou-a aos soldados que vieram até nossa casa e então eles nos expulsaram. Eu quero Mula."

Outro soldado veio, estendeu a mão através do arame e pegou o pedaço de papel de Mufid Chahada. O soldado recuou e começou a ler a carta; Mufid esperava, com seu corpo contra o arame e um leve sorriso no rosto.

"Agente judeu!", alguém gritou.

"Agente e filho de um agente! Eles têm colaborado com os judeus desde sempre. Deveríamos ter atirado no pai dele", disse outro.

O menino, porém, parecia não ouvir a linguagem ameaçadora sendo usada tampouco o murmúrio audível, e não se virou para olhar para as pessoas que estavam lá, imóveis, esperando.

Naquele momento, o dr. Samara, que ainda estava sentado no seu lugar, sob o sol, falou. O médico não tinha saído dali o dia todo. Mesmo quando as pessoas foram autorizadas a ir até o tanque de abluções para molhar a língua seca com água, o médico ficou onde estava e se recusou a responder ao apelo da esposa para que fosse beber com ela e a filha.

Não sei como a sede ficou gravada na memória do homem, porque ele não menciona o assunto no seu artigo.

"A sede quebra as vozes, e o discurso fica parecido com um chocalho da morte." Foi o que Mamun disse quando me contou, cinquenta anos depois, a história da caravana da morte que partiu para a errância, levando consigo a maioria dos habitantes da cidade.

"Acalmem-se, todos!", disse o médico numa voz rouca que quase ninguém conseguia escutar. "Vamos ver o que acontece. Talvez Mula nos deixe ir."

Mas Mula não veio. Shamuel Cohen, conhecido como Mula, era o comandante do Terceiro Batalhão da Palmach, que ocupara a cidade. O homem, que havia estudado em Ben Shemen, era famoso pelo seu amor pela música clássica e conhecia todas as casas de Lidd e suas aldeias devido às visitas que fazia acompanhando seu mentor humanitário, Siegfried Lehman, construtor de um assentamento para promover a convivência entre judeus e palestinos. Esse mesmo Shamuel Cohen foi o comandante militar que praticou a expulsão em massa dos habitantes da cidade de Alkhidr, onde foi cometido o pior massacre da guerra da Nakba de 1948.

Mula não estava lá, ou se recusou a chegar perto do arame, ou sei lá! Era certo que conhecia Mufid Chahada e o pai; e sabia que Ghassan Chahada, o vendedor de verduras que se considerava amigo do fundador do assentamento para os filhos dos sobreviventes dos *pogroms* do Leste Europeu, sempre dizia: "Não há razão para sermos inimigos". O povo de Ben Shemen era diferente. Quando o grande terremoto aconteceu, em 11 de julho de 1927, eles correram com seu professor para ajudar o povo de Lidd e vacinaram as crianças depois que a cidade foi atingida pelo cólera: "Não há razão para sermos inimigos, pessoal".

Mula nunca apareceu, e Mufid Chahada permaneceu, impassível, no arame, esperando. Então o garoto caiu. Parecia que ele tinha caído de cima, com os braços estendidos, como se estivesse preso a uma cruz inexistente. Sua cabeça bateu no chão e ele parou de se mover.

Foi dito que o soldado israelense rasgou a carta, pisou nela com a bota e disse algo em hebraico que Mufid não entendeu. O conhecimento de hebraico do menino não passava de algumas palavras que ele pegava da boca das pessoas enquanto percorria a colônia Ben Shemen com o pai. Quando o soldado disse: "Esse tempo já passou. Hoje, entre nós e vocês só há a espada!", o menino não entendeu, mas entendeu a linguagem da bota do soldado quando esmagou os pedaços da carta.

Foi dito que quando o garoto ouviu as palavras do soldado, ele gritou com uma voz poderosa: "Onde está você, Alkhidr, nosso senhor? Venha ver o que está acontecendo conosco!".

Foi dito que, quando o soldado ouviu as palavras de Mufid, ele acertou vários golpes na cabeça do menino com a coronha do rifle, e o menino não se protegeu com as mãos; pelo contrário, seus braços permaneceram estendidos diante do arame e o sangue na sua cabeça tomou a forma de uma coroa de espinhos. Então, de repente, ele desabou.

Foi dito que o soldado não bateu no garoto com a coronha do seu rifle, mas o empurrou para afastá-lo do arame, e Mufid, em vez de recuar, perdeu o equilíbrio e caiu.

Foi dito que o soldado não empurrou o menino nem bateu nele, mas que ele caiu porque sofreu de insolação depois de ter ficado dez horas sob o sol escaldante de julho. Foi o que Chmarya Guttman, governador militar da cidade, afirmou durante uma reunião com os membros da comissão. Hajj Iliya Batchun havia solicitado a reunião para apresentar um protesto oficial, em nome do povo de Lidd, que exigia que o soldado israelense que espancara o menino com a coronha do rifle fosse responsabilizado. Guttman disse: "Ouça, *hajj*, quero cooperar com você e acatar todos os pedidos que eu julgar justificáveis, mas não podemos começar assim. O soldado não vai a julgamento, pode esquecer. Ele é um herói da Palmach. O soldado não matou Mufid; Mufid caiu e morreu. Além disso, há centenas de cadáveres espalhados pelas ruas de Lidd. Não quero ouvir mais exigências desse tipo. E amanhã vou dizer para vocês como o trabalho vai começar".

Onde reside a verdade da morte de Mufid, que permaneceu na memória do gueto como seu primeiro mártir?

Foi dito e disseram.

Nada é certo, exceto que Mufid Chahada morreu de mãos abertas e olhos fechados sob o sol que se punha, e que sua cabeça estava numa poça de sangue.

Eu disponho todas as possíveis causas da morte do garoto à minha frente e me pergunto sobre a verdade, só para descobrir que minha pergunta não tem sentido.

Mamun estava certo, e Manal também estava certa.

Mamun disse que o assunto não tinha importância. Ele disse que viu o garoto cair e morrer, mas não se lembrava da causa da morte. "A morte é mais importante do que a causa", afirmou o cego.

Manal disse: "Deixa dessa conversa, tudo é morte. A morte é como a morte. Que diferença faz se o soldado acertou o menino, se chutou, ou se ele caiu sozinho e o sol matou ele? É tudo morte".

Mamun disse: "Tá certa, as causas podem ser muitas, mas a morte é uma só".

Manal disse: "Coitadinho! Ele morreu porque acreditou na carta. Poxa, ele viu o que aconteceu com o pai dele! O homem entregou a carta de Lehman e eles zombaram dele e apontaram o rifle para ele, obrigando ele a sair, junto com todos os outros. Por que Mufid foi tão estúpido? Juro que não sei".

Mamun disse que o garoto devia saber de algum segredo e talvez o tenham matado para matar o segredo junto com ele.

Foi dito e disseram.

Estou sentado no meu pequeno apartamento em Nova York. Da minha janela, vejo o silêncio da neve cobrindo os sons da cidade e me pergunto o que estou fazendo. Procurando a verdade, ou tentando preencher o vazio da minha vida com perguntas para as quais não tenho resposta?

(Se eu contasse essa história ao dr. Hanna, ele me proibiria de escrevê-la. Imagino-o de pé com os ombros curvados, com aquele sorriso que combina chacota e pena, dizendo-me que eu não podia me referir a uma carta supostamente escrita pelo dr. Lehman se não tivesse uma cópia dela.

E se eu lhe dissesse que todos que ficaram em Lidd conheciam essa história, ele diria que não importava, o que importava era: se quisermos escrever História, precisamos de documentos escritos.

"Mas eu não estou escrevendo História!", eu diria.

"O que você está escrevendo então?", ele retrucaria.

"Não sei. Algo como literatura."

"Bobagem! Desista dessas tolices para que o choro possa parar um pouco e possamos ver o que aconteceu e por quê!"

Graças a Deus, o dr. Hanna não está aqui e eu posso continuar a história tal como ela é e não me preocupar com um documento que existe apenas na memória!)

As pessoas do gueto decidiram que todas as três versões estavam corretas, que a diferença entre elas não passava de uma ilusão de óptica, e que essa ilusão não tinha nada a ver com os olhos e seus defeitos: as pessoas têm um terceiro olho denominado o olho da memória, que é invisível e define o que vemos; depois organiza os elementos, excluindo e recuperando de modo a montar uma sucessão de cenas.

No caso de Lidd, a cena da morte do rapaz, como foi captada pelo olho da memória, é necessariamente silenciosa. É provável que ninguém tenha ouvido uma palavra da conversa que ocorreu entre Mufid Chahada e o soldado israelense perto do arame. As pessoas viram uma cena atravessada por sombras, uma cena silenciosa transformada pelos raios do sol em algo opaco e sem cor. O pano de fundo da cena é formado pelos murmúrios do povo, que aumentam e diminuem, como se fossem um acompanhamento musical ao sol, cujas sombras estão se retirando da praça e partindo. Os olhos das pessoas viram formas e não conseguiram distinguir as coisas, pois os olhos das pessoas do gueto estavam com sede, e olhos sedentos não veem com clareza.

Contando a história da caravana da morte, Mamun disse: "A sede só atinge seu pico quando chega aos olhos. No momento em que a água dos olhos seca, o homem se torna frágil, quebrável como uma vara seca".

Como ele, um cego, sentiu a sede dos olhos? Os olhos apagados também sentem sede? Por que ele me disse que olhos sedentos não conseguem enxergar, que passam a ver as coisas como se cobertos por uma espessa névoa leitosa, e assim perdem a capacidade de distinguir?

Provavelmente, as pessoas do gueto, apesar de terem sido autorizadas a beber do tanque de ablução da mesquita, foram acometidas pela sede dos olhos, e os sintomas as acompanhariam por um longo tempo, os fatos se misturando na sua memória com ilusões de óptica... Isso explicaria por que cada uma delas manteve sua própria versão da morte de Mufid, tanto que, quando visitei Lidd, aos trinta anos (por causa da enfermeira Najwa Ibrahim, que me pediu que a ajudasse a vender sua casa lá e quem, mais tarde, eu descobri ser a mãe de Khalil Ayyub), ouvi uma história diferente. Karima Salihi alegou que o menino tinha trepado no arame farpado e morreu porque o soldado israelense o atingiu com um único tiro na cabeça. "Ele estava com os braços abertos e falava em hebraico. Então o vi deitado no chão. Pobre garoto! Não sei o que estava pensando ao escalar. Tudo o que sei é que, quando o vi, ele estava como um passarinho pendurado no arame. Seu corpo ainda estremecia com o espírito que o deixava. Então, ele não caiu no chão, ficou pendurado lá. Hajj Iliya foi à mesquita e pegou uma cadeira, e um jovem cego, de cujo nome eu não me lembro, subiu na cadeira, desceu o pobre garoto, deitou-o no chão, depois o enterramos."

Eu a ouvia, incrédulo; afinal, ninguém que havia testemunhado o incidente relatou ter ouvido o som de um tiro. Eu tinha certeza de que a história que ela contava era fruto da sua imaginação, ou das alterações que ocorrem quando as histórias são transmitidas oralmente... Mas eu não disse nada. Concluí com ela o negócio da venda da casa de Umm-Khalil e fui embora.

Essas diferentes versões sobre a morte de Mufid não negam o fato de que o menino morreu no arame, e de que o exército israelense, que havia encurralado os habitantes remanescentes de Lidd no gueto, foi tão responsável pela morte do menino pardal como foi pelo massacre que matou centenas de habitantes da cidade. Não acredito que a multiplicidade de versões possa ser atribuída apenas ao fato de nunca terem sido escritas. Em vez disso, ela deve ser atribuída às tentativas das vítimas de se adaptarem à nova realidade, vendo a sucessão de eventos trágicos através do terceiro olho, que só vê o que uma pessoa aguenta ver. Essa é a causa básica das confusões nas histórias sobre a Nakba. A solução não está em escrevê-las, pois você não pode organizar as histórias do passado por escrito e extrair uma narrativa harmoniosa delas, já que a Nakba é um processo contínuo que não cessou nos últimos cinquenta anos e tem ainda que ser transformada num passado que realmente passou.

Que história meu pai biológico, que eu não conheço, contaria para mim, supondo que ele vivesse no campo de Jenin e tivesse perdido seus dois filhos quando o exército israelense invadiu o campo em 2002, durante a Segunda Intifada? Contaria a história de uma criança que foi abandonada, deixada ao relento quando ainda era um bebê? Ou ele contaria a história de dois filhos mortos por balas israelenses anos depois? Diria que me esqueceu e esqueceu da minha mãe? Ou que, ao tentar se salvar, teve que abandonar nós dois? Ou que ainda estaria procurando por mim? Ou nunca mencionaria minha história, porque se tornou a maior vergonha para ele quando comparada com a história dos dois filhos heroicos, martirizados na luta contra o exército de ocupação? Meu pai esquecerá minha história para justificar sua vida, pois nada justifica abandonar crianças pequenas e deixá-las deitadas sobre o cadáver da sua mãe embaixo de oliveiras. E tudo que tenho que fazer, se quiser continuar com minha vida, é esquecer.

O rapaz de Lidd acreditou no educador israelense, pensando que a partilha de pão e sal era mais forte do que a guerra e mais importante do que uma terra dita prometida; portanto, ele tinha que morrer, e sua morte precisou deixar aquele punhado miserável de gente de Lidd no medo, na desesperança e na incerteza.

(4)

Noite sobre noite. Escuridão saindo da escuridão.

É assim que preciso descrever a noite da cidade naquele calor de julho que encheu o espaço de sombra — apesar de não me lembrar. Não importa o quanto eu tente mergulhar nas suas profundezas, minha memória se recusa a me levar até a noite do bebê que eu era em julho de 1948.

Minha memória são palavras ditas pela minha mãe, e suas palavras eram desordenadas. A mulher nunca me pôs ao lado dela para me contar a história de uma só vez. Ela me contava fragmentos e trechos, como se tecesse a história conforme as palavras iam surgindo. Elas não tinham hora marcada, eclodiam da noite da memória. Ela não estava contando a história para mim — eu estava lá porque estava lá. Ela não me considerava um ouvinte; provavelmente achava que eu não entendia o que ela dizia. Minha mãe me dava papel e lápis para desenhar e falava demoradamente com Mamun. Eu os vejo absorvidos ensaiando a memória da morte. "Ensaio" é a palavra que melhor descreve essa atividade constante deles. Depois do jantar, sentavam-se à sombra de uma vela pálida e teciam a memória. Seu presente era a memória, como se eles não estivessem de fato vivendo, mas modelando a lembrança de uma vida que lhes tinha sido negada. É assim que eu definiria a experiência palestina, ou, digamos, é assim que vivi. Minha vida era uma espécie de presente com o qual eu lidava como se fossem lembranças, como se as coisas só ganhassem sentido no contexto daquele sentimento permanente de que o presente escapa e não pode ser pego, que são apenas experiências que servem para nos levar às profundezas da memória. É uma memória para o esquecimento, como escreveu Mahmud Darwich na sua narrativa pessoal — e quase ficcional — da própria experiência durante o cerco de Beirute em 1982. Contudo, o que o poeta de *Por que você deixou o cavalo sozinho?* não percebeu foi que seu presente em Beirute era possível apenas porque estava construído no âmbito de uma entidade política e social em processo de fundação e, como tal, apto a se transformar em memória. Naqueles dias do gueto, porém, vivíamos num turbilhão de memória presente e um presente que se assemelhava à memória, e uma catástrofe depois da outra. Minha história com esta história que estou tentando escrever está cheia de fantasmas da penumbra, de conversas trocadas entre um homem e uma mulher na frente de uma criança cuja presença eles viam como ausência. Teceram a história sem querer. Ensaiavam o viver num mundo que não lhes oferecia nada: amantes sem amor, companheiros sem estrada; sua relação era apenas um passado sem presente, então eles fizeram da memória uma cama para um amor que nunca aconteceu, ou que parecia nunca ter acontecido.

Eu apanho os fios da conversa e parece que escuto sussurros e cochichos; descubro que todas as histórias são assim ou, para ser mais preciso, que é assim que as histórias nascem — interrompidas, sussurradas, quase silenciosas —, e que, quando o escritor começa a moldá-las para encaixá-las num padrão, ele mata a alma delas e as transforma em memória para o esquecimento.

O que foi dito naquelas noites escuras, noites tão escuras que só podem ser comparadas a si mesmas, noites que os árabes descrevem como *lailun alialu*, "a noite mais noite"?

A história diz que na noite em que o jovem Mufid foi morto não havia estrelas. Quando as pessoas do gueto contam a história daqueles tempos, falam das estrelas desaparecendo do céu de julho. Elas dizem, com seu jeito franco de falar, que "as estrelas fugiram dos céus da cidade porque não podiam suportar testemunhar a morte que se transformou em mortalhas carregadas pelos jovens de Lidd para as valas comuns".

"As estrelas são os olhos do céu", disse Khulud ao contar que sua loucura na manhã do segundo dia não havia sido loucura, mas sim um medo da intensa escuridão que envolvia o céu da cidade.

"Quando as estrelas desaparecem, o céu desaparece. Dá para viver numa terra sem céu?" Não, Khulud não disse exatamente essas palavras, mas disse algo parecido. "Enlouqueci de medo, e fiquei na janela e vi o corpo de Mufid Chahada jogado, descoberto. Juro por Deus que não deixaram a gente cobri-lo. Pensei, eles vão vir agora para levar o corpo e enterrar. Ninguém veio. Eu fiquei lá, como que pregada no chão. Não sei o que deu em mim, estava tudo escuro, olhei para as estrelas. Meu avô — que Deus o tenha — dizia que as estrelas eram os olhos do céu, e vi que o céu ficou cego. Um céu sem olhos, e o moço morto jogado no chão, e não havia nada que o cobrisse, só a escuridão."

Manal relatou que o que ela tinha visto era inacreditável. "Como histórias de djins e ifrites." Ela disse que, no instante em que o moço caiu, a luz se retirou e a escuridão ocupou seu lugar.

"Quando ele caiu, o sol se apagou, assim, de repente." Ela disse que a escuridão não cai desse jeito; a escuridão se mistura com a luz antes de devorá-la. Mas, no instante em que Mufid morreu, a luz se retirou e a escuridão caiu feito mortalha, já que ninguém o amortalhou.

Iliya Batchun, na qualidade de presidente da comissão do gueto, saiu para a praça em frente à mesquita e caminhou em direção ao arame, pedindo a todos que o ajudassem a carregar o corpo para que pudesse ser enterrado. Ninguém, contudo, ousou deixar seu abrigo, pois as pessoas ouviram o som dos rifles israelenses sendo engatilhados e a voz do soldado ordenando que Iliya deixasse a praça e voltasse para seu lugar.

"Temos que enterrá-lo", disse Iliya com uma voz rouca.

"Amanhã", disse o soldado.

"Isso não está certo! Por favor, deixe-me arrastá-lo para casa."

"Amanhã", disse o soldado.

A única pessoa que se aproximou de Iliya foi Khulud, que carregava sua menina nos braços.

"Volte para casa!", gritou Iliya.

Mas Khulud se recusou a voltar. Sentou-se no chão e começou a chorar, e Iliya não soube o que fazer.

"Vocês dois, voltem para casa", gritou o soldado.

Khalid Hassuna se aproximou, pegou Khulud pela mão e pediu que se levantasse. A mulher ficou de pé e caminhou na frente dos dois homens, que tropeçavam na penumbra, passou a noite na janela, vigiando o cadáver de Mufid Chahada.

"Alguma vez já ocorreu a você que numa manhã o sol pode não nascer?", Mamun me perguntou.

"Não entendi", eu disse.

Como resposta, ele repetiu a pergunta, dizendo que naquela noite foi a primeira vez que ele temeu o escuro. "Dá para acreditar que um cego tenha medo de uma escuridão cujo significado ele desconhece?" Ele disse que Manal semeara o medo no seu coração quando lhe contou do céu cego e disse que tinha medo de que o sol não nascesse.

Sorri quando ouvi a figura de linguagem de Mamun. Não sei como ele viu meu sorriso, mas o cego disse que sabia que eu estava zombando dele e da expressão que usou. "Mas Manal, meu filho, estava certa. Até agora o sol não se levantou. Um povo inteiro está, até hoje, vivendo na escuridão."

Manal falou do triste funeral que ocorreu na manhã seguinte. Disse que aprendeu o que significa a tristeza quando viu os jovens enrolarem o corpo de Mufid num cobertor de lã e levá-lo para a mesquita.

Na Grande Mesquita, o cadáver foi posto no chão e ninguém sabia o que fazer.

"Onde está o xeique?", Iliya Batchun gritou. "Isso não está certo!"

"Onde você quer que eu arrume um xeique?", Khalid Hassuna disse. "O xeique fugiu com os outros."

Hatim Allaqis veio para a frente segurando um Alcorão e recitou uma passagem da surata "O Misericordioso".

Hatim tropeçou na recitação, e foi quando Mamun seguiu:

O Misericordioso ensinou o Alcorão. Criou o homem. E ensinou-o a expressar-se. O sol e a lua giram com cômputo. E as ervas e as árvores prostram-se. E o céu, Ele o elevou e estabeleceu a balança, para que, na balança, não cometais transgressão: e, assim, cumpri o peso com equidade, e não defraudeis na balança. E a terra, Ele a colocou à disposição dos viventes. Nela, há frutas e as tamareiras em cachos. E os grãos em pa-

lhas e as plantas aromáticas. Então, qual das mercês de vosso Senhor vós ambos desmentis? Ele criou o homem de argila, qual cerâmica. Ele criou o djim da pura chama do fogo. Então, qual das mercês de vosso Senhor vós ambos desmentis? Senhor dos dois levantes e Senhor dos dois poentes. Então, qual das mercês de vosso Senhor vós ambos desmentis?

De repente, a voz de Iliya Batchun se elevou em oração. O homem sexagenário parou atrás do corpo, estendeu as mãos para a frente e começou a recitar uma oração em grego, e antes de ele chegar ao amém final, o povo testemunhou uma cena estranha: o xeique Ussama Alhumsi apareceu, ninguém soube de onde. Aproximou-se, afastou Mamun e perguntou se o corpo tinha sido lavado. "O mártir é lavado pelo próprio sangue", disse Khalid Hassuna. "Que Deus o aceite como um mártir."

O xeique olhou para Khalid Hassuna com os olhos desconcertados e não disse nada. O xeique de Lidd, de setenta anos, que havia desaparecido e que todos pensavam ter sido obrigado a se juntar à caravana da morte, parecia diferente agora que tinha raspado a longa barba branca, arrancado o *tarbuch* e o turbante e se posicionado ali na frente da multidão, de calças azuis e camisa branca.

Inna lilLah wa-inna ilaihi rajiún, disse, e a multidão repetiu essa expressão.

Mamun gritou com uma voz potente: *Não considereis aqueles que foram mortos no caminho de Deus como mortos, mas vivos, e providos por Ele!*

O xeique deu um passo para trás, olhou para a multidão que se juntou na praça da mesquita, e disse: "Repitam comigo: *Allahu Akbar!*". Depois das quatro repetições, ele anunciou: "Agora podemos enterrá-lo".

Um grupo de jovens agarrou o cobertor transformado em mortalha e o carregou, dando voltas na praça da mesquita. Eles viram Khulud jogar arroz sobre ele, ululando.

"Onde devemos enterrá-lo?", Ghassan Bathich perguntou. "No cemitério islâmico", respondeu Iliya.

Uma pequena procissão se pôs em movimento e se aproximou do arame farpado. Conta-se que aqueles que carregavam o corpo foram obrigados a deixá-lo no chão enquanto longas e complicadas negociações aconteciam entre a comissão e o oficial israelense, o qual disse que não tinha autoridade para lhes dar permissão de sair do gueto. Ele propôs que cavassem uma cova na praça da mesquita e disse que se dispunha a lhes fornecer as ferramentas necessárias.

"Isso não está certo!", Iliya Batchun gritou. "O rapaz tem que ser enterrado no cemitério!"

O oficial argumentou que não podia contrariar as ordens militares, e o chefe da comissão disse que não podia renunciar aos direitos dos mortos.

Ele tentou explicar ao oficial que estava ciente de pertencer a um povo derrotado e que "o preço da derrota é a renúncia de todos os nossos direitos, até mesmo nossas casas não são mais nossas, mas não podemos renunciar ao direito dos mortos de serem enterrados com dignidade".

Tropeçando no inglês, o oficial respondeu: "Vocês não renunciaram a nada. Pegamos tudo com nossas próprias mãos. Por favor, não vamos ter mais esta conversa. Eu cumpro as ordens que vêm de cima e você tem que cumprir minhas ordens".

(Essa conversa ocorreu em inglês, e Iliya Batchun a traduziu para todos no dia seguinte, quando lhes informou o conteúdo dos decretos israelenses e organizou as equipes de trabalho exigidas por Mula, o comandante das forças israelenses.)

O povo ficou por muito tempo sob o sol ardente, e a espera parecia interminável, mas Iliya Batchun tinha decidido que não havia espaço para retirada. "Eles vão nos matar a todos como mataram Mufid; se não podemos defender nossa vida, vamos pelo menos defender nossa morte."

O fato é que o oficial israelense estava confuso e não sabia o que deveria fazer, pois uma única bala do seu rifle teria persuadido os membros da comissão a obedecer às suas ordens — assim disse Mula, "O libertador de Lidd", como o chamavam em Israel. Depois de longas horas de espera das pessoas que guardavam o corpo, que começava a se decompor, o comandante apareceu e convocou Iliya Batchun para seu escritório, instalado na casa da família Dahmach, perto da praça do gueto.

"Quando descobri que era Mula, o oficial que mandou matar Mufid porque quis que entregassem a carta a ele, eu lhe contei tudo. Contei sobre a carta que um dos soldados tinha rasgado e pisado, na qual o dr. Lehman pedia um tratamento especial para a família Chahada e para todas as pessoas de Lidd, e disse que pedíamos a ele que nos deixasse dar à vítima um enterro adequado."

Iliya disse que o oficial ficou profundamente tocado quando soube que seus soldados tinham sido a causa da morte de Mufid e disse: "É guerra. Vocês sabem, e nós só temos uma opção, a vitória".

Iliya implorou que lhes permitissem enterrar o rapaz no cemitério, mas o comandante disse que se tratava de uma questão difícil, pois as estradas da cidade não eram seguras e estavam cheias de cadáveres!

Por fim, acabou aceitando. Permitiu que cinco homens levassem o corpo até o cemitério, acompanhados por três soldados, e concluíssem a coisa rapidamente. Ele disse que concordou por razões humanitárias e para honrar a vontade do dr. Lehman, que o criara de acordo com os valores morais.

E foi isso que aconteceu.

O cortejo fúnebre foi liderado por Ghassan Bathich. Eles levantaram o rapaz, deram uma volta na praça com o corpo e depois foram acompanhados pelos soldados, num silêncio interrompido apenas pelo pranto de Khulud.

Eu soube por várias pessoas o que Khulud fez, todos confirmaram que ela carregou sua menina e se juntou ao cortejo dançando, e quando os soldados a impediram de atravessar o arame junto com os homens, ela ergueu a filha, balançou-a entre as mãos, como que a fazendo dançar, e pediu aos soldados que a levassem. Dessa vez também, Iliya Batchun a repreendeu e arrastou-a de volta para a casa onde decidira viver.

O romancista israelense S. Yizhar escreveu a história de Khulud no romance *Khirbet Khizeh*? Fontes israelenses indicam que o romance israelense, que foi publicado em 1949 e se tornou o único registro literário israelense da expulsão dos palestinos do seu país em 1948, relata um incidente real que aconteceu no sul da Palestina, do qual o escritor participou, na qualidade de um oficial de inteligência do batalhão que realizava a operação. Na madrugada de 27 de novembro de 1948, várias unidades dos 151º e 152º batalhões lançaram ataques às aldeias palestinas localizadas entre Majdal e Beit-Hanun, destruindo e promovendo a limpeza étnica dos vilarejos de Hamama, Jura, Khirbet Khissas, Naaliya, Jiye, Barbara, Hiribye e Deir-Sneid.

A aldeia descrita pelo romancista israelense é provavelmente Khirbet Khissas, antes da mudança de nome. Isso é confirmado pelo oficial encarregado das operações na sede do Setor Costeiro, capitão Yehuda Beeiri, que assinou a ordem de expulsão. Numa entrevista publicada em Maariv, em 17 de fevereiro de 1978, ele diz: "Não tenho dúvidas de que 'Khirbet Khizeh' é a própria Khirbet Khissas, ou uma das outras aldeias cobertas por essa operação, cuja ordem eu mesmo assinei... E, a propósito, não há sentido em procurar os rastros dessas aldeias porque, como dezenas de outras aldeias árabes nessa área, e em todo o país, elas não existem mais, e duvido que alguma menção a elas tenha sobrevivido".

Yizhar não escreveu a história de Khulud, mas parece que o que ele testemunhou em Khirbet Khizeh era típico de algo que aconteceu em mais de um lugar. Reproduzirei o texto de Yizhar aqui como aparece na tradução árabe do seu romance, que li na revista *Assuntos palestinos,* já que, não importa o quanto eu tente, nunca alcançarei a eloquência de uma testemunha ocular que participou do crime e que chegou a uma conclusão surpreendente, a de que os palestinos tinham se tornado os judeus dos judeus:

Então uma mulher veio na nossa direção segurando uma criancinha magra; carregava-a como um objeto sem utilidade. Criancinha cinzenta, magra, doente, miúda. Sua mãe a segurava e a fazia dançar na nossa frente, enquanto nos dizia algo que não tinha um tom de zombaria nem de ódio, nem era um choro enlouquecido, mas, talvez, todos os três juntos: "Vocês a querem? Levem-na!". Ficamos amuados, com repulsa pela cena, e ela, percebendo talvez nossa reação, interpretou-a como um sinal de êxito e continuou a balançar a criatura deplorável, amarrada em trapos imundos numa das mãos, enquanto com a outra ela batia no peito: "Tomem, levem-na, deem pão a ela, fiquem com ela!". Até que um de nós resolveu repreendê-la severamente: "Yalla, yalla", levantando a mão, e ela foi recuando, ora rindo, ora chorando, e entrou no tanque, dançando o bebê entre as mãos, ora rindo, ora chorando.

Foi assim que Yizhar descreveu a mulher, cujo nome ele não sabia. O que posso escrever para coroar o texto dele? Sei o nome da mulher que dançou e fez seu bebê dançar — duas vezes — no gueto de Lidd. Na verdade, conheço toda a sua história depois que se casou com Iliya Batchun, mas o que aconteceu? O que tem a dança a ver com a morte?

Eles me disseram que Khulud dançou no dia do seu casamento e surpreendeu a todos no gueto com sua habilidade de balançar o corpo ao ritmo da música oriental, mas o que a dança do amor tem a ver com a dança da morte? Ou seria a dança a forma mais extrema de expressão, usada quando todas as outras falham?

Eu estava pesquisando sobre Yizhar, e seu romance me levou ao dr. Mikhail Samara, que me levou a Umm-Hassan dançando na marcha da morte no massacre de Chatila, e daí à dança de Khulud, sobre a qual o romancista israelense não escreveu, mas narrou algo parecido ao descrever a expulsão dos camponeses da sua aldeia e a demolição das casas. O que me interessa nesse romance não é a sua admissão do crime — embora seja importante —, mas a capacidade de traçar o perfil do palestino mudo, que se tornaria uma das constantes da literatura israelense, e inferir o significado subjacente da fundação do Estado sionista, que é: para os judeus se tornarem um povo como outros povos — e "outros povos", aqui, significa os povos europeus —, eles tinham primeiro que inventar seus próprios judeus. O que Yizhar apresenta na sua descrição da Khulud de Khirbet Khizeh, ou de Khirbet Khissas — chame como quiser —, é a cena bíblica à qual os camponeses palestinos, na sua catástrofe, foram inseridos: "Todos aqueles cegos, mancos, velhos, crianças, todos juntos pareciam ter saído de algum lugar da Bíblia", Yizhar escreveu.

Yizhar proclamou a necessidade de o povo judeu moldar seus judeus à sua própria imagem, uma imagem da qual eles decidiram se livrar quando entraram no círculo dos "povos civilizados". Essa é a genialidade de Yizhar. Não se trata de uma catarse aristotélica, como alguns escreveram. A questão é outra. Essa cena bíblica que agora desaparece nas névoas da história teve que existir para que a nova era israelense começasse.

O narrador de *Khirbet Khizeh* se pergunta: "Eu queria descobrir se entre todas essas pessoas havia também um Jeremias, irado e inflamado, que forjasse a ira no coração, chamando, quase sufocado, o velho deus, de cima dos caminhões do exílio".

Será que os palestinos agora teriam que encontrar um profeta de lamentações e derrotas como Jeremias, para que pudessem entrar nessa curva que a Nakba criou para eles?

Yizhar nos proclamou os judeus dos judeus de Israel. Essa era a mensagem do romance dele. Mas o que eu quero dizer com toda essa história? Devo lamentar meu povo como Jeremias lamentou o seu? Todos os escritos palestinos sobre a Nakba são variações das lamentações forjadas pelo profeta da derrota? Ou o quê?

Sinto como se escrevesse numa língua antiga que morre sob minha caneta. Todas essas alusões lendárias me provocam repugnância. Mais feia do que a morte da língua é nossa inabilidade de encontrar um túmulo para que ela descanse, que se decomponha e volte a ser pó. A língua não é formada de pó; é o oposto de todas as outras criaturas que morrem. O problema da língua é o seu cadáver, que fica conosco e, quando o rejeitamos, volta em diferentes formas e nos vemos mastigando a sua morte.

Não pude evitar a descrição que Yizhar Smilansky fez de Khulud, ou de uma mulher parecida com ela, como se estivesse lendo nas entrelinhas do texto da palestra do dr. Mikhail Samara. A Nakba emudeceu o médico palestino e ele a escreveu em fragmentos, e coube ao romancista israelense terminar a história.

Mas, espere! O romancista israelense traçou o perfil do palestino mudo. A mudez do palestino é uma condição necessária para o que poderíamos chamar de "o despertar da consciência israelense", isto é, o sofrimento, em essência, é o sofrimento da autoconsciência judaica e não tem nada a ver com a vítima. Assim, tal literatura nos leva a equiparar o carrasco com a vítima, cuja consciência ele agora possui, ou a vítima com o carrasco, cujas práticas ela assumiu!

Eu pretendia escrever sobre a longa noite que sitiou o povo de Lidd no seu gueto, mas a história de alguma forma me levou não sei aonde. Não quero adotar a tese do escritor israelense e arrolar a história nas lamentações bíblicas e tingir a tragédia das pessoas entre as quais vivi com o sabor da lenda para justificar sua derrota, sua humilhação e sua vergonha... Lendas não substituem a história, e não vou cair na armadilha de supor que o milagre do Estado hebreu é sua capacidade de transformar lenda em história, e que devamos adotar sua lenda ou encontrar uma lenda nossa para nos refugiarmos nela. A linguagem do retorno à lenda está morta e é parte da morte da língua, que transforma palavras de pontos de luz e referência sobre uma página branca em palavras cegas que lembram as estrelas extintas da noite de Lidd.

Eu queria escrever sobre o enterro do corpo de Mufid no cemitério islâmico e a história contada por Ghassan Bathich sobre a mulher que dormia entre os túmulos, mas me vi diante do cadáver de uma língua para a qual não podemos encontrar nenhum túmulo, pois ela fixa residência na nossa boca e está nos matando. Estou exausto agora. Sinto como se as palavras não fossem mais capazes de dizer coisa alguma e que sou como aquela mulher que se refugiou no cemitério por medo da morte. A mulher escondeu sua vida entre os mortos, e eu me escondo entre os cadáveres das palavras.

(5)

Quem era a mulher, e o que a trouxe ao cemitério?

Eu nunca soube o nome da mulher, para tentar me lembrar dele agora. Minha mãe, Manal, deu-lhe o epíteto de "a velha do túmulo", mas não me contou nada sobre ela. Depois de três dias, os rapazes conseguiram trazê-la para o gueto e a instalaram num pequeno cômodo anexo à igreja, mas ela vivia com medo. Minha mãe disse que o medo estava desenhado nas rugas do seu pescoço e que a mulher nunca parava de bocejar.

Parecia ter medo de dormir, achava que a morte se esgueiraria no seu sono e a levaria.

"Estranho! Será possível? Uma mulher à beira dos noventa se comportando como se fosse viver para sempre? Todos os outros tinham morrido, mas ela se agarrou à corda da vida como se... Não sei o que dizer. E todos os dias ela pedia permissão para visitar o cemitério, até que o israelense ficou farto dela e disse que, como ela gostava tanto de túmulos, ele poderia dar um jeito, assim ela seria enterrada e não voltaria mais."

E, quando a mulher morreu, as pessoas do gueto descobriram que não sabiam nada sobre ela nem sobre a sua família, embora o rapaz libanês, Hatim Allaqis, tivesse descoberto o seu segredo e também o das joias enterradas no túmulo, no qual a mulher havia se escondido durante o massacre e onde os jovens a encontraram antes de trazê-la para o gueto. O tesouro trazido por Hatim e entregue aos membros da comissão levou à sua detenção, interrogação e inclusão na segunda leva de prisioneiros que partiram para o acampamento de detenção dois meses depois da criação do gueto.

Mamun disse que a descoberta do segredo do tesouro, que consistia em cerca de cinquenta moedas de ouro otomanas que Hatim

Allaqis encontrou por acaso enterradas no túmulo da família Yahia, abriu os olhos do gueto para o crescimento do fenômeno dos colaboradores entre eles. Iliya Batchun atribuiu o vazamento do seu casamento com Khulud, e a carta insultante que ele recebeu do seu filho Iskandar, a um colaborador que teria dado a notícia à sua família. Ele suspeitava de Karim, o louco, aquele que teria tentado estuprar minha mãe, embora Manal tivesse negado veementemente e dito que o tal Karim dava dó e não poderia ser um colaborador.

Quando Ghassan Bathich e os quatro jovens que enterraram Mufid Chahada no cemitério voltaram, tinham o rosto pálido e distante. Nenhum deles conseguiu falar, como se tivessem ficado mudos. Iliya Batchun e outros membros da comissão procuraram Ghassan Bathich para saber dos detalhes do enterro. Ninguém soube o que ficaram sabendo, mas, ao saírem da breve reunião, que durou nada mais do que meia hora, eles também ficaram mudos. Hajj Hassuna foi incapaz de dizer uma palavra à sua esposa, e Iliya Batchun foi até Khulud e sentou-se em silêncio durante toda a noite; a mulher disse que Iliya não dormiu e que seu corpo tremia com o horror do que tinha ouvido.

A mulher de quem falamos não foi a razão do terror expresso no rosto do povo do gueto na manhã seguinte. Sua história fazia parte das histórias de oito idosos, mulheres e homens, que se escondiam nas plantações e nos cemitérios e foram encontrados pelos jovens, enquanto trabalhavam na cidade, e foram trazidos para o gueto.

Ghassan Bathich não pôde contar o que tinha acontecido. As palavras saíam da sua boca fragmentadas, gaguejadas, e quando ele conseguiu recobrar a capacidade de falar, disse duas palavras apenas: "mosca" e "cadáveres". O homem contou que as ruas estavam cheias de corpos, corpos espalhados aqui e ali, inchados pela morte e enrijecidos sob o sol, e que, quando eles passaram pela Mesquita Dahmach, foram recebidos por enxames de moscas azuis, que grudavam na pele, recusando-se a soltá-la; picavam e sugavam o sangue. Os membros da comissão viram as manchas azuis nos braços do homem e ele contou que tinha passado álcool e que o corpo estava pegando fogo. Ghassan Bathich disse que estava com medo das moscas e pediu a

Iliya Batchun que falasse com o governador militar para encontrar uma maneira de os habitantes deixarem a cidade.

"Se ficarmos, as moscas nos devorarão e seremos infectados por doenças mortais", disse o enfermeiro.

Quando Hassuna perguntou sobre o número de corpos, o jovem começou a emitir um estranho soluço, seu corpo tremia, e ele levantou a mão e disse: "Todos morreram. Todos nós estamos mortos, senhor. É muito morto para contar. A gente não conseguiu contar os corpos. Meu Deus, meu Deus, o que podemos fazer?".

"*La ilaha illa Allah*", disse Hassuna, e saiu tropeçando.

Iliyya Batchun disse que iria pedir ao dr. Zahlan que viesse tratar as picadas dos rapazes e foi embora.

Todos esqueceriam as picadas na manhã seguinte, quando os jovens foram reunidos e divididos em cinco grupos de trabalho. A partir daí, as pessoas se acostumariam com as picadas e passariam longos dias em encontro diário com as vítimas se decompondo.

LACUNAS DA MEMÓRIA

Daqui, deste pequeno apartamento em Nova York, as coisas parecem mais simples, porém é uma simplicidade cheia de crueldade e insignificância. Para uma cidade, o que significa morrer no sangue dos seus filhos e filhas?

No começo, isto é, durante a minha infância em Lidd, a queda da cidade significou o fim do mundo. As histórias dos massacres e dos cadáveres decompostos e as partes dos corpos espalhadas pelas paredes da Mesquita Dahmach eram, no léxico do povo do gueto, uma referência ao fim do mundo. A cidade teve os seus membros cortados, e os seus habitantes e aqueles que tinham se refugiado nela haviam se tornado órfãos.

"Nós somos os órfãos do gueto", eu disse ao professor de língua hebraica na escola em Haifa, quando ele me perguntou quem eu era.

O professor sorriu e me pediu que não usasse mais essa expressão. "Nós, meu filho, somos os 'filhos do cacto'. É assim que devemos nos apresentar."

Minha mãe costumava dizer que o cacto tinha um gosto amargo.

Não estou falando aqui do meu estado pessoal como órfão por causa da morte do meu pai. Estou falando das pessoas do gueto, velhas e jovens, que passaram a se parecer mais do que qualquer outra coisa com crianças órfãs.

Um povo órfão, perdido, cuja tragédia é ser incapaz de esquecer, porque sente que não tem presente.

Mas, depois de ter ido a Haifa, ter trabalhado na oficina do sr. Gabriel e dominado a língua hebraica, a questão mudou. Decidi esquecer. Deixei minha memória pendurada no nosso barraco em Haifa, fugi das encostas do monte Karmel, aonde minha mãe tinha ido morar com o marido, e decidi ser outra pessoa. Na palavra "gueto", encontrei um jeito de adquirir uma sombra num país cujos habitantes tinham perdido as suas. Não me pergunte como sobrevivi, como me reinventei e me adaptei ao espelho que construí, pedacinho por pedacinho, juntando-os com a cola do esquecimento, e como vivi a minha vida como se fosse minha. Decidi não herdar e não legar. Decidi que não haveria esposa nem filhos e vivi como se eu fosse meu próprio fantasma, apareço e em seguida desapareço, meu único prazer é minha capacidade de driblar a vida com meus artigos sobre música árabe, que se tornara moda aqui, devido ao que eu chamo de "as dores da identidade", sentidas pelos judeus orientais, sobretudo os de origem árabe. Então, Dália apareceu na minha vida, quebrou o espelho, pisou nos fragmentos e disse que me amava como eu era e que me queria com a minha memória intacta, e que se casaria comigo. E quando acreditei e me deixei levar pelas ondas do amor, ela me largou e foi atrás das suas tristezas, e me fez descobrir a morte do amor, e acabei indo de um extremo a outro — do terror da memória à beleza do esquecimento. Assim, as histórias do gueto de Lidd acabaram sendo apenas um ensaio para a invenção do gueto de Varsóvia, em que eu seria filho de um dos seus sobreviventes, que morreu quando eu era um bebê, e a minha mãe havia me abandonado, depois de ter sofrido um colapso nervoso e, em consequência disso, ter sido internada num hospital psiquiátrico.

    Inventei para mim um pai chamado Yitzhaq, que havia escapado do gueto de Varsóvia quando tinha dezessete anos, deixando para trás uma mãe idosa e doente; depois se viu em Istambul, antes de finalmente aportar em Tel Aviv, onde se casou com a filha de um imigrante russo e teve a mim. Meu pai morreu na chamada "Guerra da Independência" e deixou minha mãe sozinha com a sua loucura, carregada de pesadelos de medo. A história que inventei dizia que Sarah, minha mãe, passou o resto dos seus anos no hospital psiquiátrico em Akka e que nunca mais a vi. Até mesmo a notícia da sua morte só me chegou três anos depois, quando a mulher que cuidou de mim no Kibutz Tzippori, ao norte, me contou. O nome da mulher era Rachel Rabinowitz, e ela se tornou a mãe que não me pariu. Essa mulher me ensinou a parar de fazer perguntas sobre a minha família e me transformou num menino que veio do mar e se tornou filho adotivo desta terra; seus músculos mamavam do sol, que bronzeava o seu corpo com uma morenice tatuada na sua pele branca.

(Como você pode ver, virei minha própria história de cabeça para baixo e a transformei numa história judia: meu pai, Hassan Dannun, morreu na guerra da Nakba; minha mãe viveu num barraco em Haifa com o marido; seu silêncio era um sinal da loucura do arrependimento que devorou sua vida e eu me tornei meu próprio filho. Foi suficiente virar a história pelo avesso para pousar numa outra história. Nem precisei inventar os detalhes porque, a meu ver, eram idênticos.)

Decidi escrever sobre a queda de Lidd porque a minha história tem que começar em algum lugar, mesmo que eu não me lembre da queda da cidade em 12 de julho de 1948. As histórias que ouvi dos outros não servirão para apresentar uma imagem completa daquele dia terrível, que o dr. Mustafa Zahlan costumava chamar de "dia da desolação".

Ninguém de Lidd tinha uma imagem completa da queda da cidade, mas decidi coletar os fragmentos e escrever uma história cheia de manchas sangrentas e lacunas de memória.

Deixe-me começar com a queda da cidade, porque as histórias começam com quedas — é isso que as Escrituras nos dizem. A história de Adam, o ancestral da humanidade, não começa com a sua queda do Paraíso e a transformação de um semideus abençoado com a imortalidade num mortal obrigado a viver a vida à espera da morte?

Adam era uma imagem que Deus criou do barro, e uma imagem não tem sombra. Adam viveu no Paraíso sem sombras e não conhecia a morte nem a aguardava. Sua queda o transformou num mortal, ou seja, num ser que morre e concebe que o segredo da vida é a morte.

Foi assim que a história da humanidade começou, como contam as três religiões abraâmicas. A queda carrega consigo a nostalgia de um tempo que nunca mais voltará. A história de Adam nos legou essa nostalgia mórbida, e assim, ao começar com a queda, eu estaria assumindo, sem perceber, a suposição de que a Palestina era um paraíso antes de cair nas mãos dos invasores israelenses. Mas isso é absolutamente falso. Lidd certamente não era um paraíso e a Palestina não era o céu. E eu odeio a nostalgia!

Mesmo assim, os começos têm infinitas possibilidades, o que significa que cada começo nos leva a um novo começo.

O crime veio depois da queda, e com o crime a história começou. A história humana não começa com Adão, mas com Caim, que matou o irmão e, assim, legou à humanidade a maldição do sangue, que teve que ser complementada pelo Dilúvio, que criou novamente a humanidade... No entanto, os filhos de Noé tinham herdado a memória do sangue e foi assim que Abraão decidiu matar o filho, obedecendo ao comando divino, e assim por diante... até que as coisas chegaram a termo na morte do Cristo, o Filho, na cruz, que os Evangelhos descrevem como o fim do banho de sangue, embora nada de fato tenha terminado.

Minha história também começou com um duplo crime: o crime de Mula e seus soldados, que transformaram Lidd numa arena de assassinatos e cadáveres e forçaram a expulsão do seu povo e o seu despacho ao exílio e à morte; e o crime do meu pai, que me largou recém-nascido sobre o cadáver da minha mãe, cujo leite secou nos seios.

Não vou culpar o meu pai, ele era apenas uma vítima, merecedora de pena; e parece que não posso culpar Mula e os seus homens, pois me foi dito que eu não deveria culpar os judeus porque eles também foram vítimas. Não sou vítima de uma vítima apenas, como Edward Said diria: sou vítima de duas. Este é o meu presente, como acabei de descobrir, quando já é tarde demais.

Mesmo assim, e se eu decidir culpar o meu pai e responsabilizá-lo? Dessa forma, passo a ter o direito de culpar os judeus, ou então a lógica não significa mais nada. Culparei ambas as vítimas, sem cair na armadilha de equipará-las: há uma grande diferença entre um pai que perdeu o filho na marcha da morte de Lidd e uma operação militar organizada e racional que tomou a decisão de aterrorizar as pessoas para que pudesse expulsá-las das suas terras.

Porém, mais uma vez: o que devo fazer com o pai fictício Yitzhak Danon, que inventei para encontrar uma linhagem para mim neste país, onde me tornei um ausente presente de acordo com o léxico israelense?

Meu pai fictício não tinha nada a ver com o assunto. Seu único pecado era ter sido um judeu polonês que vivia no gueto de Varsóvia, do qual foi capaz de escapar, fazendo uma difícil viagem que o levou por fim a Istambul, onde ele não teve escolha a não ser embarcar num navio para a Terra Prometida.

Não contarei o que aconteceu com o homem do gueto de Varsóvia. Vou deixar que essa história se revele no contexto do amor que me uniu a Dália e me fez estabelecer uma profunda amizade com seu avô, um judeu polonês que também carregava a marca do gueto de Varsóvia na sua memória. Esse meu pai fictício iria se casar, na Palestina, com a minha mãe, a judia russa, e decidir, na véspera da chamada "Guerra da Independência", emigrar para a França para continuar os estudos de engenharia. No caminho de Tel Aviv para Jerusalém, ele descobriria que o mundo tinha virado de cabeça para baixo e, quando chegasse a Jerusalém Ocidental, um esquadrão da polícia militar o levaria para a Haganah, onde ele seria alocado numa unidade da Brigada Alexandroni e encontraria a morte na operação para tomar Haifa.

O trabalho de me inventar me esgotou, mesmo que, para ser honesto, fosse um trabalho de que eu gostava. Li muitos livros sobre o gueto de Varsóvia e viajei para lá com um grupo de estudantes, fui batizado em Auschwitz e vivi o mesmo terror experimentado pelo meu terceiro pai, que nunca teve a mim. Fui obrigado, da mesma forma, a estudar as razões que levaram à queda de Haifa, ler um livro sobre a história da Haganah e traçar uma imagem daquele pai como herói da libertação, apesar de essa imagem começar a desmoronar com a leitura dos novos historiadores israelenses; e quando deparei com o artigo "A queda de Haifa", do historiador palestino Walid Khalidi, no *Middle East Forum* (dezembro de 1959), tive uma decepção muito maior do que aquela tristeza que senti quando li o romance de Ghassan Kanafani *Retorno a Haifa*. Kanafani descreve o trágico encontro entre o palestino Said S. e o filho, que ele havia deixado bebê em Haifa, ao descobrir que este se tornara um soldado israelense e tinha um novo nome. Por um momento, pensei que o romancista palestino estava falando de mim, embora a ideia logo tenha se dissipado. Adam, ou seja, eu, é mais complexo do que Khaldun/Dov: Adam se tornou israelense por escolha e inventou a sua história como uma estratégia de vida, enquanto Dov — "Khaldun" antes de o destino impor a ele o papel de vítima/carrasco — não teve escolha e se tornou um soldado israelense de modo involuntário. Sou obrigado a supor que a pessoa é uma causa, nada mais. Talvez eu esteja mais próximo do personagem Said, em *O pessotimista*, a obra-prima de Emile Habibi. No entanto, até mesmo essa suposição não está correta: o personagem de Habibi foi criado no estilo de Cândido, a fim de transmitir a experiência da "resistência através da colaboração" e da "colaboração através da resistência", e é um personagem simbólico que incorpora, de forma resumida, o sofrimento palestino no Estado de Israel. Eu, porém, não colaborei nem resisti e não me baseio em nenhum modelo; minha história não resume nada além de si mesma, e eu não quero ser um símbolo.

Minha decepção ao ler Khalidi veio do sentimento de como o heroísmo era enganoso. Eu queria que o meu pai judeu fosse um verdadeiro herói, lutando com um pequeno grupo de soldados contra um exército poderoso e derrotando-o, mas descobri que ele não era um soldado no exército de Davi, que matou o gigante Golias com uma pedrada da sua funda. Meu pai era um soldado no exército de Golias, que ganhou porque os palestinos não tinham encontrado o seu Davi, e trezentos combatentes palestinos foram derrotados por mais de dois mil e quinhentos soldados judeus, com o general Stockwell, comandante do protetorado britânico em Haifa, desempenhando um papel evidente na vitória deles.

Meu pai imaginado, Yitzhaq Danon, foi uma vítima, como o meu falso pai, Hassan Dannun. Ambos morreram como vítimas, deixando um feto que se debatia na barriga da mãe, e ambos convergem, ainda que de modo indireto, com o meu pai biológico, que fugiu de Lidd e perdeu a esposa e o filho.

Nunca perdoarei nenhum desses pais, mas não posso me impedir de sentir simpatia por eles. O fator comum entre eles é terem sido vítimas, ou terem morrido, ou desaparecido, como vítimas.

Mas Mula e o coronel Moche Carmel (comandante do ataque a Haifa) não foram vítimas. O líder da operação para ocupar Haifa — cidade cujo nome foi mudado de Misparyim, isto é, "tesoura", para Khametz, "levedura", na véspera da Páscoa, quando a casa tem que ser limpa da levedura, de modo a converter o símbolo religioso judeu em símbolo da limpeza da cidade dos seus habitantes palestinos — e o líder da operação "Dani" para a limpeza de Lidd têm em comum o fato de serem carrascos; com isso meus três pais não podem ser "vítimas das vítimas".

Eu poderia fazer Hassan Dannun conhecer Yitzhak Danon e formar uma dupla digna de lágrimas, mas nós não somos — e que meu mestre Edward Said me perdoe — "vítimas das vítimas". Nós e os pobres judeus que foram trazidos dos campos de concentração nazistas para o campo de batalha na Palestina somos vítimas dos assassinos que traíram a língua da vítima judia quando esmagaram os palestinos sem piedade.

Espere um pouco! Talvez o que eu disse contenha um grau de exagero, devido à minha reação emocional. Se supusermos que o meu pai judeu tenha morrido nas batalhas para ocupar Lidd depois da morte do meu pai Hassan Dannun, o mártir, ou durante a operação para expulsar o meu pai biológico, cujo nome eu não sei, meus pais palestinos seriam, de certo modo, as vítimas do meu pai judeu, ele próprio uma vítima. Assim, a opinião de Edward Said estaria certa. Em outras palavras, a questão é suscetível a mais de uma interpretação, e só Deus sabe, como dizem os árabes!

Na minha história, eu escolhi que meu pai morresse em Haifa para que eu pudesse fazer de Haifa a minha cidade. Eu tive essa ideia na oficina do sr. Gabriel, que costumava falar comigo sobre o irmão Chlomo, morto numa quarta-feira, 21 de abril de 1948, durante o ataque lançado pelas forças Haganah em Dar-Annajjada, com vista para Wadi-Rachmaya, em Haifa. O sr. Gabriel disse que eu me parecia com Chlomo e que, se eu não fosse árabe, ele teria encontrado em mim o irmão perdido.

Decidi ser aquele irmão perdido, mas o sr. Gabriel não acreditou em mim e me expulsou do emprego na oficina... e tudo por causa da história de amor a que Gabriel pôs um fim quando descobriu que eu estava tendo um caso com a sua única filha, Rifqa.

MEU AVÔ QUE ERA UM PROFETA

"Nesta cidade, o mundo testemunhará o retorno de Íssa, filho de Maria — que a paz esteja com ele —, e é por isso que Deus escreveu que os nossos tormentos serão o início da estrada."

Lembro-me de ouvir essas palavras, ou algo parecido, no início da minha relação com a cidade, quando eu tinha seis anos. Eles nos enfiaram num ônibus, deram-nos bandeiras israelenses e nos levaram para Arramle para assistir ao desfile militar por ocasião do "Dia da Independência" de Israel.

Lembro-me de que choramos, e a professora que nos acompanhou às festividades, dona Olga Naddaf, tinha uma vara na mão e tentava histericamente fazer com que nos comportássemos. Quando chegamos a Arramle, nosso rosto estava coberto de lágrimas e tremores de medo percorriam nosso corpo. Isso foi em 1954, se não me falha a memória. Um ônibus amarelo, no qual foram espremidos os alunos da Escola Árabe de Lidd, que havia sido estabelecida no bairro do gueto, perto da Grande Mesquita, depois que a escola do professor Mamun foi desfeita e fechada por decreto do chefe do município.

Não sei o que deu na professora e por que ela não parava de nos bater e ameaçar. Lembro-me de ouvi-la dizendo que tínhamos que ficar quietos, acenar com as bandeirinhas e não falar nem fazer diabruras. Ela nos explicou que se tratava do feriado que celebrava o nosso novo Estado e que tínhamos que respeitar a bandeira azul e branca com uma estrela de seis pontas no centro. Lembro-me de que, quando entramos no ônibus, estávamos felizes com o passeio, pois era a primeira viagem para fora da cidade. Não me lembro, porém, do que aconteceu no ônibus exatamente para que a mulher viesse para cima da gente e nos batesse.

O importante é que o nosso comportamento fez do "Dia da Independência" sinônimo de vara e que chegamos à cerimônia em lágrimas.

Isso é tudo de que me lembro. Agora que li sobre a cerimônia solene, que contou com a presença de Ben Gurion e de grandes homens do Estado, e soube que o objetivo de fazer um desfile militar israelense numa cidade árabe era levar os palestinos a perceberem que as coisas tinham mudado, que não havia como voltar atrás, e que o país era agora propriedade dos vencedores, eu entendo a histeria da mulher, que tinha quarenta anos e se encontrava sozinha no gueto.

A cerimônia foi imponente. Como posso descrever os sentimentos da criança que eu era, de pé com todos os outros, carregando a bandeira e com os olhos colados nas colunas de veículos militares que desfilavam pela rua principal da cidade, seguidos pelas fileiras de infantaria? E quando os balões com letras em hebraico foram soltos, os olhos das crianças voaram atrás. Os balões encheram de espanto os céus da cidade e quando um menino pediu à professora que traduzisse para nós o que estava escrito neles, *miss* Olga Naddaf hesitou por um momento antes de pronunciar corretamente a expressão hebraica: *Tsahal Magen*, que significa "O Exército Protege". A professora proferiu as palavras nas duas línguas e as lágrimas lhe corriam pelas faces. Então ela olhou para as casas em ruínas e perguntou: "Onde estão as pessoas?".

O céu da cidade estava repleto de "*Tsahal Magen*"; sentimos, de forma obscura, que as lágrimas da professora traduziam as palavras para outra língua, não pronunciada; ficamos cobertos por um silêncio que nos acompanhou durante toda a viagem de volta no ônibus de Arramle ao gueto.

Essa outra língua, formada pelas lágrimas da professora de coração duro, não era uma tradução do hebraico para o árabe, era uma tradução para a língua do silêncio, cujas letras só os habitantes do gueto sabiam soletrar — uma língua feita a partir dos escombros das palavras que se formam apenas como sussurros e murmúrios, contendo lascas de letras; quanto ao sentido, eram gestos esboçados pelas mãos ou pelos olhos que perderam o brilho. Naquele dia, comecei a entender os sussurros da minha mãe e as histórias incompletas.

Para dizer a verdade, a jornada da minha vida, que eu criei a partir do esquecimento, me deixou incapaz de entender os símbolos dessa língua, e tive que esperar cinquenta anos para recuperá-la, aqui no silêncio que me cerca em Nova York.

Naquele ano, uma semana depois do "Dia da Independência", Mamun me levou para assistir à oração de sexta-feira na Grande Mesquita; era a primeira vez que eu entrava na mesquita. Mamun disse que eu já era um homem e tinha que aprender a rezar.

Na mesquita, as palavras do xeique Abdulhay Maqsud me pareciam uma continuação da viagem de Arramle. O sermão do homem concentrou-se no "Dia da Independência" e na esplêndida cena da Força de Defesa marchando por Arramle. Em seguida, ele proferiu sua célebre frase sobre o retorno de Íssa, filho de Maria, e emendou com citações tiradas de historiadores islâmicos que eu passei anos procurando até finalmente encontrá-las. O primeiro historiador foi Almuqaddisi, que escreve em *As melhores divisões para o conhecimento das regiões*: "Lidd, que fica a uma milha de Arramle, tem uma mesquita que reúne multidões de pessoas de Alqassaba e das redondezas e uma igreja magnífica, em cuja porta o Falso Íssa será morto".

O segundo historiador foi Ibn-Aassákir, que transmite, em *A grande história*, que o Profeta teria falado a respeito do Falso Íssa e disse que os judeus que são do seu povo serão seus ajudantes, e depois disse: "Íssa, filho de Maria, e os outros muçulmanos que estarão com ele vão matar o Falso Íssa no portão de Lidd".

O xeique disse: "Devemos ser leais a este novo Estado pois ele não será pior do que os invasores que o precederam; de fato, Deus, Poderoso e Sublime, estabeleceu-o aqui para que a morte do Falso Íssa, nas mãos dos seguidores do profeta árabe, seja um evento testemunhado, por meio do qual a paz se espalhará pelo mundo".

O xeique introduziu minha infância nas profundezas de uma história de sangue com o qual a cidade foi tingida desde a sua fundação — uma cidade que teve quatro nomes antes de se estabelecer com o nome atual: Ratan, nos tempos faraônicos; Diospolis na era romana; Alludd, na época dos árabes; e Cidade de São Jorge, com os francos. Então Alludd novamente, pronunciado como Lidd, antes que os israelenses a chamassem de Lod, omitindo o artigo definido "al".

É a cidade da milagrosa igreja, local do túmulo de São Jorge, a quem os árabes chamam de Alkhidr, cujas histórias passeavam pela nossa imaginação — o bravo cavaleiro que morreu sob tortura quando se recusou a abandonar a sua fé, e o homem da lenda que matou o dragão e salvou as meninas da cidade da morte certa.

Na memória popular palestina, o profeta Alkhidr, ou Alkhadir, o Verdejante, é uma combinação de dois homens: São Jorge, que foi um oficial romano que abraçou o cristianismo, e o profeta Elias, que matou trezentos profetas de Baal com a mandíbula de um burro, em defesa da sua fé no Um, no Único. O matador do dragão que estava devorando as meninas virgens da cidade e o matador dos falsos profetas são dois heróis míticos que se misturaram na nossa memória e fizeram de Lidd uma cidade protegida pela narrativa.

Foi em honra dessa combinação de profeta e santo que a Igreja de São Jorge, demolida depois que Azzahir Baibars reconquistou a cidade em 1267 e reconstruída em 1870 numa parte da igreja demolida, ao lado da Grande Mesquita, foi erguida.

A Grande Mesquita, por sua vez, foi construída por Baibars, o sultão mameluco, que ordenou que as seguintes palavras fossem inscritas na placa de mármore acima da porta principal da mesquita:

Em nome de Deus, o misericordioso, o misericordiador: esta mesquita abençoada foi construída por ordem de nosso senhor o sultão, o rei resplandecente, pedra fundamental deste e do outro mundo, Abu-Alfath Baibars, o Justo, Amigo dos crentes, que Deus eleve suas vitórias e lhe conceda o perdão dos pecados. Planejou e supervisionou sua construção, o pobre servo da misericórdia de Deus, Alá-Addin Ali Assawwaq, que Deus lhe conceda o perdão dos pecados, no mês do Ramadã 666 [1268].

Toda sexta-feira de manhã, Manal me levava ao santuário do profeta Dannun, acendia três velas, sentava-se e chorava em silêncio, mandando-me ficar sentado ao lado dela. "Este é o santuário do santo puro, seu avô", dizia. "Quando algo ruim acontecer, venha aqui e fale com o profeta Dannun. Peça-lhe o que quiser e ele atenderá."

Manal parou de visitar o santuário depois do seu casamento e da nossa mudança para Haifa, e quando ela tentou, no primeiro Eid Aladha que passamos em Haifa, me levar para visitá-lo, foi espancada pelo marido, Abdallah.

Manal me acordou às quatro da manhã e disse para eu me vestir porque estávamos indo para Lidd visitar o túmulo do meu pai e, em seguida, fazer uma parada no santuário. Escutei, na escuridão do amanhecer, suas súplicas e, em seguida, testemunhei a surra que ela levou.

Ela disse que ia visitar o santuário do homem santo por minha causa, porque o profeta Dannun era meu ancestral; sua voz estava baixa e cheia de lacunas. Ela disse que não iria ao túmulo de Hassan, "só ao santuário, juro, só ao santuário". Ela chorava e apertava os dentes para não fazer barulho. Então seu gemido tornou-se audível e eu comecei a ouvir os tapas e o choro ficou mais alto. Ela disse que tinha esquecido de Hassan e não pensava mais nele, que estava indo por minha causa.

Eu podia ouvir a voz dela sufocada, implorando, por trás da porta trancada do quarto, mas não conseguia ouvir a dele. Era como se ela falasse sozinha. Aproximei-me, colei meus ouvidos à porta e ouvi o espancamento. Os tapas se seguiam um após outro e a mulher gemia. Agora, recordando o incidente, não sei se o homem não dizia nada ou se eu não podia ouvi-lo, ou se apaguei a sua voz e as suas palavras da minha memória! Mesmo assim, quando a minha mãe saiu do quarto e disse que a viagem para Lidd havia sido cancelada, vi que o seu rosto estava coberto de hematomas. Olhei para ela e disse em voz baixa: "Vou matá-lo". Então, de repente, eu o vi na minha frente com a vara da romãzeira na mão, e ele começou a me bater enquanto me xingava, depois passou a bater em nós dois; minha mãe, chorando, me abraçava para me proteger dos golpes e eu estava constrangido e envergonhado.

Eu tinha nove anos; foi quando descobri que era capaz de matar e que matar era uma forma de expressão que poderia, às vezes, ser necessária. O estranho é que a primeira pessoa que decidi matar não era israelense, mas palestino, e que as histórias e a amargura do gueto nunca me levaram a pensar em assassinato, talvez porque eu fosse muito jovem na época, ou talvez porque falar não é suficiente por si só: a decisão de matar é tomada pelos olhos, antes de tudo.

Foi isso que tentei explicar para Dália quando discutimos as operações suicidas. Eu lhe disse que podia ver o fantasma da morte nos olhos dos jovens suicidas, que são assombrados pela morte e pelo seu oposto. Matar está direcionado para o Outro: você mata o Outro para não morrer. Uma operação suicida, no entanto, é uma morte dupla. Esse desejo de matar não nasceu das memórias da Nakba, como alguns pensam; é a Nakba vivida, pois Israel transformou a vida de três gerações de palestinos numa catástrofe ininterrupta. Os israelenses que apostaram que os palestinos esqueceriam as histórias da sua Nakba praticaram a estupidez de quem detém o poder: impuseram aos palestinos uma Nakba contínua. Todos os dias, Israel segue praticando a sujeição dos palestinos à catástrofe não apenas na Cisjordânia, em Gaza e em Jerusalém, mas no próprio Israel. Como resultado, a geração que deveria esquecer as histórias dos seus pais e avós sobre a Nakba vive hoje com a sua própria Nakba e a deles diante dos olhos.

Não vou dizer que, na minha vida, matar foi apenas um desejo passageiro que nunca se repetiu e que surgiu só por causa da selvageria de Abdallah Achahal quando bateu em mim e na minha mãe na véspera do Eid Aladha. Houve momentos em que senti a necessidade de matar. As palavras que sufoquei dentro do peito e a identidade que escondi me fizeram experimentar estados de raiva que só poderiam ser saciados matando. O segundo homem que pensei em matar foi Gabriel, o pai de Rifqa. Depois disso, o impulso voltou outras vezes — nem consigo contar com que frequência agora —, mas nunca matei ninguém e ainda posso dizer que sou inocente, embora acredite que o matar simbólico, ou o desejo de fazê-lo, não é muito diferente do assassinato em si.

Mesmo assim, nunca matei ninguém e nunca me ocorreu, como aconteceu com muitos dos meus contemporâneos, juntar-me à luta armada palestina. Eu queria ser um cidadão daquele Estado e esquecer. Inventei uma nova memória e escorreguei nela até o fim, até o ponto de não saber mais quem exatamente eu era. Sou filho de Manal e Hassan Dannun, ou filho de Yitzhak Danon e da sua esposa doente, ou sou apenas uma história feita de palavras?

Dália deveria me arrancar da minha história. Eu lhe disse que aquilo que ela estava fazendo comigo não se faz, porque escolhi ser para não ser e ela estava destruindo a mim e ao nosso relacionamento. Mesmo assim, ela insistiu em saber tudo. Até me levou para Lidd, na esperança de encontrar a minha história, pois ela queria que a nossa relação fosse construída sobre a verdade e não sobre histórias. No fim, acabamos deste jeito: Dália desapareceu quando encontrou a sua própria verdade, meu amor por ela se dissipou do meu coração, e ela me deixou debatendo-me nos tormentos da perda, que agora tento preencher com palavras.

Tentei explicar a Dália que a verdade não significava nada. Ela me acusou de filosofar, porque eu estava tentando inventar desculpas para os israelenses, e a minha constante conversa sobre a necessidade de perdão escondia uma incapacidade de encarar o fato de que a vítima tem que buscar vingança.

Naturalmente, isso não era verdade; fazia parte do constante mal-entendido que é uma das características do amor, mas esse não é o assunto do momento.

O assunto agora é aquela sensação de ser capaz de matar, que fez todo o meu corpo tremer. Não senti ódio por Abdallah Alachhal, mas senti uma espécie de sede. Matar não é necessariamente um ato acompanhado de ódio. Pelo contrário, vem das nossas profundezas, quando são tomadas por uma sede de sangue.

O que eu escrevi anteriormente sobre matar é apenas fortuito: eu tinha a intenção de falar do meu avô — ou da pessoa que Manal alegou ser meu avô —, do seu santuário, que ficava nos arredores da cidade. Lá, diante do arenito amarelo que cheirava a incenso, plantas mortas e orações, compreendi que os humanos são seres espirituais e que a relação com os mortos é a única coisa que dá às pessoas uma sensação de que a vida tem sentido.

Para o santuário nós íamos — minha mãe, eu e Mamun. Manal se ajoelhava, murmurando orações; Mamun ficava de pé, olhando para o nada; e eu sentia arrepios percorrendo meu corpo.

Manal acendia três velas, colocava-as em frente ao que ela acreditava ser o túmulo do protetor, depois se afastava com reverência, inclinando a cabeça coberta por um xale branco, ajoelhava-se, levantava e abria um caderno no qual anotara os ditos do protetor justo, a quem o povo escolhera atribuir o status de profeta, e lia com uma voz quase inaudível. Sua leitura começava e terminava com "paciência":

Paciência é o silêncio diante do desastre... e demonstrar riqueza quando da pobreza.

Seguiam-se trechos da vida e obra do homem:

As pessoas que mais se preocupam são as piores.
Quem quiser ser modesto deve direcionar o espírito à grandeza de Deus; ali o espírito se dissolverá e se tornará límpido, e aquele que olhar para o poder de Deus terá o poder do seu espírito esvaído, pois todos os espíritos são carentes na Sua temível presença.
Nunca vi nada mais provável para inspirar um desejo de devoção sincera do que a solidão, pois quando alguém se isola, não vê nada além de Deus, Todo-Poderoso, e quando ele não vê nada, senão Ele, nada o move além da sabedoria de Deus. Quem gosta da reclusão apegue-se ao pilar da devoção sincera e agarrou um dos principais pilares da verdade.

Eu ouvia os murmúrios da minha mãe e via como os olhos de Mamun se moviam como se estivesse lendo os lábios dela meio fechados — palavras santificadas por um apego místico ao divino, pela abstenção dos prazeres deste mundo e pelo anseio de uma solidão na qual buscar um encontro com Deus.

Eu não entendia o que estava sendo dito, mas sentia um frio percorrer a medula. Mamun assumira a tarefa de me fazer decorar esses trechos, como um complemento à memorização do Alcorão. Não sei que fim levou aquele caderno depois da minha partida. Será que Manal o levou com ela para a sua aldeia e continuou a ler trechos dele quando rezava para a Virgem Maria, na igreja de Eilabun? Ou ela jogou fora as palavras do profeta da nossa família, quando voltou para o seio da Virgem Maria, a quem ela costumava se referir como a Mãe da Luz, dizendo que o ventre que carregara Jesus de Nazaré era a verdadeira Caverna da Luz?

Essas histórias flutuam sobre as águas da memória, enquanto tento traçar o mapa da dor, antes de entrar na memória da dor que habitou a minha cidade, a cidade que deixei quando ainda era pequeno, só para descobrir, quando a visitei com Dália, que Lidd também havia deixado a si mesma e vivia em luto permanente, do qual nunca se recuperaria.

Minha relação com o meu antepassado profeta foi cortada para sempre depois da surra que Manal e eu recebemos. Quando procurei nos livros, descobri que ele era egípcio e tinha morrido em 245 a.H. Seu nome era Thawban Ibn-Ibrahim e era chamado de Abu-Alfaid. Alguns, porém, diziam que se chamava Alfaid Ibn-Ibrahim, mas ficou famoso pela alcunha de Dhu-Annun; seu pai era núbio e trabalhava como guardião de um templo em Akhmim. Diz-se que Dhu-Annun conhecia a língua dos egípcios antigos, que tinha aprendido dos escritos do templo. É certo que esse sufi e letrado visitou vários países, inclusive a Palestina, mas também é certo que o santuário do profeta Dannun — a quem alguns chamam de "nosso senhor Dannun, o Egípcio" ou "Dhu-Annun" —, localizado em Lidd, ao sul da Grande Mesquita, não tem nada a ver com o sufi egípcio.

Um santuário fabricado de mentiras de A a Z, para sustentar uma história familiar que não tem base na realidade. Esse Dannun não era o antepassado do meu pai Hassan Dannun como minha mãe me contou, e possivelmente ele nunca passou por Lidd, e ninguém sabe por que o santuário foi construído para ele na nossa cidade. Muito provavelmente, fez parte do dilúvio de profetas que atingiu nossa terra depois das guerras dos francos, que eles chamam de Cruzadas, inundando a Palestina de santuários e de túmulos.

Essa obsessão com os santuários — desde o profeta Rubin, passando pelos profetas Salih e Mussa e chegando ao meu suposto ancestral — faz parte da paixão do nosso país pela santidade e pelas coisas sacras. Desde a história da fuga de Mussa do faraó do Egito, a terra da Palestina nunca deixou de inventar histórias de profetas, a ponto de as pessoas se tornarem nada mais do que transmissores dessas histórias.

O santuário do profeta Dannun é um dos dezesseis santuários encontrados em Lidd — santuários do profeta Miqdad, de Salman Alfarissi, do profeta Karducha, de Abu-Alhuda, de Uwaidat, do profeta Chamún, de Muhammad Alfallah, de Ahmad Assalihi, de Hussain Alalmi, do xeique Salih Annaqib, de Yaqub etc. Isso sem mencionar a Igreja de Alkhidr, ou de São Jorge, e o santuário do meu avô...

Homens santos e profetas, conhecidos e desconhecidos, fizeram de Lidd sua morada para receberem as lágrimas dos seus habitantes e ajudá-los a enfrentar as calamidades, da invasão dos gafanhotos em 1916 ao terremoto que atingiu a cidade em 11 de julho de 1927.

No entanto, todos esses profetas foram incapazes de evitar o desastre de 1948. Eles ficaram nos seus túmulos aguardando a ajuda divina e deixaram as lágrimas das mulheres de Lidd se petrificarem nas soleiras dos santuários, cuja maioria já desapareceu.

Em Lidd, havia duas ruas principais: a rua Rei Faissal, que saía do prédio da prefeitura municipal ao sul e chegava até a estrada que levava a Arramle; e a rua Salahidin, que cruzava a rua Rei Faissal e começava na ponte Adhahir Jandas. Duas ruas: a primeira para a derrota, tendo o nome do rei da Síria, cujo Estado foi rasgado em pedaços depois da Batalha de Maissalun; e a segunda para a vitória, com o nome de Salahidin, o libertador de Jerusalém do domínio dos francos. Apesar de Salahidin Aláiyubi não ter conseguido libertar Lidd, nossa cidade, como libertou muitas outras na Palestina, ergueu-se um santuário para esse comandante militar — que quase alcançou o status de homem santo — na forma de uma rua principal, para lembrar às pessoas que a Palestina tinha conhecido no passado uma invasão semelhante à dos sionistas e que o destino dos novos invasores não seria diferente daquele dos seus antecessores.

Não gosto desse retorno ao passado, pois me parece uma maneira de fugir do presente. Isso não significa que eu não seja um admirador de Salahidin e das suas conquistas. Só acho que voltar ao passado e insistir na ideia de renascimento impediu os árabes de formarem seu presente, começando por uma leitura crítica desse passado.

A ideia de renascimento em si mesma me assusta. Quem disse que os vivos podem suportar a ressurreição dos mortos?! O renascimento é um tema que serve para a literatura e para a religião, mas não para um projeto histórico. Quem disse que o passado de ouro dos árabes era realmente dourado? Quem disse que a Bagdá dos abássidas era uma cidade de justiça? O fundador da dinastia abássida, Abu-Alabbas, era conhecido como Abu-Alabbas Assafah, o sanguinário. Harun Arrachid, que parece ser tão afável em *As mil e uma noites*, foi quem concebeu a catástrofe dos barmácidas. Quem disse que nosso modelo deveria ser um Estado tirânico contra o qual os Zanj se rebelaram por causa da opressão extrema a que foram submetidos? Até mesmo Salahidin! Não! Não, não creio que ouso contar a vocês os massacres que ele cometeu contra outros muçulmanos, pois isso pode me custar a falta de confiança em mim mesmo.

Como podem ver, eu também, apesar da minha queixa, caí na armadilha de consagrar o passado, embora de forma indireta e inconsciente, e aqui jaz o problema.

Dália me disse que o que eu chamo de "o problema árabe" também é o problema dos judeus, que conseguiram ressuscitar seu Estado das ruínas dos seus mitos.

E Dália, como sempre, estava certa. Mas quem disse que o modelo israelense, que carrega dentro dele as sementes da sua própria destruição, tem que ser seguido? E por que os árabes, em especial os palestinos, têm que se apegar às cordas de um passado que passou e não volta mais?

Eu disse a Dália que nosso maior problema era o medo que tínhamos de criticar o passado, alegando que, se perdêssemos a ilusão do pertencimento, perderíamos tudo.

No entanto, a mulher que escondeu o amor atrás do seu sorriso desconcertante disse que todos os povos são assim, que a política é simplesmente filha dos mitos, e a fabricação do passado, uma condição para a construção dos monumentos do presente.

Eu pretendia dizer uma coisa, mas acabei desviando para outra. As palavras nos fazem deslizar por onde elas querem. Elas são o sabão da alma, com o qual nos lavamos e sobre o qual escorregamos.

Durante minha visita a Lidd com Dália, conhecemos um judeu iemenita idoso que encontrou a sua Terra Prometida na aldeia de Deir-Tarif, agora chamada de Bet-Arif. Enquanto o homem apontava para as casas demolidas da aldeia palestina e contava que os nomes antigos foram apagados para serem substituídos por outros em hebraico, Salahidin apareceu para mim vindo de não sei onde. O homem estava me contando sobre a rua Tsahal em Lidd, onde o seu único filho morava. Eu disse a ele que o nome da rua à qual se referia era Salahidin, e não Tsahal, e, quando pronunciei o nome, o homem olhou para mim com estranheza e o olhar simpático desapareceu, sendo substituído por outro de suspeita e severidade, e ouvi Dália dizer que era melhor que fôssemos embora.

"Por que Salahidin tinha que aparecer logo agora?", perguntou ela. "Você nos fez desperdiçar a chance de falar com esse homem."

Eu disse: "Não sei". Tentei explicar a ela que eu só queria esclarecer as coisas: a rua Herzl era a rua Umar Ibn-Alkhattab; a rua Tsahal era a rua Salahidin, e assim por diante. Salahidin havia retornado não como o libertador de Jerusalém, mas como o local do massacre que espalhou os corpos das vítimas nas calçadas — aqueles cadáveres que tinham que ser coletados e enterrados pelo povo do gueto antes que o governador militar os obrigasse a queimá-los.

Como podem ver, meu ressentimento com a ideia de renascimento, com a qual os poetas do modernismo árabe nos cansaram e que desempenhou um papel na ascensão ao poder de um nacionalismo tirânico em mais de um país árabe, não significa aceitar abandonar o nome da rua Salahidin. Na minha memória, ela se tornou a rua dos mortos, e não ouso abandonar os mortos. Eu só queria dizer aos nossos ancestrais para nos deixarem em paz, para que possamos viver e coletar os vestígios da vida que o mundo nos deixou.

Adam, ou seja, eu, fala aqui como palestino, o que é algo que me intriga agora porque a jornada da minha vida — e a vida, como Simbad nos ensinou, é apenas uma jornada da morte para as histórias e das histórias de volta à morte — deveria ser menos confusa e se desdobrar ao longo da trajetória que tracei para ela a partir do momento em que comecei a trabalhar na garagem do sr. Gabriel. No entanto, ela acabou tendo uma virada inesperada. Não foi Dália quem acordou o palestino adormecido na minha alma, mas foi ela quem o viu. Bastou a esse ser oculto, que eu escondi deliberadamente, ser visto com os olhos do amor para que acordasse do seu longo sono e me trouxesse de volta ao início das coisas.

O que significa "o início"? Existe algum padrão que une a criança que eu era ao homem mais velho que me tornei? Penso mais uma vez na criança que nasceu no meio do massacre no gueto e sinto que ela é uma estranha para mim. Depois, olho para o jovem que estudou literatura hebraica contemporânea na Universidade de Haifa e me lembro das suas aventuras, e então elas me parecem cenas meio apagadas de um filme que vi há muito tempo. Tento restaurar as imagens do jornalista, do intelectual marginal e do boêmio que vivia no distrito de Alájami, em Yafa, e que acabou vivendo quase permanentemente no distrito iemenita em Tel Aviv, mas as vejo rasgadas, e assim por diante... E chego até minha fase atual em Nova York, onde tento, com a ajuda indireta de Sarang Lee, me convencer de que estou escrevendo um romance diferente de qualquer outro porque pertence a um gênero literário cujo nome eu desconheço e de cuja existência não tenho certeza.

Não acho que estou falando a verdade agora — mas uma irmã dela! Quer dizer, estou tentando usar a minha escrita para sair do impasse em que me encontro. As coisas são mais simples do que todo esse filosofar sem sentido. Se eu pudesse dizer as coisas de forma direta, diria que a minha crise começou não com a partida de Dália, mas com o aparecimento dela. A partida não foi nada mais do que uma declaração franca da minha crise pessoal. Com ela, e com seu avô polonês, sobrevivente de Auschwitz, eu tinha levado a mentira ao seu auge, e depois disso só poderia vir o abismo, onde, no fim, descobri a minha incapacidade de reconciliar as duas pessoas que eu era e reorganizá-las numa única pessoa. Dália me disse, enquanto mostrava o filme que fizera sobre Assaf, que eu tinha que escolher, já que não havia mais espaço para tratar a vida como um jogo. Ela já tinha feito a sua escolha e ficara em silêncio.

E assim, ela foi embora... E me fez descobrir no seu silêncio, que cobriu o capítulo final da minha vida, que o amor que nasceu no curso de um jogo havia chegado ao fim e cabia a mim ir embora, para que a minha alma não se dissolvesse na tristeza.

O início da vida foi o massacre, e tenho que reunir os restos das suas histórias, assim como fez Mamun com os restos mortais das vítimas na longa noite do gueto, e desenhar o mapa da dor tal como apareceu no rosto de Manal, minha mãe.

MAPA DA DOR

O rosto de Manal aparece formando a primeira imagem no mapa da dor que tento convocar agora. Um mapa desenhado com o arame farpado que marcava as fronteiras do gueto em que os habitantes remanescentes de Lidd viviam, uma jaula cujos limites foram estabelecidos pelos ecos da morte vindos das quatro direções. Até o céu parecia ter sido coberto com uma membrana invisível que bloqueava a luz.

É um mapa que começa no bairro do Hospital, em torno da Grande Mesquita e da igreja, estende-se às partes do corpo que ficaram grudadas às paredes da Mesquita Dahmach e aos cadáveres que estavam espalhados pelas estradas, transformando a rua Salahidin numa rua de moscas azuis, chega ao cemitério e faz um desvio para dentro das casas, onde se encontravam cadáveres em decomposição e crianças com o corpo inchado de fome e de morte.

O mapa da dor é a história da sede, dos barris de água rolando do poço no laranjal de Ibrahim Annimr, dos feridos à espera de remédios e do calor do luto que se tornou um substituto para uma vida devorada pelo desconhecido.

Esse mapa começa no rosto da minha mãe, nos olhos fechados de Mamun, na dança de Khulud, nos pedidos de ajuda de Hatim Allaqis antes de desaparecer, nas histórias dos cativos que voltavam das prisões, nas pessoas que se curvavam na frente dos soldados, nas casas ocupadas por estranhos, e assim por diante.

Tudo o que sei dessas histórias é esse maldito "e assim por diante", pois eu as vivenciei apenas como meus primeiros dias de vida, e nunca nos lembramos do início das coisas, por isso recorremos à invenção. Aqui, no entanto, não estou inventando nada. Pelo contrário, lembro-me das histórias que ouvia e sentia e preencho os buracos vasculhando as memórias dos outros, misturando tudo isso com as minhas palavras e uma certa dose de imaginação, o que serve mais para evidenciar as lacunas do que para apagá-las.

Quero que minha história descubra as suas próprias lacunas, porque não estou escrevendo um testemunho, mas uma história feita das tiras de histórias que remendo com a cola da dor e organizo com as probabilidades da memória. Esse gueto onde nasci e que eu acreditava, na minha juventude, ser o meu coringa e o meu passe para escapar do meu destino, acabou sendo, no fim da minha vida, meu destino e toda a minha história.

Não sou historiador e não pretendo ser um — apesar do meu respeito e estima pelas obras dos historiadores —, pois sinto que a história é um monstro cego. Quando penso agora nas coisas que os meus amigos, os comunistas, costumavam dizer sobre a inevitabilidade histórica que leva à libertação dos povos, sinto pena, pois quem passou a infância em Lidd e adquiriu consciência na garagem do sr. Gabriel em Haifa só pode considerar o otimismo histórico uma estupidez. Isso não significa que sou contra revoltas populares. Pelo contrário, sou contra aqueles que são contra elas. Mas, com os anos e a experiência, descobri que o revolucionário é uma pessoa sem esperança e que a desesperança é a mais nobre das emoções, porque nos liberta das ilusões e faz da nossa revolução uma visão gratuita, como a arte.

Escrevo a história para restaurar a minha memória e gravá-la na memória de um leitor imaginário que essas palavras nunca alcançarão, pois não tenho certeza se quero que elas o alcancem. Mas qual é o significado da memória? Para um acontecimento, ou um indivíduo, permanecer na memória, ele deve ser transformado numa linha escrita envolta numa espécie de neblina. O que lembramos dos nossos entes queridos que partiram? O que lembramos dos momentos de amor roubados?

Só nos lembramos da morte, porque a morte também é um livro. Aliás, é o livro.

Só nos lembramos dos estados de opacidade, como a dor. A dor é uma memória semiapagada que temos prazer de recordar, porque tudo o que resta dela é uma palavra composta de três letras apenas, que se refere só a si mesma, uma palavra desenhada no papel da memória ou feita a partir do eco do seu som quando proferida.

Gravar na memória é uma forma de esquecer. No curso do esquecimento, lembramos; então a memória flutua na superfície da nossa vida como palavras gaguejadas e interrompidas.

O mapa da dor começa no rosto de Manal, minha mãe. É aí que preciso começar, embora tenha grande dificuldade de escrever sobre ele — não porque o esqueci, mas, pelo contrário, porque não fui capaz de esquecê-lo. Um rosto marcado pela dor: largos olhos castanhos, longos cílios pretos, sobrancelhas desenhadas com um lápis preto fino e lábios pressionados como se mordessem a dor.

Os dois pequenos sulcos gravados nas bochechas foram, e sempre serão, toda a história. Eu os vi e os vejo agora. Duas linhas que se assemelham ao curso de um rio cuja água secou. Duas linhas finas que, agora tenho certeza, ninguém além de mim notou. Minha mãe nunca entregou o segredo dessas linhas para ninguém além de mim. Eu sou o único que enxergou; mesmo assim, virei as costas e fui embora. Deixei Manal, minha mãe e minha querida, entregue ao seu destino.

Eu tinha que ir. Li minha partida nos seus olhos. Ela tinha certeza de que o seu casamento levaria à nossa destruição, por isso não fez nenhuma objeção à minha ida, para me salvar. Eu, no entanto, não compreendi os seus olhos. Agora, posso encontrar justificativas e usar a minha pouca idade como desculpa, mas não é verdade. Devo ter lido a morte dela nos seus olhos, mas fui covarde e fugi. Em vez de sugerir que ela fosse comigo ou forçá-la a fazê-lo, peguei o testamento e segui o meu caminho.

Não sou um traidor. Ou sim, talvez — no dia em que a deixei, eu não era um traidor, mas agora sinto a picada da traição. "Os cílios da mulher perfuram minha alma", como Adonis escreveu num dos mais belos dos seus primeiros poemas. Eu gostaria de ter lhe recitado esse poema, para poder ver as cerejas pingarem dos seus lábios! Quando estive com ela, no entanto, fiquei sem palavras e fui incapaz de expressar minhas emoções.

Disseram: Ela anda, é tanto êxtase que o campo
se atrapalha, o trigo abarrota a espiga
a harmonia volta à vida com seus passos
em trote, em meneios, trépidos;
ela acena, o poente ansioso se desvira
até ela, a cabra bale;
que tatuagem? que contas?
que segredos os antigos morenos não souberam
sondar, adivinhar, pôr em signos?
seu olhar pontua
suas pálpebras são acorde e canção
de verão, sua camisa é cereja.

Esse tipo de poesia não é adequado para mães; no entanto, toda vez que me ocorre, sinto o cheiro do trigo emanar das roupas de Manal e se alojar na minha alma.

As mulheres são como as cidades: cada uma tem seu próprio cheiro, que surge da memória, e o cheiro de Manal era de trigo, talvez porque a minha mãe trazia dos seus antepassados o cheiro da terra negra das planícies de Hawran, ou talvez porque a sua morenice, que brilhava ao sol, a fizesse pensar nos trigais que brilham enquanto balançam.

Será que tenho o direito? Será que posso me permitir escrever-te do jeito que quero, agora?

Agora, admito o que não ousei admitir para Dália: quando eu lhe disse que ela era "tão bonita quanto o silêncio", estava pensando em Manal. Dália não tem nenhuma semelhança com Manal, mas mesmo assim lembrava a minha mãe. Essa era a razão do meu medo e da minha fuga constante dela. Discordo da teoria que diz que os homens procuram a mãe nas suas amadas; isso é besteira. Eu não procurava nada quando conheci a mulher. Estava brincando com o amor e o amor caiu em cima de mim, e eu me tornei um cativo, um namorado apaixonado.

Dália nunca poderia ter sido Manal, mas a minha memória idiota mistura as duas mulheres agora e me faz dizer coisas sobre a minha mãe que são inapropriadas para um filho e que, no fim, são apenas delírios.

Tenho que me calar agora. Não sei se as minhas emoções são reais, ou apenas uma ânsia de escrever. Lembro-me daquela mulher em cujo rosto o mapa da dor foi traçado e sinto um desejo irresistível de olhar para as profundezas dos seus olhos, antes de apertá-la contra o peito.

Manal, hoje, é uma criança perdida, e eu sou o homem que a abandonou num momento irrefletido. Estou envelhecendo, mas a ausência dela, seguida pela sua morte, a deixou jovem, parecida com as virgens de Jerusalém, de quem Salomão, o Sábio, fala nos seus *Cânticos*. Uma virgem em cujo coração a água do amor secou, em cujas faces as lágrimas cristalizaram e que foi abandonada pelos três homens que ela amou, fugindo então do marido depois de inspirar o filho a partir.

(Eu me referi a Abdallah Alachhal como um monstro, mas estou sendo injusto com ele. Sou injusto com ele e sei que deve ser assim: temos que ser injustos com alguém para que a nossa vida se pareça com outras vidas. Sim, estou sendo injusto com ele, pois "a injustiça é uma característica da alma humana", como escreveu Almutanabbi. Com a filha Karma, o monstro que me apareceu na pessoa de Abdallah se parecia mais com um ser humano merecedor de piedade e de dó, e minha injustiça com ele, como a sua comigo, era simplesmente uma expressão de impotência e frustração. Essa, no entanto, é outra história.)

Eu só quis descrever, hoje, quanto sinto saudade da minha mãe, acompanhada de uma ternura avassaladora em relação ao seu silêncio salpicado de dor — tudo para descobrir que aqui também eu desempenhava um papel, recorrendo a um discurso que se esgotou de tanta repetição.

O cerne da questão é que eu queria falar sobre o que veio depois das lágrimas que desenharam o mapa da dor no rosto de Manal, mas acabei delirando porque minha inabilidade em me expressar me fez recorrer a palavras que ficaram presas na língua.

Eu nunca a vi chorar. Sua voz tremia e a levava à beira das lágrimas, mas eu nunca as vi. Era como se a mulher atingisse uma dor que ficava para além do choro, e aí residisse a relação entre os seus olhos e uma cidade que perdera o cheiro.

Ela disse que foi do cheiro de *zaatar* silvestre em Eilabun para o cheiro do limão e da flor de laranjeira em Lidd. "Eu viajei, filho, de um cheiro ao outro. Estava acostumada com o cheiro do *zaatar*, que anima o coração, mas quando cheguei aqui descobri o limão e encontrei 'o perfume da alma', como seu finado pai dizia."

Manal contou que a cidade perdeu o cheiro depois da morte de Hassan Dannun e da marcha do exército israelense sobre as partes do corpo dos mortos. "Você pode imaginar o que significa uma cidade sem cheiro?!" Ela disse que, quando uma pessoa morre, perde o próprio cheiro, e um cheiro diferente, estranho, se instala nela. Assim, os mortos são idênticos na falta de cheiro, depois são tomados por um cheiro único, o cheiro da morte. Ela disse que Lidd perdeu o cheiro. "Quando eles nos reuniram na praça em frente à mesquita dentro da cerca de arame farpado, o cheiro da cidade morreu. O perfume da flor do limoeiro desapareceu, e o cheiro dos mortos, que surgiu dos quatro cantos, pousou sobre nós."

Manal falou sem parar. Tento me lembrar das suas palavras, mas não consigo. No entanto, li o segredo nos seus olhos e o nome do segredo daquela mulher era "além do chorar".

Só entendi o que "além do chorar" significava quando vi, na televisão, as fotos dos cadáveres que haviam se acumulado no massacre de Sabra e Chatila. Admito que me senti incapaz de chorar naquele dia. As lágrimas se petrificaram nos meus olhos e um fogo, que começou nos meus intestinos, me varreu. As palavras ficaram presas na minha garganta, e eu parecia estar com febre, tudo em mim tremia; eu tremia do frio que se espalhou pelas minhas articulações e sufocava do calor que havia me paralisado.

Isso é "além do chorar". Os olhos endurecem, ressecados, a saliva na boca desaparece, e os ouvidos se enchem de ecos e de zumbido.

Manal viveu toda a sua vida no "além do chorar".

Ela disse que chorou muito, mas que esse chorar não é mudo porque só pode existir como linguagem. Uma pessoa chora porque quer comunicar uma mensagem aos outros, mas quando o choroso é recebido com olhos sombrios e rostos indiferentes, inexpressivos, a água seca nos seus olhos.

"Não! A gente não podia chorar porque as lágrimas secaram nos olhos, sumiram, porque não havia remédio para a dor que estávamos vivendo. E lágrimas, meu filho, são um remédio, como o azeite de oliva que esfregamos no corpo; com as lágrimas esfregamos a alma."

Manal na verdade não disse isso; não porque teve pena do seu filho e quis protegê-lo do impacto das suas palavras — no gueto, não havia lugar para o luxo da piedade; as pessoas tiravam sua vida da boca da morte e aqueles que vivenciam a morte não sentem piedade.

Manal não disse isso porque ela não falava muito — isso, quando falava! O que estou contando dela é o que consegui reunir das migalhas das suas palavras. Manal escutava o eco da sua voz, transformada em palavras pela boca de Mamun. Este, sim, falava e recontava trechos da memória da minha mãe, e me acostumei a aceitar o jogo de atribuir as palavras de Mamun a ela. O eco, não a voz, contou a minha história. Agora, quando a voz de Manal traz os ritmos do silêncio, ouço a voz de Mamun e vou tecendo o início da história.

Mas, quando ouvi Mamun na palestra da Universidade de Nova York, não reconheci a sua voz. A voz do acadêmico cego, emitida de um microfone disposto na frente dele, soou estranha. Era uma voz cheia da rouquidão da idade, vinda por entre as dobras de uma garganta em que sussurros se misturavam com gritos e pareciam emergir de um poço profundo.

Naquele momento, eu soube com certeza que a voz de Mamun no gueto não tinha sido real. Também fora um eco da dor.

O ABISMO

Os habitantes do gueto despertaram do estado de letargia em que caíram depois do longo dia de sol na praça da Grande Mesquita e se viram num abismo. Não havia um termo mais preciso do que esse, que Mamun usava constantemente nas suas aulas.

"Leia, seu filho do abismo!", ele costumava gritar com Salim, que gaguejava ao ler trechos de romances históricos de Jurji Zaidan que o professor transformara, alguns, em textos fundamentais, pois acreditava que a nossa identidade árabe estava ameaçada de extinção no novo Estado.

Não havia nenhuma relação entre a incapacidade de Salim de ler, porque era obcecado por futebol, e a palavra "abismo" da forma pronunciada por Mamun, que rangia os dentes como se amaldiçoasse o mundo e todos os seus habitantes. O "abismo" de Mamun era outro nome para a gaiola em que viviam os habitantes do que viria a ser conhecido pelo termo "o gueto", ou "o gueto dos árabes".

O gueto foi cercado com arame farpado e tinha um único portão, guardado por três soldados. Alguns habitantes foram distribuídos entre as casas que haviam sido abandonadas pelos proprietários, com a supervisão de Iliya Batchun do que ele chamou de "distribuição justa das habitações". Não havia moradia suficiente, então o chefe da comissão decidiu pôr as famílias nas casas e pedir aos indivíduos sem família que morassem no hospital, na mesquita ou na igreja. As coisas, no entanto, eram mais complicadas.

Esse plano de distribuição era apenas uma proposta. Não havia casas suficientes para alojar todas as famílias e algumas delas se viram sem abrigo e forçadas a viver na mesquita e na igreja. Como resultado, vários "apartamentos", tendo como divisórias nada mais do que lençóis e cobertores, foram criados dentro da mesquita e da igreja.

Era uma sociedade em que tudo se misturava com tudo. Até as casas eram de alguma forma compartilhadas com todos, já que, devido à escassez de alimentos e à crise da água, os habitantes do gueto eram obrigados a viver em comunidade. O resultado foi a criação de uma sociedade, peculiar aos árabes do gueto, em que as fronteiras foram apagadas.

Essa descrição da situação, em cuja sombra de histórias eu vivi, pode parecer enganosa ao dar a impressão de uma vida comunitária harmoniosa — e, de fato, um dos soldados israelenses chegou a dizer que o gueto era "como um *kibutz*". A realidade, no entanto, estava muito longe de ser a de uma vida comum tão ideal, uma vez que as pessoas do gueto, apesar das suas tentativas de se adaptar à jaula em que haviam sido aprisionadas, descobriam constantemente, e para sua surpresa, que a desgraça não tinha fim e que, todos os dias, tinham que encontrar novas maneiras de furtar a própria existência.

A acomodação das pessoas nas casas ocorreu sem disputas, pois estavam convencidas de que se tratava de uma situação temporária, que logo chegaria ao fim, e de que nada daquilo era real, como se o gueto fosse apenas um pesadelo do qual todos tentavam acordar.

Como começou o pesadelo? O que aconteceu naquele dia ensolarado de julho de 1948?

Lidd caiu em 11 e 12 de julho de 1948. Quando escrevo "caiu", sinto como se a cidade tivesse caído num abismo. Na verdade, não considero essa palavra apropriada para a ocupação de cidades nas guerras. Exércitos invadem cidades, não as fazem cair. Isso por princípio, e para ser escrupuloso também. No caso de Lidd, no entanto, a cidade não foi ocupada, mas despencou, despedaçou-se e desapareceu. A cidade que deixei ao partir para Haifa quando jovem não se parece em nada com a que as pessoas me descreveram. Lidd já fora uma cidade, mas o lugar que deixei consistia nos seus restos mortais, seus membros cortados.

As pessoas se lembram de que o tempo estava quente e úmido e de que não entendiam nada. De repente, elas viram colunas blindadas israelenses se movendo pelas ruas, atirando. Os defensores da cidade desapareceram num piscar de olhos e as pessoas foram transformadas numa onda humana que cambaleava diante das balas e da morte.

Para ser objetivo e verdadeiro, usei apenas fontes israelenses para entender como a cidade caiu — e de qualquer forma não existe nenhuma fonte militar palestina atual que documente a batalha de Lidd (o que não surpreende, dada a dispersão dos palestinos nos exílios). A força de ataque israelense era formada por um exército organizado e contava com seis mil homens armados, enquanto os defensores consistiam em grupos armados, formados aleatoriamente pelos habitantes da cidade e das aldeias vizinhas.

Depois da queda de Yafa em 14 de maio de 1948, o povo de Lidd estava convencido de que tinha sido deixado ao seu destino para enfrentar um exército superior a eles em tudo... A questão que me intriga agora é: por que as pessoas não fugiram, escapando assim do massacre, já que sabiam que não havia nenhuma possibilidade prática de resistir ao ataque iminente? Como podem ver, essa é a pergunta oposta à que me tirava o sono na minha juventude, quando sentia vergonha da história do deslocamento dos refugiados, sendo uma das razões pelas quais eu deliberadamente disfarcei a minha identidade. Não quero agora discutir a questão de fraudar uma identidade: esse tipo de comportamento é a história da minha vida, não uma história que eu esteja escrevendo como exemplo ou símbolo, como fez o mestre Emile Habibi com o pessotimismo do seu herói Said.

Minha pergunta é: por que eles não fugiram?

Estou no último solstício da minha vida, onde a sabedoria da morte se apresenta e a crença impetuosa de que viveremos para sempre evapora. Acho que devemos virar as perguntas de cabeça para baixo; caso contrário, nos tornaremos um eco da mentira sionista que transformou a expulsão de um povo inteiro numa vergonhosa mancha na história daqueles que foram expulsos, absolvendo o criminoso de qualquer responsabilidade moral e tecendo a mentira de que os palestinos abandonaram as suas terras por ordem dos seus comandantes, deixando o campo livre para a entrada dos exércitos árabes que ocupariam a Palestina e acabariam com os judeus!

O historiador palestino Walid Khalidi refutou essa mentira, e o historiador israelense Ilan Pappe demonstrou que o que aconteceu na Palestina foi limpeza étnica. Essa questão ficou para trás. O que me desconcertou, no entanto, no curso do meu trabalho coletando as histórias dispersas de Lidd e de outras cidades e aldeias palestinas durante a guerra da Nakba, foi outra questão, pois é esperado que os civis fujam durante as batalhas, e foi o que aconteceu em todas as guerras em todas as partes do mundo.

Quem dera eu pudesse perguntar a Manal por que eles não fugiram antes de o exército israelense entrar em Lidd! O que os fez esperar pelo massacre?

Lidd estava na mesma situação que todas as outras cidades e aldeias da Palestina. As pessoas aguardaram a morte e só deixaram as suas casas ao ritmo das ordens israelenses para fazê-lo.

Não digo isso com orgulho, pois o sangue, a morte e os maus-tratos não são símbolos de orgulho. Só estou contando o que vivi e o que ouvi das pessoas que testemunharam aqueles dias. Eu deixo isso agora como uma pergunta. Ofereço este relato não como resposta, mas como uma narrativa que daria um começo adequado à história, ainda não escrita, do crime.

Eu deveria ter feito a pergunta a Mamun, mas, ao invés de falar naquela noite no Hotel Washington Square, fiquei mudo. Mamun me deixou sem palavras quando me contou a história da criança que ele retirou de cima do corpo da mãe, e eu me comportei como um tolo e me entreguei a uma história que parecia um mito. Como se estivesse bêbado, via as coisas em dobro; Mamun se transformou em dois homens diante dos meus olhos: um sentado na cadeira de balanço no saguão do hotel nova-iorquino, o outro nos espionando de uma cadeira disposta do outro lado da sala. Que idiota eu fui! Eu, aquele que virou as costas para Manal e suas histórias e inventou uma vida como bem quis. Agora me vejo amarrado a uma história que serviria de abertura melodramática para contar a tragédia dos palestinos, mas que com certeza não serve para mim.

Não sou Waddah do Iêmen. Joguei o jogo da morte com o poeta porque vi no seu silêncio uma metáfora para a vítima algemada pelo amor e paralisada pela probabilidade de que esse amor tenha se perdido. E quando Mamun me envolveu numa mortalha de silêncio e eu vi o mundo com dupla visão, decidi fugir da metáfora para escrever a minha própria história.

Minha história, porém — e aqui reside o paradoxo —, precisa das histórias dos outros para tomar forma em palavras, e os outros que eu procuro morreram, ou desapareceram e foram transformados em partes de mim. Eu os sinto, e sinto que o meu corpo ficou muito apertado para todos nós, e que não suporto mais o som das suas vozes. Não respondi à pergunta que fiz e não acho que chegarei a uma resposta correta por mais que eu procure. Minha pergunta, no entanto, inverte os termos da equação da questão. Quando você sentiu que Lidd estava prestes a cair e nada poderia ser feito, Manal, por que não fugiu? Por que você ficou no hospital depois que seu marido morreu? Por que não voltou para sua família em Eilabun ou fugiu para Ramallah?

Vejo Manal nos olhos da minha mente. Vejo a minha mãe se escondendo atrás da máscara do seu rosto e ouço o sussurro da sua voz enquanto ela me diz para fechar os olhos para que eu possa ir, em sonho, para onde quiser. Aquela mulher era a senhora dos meus olhos, é assim que vou me lembrar dela até o dia da minha morte. Sua voz adentrando bem no fundo dos meus olhos enquanto me dizia para fechá-los para que eu pudesse dormir. Ela não me contava histórias, como faziam as outras mães; ela me perguntava o que eu queria sonhar e, quando eu não respondia, começava a me contar meu sonho sobre o mar, levando-me para a areia da praia e descrevendo os peixes coloridos; assim a noite ficava tingida com o cheiro de sal, e eu ouvia as ondas que se escondiam nas conchas e dormia.

Eu vejo Manal e peço que ela me conte: por que não fugiu pouco antes da queda da cidade e por que escolheu ficar depois disso? Foi por compreender o que acontecia ao seu redor? Será que os palestinos viveram a sua história como se fosse um sonho em que não acreditavam?

Essa não é a minha resposta à pergunta, embora pareça plausível, já que, quando o desastre acontece, ninguém nunca acredita nele. Em vez disso, as pessoas se comportam como se não estivessem numa encruzilhada. Elas fecham os olhos e seguem a sua vida até descobrir que um longo sonho as engoliu.

Lidd caiu no domingo e na segunda-feira, 11 e 12 de julho de 1948. No terceiro dia começou a expulsão massiva dos habitantes da cidade e dos que haviam se refugiado nela vindo dos vilarejos próximos. Na noite do quarto dia, Mamun me trouxe de volta para a cidade, onde fiquei com a minha mãe na Igreja de São Jorge antes de ser levado no dia seguinte para o hospital.

Mamun contou a história da expulsão e da marcha da morte dezenas de vezes, e o pintor palestino Ismail Chamut pintou-a, fazendo das imagens das vítimas um símbolo do palestino errante, como descreveu Rajaí Busaila num texto surpreendente, publicado em inglês, numa edição da revista *Arab Studies Quarterly* (n. 2, v. 3, primavera de 1981), editada por Ibrahim Abu-Lughd. Entretanto, as histórias da queda e das pessoas que ficaram na cidade e do que aconteceu com elas foram contadas em apenas dois livros. O primeiro é de Fawzi Alassmar e se intitula *Ser árabe em Israel* (1975), e o segundo é de Isbir Munayir, *Alludd durante os períodos do Mandato e da Ocupação* (1997). Li esses livros mais de uma vez e, sempre que as histórias de agonia emergiam entre as rachaduras das palavras, eu ouvia a voz da minha mãe. Os dois livros são autobiográficos e contam a história enfatizando a desolação e a tristeza, o que não tenho a intenção de fazer. Não é da minha conta revelar os crimes cometidos pelas forças israelenses que invadiram Lidd e a destruíram. Minha história não é uma tentativa de provar algo. O que estou tentando fazer agora é levar a minha própria história de volta ao seu começo.

E ela começa com a queda de Lidd. Minha mãe nunca disse exatamente quando eu nasci. Eu nasci antes ou depois de a cidade cair? Mas, quando ela contava histórias dos primeiros dias do gueto, ela se descrevia como uma mãe segurando seu bebê. Mamun confirmou isso quando contou a minha história sob a oliveira, mas não especificou a minha idade, e eu não perguntei a ele. Vou supor que o meu nascimento ocorreu no gueto, mesmo que eu tenha certeza de que deve ter ocorrido pelo menos um mês antes de o gueto existir.

Deixe-me voltar ao início.

O início diz que as forças israelenses que participaram da Operação Dani, cujo objetivo era cercar Lidd e Arramle e derrubá-las, tomaram a aldeia de Yazur e fizeram dela sua base de comando, e que essas forças eram compostas das seguintes brigadas: a 8ª Brigada blindada sob o comando de Yitzhak Sadeh; a Brigada Yiftach, pertencente a Palmach, sob o comando de Mula Cohen; a Brigada Kiryati, sob o comando de Mikhaíl Ben-Gal; a Brigada Alexandroni, sob o comando de Dan Epchtein; além da Força Aérea, que tinha sido incumbida de bombardear as duas cidades. A operação foi liderada por Yigal Allon, que tinha Yitzhak Rabin como vice, e seis mil soldados israelenses participaram dela.

A questão não é por que ou como Lidd e Arramle caíram, uma vez que a queda era inevitável, dada a grande discrepância de tamanho entre as forças opositoras. O Exército israelense implantou forças de elite cujos números, organização e armas eram muito superiores aos dos defensores, que consistiam em um exército não regular de cerca de mil palestinos, encarregado da defesa de Lidd e das suas aldeias, ao lado de uma pequena unidade do Exército jordaniano, cujo comando decidiu depois que não havia sentido em lutar; essa unidade então se retirou a fim de concentrar suas defesas em Latrun para bloquear a rota dos agressores e impedi-los de entrar em Ramallah.

Entre 11 e 12 de julho de 1948, Lidd foi estrangulada. Todos os vilarejos no entorno entraram em colapso e seus habitantes buscaram abrigo na cidade, que se assemelhava a um grande campo de refugiados. Ao norte, as aldeias de Deir-Tarif e Haditha caíram, assim como o aeroporto; e, ao sul, as aldeias de Annaba, Jamzu, Danial e Dhahiriye. Lidd foi sitiada pelo norte, pelo sul e pelo leste.

Uma cidade sitiada. Aqueles que tinham fugido das suas aldeias destruídas vagavam sem rumo pelas ruas de Lidd; os combatentes sentiam a derrota iminente e descobriram que não possuíam nenhum dos elementos necessários para resistir, salvo a determinação, que já estava começando a desintegrar e desmoronar diante do sentimento de derrota.

O Dia do Juízo de Lidd não começou com a invasão da cidade pelo 89º Batalhão, sob o comando de Moche Dayan, cujos carros blindados vieram da direção de Ben Shemen, mas antes com a quantidade de refugiados que invadiram a cidade trazendo as histórias do horror que haviam vivido e de como o Exército israelense os forçou a deixar as aldeias sem enterrar seus mortos.

O barulho dos canhões e o som das balas se misturaram ao rugido dos aviões bombardeando a cidade. Os aviões ocuparam o céu, derramando lava, e uma sensação de calamidade envolveu a todos. Por volta das cinco da tarde de domingo, 11 de julho, uma força israelense avançou a partir do leste, vindo dos lados da colônia Ben Shemen; composta de um comboio de carros blindados, atravessou a cidade de leste a oeste, atirando aleatoriamente em tudo.

Moche Dayan poderia se vangloriar para os companheiros comandantes da Operação Dani que a sua coluna terminou a batalha em apenas uma hora, o tempo que a coluna israelense levou para atravessar de Ben Shemen para a Grande Mesquita. E ele estava certo: a coluna de Dayan decidiu a batalha em favor da Haganah, porque fez a ocupação de Lidd passar de uma batalha a um massacre.

Não existe censo do número de palestinos assassinados por essa coluna que atirava aleatoriamente e jogava granadas de mão em todos que apareciam no seu caminho; mas, quando lembramos que as ruas e praças de Lidd estavam apinhadas de refugiados, podemos entender o que aconteceu e por que ruiu o potencial dos defensores de resistir à ocupação. Algumas fontes disseram que a coluna de Dayan teria matado cem palestinos e palestinas. Vamos supor que esse número esteja correto, embora os jovens do gueto que trabalharam para coletar e enterrar os cadáveres tenham afirmado que o número era muito mais alto. No entanto, supondo que o número esteja correto, ele não inclui os feridos. As estatísticas de guerra geralmente calculam o número de feridos multiplicando o número de mortos por cinco, o que significa que estamos diante de cerca de quinhentos feridos, além dos cem mortos. Isso foi suficiente para espalhar pânico entre as pessoas que haviam se refugiado em Lidd e acabaram descobrindo que tinham fugido do fogo das suas aldeias para o fogo da morte.

A coluna do 89º Batalhão foi simbólica, pois foi a Brigada Yiftach, sob o comando de Mula Cohen, que de fato ocupou a cidade e cujas forças foram capazes de se espalhar por ela, e o massacre realizado pelo 89º Batalhão foi complementado pelo massacre na Mesquita Dahmach e pelos assassinatos arbitrários realizados na terça-feira, o dia da grande expulsão, quando foi formada a marcha da morte que partiu de Lidd para o exílio.

A decisão israelense era clara: todos os habitantes da cidade deveriam ser expulsos. A mentira israelense contada ao mediador das Nações Unidas, conde Bernadotte, no sentido de que o êxodo do povo de Lidd foi resultado de um acordo feito na Igreja de São Jorge na terça-feira, 13 de julho, entre os notáveis da cidade e o governador militar israelense Chmarya Guttman, não tem nenhum fundamento na verdade. O historiador palestino Árif Alárif organizou uma reunião em Ramallah entre Bernadotte e os notáveis de Lidd, que negaram qualquer conhecimento de tal acordo e contaram ao mediador internacional a história da expulsão compulsória da população da cidade. Essa reunião foi um dos fatores que levaram Bernadotte a apresentar a proposta de que os refugiados voltassem, o que ocasionou o seu assassinato pelas mãos dos sionistas.

Na segunda-feira, 12 de julho, os habitantes da cidade acordaram em pânico. Os israelenses estavam por toda parte e a onda humana se afogava em sangue. A população não sabia o que fazer. Alguns buscaram proteção em casa, enquanto outros, incluindo os refugiados, decidiram se reunir na Grande Mesquita, na Mesquita Dahmach e na igreja, acreditando que o exército invasor respeitaria a inviolabilidade dos locais de culto. No entanto, eles estavam errados.

O massacre na Mesquita Dahmach foi um erro? E o que significa se esconder atrás da ideia de erro, quando o número de vítimas foi superior a cento e vinte e cinco, de todas as idades? A alegação de que foi um erro absolve da responsabilidade quem o cometeu?

Tais perguntas parecem ser irrelevantes, porque vasculhar os detalhes de massacres específicos é inútil no contexto de um massacre amplo e abrangente ao qual um povo inteiro foi submetido!

Eu sei que a palavra "massacre" é desagradável aos ouvidos do mundo de hoje, que vê Israel como filha do Holocausto e herdeira da dor judaica provocada pela perseguição selvagem e pelo extermínio em massa. Apesar disso, não posso adotar outra palavra, não só porque é apropriada ao que aconteceu na Palestina em 1948, mas também porque se aplica à Nakba que vem acontecendo há cinquenta anos na forma de um massacre contínuo que não cessou até hoje.

Eu, o filho sacrificado da cidade, admito agora que descobri a verdade dessa interminável Nakba apenas quando fui capaz de falar. Para chegar a esse conhecimento, fui obrigado a ler muito, a me encontrar com inúmeras pessoas e a espremer a minha memória. Agora, cá estou eu a escrevê-la, porque, tendo finalmente alcançado aquela curva da vida em que os vivos, chegados ao eclipse da vida, podem falar, por ser adequado aos mortos que falem, também me tornei capaz de falar.

Também admito que a minha mãe nunca me contara as histórias desses três dias do "abismo". Suas histórias começavam com o gueto e ela não descreveu a tempestade de morte que antes invadira a cidade. Minha mãe não era a única a agir assim. A mesma coisa acontecia com todos, como se as vítimas tivessem concluído inconscientemente que as palavras não eram capazes de narrar, e que o único meio de sobreviver no abismo da morte era o silêncio.

Ninguém contou essas histórias que estou tentando escrever. São palavras e fragmentos de memória. Eu me aproximo delas com minha linguagem vacilante e em vez de pegá-las e sacudir a poeira da tristeza, misturo-me com elas e me torno parte do seu pó.

"Ahmad, o manco" alegava ter sido o único sobrevivente do massacre da Mesquita Dahmach e dizia que tinha encontrado proteção contra a morte entre os mortos que caíram em cima dele. Então, quando tudo ficou quieto, ele entrou escondido no hospital, onde foi tratado de um tiro no pé direito. Mas, por causa do caos que atingiu o hospital quando os enfermeiros e médicos foram forçados a deixá-lo para ir à Grande Mesquita, sendo autorizados a voltar apenas no segundo dia, ele não recebeu o tratamento adequado.

Ahmad fazia parte do terceiro grupo de jovens do gueto que foram levados como prisioneiros, mas não voltou a Lidd. Parece que o preço da sua libertação do acampamento em Sarafand foi que ele fosse para Ramallah, onde se juntou à sua irmã. Ahmad permaneceu em Lidd depois do massacre porque ele tinha morrido lá, ou pelo menos foi o que supôs a sua irmã, que estava em casa com o marido e os filhos quando soube que todos os outros membros da sua família tinham morrido na Mesquita Dahmach, onde tinham se refugiado.

Ahmad, o manco, não gostou do epíteto que os habitantes do gueto lhe deram. Ele disse a Hajj Iliya Batchun, quando o chefe da comissão do gueto lhe perguntou o nome dele e da sua família, que todos os seus familiares haviam morrido, e que ele também estava morto. "Faz de conta que eu morri, senhor. Eu morri e não sei o que aconteceu comigo; encontrei-me no hospital e o meu nome se tornou Ahmad, o manco."

O homem não se opôs ao nome "Ahmad" que o médico escolhera para ele enquanto arrancava um fragmento de bala da planta do seu pé sem anestesia. Ele gemeu feito um boi sendo abatido e não respondeu às perguntas.

Todos costumavam chamá-lo de Ahmad, mas Mamun, que voltou do acampamento em Sarafand três semanas depois que fora levado para lá como prisioneiro, trouxe histórias terríveis do seu tempo de cativeiro. Contou que Ahmad, o manco, despertou do seu nome emprestado quando testemunhou um soldado israelense ordenar a um dos prisioneiros que andasse na direção de uma oliveira na beira da estrada, que fora pavimentada com pedras pelos prisioneiros, por ordem dele, e depois atirou nele, executando-o.

Mamun contou que, na noite do crime, enquanto os prisioneiros se amontoavam, Ahmad se aproximou e contou-lhe sua história.

"O jovem", disse Mamun, "era Marwan Abu-Alloz. O pobre coitado acreditava que tinha morrido na mesquita com o resto da sua família, e quando perguntei como ele havia chegado ao hospital, ele disse que não se lembrava. Ele achava que os dias que passara no hospital fossem uma espécie de 'tormento do túmulo', sobre o qual ele ouvira a avó falar. É por isso que ele se recusou a falar e não tentou corrigir o nome que o dr. Zahlan lhe dera. Perguntei o que tinha acontecido na mesquita. Ele disse que só se lembrava do som das explosões e do tiroteio. 'Sim, eu me lembro também do soldado de barba loira que segurava um rifle de aparência estranha com o qual disparou um tiro, e as pessoas começaram a voar em todas as direções.' Ele disse que tinha voado, depois caiu e partes dos corpos começaram a despencar em cima dele, e ele ouvira o som de outros tiros antes de morrer."

"Mas você não morreu, aqui está você falando!", disse Mamun. "Não, eu morri, sim", disse Ahmad, o manco, antes de lembrar que ele era Marwan Abu-Alloz. "Juro que senti que tinha morrido. O que posso dizer? Os mortos não falam. Chovia morte, foi o que pensei, e os sons eram altos. Tudo estava explodindo e eu explodi, e então tudo ficou quieto."

Mamun contou que o estranho rifle que Marwan tinha visto era um P.I.A.T., uma arma que dispara projéteis que perfuram armaduras, e que alguns soldados da Brigada Yiftach entraram na mesquita e dispararam essas armas, seguidas por uma rajada de metralhadora, e todos na mesquita morreram.

Mamun contou que os membros do grupo de trabalho de que ele fazia parte, e que era incumbido de recolher os corpos e depois enterrá-los, ficaram consternados quando entraram na Mesquita Dahmach. Ele disse que não entendeu o que tinha acontecido. O lugar estava impregnado do cheiro da morte. Seus colegas saíram de lá às pressas sem avisá-lo e ele se viu sozinho e não precisou de ninguém para lhe contar que partes dos corpos estavam presas às paredes.

Mamun contou a história de Marwan inúmeras vezes. "O médico o chamou de 'o Manco', mas o jovem estava surdo e ficou um mês inteiro só ouvindo zumbidos. Quando começou a ouvir de novo, descobriu que as vozes das pessoas não soavam mais familiares e decidiu parar de falar."

A experiência de Mamun num grupo de trabalho que foi encarregado de coletar corpos e enterrá-los fez dele um companheiro dos mortos. Foi assim que a sua palestra na Universidade de Nova York começou; depois disso ele passou ao seu tema, "Os interstícios do silêncio", e disse que a chave para ler a literatura da Nakba estava no que não fora dito. Ele afirmou que toda a poesia de Mahmud Darwich deveria ser lida através das suas alusões à expulsão do vilarejo de Albirwe, que ocultavam mais do que revelavam, e que o papel da crítica era examinar o silêncio das palavras, não seus sons.

O massacre da Mesquita Dahmach não era a questão, pois, quando todas as ruas da cidade se tornaram uma armadilha mortal, as palavras se transformaram em pedra.

Ahmad, o manco, ou Marwan Abu-Alloz, disse que iria procurar a irmã, que não havia se refugiado com o resto da família na Mesquita Dahmach. Ele tinha certeza de que ela sobrevivera, junto com o marido e os dois filhos, e vivia agora em algum campo de refugiados na Cisjordânia.

Após os dois massacres, o da 89ª Brigada e o da Mesquita Dahmach, os soldados israelenses foram acometidos pela loucura do sangue e começaram a atirar em tudo. Eles ordenaram que os habitantes deixassem as casas e os refugiados que tinham vindo para Lidd saíssem das tendas improvisadas e apontaram para a estrada que leva a Ramallah. "Vão para Abdallah!", gritavam, disparando na cabeça deles. Eles batiam nas portas das casas, apontando as armas, gritando para que as pessoas saíssem apenas com a roupa do corpo. "Deixem tudo! *Yalla*!", gritavam e atiravam. Não vou contar o que ouvi, as histórias de estupro de mulheres e a matança fortuita dentro das casas, pois isso é conhecido pelas vítimas que permaneceram em silêncio; quem sou eu para recontá-las? Hoje entendo o silêncio delas como orgulho e consternação e somo o meu silêncio ao delas.

Não há razão para contar essas histórias agora, mas os membros das equipes de jovens de Lidd que coletavam cadáveres depararam com corpos de bebês, mulheres e homens dentro das casas; a maioria tinha sido baleada.

Sei que não possuo documentos para provar o que estou dizendo. Meus documentos são os testemunhos de pessoas que estão, em sua maioria, mortas. Tenho medo de que, amanhã, um historiador como o dr. Hanna Jiryis venha com o seu discurso acadêmico e declare que quando não podemos provar o que dizemos não há nenhum sentido em escrevê-lo; ou que um historiador e escritor israelense, como Tom Segev, apareça com seu argumento "irrefutável" de que o "decano" dos historiadores israelenses, Benny Morris, não fez nenhuma menção a esses eventos no seu livro sobre o problema dos refugiados, e se esse historiador — que, depois de tudo o que disse, deu meia-volta e começou a reivindicar que os palestinos fossem enfiados em jaulas — não os mencionou, então eles não aconteceram, ou é como se não tivessem acontecido!

Acredito que as vítimas desse massacre não contaram suas histórias porque elas foram gravadas na alma e as acompanharam ao longo das suas vidas miseráveis, e elas não viram necessidade de demonstrar a verdade evidente do que tinham vivido. Além disso, elas queriam esquecê-las, e esse é um direito delas, pois como esperar que uma pessoa carregue o próprio cadáver nas costas e continue a viver uma vida normal?

(E eu esqueci. Vivi a vida inteira esquecendo e encontrei meu caminho substituindo a mim mesmo por outra pessoa. Inventei a minha sombra e teci a sua história, para que todos acreditassem que a sombra era o original. Nunca me ocorreu que um dia ela iria me abandonar; pelo contrário, eu tinha certeza de que, quando chegasse a hora, ela seria a minha mortalha. E quando decidi me retirar da batalha, depois que Dália me abandonou e eu abandonei meu amor por ela, vim para Nova York em busca de reclusão, tendo a sombra ao meu lado, entre o *falafel* e Waddah do Iêmen. Deixei muita gente pensar que eu não era eu — mesmo Sarang Lee pensava assim —, até meu segredo ser revelado na frente dela, quando o original e a sombra se chocaram no cinema e, em seguida, se espatifaram no saguão do Washington Square Hotel. Eu vim em retirada, levantando a bandeira branca, e agora, de repente, descubro que a batalha final me espera aqui, que tenho que lutá-la com meios que não domino, e que o meu caminho até o fim da estrada será a restauração do original por meio da memória.)

Três massacres seguidos ocorreram em três dias e levaram à formação da cáfila da morte; as pessoas marcharam por um lugar ermo sob o sol escaldante durante horas e horas, abrindo com a dor e com a morte o caminho do exílio palestino, que nunca teve fim.

As pessoas se foram, cercadas por gritos e terror. "Lidd deixa Lidd como a alma deixa o corpo" — é assim que eu a vejo pelos olhos de Ghassan Bathich, que ficou em frente ao hospital enquanto a cáfila tomava a forma de uma onda de pessoas entre tiros, terror e sangue. O enfermeiro, que não se atreveu a sair do hospital para se certificar de que o pai e a mãe estavam bem, procurou por eles entre os rostos dos fugitivos, que foram obscurecidos pelo som de balas intercaladas com gemidos. De repente, ele viu o rosto da sua mãe sacudindo entre os outros rostos e correu na sua direção e se viu varrido pela tempestade de almas perdidas. A onda humana engoliu o rosto que aparecera para ele à distância, sua mãe desapareceu entre a multidão, e ele decidiu voltar para o hospital, mas a pressão da multidão o empurrava para o que parecia ser uma encosta. Ele esticou os braços para a frente, como alguém tentando nadar, e caiu no chão, onde se sentia sufocar enquanto era pisoteado. Ele gritou por socorro, mas a sua voz se perdeu entre as outras vozes e ele começou a afundar na viscosidade do sangue no asfalto. Viu uma mão estendida na sua direção, agarrou-a e levantou a cabeça acima das ondas, depois caiu de volta no chão e notou que deslizava e que o sangue estava prestes a engoli-lo. Ele tentou ficar de pé, mas não conseguiu. Começou a rastejar. Seus olhos se afogaram nas manchas de sol refletidas no sangue que se espalhara pela rua e estouravam feito espetos vermelhos abrasadores. Ele chorou. Virou-se do lado esquerdo e sentiu os pés pisarem seu rosto. Caiu num sono profundo, do qual acordou com duas mãos que seguravam a dele e tentavam puxá-lo para cima. Ele viu que estava mais uma vez no meio da corrente de gritos misturados com tiros e começou a remar com os braços na tentativa de se mover na superfície da corrente de gemidos na direção do hospital.

  Ghassan Bathich se lembra apenas do rio de gente e dos gemidos brotando das pedras dos lugares por onde eles passavam. Ele não testemunhou o massacre e só saberia o que tinha acontecido quando foi designado para uma das equipes que recolheriam os corpos das ruas e das casas. Quando ele entrou na sua casa, na quarta-feira, 21 de julho de 1948, descobriu que o rosto que havia aparecido para ele entre as multidões não tinha sido o da sua mãe. A mãe de Ghassan permanecera na casa, desobedecendo às ordens do exército invasor de deixar a cidade, pois ela não podia abandonar o marido deficiente, o qual havia sofrido um derrame que o deixara paralítico. Ghassan não tinha pensado nesse fato e diria que havia se esquecido do pai quando pulou no meio do rio humano e quase se afogou sob seus pés.

A mãe não estava entre as multidões que foram organizadas na cáfila dos errantes, e o que ele vira foram apenas as suas esperanças, que seriam frustradas quando sentiu o cheiro estranho em casa. Ele ficou parado, hesitante, como se estivesse perdido, e se recusou a entrar, mas, quando os jovens entraram, Hatim Allaqis puxou-o pelo braço e ele se viu lá dentro. Viu a sua mãe, sem rosto. Ela estava deitada no chão, enrolada nos seus próprios restos mortais. O pai estava deitado na cama, coberto de sangue preto.

O LABIRINTO

(1)

Passados três dias, as pessoas do gueto descobriram que teriam que se acostumar com um novo e estranho modo de vida. As coisas começaram a assumir uma forma familiar, e a sensação de perda, a desaparecer diante dos fatos do presente. As pessoas se recuperaram do choque para descobrir que esse gueto agora era a sua casa. O arame farpado que cercava o lugar tornou-se parte do cenário através do qual conheceram os limites da sua nova cidade, que agora consistia num pequeno retângulo cercado, com um único portão guardado por três soldados. A cena de crianças banhadas pela mãe em frente ao tanque na Grande Mesquita tornou-se a única fonte de diversão, quando o riso soaria, acompanhado pelos gritos das mães.

Manal não sabia o que a palavra "gueto" significava nem de onde veio. Tudo o que sabia era que o povo de Lidd a escutou dos soldados israelenses e então achou que significava "bairro palestino", ou "bairro árabe", para usar o nome empregado pelos israelenses para descrever os habitantes originais do país. Só Mamun sabia. Ele contou que explicou a questão a Iliya Batchun, que riu por pensar que ele estava tentando falar difícil. "Gueto é o nome dado a um bairro judeu na Europa", disse Mamun. "Esses idiotas não sabem que não temos guetos nas nossas cidades e que chamamos as regiões habitadas por judeus de 'bairro judeu', assim como qualquer outro bairro da cidade, então não faz sentido."

"Você está me dizendo que somos judeus agora?", Manal perguntou, ingênua. "Impossível. Deus me livre! Somos muçulmanos." "E cristãos", acrescentou Iliya. "Escute aqui, pessoal", disse Mamun, "essas pessoas não sabem de nada. Eles pensam que estão na Europa. Vieram e trouxeram o gueto com eles para enfiar a gente nele."

No entanto, mesmo que todos estivessem convencidos de que Mamun sabia do que estava falando porque tinha obtido o *certification* do Amiriya College, em Yafa, a convicção geral entre o povo da cidade cercada continuou a ser que "gueto" significava "bairro árabe" e que a partir de agora, depois da migração forçada da maioria dos habitantes da cidade, eles tinham se tornado apenas uma pequena minoria vivendo num gueto fechado, que os israelenses decidiram que seria a jaula em que os palestinos teriam que se acostumar a viver.

O fato é que, depois de deixar a casa da minha mãe em Haifa e ir morar em Wadi-Annisnas, descobri que o que acontecera em Lidd tinha acontecido em todas as cidades palestinas, e que os habitantes de Arramle, Yafa, Haifa e Akka viveram em guetos fechados por um ano inteiro antes de o Exército israelense resolver remover o arame. No entanto, aquele ano cercado pelo medo gravou-se tão fundo na consciência palestina que o gueto se tornou a marca de todo um povo. Da mesma forma, enquanto as cidades se enchiam de guetos pelo cercamento dos bairros árabes, onde todos tinham sido encurralados, as aldeias da Galileia e do Triângulo foram transformadas em espaços cercados sob um regime militar, o que só foi suspenso dezoito anos depois da fundação do Estado e cujo objetivo era — além de humilhar e empobrecer — paralisar o movimento e impedir que as pessoas fossem de um lugar para outro em busca de trabalho sem a permissão do governador militar. Assim, eles se renderiam ao seu novo destino, ficando impotentes para resistir ao confisco das suas terras, que continuou acontecendo sem interrupção.

Quando Dália me repreendeu durante a fase final do nosso relacionamento por ter mentido para ela e para todos os outros quando eu disse que vim do gueto e insistiu em conhecer o meu verdadeiro eu, expliquei-lhe que eu não tinha mentido para ninguém e que realmente era um filho do gueto, e que alegar origens polonesas e ser de Varsóvia não era nada mais do que uma metáfora que servia muito bem para descrever minha infância em Lidd, minha juventude em Haifa e minha vida em Yafa.

O gueto de Lidd consistia num pequeno pedaço de terreno cercado com arame farpado, de tal forma que parecia uma jaula sem teto. Foi estabelecido na área que se estendia da Grande Mesquita até a Igreja de São Jorge e de lá até o hospital, tendo quinhentos e três habitantes, dos quais duzentos ficavam na mesquita, cem na igreja e cento e cinquenta no hospital — estes eram os feridos, os médicos e os enfermeiros. Algumas pessoas, em torno de cinquenta, ocuparam as casas ao lado da igreja. Manal teve sorte, porque Mamun foi o primeiro a agir, pedindo a ela que o seguisse até a casa dos Alkayali, que viria a se tornar sua casa pelos sete anos seguintes. As outras casas foram ocupadas de forma caótica, e a decisão da comissão de redistribuí-las de acordo com as necessidades dos habitantes e o número de familiares não vigorou. Tal distribuição era impraticável porque o gueto era composto não de famílias inteiras, mas de indivíduos cuja crença os levara a se estabelecer num dos três lugares onde as pessoas haviam se juntado, e ali ficaram, porque depois do massacre os israelenses não sabiam o que fazer com todas essas pessoas, então o governador militar decidiu cercar o lugar enquanto esperava para ver o que aconteceria a seguir...

  A comida estava disponível nas casas em que as pessoas se abrigavam, mas logo começou a acabar. A única fonte de água era o tanque de ablução. As pessoas, porém, eram incapazes de se adaptar à nova geografia do lugar. Muitos se recusaram a viver nas casas abandonadas pelos proprietários e preferiram ficar no hospital, na igreja ou na mesquita. Dizem que as pessoas pensavam que se mudar para essas casas significava perder a própria casa. Najib Nafí declarou que rejeitava essa opção pois as casas tinham donos que voltariam para elas. Apesar da insistência do chefe da comissão, Iliya Batchun, de que a sua residência lá seria temporária, não mais do que duas semanas, como havia sido assegurado pelo governador militar, e que depois todos voltariam para a sua própria casa, Najib Nafí não foi persuadido. Ele decidiu ficar na mesquita, como muitos outros. Assim, os habitantes do gueto foram divididos em duas categorias: a primeira, à qual minha mãe pertencia, decidiu se mudar para as casas desertas, e a segunda ficou na mesquita, na igreja e no hospital. Nesses lugares, as famílias criaram divisórias usando cobertores de lã provenientes das casas abandonadas, mas quando o inverno chegou os habitantes se deram conta de como o lugar era apertado e do quanto era impossível continuar vivendo assim, e isso foi um motivo de conflito no gueto, que se resolveria apenas um ano depois, quando decidiram suspender o controle militar e remover o arame farpado.

O que eu sei é que ficamos na casa que Mamun encontrou para nós: Manal desfrutou da distinção de ser a esposa de um mártir que tinha caído defendendo a cidade e nenhum dos membros da comissão ousou obrigá-la a levar uma segunda família com ela. Também se diz, embora só Deus saiba a verdade, que Khalid Hassuna estava de olho na minha mãe e tinha decidido se casar com ela uma semana depois que Iliya Batchun se casou. Isso explicaria por que ele se recusou veementemente a deixar qualquer pessoa tocar na casa onde ela vivia e convenceu os outros membros da comissão da sua opinião, alegando que aquela deveria ser considerada uma maneira de honrar o mártir Hassan Dannun, que caíra ao lado do herói Abu-Ali Salama.

A única coisa de que tenho certeza é que Khalid Hassuna me odiava — algo de que estive ciente durante os sete anos em que vivi na cidade — e aludia a Mamun, fazendo insinuações, referindo-se a ele como "o jovem da senhora". É claro que na época eu não entendia essas coisas, mas evitei o sujeito e tive o cuidado de não cruzar seu caminho. Foi só no nosso barraco em Haifa que ouvi a história da tentativa dele de se casar com a minha mãe: depois de uma surra do marido, eu a ouvi chorar e se lamentar da sua miserável sorte por ter se recusado a se casar com o homem respeitável que pedira sua mão para cuidar dela de uma maneira decente e ser a segunda esposa, e como tudo tinha acabado na infelicidade que ela estava vivendo com o marido, Abdallah.

Os habitantes do gueto acordaram para o fato de que teriam que cuidar de si mesmos, pois o governador militar os informara de que o Estado não era responsável por eles, que teriam que prover alimentos, água e medicamentos por conta própria, e que ele não estava disposto a ouvir mais reclamações sobre esse assunto.

Foi nesse momento que ocorreu o primeiro milagre no gueto. As pessoas decidiram saquear as casas e procurar alimento. O chefe da comissão pediu permissão ao capitão Moche para que os habitantes deixassem o gueto e fossem à cidade antiga buscar provisões, pois ele sabia que as pessoas tinham estocado alimentos preparando-se para a guerra. O capitão hesitou e disse que não podia, pois as ordens que recebera diziam que o Exército não era responsável por alimentar os habitantes.

"Eu não posso", disse Moche.

"O que quer dizer com não posso?", Iliya Batchun replicou. "As pessoas estão com fome e logo vão comer umas às outras. Não tenho como controlar a situação."

"Tudo bem, tudo bem, amanhã a gente vê isso", Moche retrucou.

Na manhã seguinte, Iliya Batchun recebeu a mesma resposta. Ele então começou a gritar e parecia ter se esquecido de que era um prisioneiro, recuperou o ânimo e passou a fazer ameaças. Assim que as pessoas viram o chefe da comissão levantar o dedo e ameaçar, reuniram-se em frente ao portão do gueto e as vozes começaram a se elevar. Moche recuou e disparou um tiro da sua pistola no ar. Ele também disse que permitiria que quatro jovens saíssem para procurar provisões — apenas nas casas da cidade antiga e com a condição de que usassem alguma marca da Cruz Vermelha, e que ele não era responsável pela segurança deles.

Mamun foi o primeiro a se voluntariar. Khalid Hassuna lhe disse: "Você é cego, garoto, volte!". "Eu não sou um garoto e você não pode falar assim comigo", Mamun respondeu em voz alta. "Além disso, não sou cego, estou desprovido de visão, e digo que vou", continuou ele, em árabe formal. Iliya Batchun interveio, apoiando Mamun, e pediu a Ghassan Bathich que liderasse um grupo composto de quatro enfermeiros, que sairiam com uma maca na qual transportariam os alimentos.

O primeiro feito do grupo, além da descoberta de grandes quantidades de mantimentos armazenados, foi encontrar oito homens e mulheres idosos que haviam se escondido em casa durante a invasão da cidade e ficado lá, aterrorizados e sozinhos. Eles acompanharam o grupo de volta ao gueto, parecendo um bando de crianças perdidas, incapazes de falar.

As provisões chegaram e uma distribuição aleatória começou, as pessoas pegavam o que desejavam. As coisas não poderiam, no entanto, continuar daquele jeito. As provisões consistiam em lentilhas, trigo, grão-de-bico, óleo, farinha, açúcar, chá e sabão. Foi decidido que deveriam ser guardadas num depósito, e assim escolheram o quarto ao lado da igreja, que era originalmente onde o diácono Niqula vivia, antes de partir com os outros. Ibrahim Hamza foi nomeado guardião e responsável pela distribuição justa a todos. No início, pôr em ação essa decisão não foi fácil. O medo da fome levou as pessoas a acumular mantimentos em casa ou a escondê-los sob cobertores perto da sua cama no chão. No entanto, a abundância de alimentos, em especial de grão-de-bico, óleo, farinha e trigo, convenceu a todos de que não havia sentido armazenar provisões individualmente.

Ibrahim Hamza formou três comissões femininas. A primeira era chefiada por Fátima, esposa do padeiro Jamil Salama, e sua tarefa era fazer pão. As outras duas também tinham a tarefa de cozinhar: uma ficava no hospital e era supervisionada por Samira, esposa do padre Tuma Níma, e sua missão era fazer comida para aqueles que viviam no hospital e na igreja; a outra, sediada na mesquita, sob a supervisão de Khadija, esposa de Khalid Hassuna, era responsável por fazer comida para aqueles que viviam na mesquita e nas casas. Como resultado, o gueto começou a dar uma impressão de trabalho cooperativo, levando Chmarya Guttman, governador militar da cidade, a declarar a um jornal israelense que o povo árabe de Lidd havia "descoberto hoje os benefícios da vida cooperativa no Estado de Israel".

Contudo, o ambiente de solidariedade social e a cura das feridas rapidamente evaporaram, à medida que a vida coletiva começava a se dissolver diante das dificuldades e da impossibilidade de encontrar trabalho ou de se locomover de um lugar para outro. O gueto então passou a se parecer com o pátio de uma prisão a céu aberto, onde as pessoas conviviam com o desemprego e o medo.

(2)

Como vou contar uma história que me parece hoje um novelo emaranhado? E por onde devo começar? Com a água ou com a coleta dos cadáveres da cidade? Com o casamento de Iliya Batchun ou com a visita do seu filho Iskandar ao gueto para anunciar, diante de todos, que ele renegava o pai?

Como, também, vou contar a história de Karim, o louco, ou da vaca que Hatim Allaqis encontrou? E quem acreditará na alegria que foi quando quatro vacas foram descobertas no cemitério?

Estou perdido porque não consigo entender como as pessoas foram capazes de extrair da morte e do desespero a capacidade de inventar uma vida fora da podridão em que viviam. O que é esse incrível poder que faz o ser humano capaz de se adaptar à morte, e até mesmo viver dentro da própria morte?

Eu diria que é o instinto de sobrevivência, pois a vida resiste à morte até o fim. Sinto, porém, ao escrever estas palavras, que o que chamamos de instinto de sobrevivência é apenas outro nome para a capacidade de selvageria infinita das pessoas. O assassino torna-se selvagem pela sua sede de sangue; a vítima, por recusar-se a morrer sob quaisquer circunstâncias. Os soldados israelenses que vigiavam os habitantes do gueto eram impiedosos, foi o que disse o orador na assembleia que ocorreu na praça em frente à Grande Mesquita na sexta-feira, 23 de julho. Pouco antes do meio-dia, o povo ouviu a voz do muezim saindo do minarete; foi a primeira vez que alguém ousou escalá-lo. "Deus é grande!", soou bem alto, e as lágrimas rolaram pelo rosto dos homens, que pararam maravilhados no pátio da mesquita, incapazes de acreditar nos seus ouvidos. Naquele instante, as pessoas viram a mão de Deus na forma de uma grande nuvem que bloqueou os raios solares e trouxe consigo um ar refrescante e sentiram o cheiro de incenso.

"É a mão de Deus", gritou o xeique Bilal, o orador, do topo do minarete.

As pessoas não rezaram naquele dia. Elas ficaram paradas, perplexas, sob a nuvem que sombreou o pátio, os olhos levantados. O silêncio se espalhou.

Mais uma vez a voz do xeique se elevou, e ele disse que Deus havia ordenado que a humanidade fosse misericordiosa e mostrasse o sentimento humano de uns pelos outros. Sua voz estava rouca, como se falasse e não falasse. Disse: "Não espere misericórdia de ninguém, a não ser do Senhor dos Mundos".

O xeique caiu no silêncio. Ele tinha oitenta anos e durante a invasão da cidade fugira para um dos laranjais. Então, quando os jovens o trouxeram de volta, ele se instalou na mesquita com um círculo de discípulos e nunca mais a deixou, vivendo no meio da multidão de refugiados que ocupavam o lugar. Ele tentou incitar as pessoas a rezar, mas ninguém lhe deu ouvidos em meio ao caos da morte que havia tomado conta da cidade. Naquele dia, o xeique voltava ao seu minarete, depois de acender incenso pela primeira vez e dizer às pessoas para se agarrarem às cordas de Deus, porque todas as outras foram cortadas e falharam.

As pessoas ficaram em silêncio sob a nuvem de Deus, mas não rezaram, e quando a minha mãe me contou os eventos daquele dia, ela disse que a oração precisava de esperança: "Mas nós tínhamos perdido toda esperança".

Ela disse que todos os habitantes do gueto — homens, mulheres, crianças e idosos — se reuniram no pátio da mesquita. Até o padre, Tuma Níma, saiu do quarto geminado à igreja e correu para o pátio.

Iliya Batchun disse que, quando ouviu o chamado à oração, achou que algum desastre tinha acontecido; então saiu correndo e se viu no meio do silêncio da nuvem que lançava sombra sobre todos.

O xeique já havia descido do minarete e a multidão começara a se mexer, preparando-se para se dispersar, quando a voz de Khadija soou: "*Ya Allah!* Ó Deus", gritou a mulher, com uma voz cheia de lamentação. "Queremos água, *ya Allah!*"

Khadija tinha uma boa razão para a sua súplica: o tanque de ablução estava vazio depois de dois dias de uso porque era o único reservatório de água, e tudo o que restava era o poço que pertencia ao hospital, cuja água estava poluída e exalava um cheiro ruim. Quando Moche informou o chefe da comissão de que ele não era responsável por garantir o suprimento de água para as pessoas e elas teriam que se virar sozinhas, o dr. Zahlan sugeriu puxar a água poluída restante do fundo do poço no pátio dos fundos do hospital, fervê-la e usá-la apenas para beber.

No entanto, essa solução com a qual as pessoas concordaram mostrou-se inviável. A água era verde, como se estivesse cheia de azinhavre, além do fato de que mesmo fervendo várias vezes não conseguiam se livrar do cheiro ruim.

"Estamos morrendo de sede!", Khadija gritou. "E em breve morreremos de fome também porque não podemos fazer pão."

O murmúrio da multidão evoluiu para um grito sufocado. Khadija caminhou direto na direção do arame e todos se juntaram a ela. A morena cinquentona, que cobria a cabeça com um xale preto, pôs as mãos no arame e começou a sacudi-lo. Hatim Allaqis se apresentou e ficou ao seu lado, sacudindo o arame também e gritando: "Agitem o arame!". De repente, todos estavam diante do arame, sacudindo-o com violência, como se quisessem arrancá-lo. Naquele instante, o capitão Moche apareceu e, de pé atrás dele, surgiu um homem alto e careca com a cabeça enfaixada. Moche ergueu o rifle e o silêncio reinou. Iliya Batchun e os outros membros da comissão avançaram em direção ao arame e as pessoas ouviram Iliya dizer: "Estamos morrendo de sede, senhor".

Um dos soldados foi até o portão da cerca, abriu-o, deixou os membros da comissão passarem para uma reunião com Moche e ordenou à multidão que se dispersasse.

"Não vamos sair daqui!", Manal gritou. "Temos bebês, nossas crianças estão secando. Olhem para o meu filho, gente! O corpo dele está seco como uma lenha. O que vou dar a ele para beber?"

Manal disse, quando contou a história da sede, que as lágrimas não matam a sede. "Se ao menos as lágrimas pudessem saciar os sedentos!"

(3)

Hatim Allaqis contou que a água jorrando do poço era a coisa mais linda que ele já tinha visto.

Hatim, o libanês perdido, como Iliya Batchun o chamava, foi o primeiro voluntário de um grupo de jovens que saiu para procurar água no laranjal vizinho. O rapaz, que trabalhava desde os nove anos de idade — primeiro como vendedor de jornais em Haifa e depois como mecânico numa oficina de carros antes de fugir de Haifa para Yafa devido a um desentendimento com o pai, que decidira voltar para o seu vilarejo no sul do Líbano e, por isso, se viu sozinho em Lidd e preso no gueto —, foi quem teve a ideia que resolveu o problema da água.

Ninguém sabe como o jovem atarracado conseguiu se esgueirar pelo portão do gueto, que foi aberto, e foi parar no meio da reunião entre a comissão e Moche, o oficial israelense.

A reunião começou com ameaças. Moche disse que não permitiria atitudes como aquela — aglomerar-se diante da cerca e gritar teria uma única resposta: balas!

"Mas estamos com sede, senhor", disse Hatim.

Só então Iliya Batchun percebeu a presença do jovem na reunião e olhou para ele com raiva, mas o rapaz levou o dedo aos lábios para pedir ao chefe da comissão que não dissesse nada.

Hatim contou que as crianças morreriam de sede e que a comissão responsabilizaria o Exército israelense pela falta de água no gueto.

"Estamos pedindo algo muito simples, senhor", disse ele. "Queremos água."

O capitão Moche disse ter avisado, desde o primeiro dia, que não era responsável por eles, que teriam que se virar. "Eu disse a vocês:

se virem!", Moche falou com sotaque iraquiano, depois continuou a tagarelar em hebraico.

"Estamos implorando, senhor", disse Khalid Hassuna.

"A água no poço do hospital está quase no fim e não serve nem para os animais", completou Ghassan Bathich.

"Estamos morrendo!", Hajj Iliya gritou.

"Não tenho água", disse Moche. "Os canos da cidade estouraram, e estou trazendo água de Ben Shemen para os soldados."

"O que o senhor quer que a gente faça?", perguntou Hassuna.

"Não sei", respondeu o oficial.

"Eu sei", disse Hatim, e lhes contou que tinha encontrado uma solução para o problema da água e estava disposto a fornecer também ao exército israelense água potável, com uma condição...

"Você está impondo condições?!", perguntou o oficial.

"Cale a boca, rapaz!", interveio Iliya Batchun.

Em vez de calar a boca, Hatim explicou o plano. Ele disse que costumava trabalhar nos laranjais em Yafa, na instalação de bombas elétricas para poços artesianos. A solução seria enviar um grupo de jovens do gueto para vasculhar os laranjais, assim o problema ficaria resolvido. "E o senhor pode enviar os seus soldados conosco, para trazerem água para eles mesmos."

"Ninguém pode sair!", Moche disse. "São as ordens."

Ghassan Bathich disse a Mamun, enquanto se banhavam em frente ao poço no laranjal, que ele percebeu o constrangimento do oficial israelense. "Juro que ele não sabia o que fazer com a gente. Estava hesitante, com a mão o tempo todo no boné, como se quisesse coçar a cabeça; seus olhos giravam, não paravam. Não sei o que deu nele."

O silêncio reinou sobre a reunião, como se uma sentença de execução tivesse acabado de ser proferida. "Estão nos deixando com sede para nos expulsar da cidade", disse Iliya. "Para onde devemos ir, senhor? Nossas famílias se perderam em Naalin e dormiram em campos abertos, mas não vamos sair daqui. Vocês querem que a gente morra; não queremos morrer. O que o jovem Hatim propôs vai acontecer amanhã ao amanhecer. Todo mundo vai para os laranjais procurar água e assim morrer de tiro, e não de sede."

Iliya Batchun ficou de pé, anunciando que se retirava, assim como todos os membros da comissão, mas Hatim permaneceu sentado. "Vem, filho!", chamou Khalid Hassuna.

"Ninguém sai", disse Moche, e pediu a todos que aguardassem por quinze minutos.

Moche deixou a sala, e os membros da comissão ficaram sentados onde estavam. Hatim contou então que o laranjal de Ibrahim Annimr ficava a uns oitocentos metros da mesquita e tinha um poço e uma bomba, e essa era a única solução.

Quando o capitão israelense voltou, Ghassan Bathich disse-lhe que tinham encontrado uma saída para o problema: "O laranjal de Ibrahim Annimr é a solução".

O capitão israelense declarou estar de acordo com o plano, mas que não se responsabilizava pela segurança dos jovens que iriam buscar a água.

"Amanhã de manhã", disse o oficial, e ordenou que todos voltassem para o gueto.

Ninguém dormiu naquela noite. Os rapazes encontraram onze barris vazios que tinham sido usados para armazenar gasolina e decidiram que pela manhã eles os levariam até o laranjal e os limpariam. Assim, às seis horas da manhã, onze jovens se reuniram, encabeçados por Ghassan Bathich e Hatim Allaqis, no portão do gueto, com os barris prontos, só esperando a hora; mas o portão foi aberto apenas às dez. Assim que a longa espera terminou, os jovens saíram, rolando os barris, guiados por Ibrahim Annimr até seu laranjal e acompanhados por quatro soldados israelenses.

Havia laranjas e limões espalhados pelo pomar. Alguns podres, outros murchos, forrando o chão cheio de espinhos. Ibrahim abaixou e pegou uma laranja. Cortou-a no meio com sua faca e a espremeu na boca; o suco, dourado pelo sol, escorreu-lhe pela barba e pelo pescoço, o cheiro espalhou-se por toda parte. "Essas *chammuti* são as melhores laranjas do mundo, bênção de Deus, e a casca é tão fina que parece um copo cheio de suco!"

Pegou um limão, espremeu-o na boca e disse, lambendo o suco dourado que escorreu pela barba: "Vão em frente, rapazes! Fiquem à vontade, bem-vindos ao meu pomar!". Em seguida, olhou para os soldados israelenses e convidou-os a também pegar as frutas.

Enquanto as mãos se estendiam para colher os limões e as laranjas que ninguém havia colhido por causa dos combates e da guerra, os jovens ouviram a voz de um dos soldados israelenses, que tinha o rifle apontado para eles, ordenando-lhes que parassem.

"É o meu pomar", disse Ibrahim, "todos estão convidados, inclusive vocês."

"É proibido", disse o soldado. "São propriedade do Estado."

"Que Estado?", perguntou Ibrahim.

"Fica quieto, homem!", disse Ghassan Bathich. "Viemos pela água, não por laranjas podres e secas. Leve a gente até o poço. Deus o guarde!"

Ibrahim parecia não acreditar no que estava acontecendo. Ele começou a juntar os frutos em montes. "Os limões são melhores; não sei por que, mas um limão pode atravessar um ano inteiro sem que nada aconteça com ele."

Um soldado se aproximou e chutou os montes amarelos e as laranjas que Ibrahim havia coletado, dizendo que era proibido. "Todas as terras agora são propriedade do Estado", disse ele, e ordenou que os jovens voltassem para os seus lugares.

Naquele momento, Hatim Allaqis gritou que tinha encontrado a bomba. Todos, incluindo Ibrahim, esqueceram os limões e correram em direção ao poço, só para descobrir que a bomba não funcionava. Hatim tentou em vão consertá-la, mas declarou que não havia jeito, porque algumas peças tinham sido roubadas, o que significava que não havia esperança.

Os jovens voltaram ao gueto com os barris e a decepção. Iliya Batchun, no entanto, não se desesperou. Ele ficou no portão de ferro, pediu para ver o capitão israelense de novo e disse-lhe que a solução era permitir que Hatim e outros dois ou três jovens fossem até os outros pomares que estavam espalhados pela cidade e procurassem peças de reposição para que pudessem fazer a bomba funcionar.

E foi isso que aconteceu. Às seis horas da manhã do dia seguinte, conforme combinado com o capitão Moche, Hatim pôs o uniforme de socorrista e saiu com dois jovens por sua própria conta, para procurar uma bomba completa que pudesse desmontar e usar as peças que faltavam na outra bomba. O capitão disse que não enviaria soldados com o grupo porque a área ainda era insegura e ele não era obrigado a expor ao perigo a vida dos seus soldados.

Hatim voltou às oito da manhã com as roupas encharcadas, para dizer a todos que o problema tinha sido resolvido e que eles deveriam levar os barris até o pomar.

Mamun, que insistiu em acompanhá-los, declarou ter visto a beleza da água. "Meu Deus, a coisa mais linda do mundo é a água, em especial quando brota do chão. É incrível. Parece uma gargalhada. Ela jorra e tudo começa a dançar."

"Temos que limpar os barris primeiro!", Ghassan Bathich gritou. Os jovens, porém, foram acometidos pela loucura da água e no instante em que a bomba funcionou e a água borbotou, começaram a pular ao redor da bomba, encharcando uns aos outros, bebendo, lavando-se e às suas roupas, e rindo. A água parecia ter lançado seu feitiço sobre os quatro soldados que acompanhavam o grupo e dois deles começaram a brincar na água com os rapazes, e a brincadeira só parou depois que um tiro, deflagrado no ar pelo rifle do cabo responsável, foi ouvido e ele ordenou que todos voltassem ao trabalho.

Limpar os barris foi difícil. Livrar-se do cheiro da gasolina exigia grandes quantidades de água e sabão, e Hatim, Ghassan e os outros tiveram que tirar as camisas para usá-las na limpeza do interior dos barris. No fim, eles foram completados com água potável. Mas, antes que os jovens começassem a rolar os barris em direção ao gueto, viram Ibrahim caminhando atrás do seu barril carregando nas costas um grande saco cheio de limões e de laranjas.

"O que é isso?", gritou o soldado.

"É... é do meu pomar", Ibrahim gaguejou.

"Jogue tudo no chão e ande!"

No entanto, o cinquentão careca, cujos lábios brilhavam com a cor laranja, se recusou a jogar fora o conteúdo do saco.

"Esta é a minha terra, a terra dos meus pais, e este é o meu pomar."

O soldado ordenou que todos parassem e lhes disse que escolhessem entre as laranjas e a água. "Ou vocês largam o que tem no saco ou não tem água."

"Larga tudo!", gritou o soldado.

"Larga de uma vez e vamos embora!", gritou Hatim.

Mas o homem sentou-se no chão, com o saco diante dele, e pôs a cabeça entre as mãos. Seu corpo tremia.

Ghassan Bathich se aproximou do saco e o empurrou para o lado. "Tudo bem, senhor, vamos embora."

O soldado acenou com o rifle e os barris começaram a rolar, mas Ibrahim permaneceu sentado onde estava.

"Anda!", gritou o soldado.

O homem apoiou-se numa das mãos na tentativa de se levantar, mas caiu no chão e começou a rastejar em direção ao saco.

O soldado aproximou-se do saco e o chutou; as laranjas rolaram para fora, e ele pisou sobre elas. Algumas foram esmagadas, mas outras — aquelas cuja casca já tinha endurecido — resistiram, e os jovens observaram Ibrahim pegar as laranjas ressecadas que estavam debaixo dos pés do soldado e enfiá-las dentro da camisa.

Manal disse que a chegada dos barris cheios foi uma festa. "Todos estavam num estado de alegria delirante, exceto Ibrahim, que se afastou, cortou uma laranja no meio, olhou para mim e pediu que eu me aproximasse, com o Adam. Ele pegou uma laranja e espremeu na sua boca, e essa foi a primeira gota de suco de laranja que entrou na sua barriga. Ele me deu todas as laranjas e disse: 'Leve-as para o menino órfão de pai', e entrou na mesquita."

Três meses depois desse incidente, quando a temporada de colheita de azeitonas começou e o chefe da comissão tentou obter permissão dos israelenses para que os proprietários das oliveiras fizessem a colheita, o povo do gueto entendeu o que significava a terra ter se tornado propriedade do Estado.

O governador militar da cidade, Chmarya Guttman, com quem Iliya Batchun e Khalid Hassuna se reuniram para solicitar permissão de saída do gueto para colher as azeitonas, explicou que as terras da cidade estavam agora sob custódia do Estado porque foram listadas como propriedades de ausentes.

"Que ausentes?", perguntou Khalid. "Há quatro homens no gueto que têm terras plantadas com oliveiras e aqui estamos nós, presentes, e tudo o que queremos é permissão para chegar até a terra."

"Fora de questão", disse o governador militar. "Legalmente, vocês estão ausentes."

"Quer dizer que não estamos aqui?", perguntou Iliya.

"Exato!"

"Mas estamos aqui! Ou nos transformamos em fantasmas?", Khalid Hassuna respondeu.

"É como se fossem fantasmas", respondeu o governador militar. "Acredito que serão chamados, legalmente falando, de 'presentes ausentes'."

"Eu não entendo", disse Iliya.

"Nem eu", disse o governador militar, "mas essa é a lei e vocês estão proibidos de ir aos campos colher as azeitonas."

"Podemos pegá-las e dá-las a você, mas as azeitonas não podem ficar nas árvores", disse Iliya.

"Isso não é da sua conta. O Estado sabe como cuidar da propriedade dele."

(4)

Depois de comer e de beber veio o medo, que se desenhou nas paredes do silêncio. A cidade, que nos três meses antes de cair viveu no meio do tumulto dos refugiados vindos dos vilarejos próximos e do som das batalhas que se alastravam por todos os lados, afundou, de repente, no silêncio da desolação. Durante os primeiros dias da estadia naquela pequena área cercada por arames, os moradores do gueto não perceberam o quanto esse silêncio pesava. No entanto, uma vez terminados os festejos pelos barris de água — pontuados por ululações intermitentes — e pelo aporte de alimentos em quantidades suficientes que vinham das casas da cidade antiga, as pessoas acordaram para o silêncio aterrorizante que envolvia a cidade, já esvaziada dos seus habitantes. O medo do povo se enraizou nos sons do silêncio que ocupavam os longos dias e as longas noites do gueto; as pessoas ficaram aterrorizadas e passaram a conversar sussurrando.

Não consigo descrever a vida da cidade sem usar o termo "sussurros do silêncio". Até o choro de bebês de colo foi transformado num gemido baixo. Digo "bebês de colo", mas estou pensando num bebê específico, chamado Adam Dannun. Mesmo assim, quando teço a memória do silêncio das palavras da minha mãe, sinto que o bebê que eu era então não estava sozinho. Pelo contrário, ele era todas as crianças do mundo que ficaram mudas e foram forçadas a viver e morrer em silêncio.

Eu não morri. Minha mãe me disse que eu estava à beira da morte porque não sabia o que era leite havia duas semanas — o período desde a queda da cidade até a descoberta da vaca de Abu-Hassan. Ela contou que achar água potável e trazê-la do pomar de Ibrahim Annimr salvou a minha vida; meu corpo se desidratara e meu choro não tinha lágrimas. Fechei os olhos e adentrei a noite da morte. Quando a água chegou e Manal espargiu meu rosto e me deu o suco de laranja e a água de lentilha para beber, eu abri os olhos e chorei.

Não perguntei por que ela não me amamentava. A pergunta não me ocorreu e eu confiei quando minha mãe me disse que o gueto havia secado os olhos de lágrimas e os seios de leite.

A água foi o primeiro momento alegre depois dos dias de medo e de desorientação que se seguiram à queda da cidade e ao cerco do gueto. Com a gargalhada da água nos barris que rolavam, as pessoas do gueto sentiram que, apesar de tudo que tinha acontecido, a vida começava a fluir de novo. Elas untaram os olhos com a água e viram que ainda estavam vivas. Numa reunião da comissão do gueto, Hajj Iliya Batchun chorou ao dizer que a decisão de permitir que os jovens buscassem a água significava que ficaríamos onde estávamos e não nos levariam como gado para o lugar ermo que engoliu o povo de Lidd quando foi expulso da sua cidade a tiro.

"Quando os jovens viram a explosão da água", disse Ghassan Bathich, "enlouqueceram." Hatim Allaqis tirou as roupas, ajoelhou-se na frente da bomba e começou a se contorcer sob a água fria que jorrava. Ele pegou uma pedra e esfregou no corpo, emitindo suspiros que provocaram em todos o arrepio do encontro com a água. Em vez de começarem com a limpeza dos barris, arrancaram as roupas apressados e começaram a emitir ruídos misteriosos por entre os dentes cerrados, como se tivessem perdido a faculdade de falar.

Dois soldados israelenses se lançaram para debaixo d'água completamente vestidos com seus uniformes cáqui, como se também tivessem sucumbido ao feitiço da água.

"Bebam!", gritou Mamun. "É a água mais gostosa do mundo!"

Duas balas foram disparadas para o ar. Os soldados israelenses se retiraram daquela celebração de batismo liddino e o silêncio reinou.

"Rápido! Rápido!", o cabo Naftali gritou com os palestinos seminus.

"Rápido, rapazes!", Ghassan Bathich gritou.

E a limpeza dos barris começou quando os rapazes tiveram que usar as camisas para remover do interior o que estava grudado no metal.

"Chega!", gritou o cabo israelense, que ordenou que os jovens enchessem os barris.

Depois, seguiu-se a operação de rolagem dos barris, que foi exaustiva. A distância que separava o bosque do gueto não media mais do que oitocentos metros, mas era uma trilha de terra desigual e cheia de pedras. Quando os jovens chegaram ao gueto, seu peito nu estava coberto de suor, e eles precisaram se lavar de novo.

Os barris foram colocados nos três locais de agrupamento — a mesquita, a igreja e o hospital —, e as pessoas iam em grupos para beber e encher os utensílios.

Ouviu-se Mamun gritando que o barril que tinha sido colocado em frente à corda do sino da igreja era apenas para as crianças.

As pessoas do gueto viveram assim por um ano inteiro. Os jovens acordavam às seis da manhã, para encher os barris e rolá-los, e às cinco da tarde os levavam vazios de volta ao pomar para serem enchidos de novo.

Lá, no "pomar d'água" (nome que as pessoas deram à plantação de cítricos de Ibrahim Annimr), eles esfregavam o corpo com ervas e lavavam o cheiro da cidade.

(5)

Quando o cheiro foi embora? Ou ele não desapareceu, e foram as pessoas que se acostumaram?

"As pessoas são como cães, filho, acostumam-se com qualquer coisa", disse o idoso que estava escondido no quintal de casa quando ouviu as vozes dos jovens falando em árabe e rastejou na direção deles, na posição de sentado, usando os braços.

"Levanta, tio", disse Issam Alkayali.

"Não posso, filho", respondeu o velho, que se chamava Ahmad Hijazi. E quando Issam o pegou pelo braço na tentativa de deixá-lo em pé, ele o ouviu gemer e sussurrar: "Ai, minha mãe!", e não conseguia.

O homem chorou, e com uma voz rouca soluçava o "Ai, minha mãe!". Ele perdeu a capacidade de se mover.

Os jovens o puseram na maca que usavam para transportar os cadáveres e o levaram até a mesquita.

Issam contou aos membros da comissão que haviam encontrado o homem escondido debaixo de uma árvore de acácia doce, alimentando-se de ervas daninhas que recolhia da terra e bebendo água suja que ficou armazenada numa pequena bacia no quintal. O jovem deu uma risada histérica ao contar que o idoso chamava pela mãe, como uma criança pequena. "Será possível? Será que ele pensava mesmo ser uma criança? Isso é ridículo! Juro que eu não podia acreditar."

O dr. Zahlan, que fazia uma inspeção na mesquita, repreendeu o jovem dizendo-lhe para se calar. "Somos todos crianças, filho. A gente nasce criança e morre criança."

(Quando penso agora nas palavras do dr. Zahlan, sinto pavor. Estou escrevendo sobre uma catástrofe coletiva, mas percebo que, no fim, o que estou fazendo, ao restaurar uma memória que não pode ser restaurada, é me preparar para conhecer a minha segunda infância aqui na minha velhice. Minha primeira infância parece ter se afogado na neblina da memória. Apesar de todas as tragédias que a envolvem, sinto saudade dela, como se a neblina tivesse servido para velar a sua amargura. A névoa da memória encobre a dor, não importa quão séria tenha sido. Mas essa segunda infância, em cuja soleira me encontro agora, envelhecida pela tristeza, evidencia a dor e me deixa só diante da morte. Parece que a morte verdadeira não pode ser coletiva, mesmo que ocorra por meio de um massacre. Cada morte é um evento único, e talvez a maior eloquência da morte esteja no fato de que seus protagonistas não podem narrá-la. Eu não escrevo sobre a morte coletiva em Lidd a fim de encobrir a dor individual: tenho que escrever cada morte individual como uma experiência particular, e é por isso que para ser fiel ao meu projeto eu devo escrever um livro que não tem fim, onde cada nome é uma história completa com seus muitos detalhes, que é algo que não sei como fazer, nem ninguém antes de mim soube. É por isso que os profetas escolheram escrever ditos de sabedoria e provérbios, e é por isso que os homens letrados chegavam a alegar serem profetas que escrevem sobre os outros. Mas eu não. Eu, com toda a modéstia, escrevo a minha própria história, e todas essas histórias que estou recordando são espelhos meus — e ai de mim, pois meus espelhos começam e terminam com morte.)

Não sei o nome da minha mãe biológica. Vou chamá-la de Rawd para que eu possa dizer ao meu poeta iemenita que, mesmo tendo abandonado a tentativa de contar a sua história como metáfora, ainda o considero um amigo e companheiro. Não permitirei que a história dessa mulher seja apenas uma linha na narrativa de Mamun sobre um bebê chorando no peito de uma mulher que parecia estar dormindo. Mamun não enxergou essa mulher para poder descrevê-la para mim, mas decidi que ela se parecia com Dália, com sua morenice translúcida, suas sobrancelhas grossas, seus grandes olhos cor de mel e seus lábios arredondados feito uma rosa. E agora, enquanto escrevo estas palavras, eu me vejo como uma criança de olhos remelentos, semifechados, e mãos pequenas agarradas ao seu pescoço comprido, e cujo choro só ela podia ouvir. Minha verdadeira mãe é uma mulher de histórias, que se desfaz nas palavras, e a minha infância, que começou sobre seu peito seco, vai me levar a uma morte semelhante à dela. Minha mãe Rawd morreu sozinha, uma desconhecida cercada pelos deslocados e pelo barulho que faziam, e eu morrerei aqui, sozinho e desconhecido no meio do agito desta cidade de imensa beleza, que decidiu me expulsar do círculo daqueles que merecem viver.

Não quero depreciar Nova York, juro! É um lar para aqueles que não têm um. Mas sinto a solidão da saudade. Só aqueles que sentem saudade podem entender o quanto esse sentimento racha a alma, lançando-os na solidão.

Anseio tanto por ela e por gritar "Ai, minha mãe!", como fez Ahmad Hijazi quando viu os jovens e entendeu que ele era impotente e sozinho. Quero gritar "Mãe!" para que eu possa morrer com a minha boca provando o sabor do suco de laranja que Ibrahim Annimr me deu para beber quando voltou do pomar d'água.

Ahmad Hijazi, que tinha sessenta e oito anos, contou que todos fugiram e ele se viu sozinho na casa. Disse que se esqueceram dele na debandada aterrorizada. "Ouvi gritos. Eu estava sentado sozinho no quintal, pegando as flores de acácia doce que tinham caído no chão. Sim, eu estava com medo, medo porque não conseguia entender o que estava acontecendo ao meu redor. O sangue parecia ter congelado nas minhas veias, então fiquei parado e ouvi o tumulto e o barulho. Soldados israelenses devem ter entrado na casa. Só me dei conta por causa da choradeira de Hassaniya, a esposa do meu filho Maruf. Eu a ouvi gritar: 'Eu imploro, senhor!'. Não sei exatamente o que aconteceu, mas ouvi um tiro e o som de pés correndo, e então tudo ficou quieto. Alguém na casa deve ter se ferido, porque quando entrei vi que o piso estava coberto de manchas vermelhas, mas não encontrei ninguém. Sentei-me sozinho, sem saber o que fazer. Meus filhos esqueceram que tinham um pai e fugiram com os outros, mas eu fiquei, entre disparos intermitentes e medo. Tive medo de ficar sozinho na casa e medo de sair na rua, então voltei para o quintal e vivi só."

Issam Alkayal disse que o idoso parecia um esqueleto porque era muito leve e rolava na maca, emitindo um gemido baixo.

Na mesquita, ele se sentou ao lado de um pilar e não falou com ninguém. No início, recusou-se a comer, alegando, quando lhe trouxeram um prato de *mjaddara*, que não tinha fome. Ele cochilou por alguns minutos e quando abriu os olhos devorou o prato de comida com voracidade, antes de se encolher e voltar a dormir.

Nesse primeiro mês de vida no gueto, havia um canto na mesquita que os jovens chamavam de "canto dos velhos", no qual ficavam três homens e cinco mulheres. Ahmad Hijazi era o mais novo entre eles, e esse homem, que recuperou as forças em poucos dias, começou a se comportar como se fosse o responsável pelo grupo. Ele negociava em nome deles, cuidava para lhes assegurar o suficiente de comida e bebida. Umm-Fawwaz, porém, que tinha oitenta e oito anos, era como mãe e filha. Os hóspedes do "canto dos velhos" a chamavam de "mãe", mas essa mãe era tão travessa quanto uma garotinha. Sua senilidade não afetara sua energia: uma mulher alta e magra, que, apesar dos ombros, ligeiramente curvados, caminhava com as costas retas, levantava-se cedo, preparava o café da manhã para a sua nova família e passava a maior parte do tempo cantando, versando e lamuriando. Ninguém sabia nada sobre a sua família porque a única coisa de que ela se lembrava era do seu nome, Umm-Fawwaz, e quando lhe perguntavam sobre o filho Fawwaz, ela olhava para longe e balançava os ombros como se não se importasse.

Os jovens tinham recolhido o grupo de idosos um por um dos telhados das casas ou dos quintais onde haviam se escondido, e quando Khalid Hassuna tentou interrogá-los sobre a família, a fim de preencher os formulários da Cruz Vermelha para que uma busca pudesse ser feita com o intuito de tentar rejuntá-los, todos se recusaram a cooperar. Ahmad Hijazi disse que havia decidido ficar na cidade porque era a sua cidade, e nenhum deles jamais deixaria a pátria para se tornar um refugiado. Quando Ahmad terminou seu discurso patriótico, Munib Assayid, que tinha oitenta anos e era paraplégico, cuspiu e gritou: "Dane-se a pátria e dane-se esta vida! Danem-se os filhos que deixaram os pais para trás como cães! Não, juro por Deus que não quero nada, nem a pátria, nem a Palestina, nem os filhos, nem essa merda toda!".

(6)

O assombro que acompanhou os dois primeiros dias da "guetização" da população e seu encurralamento num estreito espaço cercado de arame farpado logo se dissipou no furacão da mudança para o trabalho forçado que o capitão Moche impôs aos jovens e meninos do gueto.

Às dez horas da manhã de sexta-feira, 16 de julho de 1948, Moche chegou ao pátio da mesquita, deu três tiros de revólver, pegou o alto-falante e ordenou que todos os homens e rapazes com mais de quinze anos de idade se apresentassem.

Moche anunciou que cinco equipes seriam formadas para limpar a cidade, cada uma composta de cinco pessoas. Dois dos soldados que estavam no pátio avançaram e escolheram vinte e cinco homens, os mais jovens, e os distribuíram em cinco grupos. O capitão ordenou que todos os outros homens saíssem, exceto o chefe da comissão local, Iliya Batchun, pois seria o responsável pela boa conduta dos jovens; ele deixou bem claro que quaisquer falhas no desempenho das tarefas teriam consequências terríveis.

As pessoas entenderam que "consequências terríveis" significava ser expulso da cidade, mas tinham decidido ficar. Eu, hoje, sinto o mesmo estranhamento que as tropas israelenses devem ter sentido quando confrontadas com a massa dos habitantes do gueto. Por que eles ficaram? Suponhamos que foi por acaso, quando se viram na praça formada pela Grande Mesquita e pela igreja, que as tropas israelenses não abordaram depois do terrível massacre promovido na Mesquita Dahmach. Mesmo assim, por que insistiram em transformar a eventualidade da sua presença numa questão de vida ou morte? Na verdade, aqueles que partiram por vontade própria depois do estabelecimento do gueto eram uma minoria cujo número poderia ser contado nos dedos das mãos, enquanto aqueles que vieram para o gueto após o seu estabelecimento totalizavam cerca de cem, alguns sendo trazidos das casas onde estavam escondidos, outros vindos de cavernas dos vilarejos vizinhos, e alguns — o menor número — infiltrando-se pela nova fronteira. Eles vieram viver a vida do gueto e do exílio dentro da sua própria cidade. Preferiram ficar ali; na verdade, eles escolheram especificamente aquele "ali", como se o instinto de voltar para casa fosse mais forte do que qualquer medo ou que as condições duras da vida.

(Por que uma pessoa iria por vontade própria viver na humilhação do gueto, que acompanharia sucessivas gerações de palestinos desde o estabelecimento do Estado hebreu? Confesso que não entendo. Mesmo depois que nos mudamos, minha mãe e eu, depois do seu casamento, para Haifa, onde descobri as histórias das dezenas de infiltrados que haviam voltado, correndo o risco de morrer pelas balas dos guardas de fronteira israelenses, confesso que ainda não entendia! E quando Mamun aludiu, na palestra que proferiu na Universidade de Nova York, à história do regresso clandestino da família do poeta Mahmud Darwich, do Líbano para o vilarejo de Albirwe, que tinha sido arrasado, considerando esse retorno um indicativo do instinto de sobrevivência, observado tanto em grupos como em indivíduos, eu senti o absurdo de tudo e a impotência da linguagem para expressá-lo.)

O oficial israelense informou ao povo do gueto que o trabalho começaria na manhã de domingo, 18 de julho. "Amanhã é sábado. O dia de descanso neste país agora é sábado. Ninguém trabalha. O trabalho começa no domingo de manhã. Vocês vão ouvir três tiros às seis da manhã. As equipes têm que estar prontas, e os soldados irão com vocês para começar a limpeza da cidade." Com uma voz calma e monótona, o oficial explicou as tarefas das diferentes equipes e disse que dois soldados armados acompanhariam cada uma delas. Organizou as tarefas em três categorias: retirar os corpos das ruas e das casas e enterrá-los (duas equipes); recolher alimentos das lojas da cidade (uma equipe); limpar as ruas das barricadas, pedras e terra (uma equipe). A quinta equipe teria a tarefa de limpar o quartel-general do comando militar israelense, que havia sido instalado na casa de Hassan Dahmach — uma casa grande cercada por um jardim espaçoso — e na de Said Alhunaidi, que ficava bem na frente desta.

Com o início do trabalho, as pessoas do gueto colidiriam com a verdade do que tinha acontecido. Os últimos dias foram como um sonho. Até mesmo o assassinato do menino pardal e o seu funeral haviam assumido, na memória do povo, a forma de uma sombra de feições obscuras. "Então, de repente, descobrimos que estávamos vivendo num cemitério", disse Ghassan Bathich ao voltar com o seu grupo dos campos da morte que recobriram as ruas da cidade.

Mamun nunca me falou daqueles dias. Ele me abandonou quando eu tinha sete anos e deixou o país para nunca mais voltar. Por que ele me disse, quando nos reencontramos em Nova York, que havia me contado toda a história antes de ir embora e não escondera nada de mim, exceto os detalhes de como ele me encontrou, que ele tinha deixado para a minha mãe me contar à sua maneira, tendo ela prometido que o faria? Foi por causa dessa promessa que minha mãe, Manal, parecia confusa na noite em que parti, quando tudo o que ela fez foi me entregar o testamento, segurar as lágrimas, como sempre, e sussurrar algumas palavras quase compreensíveis?

Não me lembro de Mamun ter me contado nada. Sim, lembro-me dele me contando como Ghassan Bathich encontrou a mãe e o pai aleijado mortos em casa. Acho que — se não me falha a memória — eu tinha voltado para casa da escola que os israelenses abriram depois que a de Mamun foi fechada. Eu estava triste e disse: "Quero meu pai!", e chorei. Não me lembro exatamente do que tinha acontecido: é provável que um dos meus colegas de classe tenha dito: "Coitado! É um órfão. O pai dele está morto". Esse foi o dia em que Mamun me contou sobre as façanhas heroicas do meu pai e do seu martírio, e que o destino de Hassan Dannun tinha sido melhor do que o daqueles cujos corpos foram deixados para apodrecer sob o sol de julho nas ruas da cidade, pois ele foi envolto numa mortalha e enterrado como uma pessoa deve ser enterrada. Mamun também me contou a história de Ghassan, que até aquele dia tinha pesadelos por causa da forma como encontrou os pais mortos, inchados, na sua própria casa. Essa história ficou gravada na minha consciência e a morte, para mim, passou a ser um inchaço que aflige o corpo. Naquele dia, eu estava com muito medo e perguntei à minha mãe se eu também ia morrer. Ela me respondeu que todas as pessoas morrem. "Eu também?", perguntei. "Com certeza, filho, mas ainda é cedo. Você ainda é jovem." "Quer dizer que crianças não morrem?", perguntei. "Não sei, filho, mas você não vai morrer. Estou com você. Não tenha medo."

Mas eu tinha medo. Lembro-me de que, quando eu tinha seis anos, anunciei que era o Senhor do Vento. Meu jogo favorito em casa era exercer o meu poder sobre a natureza. Chovia porque eu havia ordenado que chovesse. O sol se levantava porque eu ordenara que se levantasse. E a minha mãe acreditava em mim, ou pelo menos fingia. Quando jogava o "Senhor do Vento" com os meus colegas na escola, eles zombavam de mim, mas isso não abalava de forma alguma a minha convicção de ser capaz de cavalgar no vento e mover as nuvens como eu bem quisesse. E convenci a mim mesmo de que o Senhor do Vento não morria.

Mamun alegou ter me contado tudo. Talvez quisesse dizer que tinha contado a Manal, não sei! Mas, aqui em Nova York, quando li as poucas páginas do livro de Issbir Munayir sobre Lidd, em que ele brevemente descreve a remoção dos cadáveres pelas equipes de jovens da cidade organizadas pelos israelenses, senti que alguma memória dentro de mim tinha despertado de um sono profundo, não sei como! Essas cenas que vejo agora diante dos olhos são a soma do que Manal me contou sobre os dias do gueto, quando nos mudamos para Haifa, depois do casamento dela? Não sei, mas posso contar a quem quiser ouvir a história com todos os seus detalhes — que hoje se tornou uma tatuagem feita com a tinta da memória. E eu vou contá-la, sem piedade. Quem sou eu para ser misericordioso com as vítimas? E o que significa misericórdia quando toda a história humana é feita de crueldade e selvageria?

Às seis da manhã de domingo, 18 de julho, os habitantes do gueto ouviram três tiros, e em menos de cinco minutos as cinco equipes estavam reunidas no pátio da mesquita, acompanhadas por Iliya Batchun e Khalid Hassuna. Antes de saírem para dar início aos trabalhos, Iliya propôs ao oficial israelense que os trabalhos começassem às sete, porque cerca de metade dos jovens participava com os outros habitantes do gueto do enchimento dos barris de água às seis. O capitão Moche, no entanto, não considerou o pedido, levantou as sobrancelhas e disse: "Não". E ao sinal da sua mão, os grupos foram para os seus trabalhos, enquanto Batchun e Hassuna voltaram para a casa do chefe da comissão para discutir como reorganizar as equipes dos barris matinais.

Trabalhar no grupo encarregado de se apropriar dos alimentos das lojas foi fácil. Ahmad Azzaghlul, que liderou esse grupo, contou que fora com os companheiros e dois soldados israelenses armados para o início da rua, onde caminhões israelenses esperavam por eles, e ficou surpreso com a quantidade de alimento que os lojistas da cidade tinham estocado na expectativa de guerra. "Enlatados de todos os tipos, grãos e óleo... e nós morrendo de fome tivemos que carregar os caminhões israelenses, que estavam indo para Tel Aviv. Ao mesmo tempo, fomos proibidos de pegar qualquer coisa porque os olhos dos soldados judeus estavam bem abertos sobre nós, 'nem uma palha', disse o soldado israelense, 'senão...'."

A declaração de Ahmad Azzaghlul foi imprecisa: os habitantes do gueto não estavam morrendo de fome, como ele alegou, pois os israelenses permitiram que eles pegassem as provisões que tinham encontrado nas casas que margeavam o triângulo do arame farpado. Eles estavam, no entanto, apavorados de ficar sem comida, e nunca lhes ocorreu que, quatro meses após sua "guetização" e depois de as casas e lojas da cidade terem sido limpas, eles seriam autorizados a trabalhar como diaristas nos pomares cítricos e nas plantações de oliveiras. Vocês deveriam ter visto o que isso fez com Iliya Batchun quando, no fim dos seus dias, foi forçado a trabalhar duro como diarista na sua própria terra, e como "Hajj Sababa", como os habitantes do gueto costumavam chamá-lo, carregava o fardo dos seus sessenta anos sobre os ombros caídos, caminhando com dificuldade, exausto pelo trabalho, e nunca deixando de amaldiçoar o destino que o transformara num mero trabalhador braçal, que de manhã ficava enfileirado ao lado de homens que viviam em tendas e eram trazidos da área ao redor de Nazaré.

Mamun disse que o chefe da comissão, o noivo daquele casamento que havia sido o momento de maior alegria na noite do gueto, fora transformado num homem infeliz, que tremia de tristeza e humilhação e amaldiçoava a hora em que tinha repelido o filho Iskandar, quando este voltou para saber por que o pai não havia solicitado que o levassem até a sua esposa — descobrindo então que o velho, não satisfeito em agir como um adolescente no fim dos seus dias, decidira mudar de religião!

Foi Ghassan Bathich quem inventou a palavra que estava destinada a entrar no léxico do vernáculo hebraico, ao gritar na cara de Iskandar: "Chega! Deixe o cara em paz! Vá dizer à sua mãe *sababa*!".

"Como assim *sababa*? Isso é a ira divina!", Iskandar gritou, cuspindo no chão como se o fizesse na cara do pai. "Que nojo dessa *sababa* e desse velho que decidiu se comportar como um adolescente no fim dos seus dias!"

E *sababa* então se tornou uma palavra hebraica, não faço ideia como, já que se trata de um termo árabe clássico. Em hebraico, é agora um sinônimo de "prazer", combinado com o *cool* do inglês. Uma palavra arrancada do léxico árabe que atribui a ela os significados de "paixão" e "anseio pelo amado" foi transformada numa palavra hebraica que engloba os sentidos de "prazer" e "está tudo bem".

O nome secreto de Hajj Iliya Batchun tornou-se então "Hajj Sababa". Sempre que alguém se referia a ele, fazia-o pelo novo nome — até mesmo a esposa Khulud, embora se limitasse, quando ouvia o apelido, a fazer um gesto de conivência com a mão e dar um sorriso ambíguo, sem dizer nada. Todos conspiraram para garantir que Hajj Sababa fosse para o túmulo sem conhecer o seu novo nome.

A história não está nesse nome que se tornou um motivo de chacota do velho que se apaixonou e não ligou para a diferença de idade que havia entre ele e Khulud, que tinha vinte e seis anos, ou seja, era quarenta anos mais nova, mas na maneira como o velho se dirigiu ao filho, que tinha atravessado a fronteira ilegalmente para procurá-lo.

"Você já é um adulto e eu sou um adulto, portanto você tem que me entender e não ouvir os delírios da sua mãe. Vê como as minhas mãos estão tremendo?", Hajj Iliya Batchun disse.

"É reumatismo, pai, por causa da idade", argumentou Iskandar.

"Escute, filho, e tente entender", disse Hajj Iliya Batchun. "Me diga então por que, quando seguro Khulud, o tremor para? Olhe, filho, vá e diga para a sua mãe que morri. Não quero chateá-la, mas o que aconteceu, aconteceu, e não há como voltar atrás. Sou casado conforme a tradição de Deus e do seu profeta, ponto-final. Quero recomeçar a minha vida."

O filho não conseguia entender como o homem podia falar sobre um novo começo para uma vida que tinha chegado ao fim no meio da destruição total que assolara o país e transformara Lidd em ruína. "Danem-se seu cabelo branco e sua falta de vergonha! Que tipo de pessoa muda de religião no fim da vida só para poder fazer sem-vergonhices? Você vai ter muito que responder diante de Deus!"

Com Khulud, o velho que se comportava como um jovem, descobriu o significado dos prazeres da vida conjugal, que a timidez e o senso de pecado no ato amoroso com a esposa haviam ocultado dele. Com Khulud, o homem sentiu que nunca tinha feito amor na sua vida antes e que o seu casamento anterior fora uma espécie de solteirice. Khulud, aquela que os habitantes do gueto tinham visto com roupas rasgadas e os cabelos emaranhados cobertos de poeira, que havia realizado a dança triste na frente dos soldados, carregando a filha, cujos pés estavam cobertos de fezes, tinha se tornado outra mulher. Seu casamento com Hajj Iliya foi o momento de maior alegria no gueto. Era outono e a cidade se preparava para celebrar a "Festa de Lidd", que significa a festa de São Jorge, ou Alkhidr, em 16 de novembro, uma festa em que cristãos e muçulmanos celebravam juntos. Foi naquele dia que as pessoas ouviram Iliya Batchun pedir a mão de Khulud em casamento no pátio da igreja. Ninguém comentou sobre a decisão do homem que havia se dedicado a vida toda à sua família e era conhecido pelo culto aos ritos religiosos cristãos, especialmente os da Páscoa. Como isso aconteceu? Por que ninguém se aproximou de "Hajj Sababa" e lhe disse: "Isso é vergonhoso! Você é um homem velho! Na sua idade, deve-se procurar construir um bom fim e dedicar-se à adoração, e esquecer as luxúrias do corpo"? Até o padre ficou de boca fechada diante da decisão de Hajj Iliya de declarar publicamente sua conversão ao islã, para que pudesse ter uma segunda esposa. Todos compactuaram com Hajj Sababa em prol de um momento de alegria ilusória.

O patriarca ortodoxo de Jerusalém não veio, como era de costume, para a festa de Lidd, a primeira realizada na cidade depois da sua destruição e o estabelecimento do novo Estado. O patriarca se encontrava na Cidade Velha de Jerusalém, que estava sob controle do Exército jordaniano, e o deslocamento para Israel teria exigido arranjos especiais, então o assunto foi negligenciado. Ao mesmo tempo, a igreja de Lidd encontrava-se lotada de refugiados que viviam nela e não estava preparada para receber a procissão patriarcal solene, além da impossibilidade da vinda das pessoas de várias partes do novo país para Lidd, em vista do regime militar que fora imposto às aldeias e aos guetos cercados que haviam sido criados nas cidades. Ninguém, portanto, veio. Mesmo assim, e apesar de tudo, a festa de São Jorge não foi uma ocasião triste. O santo cavaleiro que matou o dragão provou ser capaz de criar uma atmosfera festiva, sobretudo porque os israelenses permitiram que os moradores do bairro da Mahatta viessem à igreja — momento em que os habitantes do gueto descobriram que não eram os únicos que tinham ficado para trás. Havia, de fato, outro gueto na cidade, contendo cerca de quinhentas almas, formado pelos homens que trabalhavam na ferrovia e pelas suas famílias. Decidiu-se permitir que eles ficassem, pois Israel precisava que os trens funcionassem.

São Jorge juntou o povo dos dois guetos. Três ônibus pararam na entrada do gueto e os passageiros desceram e se misturaram com os habitantes, que estavam reunidos no portão. Naquele instante, os sinos da igreja começaram a badalar, e em vez da procissão de padres que costumava marchar na frente do patriarca abrindo caminho através da multidão, dividindo-a em duas metades, um grupo de rapazes e moças se formou e caminhou na frente do padre, e o cheiro de incenso se misturou com cantos bizantinos.

Em meio aos sons dos hinos, Iliya Batchun virou-se para Khulud, que estava ao seu lado, e pediu a sua mão. As palavras "casa comigo, Khulud, eu te amo", que Iliya pronunciou em voz alta, chegaram como um choque para Khulud, que vivia sob as asas do homem como uma filha adotiva. No entanto, o cheiro da vida que irrompeu junto com o incenso e o toque dos sinos inspiraram, no sexagenário, uma sensação de novos começos. Ele disse a Khalid Hassuna que a vida começou com a Mulher, que a vida era fêmea, e que essa mulher "me trouxe de volta à vida".

Khalid Hassuna tentou explicar ao amigo que as pessoas iriam caçoar dele e disse: "Khulud é uma égua e você não é capaz de montá-la. Você é velho e nunca vai conseguir!".

Mas Iliya afirmou que um verdadeiro cavaleiro morria sobre sua sela. Ele disse que ia morrer, pois a morte era uma realidade, e que preferia morrer com a cabeça na coxa da jovem esposa do que morrer sozinho.

As pessoas disseram que Khulud se casou com ele porque queria dinheiro e terra, mas a jovem viúva mais tarde contaria a Manal sobre o marido, que de fato morreu na sela, que quando ela ouviu o pedido de casamento, sentiu um arrepio de paixão. "Juro, Manal, eu nunca sentira nada parecido. Eu tinha me casado com meu primo porque ele era meu primo e tivemos filhos porque ter filhos fazia parte do casamento, mas — não sei como lhe dizer isso exatamente, é muito louco — com Hajj Iliya eu perdi a cabeça. Juro que nunca tinha visto nada parecido: ternura, bondade, e quando ele me jogava na cama e se deitava em cima de mim, eu me sentia como uma rainha. Sabe o que significa ser rainha? E ele agia como um jovem e me contava histórias e nós ríamos. Deixe-me contar um segredo: rir é o segredo. Amor significa você sentir que quer rir com o homem. Como se você fosse uma árvore, e o homem estivesse colhendo as suas frutas, e você ri."

Khulud contou à minha mãe o segredo da morte de Hajj Sababa nos seus braços — um segredo que era conhecido por todos, mas que, segundo as normas da minha mãe, nunca poderia ser divulgado.

Até mesmo a coisa de Hajj Iliya se tornar um muçulmano passou sem obstáculos, como se ele tivesse se tornado um muçulmano e permanecido cristão: em vez de ir para a Igreja do Santo Sepulcro passar os três dias da Paixão de Cristo lá e voltar carregando a santa chama da tumba do Cristo (o que havia se tornado impossível depois do estabelecimento do Estado hebreu e a manutenção de Jerusalém oriental sob o controle árabe), ele passava os mesmos três dias na igreja do nosso senhor Alkhidr e voltava para casa pleno da alegria da ressurreição.

A história do funeral de Hajj Iliya, cinco anos depois do casamento, talvez resuma melhor a vida do homem. O arame havia sido retirado um ano depois da sua colocação, alguns habitantes do gueto já tinham retornado para casa, outros conseguiram alugar pelo Fundo Nacional Judaico uma casa que pertencia a um dos habitantes da cidade que havia sido expulso. A maioria dos habitantes do gueto, no entanto, ficou lá, como se pertencesse a uma única tribo. Lidd, que ficou repleta de colonos judeus vindos da Europa Oriental, se dividiria em duas cidades e permaneceria assim: a cidade do gueto *versus* a cidade dos judeus imigrantes.

O funeral de Hajj Sababa teve os ritos mais estranhos. O *hajj* foi envolto numa mortalha ao modo islâmico e disposto num caixão de madeira, e o povo orou por ele na mesquita. Em seguida, os jovens levaram o caixão para o cemitério ortodoxo e lá, na frente do túmulo, os enlutados queimaram incenso, e vozes cantando hinos foram ouvidas. O padre veio para a frente, polvilhou água benta no corpo que estava no chão e disse: "Do pó vieste e ao pó voltarás". As vozes entoaram "Que tua memória seja eterna", e ele foi enterrado no túmulo da família.

Na festa de Lidd, Iliya Batchun anunciou a decisão de se casar com Khulud e a alegria se misturou à estupefação pela surpresa repentina. Era o primeiro casamento do gueto, e o noivo era o chefe da comissão popular; quanto à noiva, radiante de amor, "parecia com a lua cheia", como dizem, e todos ficaram impressionados com sua beleza, sua delicadeza e sua surpreendente dança do ventre.

Mamun disse que a dança de Khulud o deixou admirado. Ele disse que sentiu as ondulações do amor emanando do seu corpo inteiro e das suas curvas. "Verdade, eu não podia ver nada, mas senti isso. Os giros de alegria e de desejo do corpo dela preenchiam o lugar."

Khulud disse que sentia o coração do homem batendo nos seus dedos enquanto segurava sua mão sob o lenço que o xeique dispôs sobre as mãos dos noivos, e ela disse: "Eu me entrego a você em casamento". Naquele momento, o coração da mulher começou a bater na sola dos seus pés, então ela se levantou; os sons da música vindo de longe faziam cócegas nos seus ouvidos. De repente, o som da *rababa* surgiu, e a noiva se levantou e começou a dançar. Ela se retorcia à música ainda distante, seu corpo moldando os ritmos a partir das próprias curvas e sinuosidades, e, à medida que a música crescia, todos viram o longo vestido vermelho que ela usava, bordado com fio dourado na parte superior do peito e nos ombros, se transformar numa túnica fina que revelava, e não ocultava, como se tivesse se tornado uma parte dela — curvando-se, recuando, agarrando-se enquanto ela girava no meio do círculo, ajoelhava, parava, dobrava o torso para trás, até seu umbigo abraçar o céu, e se curvava sobre si mesma e esticava os braços para cima, trepando no ar. Seus pés giravam e, com eles, o mundo. A túnica subiu um pouco, revelando pernas translúcidas. Um pulso se acendia no olhar, tremores percorriam desde os ombros até os pés e as cores eram arremessadas do seu vestido longo nos olhos dos espectadores. Era como se Khulud não fosse Khulud, mas uma mulher que ficou embriagada com o próprio corpo e contagiou a todos que estavam espantados, observando em êxtase silencioso e sentindo a vida começar a pulsar no corpo e na alma outra vez. Ghassan Bathich levantou-se e entrou no círculo, e então todos de repente começaram a dançar, as ululações eclodiram e Manal jogou arroz sobre todas as cabeças.

Fecho meus olhos e a vejo agora, a mulher que dançou duas vezes, uma vez para a morte e outra para o amor. Nas duas vezes, ela traçou com a sua dança a perplexidade, o medo e a promessa de vida. Eu me sento atrás da mesa, vendo a escuridão ocupar o papel branco à minha frente, e da penumbra densa Khulud emerge com a sua brancura radiante e o longo cabelo preto que cobria o seu corpo. Eu vejo a mulher que ficou gravada na minha memória com a longa túnica preta, que ela voltou a usar com a morte do marido, Iliya Batchun, e nunca mais tirou — uma mulher que surgia da escuridão irradiando o amor pela vida que ela nunca traiu, e é por isso que, depois da morte do marido, ela se dedicou à adoração e escolheu ser a guardiã do santuário do xeique Dannun, limpando-o, acendendo velas e vivendo da esmola dos pobres que encontraram, no santuário daquele xeique sufi, refúgio e guarida.

Quanto a mim, descubro, enquanto escrevo a história, que a minha vida foi perdida, que as minhas feridas nunca se curarão, e que à medida que Dália e eu nos aproximávamos do tão esperado momento de iniciar, eu temia, e ela temia, e nós dois fomos incapazes de combinar tristeza e dor.

Escrever não é uma celebração dos anos que foram perdidos e uma elegia para eles?

Só uma elegia pode provocar tristeza, inflamar a imaginação e lançar uma marca na escuridão da alma. Eu, Adam, filho de Hassan Dannun de Lidd, convoco agora a memória de outro poeta omíada, para fazer uma elegia a mim e ao meu amigo Waddah do Iêmen e receber dele uma elegia. Malik Ibn-Arraib foi um poeta bonito, elegante, corajoso, assassino e ladrão que dormia com a espada sempre sobre o peito. Quando o anjo da morte veio até ele, não havia ninguém para chorá-lo, e por isso ele compôs a sua própria elegia, que se tornou uma companheira no meu exílio e cujas palavras estarão comigo quando o meu momento chegar:

Pensei: "Quem vai chorar por mim?".
   Ninguém, só a espada e a lança bem apontada.
Enterrando-me, dizem: "Não vá longe!".
   Mas que lugar é mais longe do que este?

(7)

A história de todas as histórias, porém, será aquela que tem como heróis e vítimas os jovens das duas equipes encarregadas de recolher e enterrar os cadáveres, cujo número aumentou, durante a segunda semana, para quatro equipes, compostas de vinte jovens. Essa história continua até o que Mamun chamou de "o terrível momento", que foi a implementação do decreto israelense de que os corpos, que haviam começado a se decompor sob o sol da morte, fossem queimados.

A história conta que as duas equipes foram encarregadas de recolher e enterrar os cadáveres, uma sob o comando de Ghassan Bathich e a outra sob o de Murad Alálami. Ambos eram jovens que trabalhavam no hospital, o primeiro como enfermeiro, e o segundo, com dezesseis anos, como socorrista. Ghassan não havia conseguido alcançar a família no momento do êxodo, que era um caos absoluto; Murad tinha vindo ao hospital para doar sangue e fingiu ser um socorrista: ele não deixou o hospital nem tentou procurar os membros da sua família, pois foi tomado pelo pavor que o impediu de agir. A coragem de Ghassan Bathich rapidamente se evaporou e, quando ele voltou do trabalho no primeiro dia, não conseguia falar. Sua pele estava inchada devido às picadas das moscas azuis que perseguiram o grupo de um lugar para outro. Murad Alálami, por sua vez, parecia despreocupado, como se fosse apenas uma máquina de enterrar corpos.

Mamun fazia parte da equipe de Ghassan. Quando minha mãe perguntou por que ele se enfiara nessa situação, o cego respondeu que tinha se juntado aos outros porque queria ver tudo.

"Então, coitadinho, o que você viu?", perguntou ela.

"Eu vi tudo", ele respondeu.

Mamun relatou esse período na sua palestra na Universidade de Nova York, referindo-se ao mês em que os cadáveres foram coletados como "os dias dos cadáveres". Não sei como ele conseguiu combinar história pessoal e crítica literária nem como entrou na noite de Lidd ao analisar o significado da expressão "aonde quer que o vento sopre", no poema de Mahmud Darwich — um menino pergunta para onde o pai o estava levando no exílio da sua aldeia, e escuta as seguintes palavras como resposta: "Aonde quer que o vento sopre, meu filho".

Mamun disse que descobriu aonde o vento soprava durante o trabalho de recolher os restos mortais nos becos e nas casas. "Morte e exílio são dois lados do silêncio que se infiltrou nas palavras da literatura palestina. Veja, por exemplo, a história da mulher de Tantura, a quem Emile Habibi, no seu romance *O pessotimista*, dá o nome de Baqiya (aquela que permaneceu). No romance de Habibi, Baqiya nunca contou ao marido a história do massacre do qual dezenas de homens daquela vila costeira palestina foram vítimas. Ela se limitou a falar do tesouro na caverna, proclamando assim a linguagem do silêncio como a nova língua dos palestinos. A tese subjacente de Mamun era que a questão não eram os eventos da Nakba, que eram ao mesmo tempo bem conhecidos e escondidos.

"Não me entendam mal, senhoras e senhores. Não cairei na armadilha de dizer que a Nakba foi um evento histórico único. A história, antiga e moderna, é uma série de catástrofes que afligiram inúmeros povos. Eu poderia lhes contar a história dos cadáveres que tivemos que recolher dos becos, dos campos e das casas de Lidd, ou sobre os homens que foram executados em Tantura, como os soldados da Brigada Alexandroni de Israel ordenaram que os homens palestinos da aldeia cavassem sua sepultura usando as próprias mãos — mas que proveito haveria nisso? A questão não é apenas o crime da expulsão dos palestinos das suas terras, porque um crime maior se seguiu: o crime da imposição do silêncio sobre um povo inteiro. E não me refiro aqui ao silêncio que se segue ao que os psicólogos chamam de 'trauma', mas ao silêncio imposto pelo vencedor sobre o vencido pelo poder da língua da vítima judia, que dominou o mundo, ou seja, o Ocidente, depois dos crimes da Segunda Guerra Mundial e da selvageria do Holocausto nazista. Ninguém ouviu os gritos dos palestinos, que morreram e foram desterrados em silêncio. É por isso que a literatura veio para forjar uma nova linguagem para a vítima, ou, em outras palavras, para proclamar uma literatura do silêncio, e para nos levar, com Mahmud Darwich, 'aonde quer que o vento sopre'."

Mamun estava certo. Coletar relatos daqueles "dias dos cadáveres" foi árduo e extremamente penoso, e não sei por que me envolvi nessa exaustiva escavação da memória. As pessoas não veem sentido em falar, e a escavação da memória das vítimas é uma espécie de tortura gratuita. Não, eu não estou afirmando que a memória não tenha sentido, mas estou convencido de que a memória é um processo de organização para o esquecimento, e que tenho que respeitar o silêncio de Manal, assim como o de Mamun, e o homem mencionou rapidamente a questão na sua palestra, e eu não tive a chance de lhe perguntar, naquela noite tumultuada em que me encontrei com ele no hotel, a respeito dos detalhes daqueles dias.

Apesar disso, vejo-me obrigado hoje a atravessar as ruas e os becos de Lidd, pois a história que me apressei tolamente para escrever me força a passar pela noite dos cadáveres.

O que aconteceu durante esses dias?

Disseram, embora só Deus saiba a verdade, que o gueto viveu os "dias dos cadáveres" numa estranha mistura de tristeza e alegria. Uso a palavra "alegria" bem ciente de que é inapropriada. Como ouso falar de "alegria" acompanhando um céu de moscas que cobriu a cidade?

Para Manal, aqueles dias tinham apenas um nome: "moscas azuis". Ela disse que cobriu o corpo inteiro do filho por receio e que no fim teve que lhe cobrir o rosto também. "Juro, era como se eu tivesse te embrulhado numa mortalha, e não era só você, querido, mas todas as crianças foram assim amortalhadas, e até os homens punham máscaras no rosto. Em vez de serem panos apenas para a cabeça, os *kufiye* passaram a cobrir os rostos também."

Apesar disso, Manal não conseguiu esconder, mesmo contando a história das moscas, os momentos de alegria que teve junto aos outros habitantes do gueto durante aqueles dias sombrios, que se materializaram em três tipos de achados: as quatro vacas leiteiras, e ovelhas, e cabras; a mula perdida e a carroça; e os idosos que se esconderam nas casas ou nos quintais e foram levados para o gueto. Esses momentos de alegria teriam sido impossíveis se os israelenses não tivessem decidido usar os rapazes do gueto nas tarefas de limpar as ruas, saquear a cidade e recolher e enterrar os corpos.

Começarei com a parte sobre os cadáveres, pois é muito dura e pesa sobre o meu coração. Quero acabar logo com isso para me livrar dos pesadelos que me paralisam. O primeiro quebra-cabeça que enfrento é o número de corpos encontrados. Todos os relatórios que li falam em cerca de duzentos e cinquenta mortos, e isso é um quadro razoável para uma operação militar que durou apenas dois dias. As informações fornecidas por Issbir Munayir no seu livro sobre Lidd, no entanto, indicam que os dois grupos de coleta de cadáveres e enterros se transformaram, depois de duas semanas, em quatro, e que o número de jovens fazendo esse trabalho havia subido de dez para vinte, sem mencionar que o trabalho levou um mês inteiro! Essas informações se cruzam com a expressão que Manal usava repetidamente ao me contar dos tormentos pelos quais passara durante a minha infância, referindo-se àqueles dias como "o mês das moscas", o que é algo que Mamun confirmou quando me contou que trabalhou por um mês enterrando corpos e restos mortais. Vinte jovens trabalharem por quatro semanas para remover corpos significa que estamos diante de um grande massacre e que o número de vítimas daquele banho de sangue de Lidd, com toda a probabilidade, excede o número oficial em muitas vezes.

Mas o que eu tenho a ver com esse jogo de números? Não temos nenhum documento palestino relacionado ao número de mortos, enquanto os israelenses, da sua parte, não estavam interessados em documentar o número de vítimas palestinas. Nós nos vemos diante de estimativas muito variadas. Para o único zero à direita do número, talvez devêssemos acrescentar dois, nesse caso estaríamos diante de um total aterrorizante, para os critérios daquela época.

No entanto, não vou fazer isso, pois sou incapaz de entrar nesse jogo de números, e na verdade nem quero, porque esse jogo pode ser importante para os historiadores, mas nunca passará de uma questão teórica a despertar muito debate, dada a ausência de documentos palestinos, sem mencionar o desaparecimento do mapa da própria Palestina. Também odeio usar a linguagem dos números quando me refiro às vítimas, porque rouba dos mortos o nome e as características individuais.

Murad Alálami disse a Khalid Hassuna que ele tinha parado de contar e registrar os nomes no terceiro dia depois do início da operação. O vice-presidente da comissão local foi quem teve a ideia de efetuar a contagem dos mortos e registrar os nomes, mas a dificuldade da tarefa, o odor forte e a impossibilidade de identificar as vítimas por causa da decomposição dos corpos, somados à insistência dos soldados israelenses de que os jovens concluíssem rapidamente o trabalho, fez do censo uma tarefa impossível que foi rapidamente abandonada.

Mencionei que cada equipe tinha um líder, mas isso é impreciso. O colapso nervoso de Ghassan Bathich o tornou incapaz de exercer o comando, de modo que a liderança do seu grupo passou automaticamente para Hatim Allaqis, que entrou em colapso total quando confrontado com a cena da incineração dos cadáveres na última semana, momento em que Mamun assumiu o comando, e assim por diante.

A terceira semana de trabalho foi o grande ponto de virada, como Murad Alálami relatara a Manal quando lhe contou sobre o anjo morto que encontraram numa das casas. Manal estava ansiosa para saber o que tinha acontecido com Umm-Hassan, a mãe do seu marido, e interrogava os jovens diariamente sobre o andamento dos trabalhos; foi isso que permitiu que ela armazenasse na memória muitos detalhes daqueles dias, os quais passavam num silêncio temeroso que envolvia todo o gueto.

As coisas relatadas sobre aqueles dias eram inacreditáveis. O trabalho foi debilitante e se transformou, com o tempo, numa rotina de exaustão, sol e fedor. Murad Alálami contou que os jovens perderam todo o sentimento e para eles a morte se tornou um trabalho cansativo, nada mais.

Minha principal referência para o que contarei a seguir é Murad Alálami, que conheci em Nova York por acaso. Ele tinha setenta anos, falava fluentemente inglês e vivia com a esposa no Brooklyn.

O homem veio ao meu restaurante para pedir um sanduíche de *falafel*. O relógio marcava as quatro da tarde, e o restaurante estava meio vazio. Ele se sentou sozinho na mesa de madeira e começou a comer o sanduíche em pequenas mordidas. Quando me viu sorrindo para sua maneira de comer, ele sorriu também e falou comigo em árabe, disse que amava *falafel,* mas tinha parado de comer na América porque lhe dava dores estomacais. Em seguida, acrescentou que não gostava de comer nos restaurantes israelenses que infestavam a cidade porque a capacidade dos israelenses de falsificar todas as coisas, em especial as origens do *falafel,* o deixava furioso.

"Você sabe!", disse ele, "Eles roubaram o país com sua esperteza e sua força, que bom para eles, que fiquem com o país! Mas o *falafel,* de jeito nenhum! Isso é falsificação! Imagine, eles chamam o *tabbule* de 'salada de *kibutz*' e o *hommus,* de *Khommus!* Tem cabimento? Isso é desonesto!"

Fiquei espantado com uma lógica que podia formular "que bom para eles!" para o roubo de um país inteiro e, depois, se engasgar com um prato de *hommus*. Preparei-lhe o prato, peguei duas garrafas de suco de laranja e me sentei ao lado dele.

"Eu não pedi *hommus* nem suco", disse ele.

"São por conta da casa. Você e o cheiro da Palestina são bem-vindos!"

Depois de um momento de silêncio, eu disse a ele: "Mas você está num restaurante israelense".

"Israelense e não israelense", comentou. "Perguntei e me disseram que você é palestino, portanto, eu vim."

Então, quando ele soube que eu era de Lidd e era Adam, filho do mártir Hassan Dannun, ele se levantou, me deu um abraço e disse que tinha decidido esquecer tudo sobre a cidade, mas nunca poderia esquecer a minha mãe com o bebê nos braços e o jovem cego ao lado dela.

"Sua mãe era bonita, meu amigo, bonita e incrivelmente inteligente. O que você está fazendo aqui?"

E então começamos a conversar. Na verdade, não falamos sobre nenhum assunto específico. Usamos as palavras e as expressões habituais que não dizem nada além de transmitir a vontade de falar. O homem terminou o sanduíche, eu voltei para o trabalho, o movimento começou a aumentar, e notei que Murad não ia embora. Ele permaneceu sentado à mesa, bebendo devagar o suco de laranja. Por volta das seis horas, ele veio até o caixa, onde eu estava sentado, despediu-se e agradeceu.

Murad passou a ser um cliente regular e eu passei a ver nele, que comia feito passarinho, um companheiro vindo da minha memória. Eu dizia o que se poderia chamar de "migalhas de palavras" e ele respondia com os olhos. Não sei por que se calava, mas ele era risonho e cortês, e isso foi o suficiente para nós dois. Ele nunca me perguntou nada sobre o meu passado; até mesmo a pergunta que fez sobre a razão de eu ter vindo para Nova York era uma daquelas coisas que se dizem sem esperar uma resposta. No entanto, nossa amizade começou a mudar, como resultado da crise pela qual passei e da minha decisão de parar de escrever o romance alegórico sobre Waddah do Iêmen e me dedicar a escrever este texto aqui.

Uma noite, como eu estava terminando de trabalhar e Sarang Lee me esperava para irmos ao Fish, o restaurante na rua Bleecker que servia frutos do mar, polvo e caranguejo, quando Murad entrou, pedi desculpas a ele e disse que estava de saída, mas que gostaria de convidá-lo para jantar no Fish qualquer dia desses, pois eu queria consultá-lo sobre algo. Ele me agradeceu e disse que era ele quem queria me convidar para jantar na sua casa, pois a sua esposa estava ansiosa para conhecer o filho do mártir Hassan Dannun, dono do restaurante de *falafel*.

Na sua casa em Bay Ridge, descobri como esse setentão havia transformado a aposentadoria em arte de viver: uma casa cercada por um jardim verde, uma atmosfera agradável, seus negócios no comércio de móveis transferidos para os três filhos, que viviam com a família em apartamentos próximos, a voz de Umm-Kulthum soando baixinho e envolvendo o lugar, uma garrafa de vinho branco, uma esposa com cerca de sessenta anos ainda radiante em sua beleza, um peixe grelhado sobre uma cama de salsinha tenra, que a senhora esbelta dispusera na mesa diante de nós antes de se retirar em silêncio.

Quando expressei minha surpresa pelo fato da sua esposa não jantar conosco, ele disse que lhe pedira que nos deixasse a sós, pois eu havia dito que queria consultá-lo sobre um assunto privado, ou foi isso que ele entendeu.

"É um mal-entendido", eu disse. "Preciso que você me ajude a escrever um romance, e a presença da sua esposa não me perturbaria de maneira nenhuma. Pelo contrário, eu gostaria que ela participasse da conversa."

"Um romance! Eu vou ajudá-lo a escrever um romance?"

"Talvez eu não tenha me expressado muito bem", eu disse. "Estou escrevendo um livro de memórias e quero a sua ajuda para lembrar certas coisas."

"Parece que você não para de se expressar mal", comentou, rindo. "Como pode esperar que eu o ajude a lembrar da sua vida se não sei nada de você? Ouça, eu não sei nada sobre literatura. Tudo o que sei é que gosto de poesia clássica e conheço de cor os poemas do 'príncipe dos poetas', Ahmad Chawqi, que foram cantados por Muhammad Abdulwahab. Além de três versos de um poema de Chawqi que ninguém ousou cantar, um poema sobre o vinho, que certamente você conhece, sendo um literato que quer escrever romances."

Quando respondi que não sabia do que ele estava falando, ele olhou para mim com pena e declamou:

O Ramadan acabou, traga a bebida, copeiro!
   Ansiosa anseia por outro ansioso!
Vermelha ou amarela, as melhores são
   Como as jovens, cada bela com seu sabor.
Cuidado, não derrame o sangue perfumado dela,
   basta-lhe, ó tirano, o sangue dos amantes!

Ele serviu um copo para mim e outro para ele, e um terceiro que ele pegou e saiu da sala de jantar, voltando depois de alguns segundos na companhia da sua esposa, Itidal, que levantou o copo e disse que era uma grande honra conhecer o filho do mártir Hassan

Dannun, nome mencionado em Lidd e Arramle, sempre acompanhando o nome do herói Abu-Ali Salama.

Aproveitei a oportunidade criada por Itidal para anunciar o meu objetivo: queria escrever a história de Lidd e procurava testemunhas dos dias do gueto.

Itidal disse que os israelenses criaram um gueto em Arramle também, e que os habitantes do bairro Aljamal, na cidade antiga, ainda se referem a ele como tal, mas que ela mesma não se lembrava de nada daqueles dias porque não era nascida na época da Nakba. Ela olhou para o marido e disse que Murad se lembrava de tudo porque era um menino na época e não tinha apenas experimentado o gueto, mas provara também os terrores do acampamento de prisioneiros em Sarafand.

Murad, no entanto, agiu como se não tivesse escutado. Ele olhou para mim e perguntou se eu conhecia algum poema de Chawqi de cor.

Eu disse a ele que memorizava a poesia dos antigos, mas dos modernos eu gostava dos poemas de Darwich, Assayab e Saadi Yussuf; mesmo assim, eu sabia muito pouco de cor, porque esse tipo de poesia foi escrito para ser lido, e não declamado.

"Tudo bem, então, vamos ouvir algo, um pouco do que você memorizou", disse ele.

Senti que estava caindo numa armadilha e minha visita seria um fracasso, já que não iria além da recitação de versos, e eu tinha outro propósito. Mesmo assim, eu me senti obrigado a agradar o anfitrião, então declamei um curto trecho do poema de Saadi "América, América", em que o poeta diz:

Deus salve a América, minha pátria, doce pátria!
América!
Vamos trocar presentes:
Pegue seus cigarros contrabandeados
e nos dê batatas.
Pegue a pistola dourada de James Bond
e nos dê a risada de Marilyn Monroe.
Pegue a seringa de heroína jogada debaixo da árvore
e nos dê vacinas.

Pegue os projetos de penitenciárias-modelo
e nos dê as casas das aldeias.
Pegue os livros dos seus missionários
e nos dê papel para os poemas que difamam você.
Pegue o que você não tem
e nos dê o que temos.
Pegue as listras da sua bandeira
e nos dê as estrelas.
Pegue a barba afegã
e nos dê a barba de Walt Whitman cheia de borboletas.
Pegue Saddam Hussein
e nos dê Abraham Lincoln ou
não nos dê ninguém.

"Muito bom! Uma poesia expressiva, embora, pessoalmente, eu só goste das antigas. A boa poesia tem que envelhecer, como o vinho, e essa sua poesia precisa ser mantida nos barris do coração e do peito das pessoas para que possa envelhecer. A memória é um cântaro para a poesia, e a poesia que a memória não guarda não é boa coisa."

Eu disse que concordava, embora na verdade eu discorde inteiramente dessa teoria. Aproveitei, no entanto, o que ele disse sobre a memória ser um cântaro para a poesia para dizer que a memória era também uma pátria para quem não tinha pátria, e que eu queria que ele vertesse o cântaro da sua memória em mim para que eu pudesse restaurar a minha.

Fomos salvos por Itidal, que narrou a história dos seus pais, que sobreviveram à experiência amarga de Arramle, e contou como o exército israelense, que ocupara a cidade, havia expulsado os habitantes, forçando-os a entrar em ônibus, e como o seu pai tinha conseguido se esconder num poço abandonado e vivido no gueto em Arramle, onde conhecera a esposa.

"Mas Lidd era outra coisa. Murad não gosta de falar sobre isso, mas é que, em Lidd, quem saiu bebeu do cálice da humilhação, e quem ficou bebeu do cálice do veneno."

A conversa sobre Lidd oscilou entre o silêncio e a fala. Era evidente que o homem não queria falar nada. Ele disse que, quando resolveu deixar a cidade e emigrar para a América, foi até o santuário de Dannun, onde enterrou a sua memória no túmulo do profeta Salih e partiu. "Decidi não olhar para trás e me erguer novamente junto a essa mulher com cuja foto, enviada de Arramle para mim pela minha tia, me casei antes mesmo de me casar com ela."

De todo jeito, as palavras se infiltravam pela parede do silêncio. Ele falava um pouco, depois se calava... Então, ele me contou a história do cego que não pôde chegar a Naalin e voltou para Lidd.

"Você está falando de Mamun", eu disse.

"Sim, sim, Mamun. Era um cavalheiro, um homem nobre. Não sei o que foi feito dele, mas nunca vou esquecer a sua bela alma e a escola 'Oasis Lidd' que ele fundou."

Contei tudo sobre Mamun. Contei que ele havia participado do trabalho de recolher os corpos na cidade, que foi levado prisioneiro para Sarafand e depois nos deixou e foi para o Cairo concluir os estudos. Ao ouvir as histórias de Mamun, a memória do homem irrompeu e ele começou a falar, pulando de um tópico para outro, chorando, silenciando e bebendo vinho. Entre o silêncio e o vinho, meu plano de ataque começou a tomar forma. Levei-o de volta aos "dias dos cadáveres" e o interroguei incansavelmente. O homem se expressava com dificuldade. Sua voz afundou nas profundezas da garganta e ele falava como quem sufoca. Ele me olhava como um homem se afogando e pedindo ajuda, mas eu estava desprovido de toda misericórdia: eu era o carrasco que sentia prazer em torturar a vítima e a si mesmo, como se algum ifrite diabólico tivesse emergido de dentro de mim. Eu o açoitava com o chicote das perguntas, dava-lhe choques com a eletricidade das palavras, segurava a sua cabeça dentro da água da memória da dor e só puxava quando ele estava a ponto de morrer engasgado. Então eu amolecia e dizia a ele coisas que tinha ouvido de Mamun ou da minha mãe. As lágrimas brotavam dos meus olhos e o coração do homem se derretia e retirava do poço do silêncio eventos que ninguém antes havia relatado. Eu podia ver o espanto, a consternação e a dor se esboçarem nos olhos de

Itidal, então me tornei mais feroz, pois percebi que ele nunca tinha mencionado tais eventos nem mesmo para a esposa, que chorou calada durante aquela noite aterrorizante.

Quando me lembro dela, sinto vergonha de mim mesmo e entendo a posição de Murad, que parou de frequentar o restaurante e não atendeu mais aos meus inúmeros telefonemas. Perdi um belo e brioso amigo para ganhar histórias das minhas perdas e da minha derrota!

Naquela noite, bebi vinho misturado com tristeza e entendi por que nosso povo chama o *araq* de "lágrimas da Virgem" (referindo-se a Maria, mãe de Jesus de Nazaré). Quando o vinho se mistura com lágrimas, ou se transforma nelas, as portas da alma se abrem. Bebi muito naquela noite, e não comi nada. Nenhum de nós deu uma mordida no robalo, ou *sea bass*, como chamam aqui, que ficou deitado ali na nossa frente, e mesmo que dona Itidal tenha, de vez em quando, lançado um olhar para o peixe, ela não se atreveu a nos acenar para comer.

Num dado momento, Murad se levantou, pegou o peixe, levou para a cozinha e voltou de mãos vazias.

"O que diabos você fez, homem?", Itidal indagou.

"Joguei fora. Parecia um cadáver, e eu não posso comer cadáveres."

Na noite em que o peixe foi transformado em cadáver, Murad contou uma história atrás da outra. Ele falava e depois se calava, fechava os olhos como se olhasse para o passado, então os abria e se levantava para buscar outra garrafa de vinho. Ele disse que tinha se esquecido de tudo. "Lidd, meu amigo, tornou-se uma página em branco na minha memória. Eu a apaguei e apaguei a Palestina, mas é a velhice, a velhice te leva de volta à infância, o fim da vida te conduz ao seu início, e a memória do passado começa a assumir formas incompreensíveis." Ele disse que as suas visitas ao restaurante Palm Tree e a repentina devoção ao *falafel* e ao *hommus* foram os sinais desse retorno. "E agora você quer que eu fale e eu não quero falar, mas estou falando, você entende o que quero dizer?"

Murad esboçou com as suas palavras os detalhes daqueles dias. Ele reuniu numa única narrativa os pedaços que eu tinha ouvido de muitas pessoas, e eu vi a história como se estivesse se desenrolando diante dos meus olhos e tomando forma numa sucessão de cenas. Vou, portanto, contar a história como a vi e não deixarei a minha caneta chegar perto dos detalhes esfarrapados com a intenção de unir os diferentes elementos de forma lógica; pelo contrário, deixarei as cenas falarem por si mesmas, do jeito que as vi naquela noite. Eu o escutava como se assistisse, como se estivesse diante de imagens que se misturavam, se entrelaçavam e se desfaziam numa progressão sem começo nem fim.

CENA UM

Ele falou das características humanas que foram perdidas:

"A mais cruel experiência é ver o corpo de um parente e não reconhecê-lo. A morte é uma máscara. Os traços desaparecem de repente do rosto quando a alma o deixa. É por isso que os mortos devem ser enterrados imediatamente: 'Os mortos são honrados no seu enterro'. Quando penso naqueles dias, não me vejo, vejo alguém que perdeu suas feições assim como os cadáveres perderam as deles; rostos como máscaras e corpos esmagados se despedaçando, como se uma pessoa fosse um brinquedo de madeira. Para onde foi a ternura do corpo? Por Deus! Não fomos capazes de reconhecer as pessoas: todas usavam máscaras tão semelhantes que eu não podia mais dizer se a morte é uma máscara ou se nosso rosto é uma máscara para a morte.

"Ouça, amigo. Você queria ouvir, então ouça, se puder aguentar. Foi difícil no começo, depois nos acostumamos, e o único empecilho que restou foi o cheiro. Nunca nos acostumamos com o cheiro, mesmo cobrindo o nariz e a boca com pano. Uma coisa estranha foi que Jamil Alkayal, que seria morto mais tarde no campo de detenção em Sarafand, tinha coberto o rosto com um *kufiye* e um soldado israelense o rasgou e gritou com ele que era um traje da Palmach. Na época, não sabíamos o que era a Palmach ou por que suas tropas usavam o *kufiye* palestino (antes de, mais tarde, concluírem que o pano de cabeça do camponês palestino não era apropriado para eles). Jamil Alkayal lutou desesperadamente para defender seu *kufiye* e acabou sendo espancado a coronhadas e largado por um dia inteiro sobre a pilha de cadáveres que tínhamos coletado; então suas feições desapareceram e, até o dia da sua morte, carregou o rosto de um homem morto.

"A morte não é apenas morrer. A morte acontece quando os rostos são apagados e não podemos mais distinguir as pessoas, e todos os mortos se parecem com todos os outros mortos.

"Não! Não guardo rancor contra os judeus. Eles também morrem e, assim que morrem, tornam-se mortos como nós e deixam de ser judeus. Nós deixamos de ser nós e eles deixam de ser eles, então por que matar? Juro que não entendo. Não guardo rancor a ninguém, mas por quê?

"Éramos jovens e não entendíamos o que estava acontecendo. Não; eu me lembro de que havia uma coisa que não saía da minha cabeça: eu não queria morrer. Estranhos são os caminhos do homem! Vivíamos entre os mortos e só nos importávamos em não morrer. Não entendo esse instinto que temos dentro da alma e que faz uma pessoa pisotear o corpo dos próprios pais para escapar da morte."

Ele falou que o primeiro dia foi aterrorizante:

"Nós nos reunimos. Eu era o líder da equipe e não sabia o que deveria fazer. Eu tinha dezesseis anos. Talvez minha aparência atlética e meus músculos tenham chamado a atenção do oficial israelense, que por isso me nomeou chefe da segunda missão. Eu gostava de fisiculturismo e costumava treinar no clube em Yafa. Estava com medo, não conseguia pensar e tinha que assumir o comando de um grupo de cinco jovens que eu não conhecia. O fato é que eu não conhecia ninguém de Lidd. Eu morava em Yafa na casa do meu avô materno. Ele era da família Alhut, que era de origem libanesa e vivia em Yafa. Eu estava morando na casa do meu avô libanês porque as escolas em Yafa eram melhores. Pouco antes de a cidade cair, meu pai veio e me levou para Lidd. Meu pai, minha mãe, meu irmão Sadiq e minhas três irmãs, Hind, Sumaya e Rihab, se juntaram aos que fugiram e eu fiquei preso em Lidd. Eu estava no hospital para doar sangue e fiquei lá. Não sei por que, mas não conseguia me mexer. Estava assustado, morrendo de medo do som das balas e das notícias, sobretudo as do massacre na Mesquita Dahmach. Meu avô e sua família ficaram em Yafa, depois partiram para Beirute por mar. Minha família foi para Naalin e de lá para Beirute, e eu fiquei em Lidd, por acaso. Senti que ficara preso, e fiquei preso até o fim.

"Tive que liderar a equipe, e nosso primeiro trabalho foi na rua Salahidin. Os corpos e os enxames de moscas nos pegaram de surpresa. Os corpos estavam espalhados no meio da rua, inchados e rígidos. O cheiro dos corpos cujas feições foram apagadas subia e se agarrava à nossa pele. Tínhamos que colocar os corpos em macas e transportá-los para o cemitério, onde seriam enterrados. Nosso dia começou com sons de gemidos. Aproximei-me do primeiro cadáver com Samih, filho do xeique Khalid Alkayali. Era uma mulher e suas roupas estavam em farrapos. Samih começou a recitar a *Fatiha*, enquanto o soldado o xingava, ordenando-lhe que continuasse o trabalho. Samih recitou a *Fatiha*, e então o ouvimos soluçar, e não sei como aconteceu, mas todos nós começamos a chorar. Choramos, choramos e nossos corpos tremiam de medo, e uma sensação de náusea nos invadia. *'La ilaha illa Allah!'*, gritou George Samaan, enquanto fazia o sinal da cruz. O corpo da mulher caiu das nossas mãos e bateu forte no chão. Pegamos o corpo de novo, pusemos na maca e caminhamos com ele. E foi assim, foi assim, senhor, que eu conheci o povo de Lidd, cadáver por cadáver!"

Ele falou que o trabalho nas ruas era o mais fácil:

"Nas ruas, não tínhamos que procurar os mortos. Os corpos estavam espalhados na nossa frente, e no fim do primeiro dia nos acostumamos. Como posso dizer? Aprendemos a pegar cadáveres sem que se desmanchassem. Primeiro, juntávamos o corpo, quer dizer, cuidávamos para que não despedaçasse, pondo as mãos sobre o estômago, fechando as pernas e levantando o corpo pelos ombros, torso e pernas. Um corpo precisava de três pessoas para carregá-lo e mais duas à espera com a maca para levá-lo para o cemitério, e, nesse ínterim, a gente preparava outro corpo e depois outro. Foi assim que, depois de algumas tentativas terríveis, quando três corpos se desmancharam em pedaços, descobrimos essa técnica para carregá-los, mas quando um corpo desmoronava e um braço, por exemplo, caía, o processo de pegá-lo e juntá-lo novamente e arrumar as partes era doloroso e difícil, em especial quando acontecia com mais de um membro. Por causa disso, o trabalho demorava muito tempo, o que deixava os soldados irritados."

CENA DOIS

Ele falou sobre o enterro dos corpos:

"Descobrimos que enterrar corpos não era tarefa fácil, especialmente porque Samih Alkayali havia decidido que eles seriam enterrados segundo a tradição islâmica, o que significa que devíamos fazer uma cova para cada um e posicionar uma pedra sob sua cabeça, que deveria apontar para Meca. Não me opus à decisão, embora estivesse convencido de que seria impossível implementá-la, dadas as circunstâncias em que estávamos trabalhando: os israelenses nos deram apenas instrumentos primitivos para a escavação, e tínhamos trinta corpos para enterrar no primeiro dia de trabalho. Quando os soldados viram o que estávamos fazendo, depois de completarmos o enterro de três dos cadáveres, ficaram com raiva e começaram a nos xingar, nos ordenaram deixar os corpos no cemitério e nos levaram de volta ao gueto.

"Na manhã do dia seguinte, começamos os trabalhos no cemitério e fomos orientados a cavar uma vala de vinte metros de comprimento e cinco de largura. Passamos o dia inteiro cavando, e então eles nos mandaram jogar os corpos dentro. Que momento terrível foi aquele! Assim que tentamos levantar o primeiro cadáver, as moscas se espalharam e — por Deus! — fomos cobertos por uma nuvem de moscas cujas asas brilhavam sob o sol ardente. Mas esse não foi o ponto: as moscas eram uma parte natural do trabalho com os cadáveres. O ponto foi a ordem para pegar os corpos com pás e jogá-los na vala. Ó Senhor de todos os mundos... Você pode imaginar o que isso significava? Não sou capaz de descrevê-lo, e de qualquer maneira, por que eu deveria contar a você? Contar não tem sentido. Meu caro amigo, você tem que saber que em Lidd a fala acabou."

CENA TRÊS

Ele falou que eles trabalhavam em silêncio:

"Juro por Deus, trabalhamos nisso durante um mês inteiro e só havia silêncio. Eu sei que você não vai acreditar e, para ser honesto, não sei por que minha língua se soltou. Pergunte à minha mulher, ela está bem na sua frente, pergunte a ela! Eu não falo muito. Sinto que as palavras não saem da minha boca. Não falo em casa nem no trabalho. Na maioria das vezes, dou as instruções aos trabalhadores com gestos e eles já me entendem, nem mesmo com meu neto Omar — que Deus o proteja! — eu sei falar. Ele já está com cinco anos e acha que o avô não fala inglês, embora, na verdade, ele seja a pessoa com quem me comunico melhor sem usar palavras. Nós falamos a língua dos olhos. O pequeno Omar me entende e eu o entendo sem falar.

"O que você fez comigo, homem, para me fazer abrir a torneira das palavras? Juro por Deus, não faço ideia do que está acontecendo! Talvez seja esse vinho branco francês. Sabe, vinho branco é a melhor coisa do mundo! A gente diz que é branco, mas ele não é branco de verdade, é amarelo ou próximo do amarelo. Não puderam decidir de que cor era, então lhe deram um nome impreciso. As palavras são assim, não são precisas, nunca conseguem o que a gente quer, e foi essa a primeira lição aprendida da nossa amarga experiência com nossos primos, os judeus: eles nos puseram em algum lugar onde não existe língua e nos deixaram na escuridão do silêncio.

"Eu estava contando a você sobre o silêncio. Para dizer a verdade, o silêncio não é escuridão, é uma atitude. Passamos um mês inteiro, meu amigo, sem falar. Éramos máquinas sem vida. Juntávamos, cavávamos e afastávamos as moscas, mas ninguém tinha coragem de olhar no olho do outro. Nossos olhos estavam no chão, nosso rosto era como a máscara dos mortos, e trabalhávamos.

"Apenas uma vez no nosso grupo o silêncio foi quebrado. Tínhamos terminado a rua Salahidin e começado as ruas laterais, o que significava entrar nas casas. Foi o que o sargento Samuel nos disse. O sargento Samuel falava árabe iemenita. Ele se parecia conosco: moreno, alto e com bochechas cavadas, tinha sobrancelhas grossas que se encontravam no meio. Era gentil conosco, o que significa dizer que, de vez em quando, ele nos deixava sentar à sombra para descansar um pouco e nos dava água e biscoitos. Havia alguma coisa estranha nos seus movimentos: sempre que ele via um corpo se despedaçar, abaixava a cabeça. Uma vez pensei que o vira chorar, mas não tenho certeza se eram lágrimas ou suor. Bom, o sargento Samuel ordenou que fôssemos a uma das casas. Ele disse que podia sentir o cheiro de algo lá dentro e deveríamos revistá-la.

"A única vez que o silêncio se quebrou foi por um gemido que surgiu do fundo de nós. Nabil Alkarazun deu um grito, caiu no chão e começou a berrar como um boi degolado, e, quando vimos isso, um gemido, que não sei descrever, emergiu de dentro de nós. Parece que as pessoas têm sons escondidos dentro da alma, que elas mesmas não conhecem, mas que saem quando chega a hora certa. Os três soldados judeus que tinham ficado do lado de fora da casa, esperando, vieram correndo na nossa direção e, quando viram o que tínhamos visto, deram meia-volta. Samuel começou a bater a cabeça contra a parede e a vomitar. Não sei quanto tempo passamos nos sentindo daquele jeito; mais tarde, um dos soldados gritou para que continuássemos com o trabalho.

"Depois disso, Samuel desapareceu e puseram um sargento asquenaze loiro no seu lugar. Seu rosto parecia ter sido esculpido numa rocha. Sem descanso, sem água, sem nada. Apenas trabalhar; emitir sons ou chorar era proibido.

"Você pode imaginar? Proibiram a gente de chorar! Já ouviu falar de um exército de ocupação que proíbe suas vítimas de chorar? Fomos proibidos de chorar, e, quando você não pode chorar por medo de ser morto, as palavras perdem o sentido."

CENA QUATRO

Ele falou do gemido:

"Quando ouvimos Nabil Alkarazun gritar e berrar, corremos em direção a ele e o encontramos ajoelhado no chão perto de uma cama em que estava uma menina com o rosto deformado pela morte. "Minha irmã Latifa!", gritou Nabil, gemendo. A cena foi aterrorizante. Corri para cobrir a garotinha, arrancando meu *kufiye* e jogando-o sobre o corpo frágil e rígido, mas Nabil removeu o *kufiye* e começou a gritar: 'Veja o anjo! Ó Deus! É isso que você faz conosco? Aiii!', e com esse grito de dor que emergiu das suas entranhas, nosso gemido — dos cinco encarregados da coleta dos cadáveres — subiu em direção aos céus. O rosto carcomido da menina ficou impresso no meu coração e me acompanhou por toda a vida. Isso é o que as pessoas são. As pessoas são cadáveres. Até as crianças que parecem anjos são cadáveres. A vida não vale nada! Nós não valemos nada!

"Então, depois que nos acalmamos um pouco diante da severidade do soldado, que engatilhou seu rifle nos ordenando que pegássemos a criança e a levássemos para fora, Nabil foi acometido por uma crise histérica. Ele disse: 'Ninguém vai carregá-la, só eu!'. Ele foi até a garotinha e a levantou, mas o braço dela caiu. Nabil a ajeitou de volta na cama, onde parecia uma boneca que tinha desmoronado. Fui em direção à cama, enrolei-a no lençol e a peguei. Segurei-a perto do meu peito e senti a morte bater dentro do meu coração. Minhas lágrimas caíram sobre seu cadáver como se as estivesse dando a ela para beber. Minhas lágrimas foram meu presente para a menina que tinha morrido de sede. Eu lhe dei minhas lágrimas para que ela pudesse se cobrir com a terra, dormir e ser sugada pela grama.

"Pusemos o corpo da criança que Nabil insistiu que se chamava Latifa e que era sua irmã na maca e seguimos em direção ao cemitério. Sem dizermos nada, decidimos parar de trabalhar e levar o anjinho para a cova. Nós nos vimos andando e não olhamos para o soldado, que tinha levantado o rifle e ordenava que voltássemos para o trabalho. Viramos as costas e suspendemos Latifa sobre os ombros, recitando a *Fatiha* e caminhando pela desolação. Não sei por que o soldado israelense não atirou em nós quando desobedecemos a sua ordem. Ouvimos gritos em hebraico; o sargento asquenaze havia, provavelmente, ordenado que os dois soldados não atirassem. Caminhamos numa procissão fúnebre, depois de cobrir o corpo da criança com um lençol branco, como uma mortalha. Quando chegamos ao cemitério, um dos soldados ordenou que a jogássemos no grande fosso que era usado como vala comum (esqueci de dizer que cavávamos um novo fosso toda vez que um deles ficava cheio e que as equipes se revezavam para fazer esse trabalho), mas Samih Alkayali gritou que iríamos cavar uma sepultura para ela e enterrá-la como um anjo deve ser enterrado. E foi o que aconteceu. Cavamos uma pequena cova para ela e Alkayali liderou a oração sobre os restos mortais. Então apoiamos a cabeça dela numa pedra e jogamos terra por cima.

"O choro de Nabil Alkarazun encheu os céus, mas ninguém prestou atenção no fato de que nós tínhamos enterrado uma menina cristã de acordo com ritos muçulmanos. Mesmo Nabil, que disse que ela era sua irmã, não fez comentários sobre o assunto e levantou as mãos enquanto recitava o Alcorão.

"Quando voltamos ao gueto, ficamos surpresos ao ouvir Hajj Iliya Batchun repreender Nabil e mandar que ele parasse de chorar. 'Ela não era sua irmã, rapaz. Por que está fazendo tanto alvoroço? Você não tem uma irmãzinha. Sua irmã Latifa é uma jovem agora, tem treze anos, e aquela não era sua casa. Você sabe que toda a sua família está em Naalin agora, e sua irmã está com eles. Não há nada com que se preocupar, rapaz. Você parece ter enlouquecido.'

"Todos estavam convencidos de que Hajj Iliyya estava certo, pois o jovem era estranho, solitário e quase não falava com ninguém. Ele sempre dizia que queria ir embora e se juntar à família em Naalin, mas tinha medo das balas dos judeus. Depois do ocorrido, Khalid Hassuna o encorajou a partir e lhe assegurou que os soldados não atiravam nas pessoas que saíam; na verdade, era isso que eles queriam. E foi o que aconteceu. Na manhã seguinte, Nabil desapareceu. Parece que fugiu do gueto, e nunca mais ouvimos falar dele.

"Mas esta história não é sobre Nabil, ou sobre a história que ele inventou sobre sua irmã Latifa. Esta história é sobre aquela garotinha cujo nome ninguém sabia e que se tornou uma santa cujo túmulo as pessoas visitavam, porque nosso senhor Alkhidr, São Jorge, apareceu diante do seu pequeno túmulo, montado no seu cavalo, brandindo a espada."

CENA CINCO

Ele falou de Alkhidr:

"Foi assim que passamos a ter um novo túmulo para uma santa, entre os santos de Deus. Nenhum dos habitantes do gueto sabia o nome da menina, então 'Latifa' rapidamente desapareceu, assim como Nabil Alkarazun, e foi substituída por algo estranho, pois a menininha passou a ser conhecida como 'a filha de nosso senhor Alkhidr' e ganhou um santuário construído para ela ao qual as pessoas davam nomes diferentes; alguns o chamavam de 'O santuário da filha de Alkhidr'; outros, 'O santuário do Anjo'. Com o passar do tempo, o segundo ganhou do primeiro. Assim, apareceu na nossa cidade, único entre todas as cidades do mundo, um santuário para um anjo cujo nome ninguém sabia, mas que sempre foi proferido com o artigo definido.

"Khulud foi a primeira a ver Alkhidr guardar o túmulo. Ela disse que ele tinha aparecido para ela num sonho, em frente ao túmulo da menina, brandindo a espada, e encarregou Khulud de dizer a Hajj Iliya Batchun que construísse para a menina uma tumba, porque Alkhidr havia feito desse anjo sua filha. O relógio marcava uma hora da manhã quando Khulud acordou tremendo de frio, seus dentes batiam. Hajj Iliya acordou com os pedidos de socorro da mulher e correu para o segundo quarto, onde Khulud dormia com a filha. Ele puxou o cobertor de lã e a cobriu, esfregando seu corpo para aquecê-la. 'É friagem de verão', disse ele. 'Amanhã de manhã vamos ver o dr. Zahlan. Agora fique calma.' Ele lhe preparou uma xícara de chá quente de sálvia, sentou-se ao lado dela e enxugou o suor frio da sua testa.

"Quando o tremor parou, ela lhe disse que nosso senhor Alkhidr apareceu para ela no sonho, ordenou que uma tumba fosse construída para a criança angelical e disse que ele guardaria a tumba até o Juízo Final. Hajj Iliyya lhe disse para dormir e que as coisas ficariam mais claras pela manhã, e que eles teriam que encontrar uma maneira de persuadir o governador militar a deixá-los construir a tumba. Na manhã seguinte, Khulud contou o sonho a todos, que acreditaram nela. Nosso senhor Alkhidr aparece apenas para as mulheres, e suas ordens têm que ser cumpridas. Claro, não havia nada que pudéssemos fazer. A única coisa que Ghassan Bathich conseguiu foi empilhar umas pedras sobre a sepultura e juntá-las com lama. Dessa forma, o anjo adquiriu um santuário diferente do de qualquer outra pessoa santa — um monte de pedras que aumentava em tamanho com o tempo, porque as pessoas pagavam suas promessas colocando mais pedras sobre o túmulo, o que resultou numa estátua sem forma. Quando, depois da morte do marido, Khulud sugeriu construir um cômodo sobre o túmulo, para que o lugar parecesse um santuário, a maioria das pessoas rejeitou a ideia, dizendo que tinha assumido essa estranha aparência porque nosso senhor Alkhidr queria que fosse assim, e ele não deveria ser tocado, do contrário uma maldição cairia sobre nós.

"Imagine, meu amigo! Temíamos que uma maldição caísse sobre nós — como se já não vivêssemos no meio de uma maldição, ou como se existisse uma desgraça maior do que a que estávamos passando. Mas os humanos não valem nada! Foram chamados de 'humanos' porque estão acostumados à 'humilhação' e a aceitam e justificam. Imagine, acreditávamos que uma pilha de pedras que tínhamos colocado sobre o túmulo de uma criança desconhecida era um sinal do que Hajj Iliya Batchun costumava chamar de 'visitação divina'. Nunca acreditei que o homem tinha se tornado muçulmano. Hajj Sababa, como o chamamos, foi acometido pela insanidade do amor quando viu Khulud fazer dançar sua filhinha daquele jeito selvagem na frente dos soldados israelenses, e o único jeito de se casar com ela era se converter ao islamismo. Mas ele costumava usar expressões que eram estranhas aos nossos ouvidos, até descobrirmos que eram usadas pelos nossos irmãos cristãos. Não me leve a mal! Respeito todas as religiões. Todos nós, no fim, adoramos a Deus, mas não gosto da companhia dos homens pios. Para ser honesto, nunca me senti confortável com a história de Khulud e nunca acreditei que o profeta Alkhidr tivesse aparecido para ela, mas fui forçado a fingir que acreditava. Naqueles dias terríveis, agarrar-nos às cordas da ilusão era tudo o que podíamos fazer. Mesmo assim, disse a Ghassan Bathich que tinha minhas dúvidas sobre o quão sincera Khulud estava sendo, e o estranho é que Ghassan, que como eu expressava suas dúvidas sobre o aparecimento de Alkhidr para uma mulher tão esquisita, a qual se tornara amante semipública de um homem quarenta anos mais velho, foi quem inaugurou o costume de acender velas em frente à escultura de pedra que erguemos.

"A aparição de Alkhidr à jovem viúva foi uma tentativa bem-sucedida de silenciar as línguas malignas, que feriram a honra da mulher que vivera sob a proteção de Iliya Batchun como se fosse sua filha adotiva, mas que no mesmo dia em que o período de espera para que pudesse se casar legalmente chegou ao fim, mudou o status de filha para o de esposa."

CENA SEIS

Ele falou das ovelhas:

"Não quero dar uma falsa impressão dos primeiros dias do gueto. É verdade, eles foram uma história de tristeza e de silêncio, mas nada quebra melhor o silêncio ou faz as pessoas se sentirem mais vivas do que as dádivas da vida."

Ele disse que muitas vezes foram obrigados a enterrar os corpos onde os encontravam, pois os cadáveres estavam deteriorados demais para serem transportados. "Mas a gente apelava para a ajuda de Alkhidr. Suas aparições para as mulheres no gueto se tornaram assunto de todos. Todas as noites, depois de voltarmos do trabalho exaustivo, o sono nos chegava ao ritmo das vozes das mulheres contando as aparências de Alkhidr e do seu anjo. O gueto agora tinha sua santa ou beata, e muçulmanos e cristãos competiam para contar as histórias sobre a aparência de Alkhidr, ou de São Jorge, e para contar a respeito da luz que emanava das asas de um pequeno anjo que ficava parado no topo do monte de pedras, dissipando a escuridão.

"No entanto, logo começamos a esquecer a história do milagre de Alkhidr quando o rapaz libanês, Hatim Allaqis, nos trouxe o milagre da primeira vaca.

"Iliya Batchun disse que a vaca era presente de Alkhidr e devíamos abatê-la e oferecê-la em sacrifício no santuário do Anjo.

"'O homem está louco!', Manal gritou. Sua mãe era uma mulher corajosa. Enfrentou Iliya e os membros da comissão e levou a vaca para casa, dizendo que Alkhidr havia enviado a vaca por compaixão pelas crianças, para que pudessem tomar leite.

"Hatim Allaqis não fazia parte da nossa equipe, então só sei a história de como encontraram a primeira vaca a partir do que ele me contou. Hatim disse que, depois que sua equipe terminou de enterrar os mortos e se preparava para voltar, ele ouviu um barulho estranho, então decidiu ficar. Ele distraiu os soldados israelenses e desapareceu entre os túmulos. Quando todos saíram, tirou a camisa e acenou para dar um sinal à fonte do som. De repente, à distância, ele viu dois fantasmas vindo na sua direção. Pareciam dois velhos cobertos de poeira. Os fantasmas foram chegando mais perto. Certo de que eram djins, ele exclamou: 'Busco refúgio em Deus' e pôs-se a recitar o versículo do Trono em voz alta. Os fantasmas ouviram e começaram a recitar junto com ele:

Deus! Não há deus senão Deus, o Vivo, o Eterno. Não O tomam sonolência nem sono; a Ele pertence tudo o que está nos céus e na terra. Quem intercederá junto a Ele sem Sua permissão? Ele sabe o que está diante deles e o que está atrás deles, e nada abarcam de Sua ciência senão aquilo que Ele quer. Seu Trono compreende os céus e a terra; custodiá-los não O fadiga. Ele é O Altíssimo, O Magnífico.

"No início, eu tive medo de que fossem judeus, depois achei que eram djins e fiquei imóvel, sem conseguir chegar ao fim do versículo do Trono. Eles terminaram por mim, e só então entendi." Ele disse que foram se aproximando; apoiados um no outro, pareciam um homem dividido em dois. "'Somos da família Alhadi', gritaram, antes de se sentarem no chão. Eu me refiz do susto, aproximei-me e me sentei ao lado deles. Eles não acreditaram que eu vivia em Lidd e que havia um grande grupo de pessoas vivendo no gueto. Eram gêmeos, como duas gotas d'água. Um se chamava Nabil e o outro, Kamil. Contaram que eram da região de Jerusalém e que o destino quis que fugissem para Lidd. Tinham cerca de trinta anos, mas pareciam dois velhos. Disseram que tinham comprado uma casa em Lidd e aberto uma loja de tecidos no mercado; quando a Haganah invadiu a cidade, fugiram de casa e se esconderam no laranjal próximo. Naquele dia, eles tinham decidido voltar pelo cemitério. Contaram que se esconderam entre os túmulos quando escutaram os barulhos de uma atividade estranha e não entenderam o que estava acontecendo.

Então, quando tudo ficou quieto de novo, decidiram continuar a jornada. Encontraram uma vaca perdida pastando na grama que nascera em torno das sepulturas. Eles a pegaram e amarraram numa lápide. 'Então nós vimos você.' 'Uma vaca? E onde está a vaca?', indaguei gritando, então eles me levaram até ela. Eu juro, a primeira coisa que olhei foram as tetas da vaca, e pude ver que estavam cheias de leite. 'É uma bênção de Deus', eu disse. Aproximei-me dela e beijei-a na testa. Peguei a corda com que estava amarrada e disse aos dois homens para me seguirem até o gueto. Eles contaram que viram outras três vacas, mas não conseguiram pegá-las. Eu disse: 'Não faz mal. Voltaremos amanhã', e caminhei, puxando a vaca, e os homens seguiam logo atrás de nós."

Murad continuou:

"Com a primeira vaca, houve um regozijo geral no gueto. Então, no dia seguinte, decidimos concluir logo o enterro dos corpos para ter tempo de pegar as outras três vacas. Éramos quatro — eu, um jovem chamado Jamil que havia se juntado ao grupo recentemente, Hatim Allaqis e Ghassan Bathich. Nós nos escondemos entre os túmulos até que o grupo estivesse todo reunido, mas ficamos surpresos ao ver o cego Mamun conosco. Ghassan ordenou que ele deixasse o lugar, mas o cego se negou, dizendo que precisávamos dele e que ele entendia de vacas mais do que nós. Encontramos as três vacas pastando no mirto perto do santuário do Anjo, então formamos uma espécie de círculo ao redor delas para facilitar a captura. Nem precisava porque estavam tão dóceis, como se esperassem por nós. Aproximamo-nos delas e as amarramos com calma; seus úberes também estavam cheios de leite. 'Este é o presente do anjo', disse Ghassan, explodindo em lágrimas. Quando começamos a viagem de volta para casa, reparamos que Mamun não estava conosco. Decidimos procurá-lo e caminhamos entre os túmulos, deixando as vacas com Hatim. Então, de repente, nós o vimos: caminhava com um carneiro no colo, que estava tentando fugir dele. Corremos e arrancamos o carneiro dele. Não tenho ideia de como o cego havia sido capaz de ver o carneiro, muito menos de pegá-lo. Mamun indicou que vira duas cabeças de cabra e que deveríamos procurá-las no lado leste do cemitério. E, de fato, nós as encontramos e pegamos, com muito esforço, porque as cabras eram corredoras astutas. Por fim voltamos, trazendo conosco um tesouro incalculável.

"O povo do gueto nos recebeu com ululações de alegria. O problema do leite estava resolvido, e Hatim Allaqis se encarregava de distribuí-lo para crianças e idosos, enquanto Khulud se encarregava de coalhar o leite e fazer *labne*.

"O carneiro e as duas cabras foram nossa Páscoa. A comissão decidira inicialmente que as cabras fossem logo abatidas e o carneiro, guardado para o Eid Aladha, mas Iliyya Batchun insistiu no abate do carneiro também, para que todos no gueto pudessem saborear o cheiro da gordura enquanto cozinhava. Juro por Deus, nunca provei comida tão gostosa quanto aquela que foi preparada, tanto com a carne quanto com os ossos, pelo povo do gueto! Manal fez quibe cru à moda de Eilabun. Khulud cozinhou as tripas, as patas e as cabeças. Fizeram trigo com a carne, e a *mulukhiye* foi preparada com os ossos do carneiro; e as mesas foram arrumadas. Um jovem — não lembro o nome — até pegou uma garrafa de *araq* e os copos passavam de mão em mão.

"Batizamos aquela maravilhosa ocasião com o nome de 'A noite do anjo de Alkhidr', e ela entrou na nossa memória como a primeira noite alegre. Ninguém ousou dizer a verdade, que as vacas e o banquete de carne foram o resultado do nosso trabalho no cemitério. Assim, meu caro senhor, era a vida se misturando à morte, como a água ao vinho, e o gueto descobriu que poderia aguentar, e que nós, que tínhamos sobrevivido ao massacre por acidente e vivido até então em meio ao medo da morte e à coleta de cadáveres, topamos com a vida na forma de quatro vacas, um carneiro e duas cabras. Na tarde do dia seguinte, nossa alegria ficou completa, quando o grupo liderado por Marwan Alkayali — que Deus o tenha — deparou com uma mula perdida, que foi trazida para o gueto e engatada a um carrinho de quatro rodas que havia sido abandonado ao lado da mesquita. Isso nos proporcionou um meio de transporte que aliviaria muito a carga de arrastar e rolar os barris de água.

"Nossa alegria, no entanto, durou pouco, pois, uma vez que terminamos de recolher os cadáveres, entramos no redemoinho da prisão e do desaparecimento dos jovens. A nata dos nossos jovens foi para

Asqalan — eles prenderam até o cego Mamun —, onde fomos enjaulados. Alguns de nós voltaram para o gueto, outros preferiram sair do campo de detenção para se juntar às suas famílias em Ramallah."

(Não perguntei a Murad sobre os gêmeos porque eu sabia sobre os dois homens e conhecia, por Manal e Mamun, a estranha história da sua fuga de Jerusalém para Lidd: é uma história na qual, para ser honesto, ninguém no seu juízo perfeito acreditaria — e ninguém acreditou no que nos contaram sobre a garota judia louca que os acusou de estuprá-la quando ela tinha doze anos e eles, catorze, e que a acusação provocara o ódio de alguns jovens judeus, que ameaçaram matá-los, e que eles ficaram assustados porque eram sozinhos, órfãos de pai e mãe, trabalhando numa pequena loja que o pai deixara no Mercado dos Khawajat. Então eles foram forçados a vendê-la e acabaram em Lidd. Depois da sua mudança para o gueto, soube-se que eram exemplo de covardia e não conseguiram se adaptar. Eles deixaram a cidade rumo a um destino desconhecido quando eu tinha seis anos, de acordo com o que Manal me disse.

Não acreditei na história até ler o romance de Amós Oz, *Meu Michel*, que conta a história de Hana Gonen e suas fabulações sobre os dois meninos palestinos. Seria uma história real? Teria o romancista israelense mudado os nomes dos gêmeos palestinos de Nabil e Kamil para Khalil e Aziz? Em vez de contar a tragédia dos dois árabes obrigados a fugir de Jerusalém e viver no gueto de Lidd, ele transformou o delírio e a melancolia da sua heroína num símbolo de uma cidade da qual ele não gostava. Não faço ideia, mas a relação entre os heróis dos romances e a verdade sempre me intrigou e continuará me intrigando até os últimos dias da minha vida!

Não quero acusar o escritor israelense de preconceito. Quando Oz escreveu *Meu Michel*, transformou Jerusalém numa alegoria para o suicídio da mãe e provavelmente ouviu fragmentos da história dos gêmeos palestinos e dos delírios da garota israelense e decidiu que serviriam para reforçar a sua metáfora de Jerusalém como uma cidade sitiada por aldeias árabes. Esse é seu direito como autor — mesmo que eu não possa entender como um romancista poderia escrever sobre Jerusalém sem revelar a escala da tragédia que se abateu sobre os habitantes originais do lado ocidental da cidade, que os israelenses ocuparam, expulsando-os de casa. Minha reprovação e estranheza se referem a ele não ter visto a luz nas pedras de Jerusalém, cujas gradações de cor o romancista palestino Jabra Ibrahim Jabra descreveu longamente. Oz viu apenas uma cidade escura coberta pela neblina das suas lembranças europeias; mas quem visita Jerusalém sabe que ela é uma cidade de luz e que as suas pedras rosadas irradiam e brilham mesmo na escuridão.)

Murad disse que nunca esqueceria o sabor da *maqlube* de couve-flor de Hassaniya, a mulher cinquentona que era a única a morar na mesquita, atrás de um cobertor de lã, e que não falava com ninguém além de si mesma. "Se ao menos eu fosse um pintor, para que pudesse mostrar a você a beleza brilhando dos olhos da mulher enquanto fritava a couve-flor e temperava o arroz, e como sua comida se tornou o assunto das conversas do gueto por anos! Ela sempre nos pedia que trouxéssemos carne para que pudesse fazer *maqlube*, mas que dó! Onde, onde encontraríamos carne se só conseguimos saboreá-la uma única vez durante um ano inteiro?!"

CENA SETE

Ele falou do fogo e da queima dos corpos. Disse que era um momento do qual não queria se lembrar nem falar.

O homem se engasgava com as palavras enquanto falava. Ele lutava com os significados, tentando descrever como vivenciou o fogo que consumiu os corpos e os restos mortais. Ele articulava as palavras como quem perdeu a capacidade de falar e chorava como quem não tinha mais lágrimas.

(Quando tentava escrever sobre esse momento, o que fiz várias vezes, eu colapsava. Ficava encharcado de suor frio e tinha a sensação de que meu coração parava de bater. Era tomado pela exaustão, parava de escrever, jogava-me na cama e dormia. Esta é a minha sétima tentativa de escrever o que ouvi. Bebi meia garrafa de vodca, sentei-me à mesa e decidi esquecer todos os sonhos que tive quando a exaustão me derrubava. Mas não pude me esquecer de um sonho que me perseguiu por sete dias e sete noites: nós três — Itidal, Murad e eu — estamos sentados. Murad esvazia o copo até a última gota, serve-se de mais, bebe, e as palavras saem da sua boca e se transformam numa corda que se enrola em volta do pescoço. O homem pede socorro e as palavras soam como sílabas separadas, e a cada grito a corda aperta em torno do seu pescoço e as palavras se transformam numa espécie de estertor. Itidal e eu nunca nos movemos do nosso lugar. Somos como espectadores de um filme de terror. O sonho começa e termina sem que nada aconteça. O homem não morre e nós não tentamos salvá-lo. Eu acordava desse sonho, acendia um cigarro e abria meus olhos ao máximo para não dormir de novo. Mas eu cochilava, e quando o calor da ponta acesa do cigarro chegava aos meus dedos, saltava assustado, então adormecia de novo e entrava num mundo em que o delírio se misturava às lembranças daquela noite. Eu me convenci de que, se continuasse desse jeito, acabaria morrendo num incêndio causado pelo cigarro, por isso decidi parar de escrever por um tempo, mas a decisão não me libertou do labirinto de incêndios que Murad descrevera enquanto se engasgava com as palavras.)

Murad falou daqueles dias:

"Escute, é verdade que recolher os corpos e enterrar os restos mortais foram as etapas mais difíceis do trabalho, mas durante esses dias havia duas equipes de jovens trabalhando no saque à cidade e na limpeza das ruas. Você era um bebê e não se lembra de nada, então não pode me ajudar a lembrar os nomes, e você sabe que a velhice tem suas reivindicações, que começam com a memória, e a memória esquece, e a primeira coisa que esquece são nomes. Primeiro, o nome desaparece, então pouco a pouco as características se evaporam, e finalmente a pessoa desaparece no próprio nome."

(Eu queria interrompê-lo para dizer que, no fim, o nome acaba sendo o túmulo do seu portador e que, quando o nome for esquecido, o portador desaparecerá e a pessoa junto com ele. No entanto, eu não disse nada. Senti que a transformação do nosso nome no nosso túmulo era o auge da atrocidade.)

Ele contou o que um jovem, cujo nome ele não conseguia lembrar, lhe dissera sobre o festival dos saques que ocorreram sob a direção, e a supervisão, do exército israelense.

"O jovem cujo nome a gente esqueceu disse que sua equipe era composta de cinco pessoas e que seu trabalho era limpar os estabelecimentos comerciais do seu conteúdo. 'Entrávamos nas lojas, cujas portas tinham sido arrancadas, e esvaziávamos tudo. Tivemos que encher as caminhonetes do Exército com enlatados, grãos, farinha, açúcar, café, tudo. No começo, sentimos desonra e vergonha. Por que tínhamos que saquear a nós mesmos? Por que tínhamos que roubar a nossa cidade para benefício deles? Sabíamos que as caminhonetes iriam para Tel Aviv e trabalhávamos sob coerção, pressão e medo. Depois de alguns dias de trabalho, porém, tudo mudou. Ficamos entusiasmados e sentimos o prazer de ser ladrões. Roubávamos sem medo, porque o Exército nos protegia, e sentimos o prazer de saquear, e desfrutamos do nosso trabalho.'

"Vergonha do que nos tornamos!", disse Murad. "Você pode acreditar nisso? Você tem que acreditar porque eu acreditei, e é isto que me intriga: como nos tornamos saqueadores e saqueados, ladrões e vítimas? É incrível! Alguma vez você passou por algo assim? Ninguém jamais provou, como nós, o momento de êxtase sentido pela vítima quando ela mesma se açoita, e ninguém pode entender esses sentimentos. Mesmo eu, que estou contando tudo isso, não consigo entender!

"O jovem cujo nome a gente esqueceu disse que, depois que terminaram os estabelecimentos comerciais, o trabalho mais difícil começou. Para executá-lo foi preciso juntar a equipe deles à equipe da limpeza das ruas e do gabinete do governador militar.

"'Naquela manhã, descobrimos que uma nova equipe havia sido adicionada à nossa e recebemos ordens para uma nova missão: esvaziar as casas de todos os móveis. O oficial israelense nos disse que queria tudo o que estava dentro das casas, e nos deu a entender que não deveríamos deixar nada para trás. Era entrar na casa e esvaziá-la e limpá-la; até mesmo as janelas e as portas deveriam ser arrancadas e carregadas até outros caminhões do Exército. Esse novo trabalho foi mais difícil do que o primeiro. Pode-se dizer que nos tornamos carregadores. Voltávamos à noite, com as costas quebradas de carregar móveis, que os caminhões levavam embora. O trabalho era cansativo, mas não enfrentamos nenhuma dificuldade que merecesse ser mencionada, e quando encontramos um corpo inchado numa das casas veio a ordem do oficial para sairmos de lá na mesma hora, jogar gasolina e atear fogo na casa, alegando ser melhor para a saúde da cidade. Sabíamos que havia equipes para recolher os corpos, então não conseguíamos entender por que o oficial queria atear fogo na casa; ele poderia apenas ter ordenado que levássemos o corpo ao cemitério e continuássemos com os saques.'"

O jovem disse a Murad que o seu grupo enfrentou dois casos difíceis. No primeiro, o policial quase atirou no jovem chamado "o egípcio". O segundo caso era o dele próprio.

"Nós o chamávamos de egípcio porque ele era muito moreno, mas não era egípcio. Morava com os pais e três irmãs na igreja e nunca parava de contar piadas. Quando fomos saquear uma das casas, no entanto, o egípcio se deu conta de que era a dele. No início, ele nos levou pelos quartos mostrando a beleza dos móveis que seu pai havia trazido de Damasco. Começamos a carregar os objetos, como de costume, e quando chegamos a um grande espelho na sala de estar, com cerca de dois metros de altura e uma moldura de carvalho com um triângulo de madeira no alto, semelhante a uma coroa incrustada com madrepérola damascena, o egípcio agarrou o espelho e gritou: 'Não! Vou levar isto para minha família'.

"O soldado que nos vigiava dentro da casa não entendeu o que estava acontecendo. Ele foi até o egípcio, disse algo em hebraico e saiu da casa. Eu, como chefe da equipe, pedi ao egípcio que desse um passo para trás e soltasse o espelho, mas ele se agarrou ao objeto com mais ferocidade. Nós quatro formamos um círculo em volta dele na tentativa de persuadi-lo de que tal comportamento era inútil. Eu lhe disse que havíamos saqueado a cidade inteira, então por que esse espelho? Isso poderia nos deixar em apuros, mas, em vez de o convencermos, ficamos tocados por sua atitude, e o espelho tornou-se um símbolo de toda a impotência e vergonha que sentimos durante esses dias de saques.

"O soldado voltou acompanhado de um sargento que falava árabe e que nos perguntou o que estava acontecendo. Eu respondi que tínhamos decidido que o egípcio estava certo e não íamos levar o espelho para o caminhão, que o levaríamos para o gueto porque eles não tinham o direito de levá-lo para Tel Aviv. Não sei onde encontrei coragem para dizer o que tinha que ser dito. O sargento Roni — acho que era esse o nome daquele loiro de olhos azuis — nos disse para carregar o espelho para o caminhão imediatamente e continuou falando outras coisas, por exemplo, que não tínhamos o direito de tomar uma propriedade do Estado. Ele levantou o cassetete e avançou com o soldado, que também tinha um porrete, atrás dele, mas, em vez de recuar, o egípcio grudou-se na superfície do espelho, misturando-se à sua imagem, e todos nós nos vimos dentro dele — cinco palestinos e dois soldados israelenses dentro de um espelho de Damasco. Os soldados se lançaram sobre nós e começaram a nos bater. Nossa preocupação era proteger o espelho dos golpes, então também nos colamos à sua superfície, os golpes dos porretes chovendo na nossa cabeça, a gente gritava de dor e amaldiçoava. A sala estava cheia de soldados israelenses que batiam com os porretes e davam coronhadas com os rifles, e o sangue começou a jorrar. De repente, o espelho se quebrou em pedaços. Eu não podia ver claramente porque meus olhos estavam cobertos de sangue, mas vi nossa imagem no espelho se fragmentar e a cor vermelha nos consumir, e quando o egípcio caiu no chão o espelho caiu em cima dele e se quebrou em pedaços menores. Nossa imagem desapareceu e nós e os soldados israelenses estávamos cobertos de sangue, que escorria do nosso corpo cheio de estilhaços.

"Acabamos algemados andando pela rua vazia, cabisbaixos e cercados pelos soldados, que tinham seus rifles apontados para nós. Não fomos levados para o gueto. Eles nos levaram para uma sala subterrânea usada no passado para armazenar suprimentos de comida, na casa que havia se tornado a sede do comando militar israelense na cidade. Passamos a noite lá sem comida nem água. Eu estava convencido de que eles nos expulsariam da cidade no dia seguinte, mas a manhã trouxe algo inesperado."

O jovem disse a Murad que a manhã trouxe uma surpresa:

"E a surpresa chegou na forma de três enfermeiros, que entraram e limparam nossas feridas e depois passaram um remédio amarelado que ardia, que mais tarde ficamos sabendo que era iodo. Nossas feridas foram enfaixadas, deram-nos um café que tinha gosto de palha, feito da maneira israelense, do tipo que eles chamam de *bots kafeh*, significando 'café de lama', que consiste em colocar pó de café moído ao modo árabe numa xícara e, em seguida, derramar água fervente sobre ele e mexer. O pó não se dissolve, mas vira lama, que é de onde vem o nome hebraico para esse tipo de café. Mesmo que a gente não tenha gostado do sabor, foi um bom começo e consideramos como um gesto bom, e teríamos acertado, se eu não tivesse visto aquela mesa."

O jovem falou da mesa:

"Você sabe que eles transformaram a casa de Hassan Dahmach e Said Alhunaidi em quartel-general do seu comando militar. De manhã, descobrimos que estávamos na casa de Hassan Dahmach, que era grande, recentemente construída, tinha o teto alto e uma sala de estar espaçosa onde o capitão Moche, a quem nos levaram, estava sentado atrás de uma mesa de madeira retangular. Moche começou a nos repreender, dizendo que poderia nos encaminhar a um tribunal militar sob acusação de agredir os soldados, mas que o sargento Roni intercedera em nosso favor. 'Vocês entendem o que estou lhes dizendo? Vocês quebraram o espelho na cabeça do sargento Roni, com a intenção de matá-lo, e foi ele quem me pediu para perdoar vocês! A condição é, porém, que vocês peçam desculpas a mim, pois quebraram um valioso espelho que é propriedade do Estado; e ao sargento, pois vocês foram rudes com ele. E Roni e eu aceitaremos suas desculpas.'"

O jovem disse que, depois de um gesto do capitão, os rapazes começaram a deixar a sala grande, sem nenhuma palavra de desculpas. Ele, no entanto, permaneceu congelado no lugar. "Eu não me movi. Eu olhava para a mesa diante da qual o capitão israelense estava sentado e não conseguia acreditar. Todos foram embora e eu fiquei. O capitão levantou o dorso da mão e disse: 'Tchau!', e quando eu não me movi ele gritou comigo: 'O que há de errado com você, garoto?', mas não respondi. O que eu poderia dizer? Estava consumido pelo medo e senti como se minha língua tivesse grudado no céu da boca. O oficial se levantou, veio na minha direção, me sacudiu pelos ombros e perguntou o que eu queria. Com dificuldade consegui dizer que não queria nada, mas a mesa... 'O que há de errado com a mesa?', perguntou. 'A mesa... é a nossa mesa.' Tentei explicar a ele, gaguejando de medo, que tinha sido feita pelo meu pai com as próprias mãos e que nós a colocamos na sala de jantar; era de madeira de uma oliveira envelhecida que havia secado no nosso campo e meu pai queria que a mesa ficasse conosco pelo resto da nossa vida porque o cheiro de madeira de oliva exalava dela... 'Esse cheiro, senhor, é nosso cheiro. Vocês roubaram o cheiro do meu pai.'"

(Será que o jovem realmente disse essas palavras, ou a memória de Murad teve que reorganizá-las à sua maneira? Isso não importa. O que importa é que o cheiro encheu o lugar onde estávamos, e de repente senti o cheiro de Lidd vindo da minha infância. Eu nunca serei capaz de descrevê-lo, pois é difícil atribuir nome aos aromas da memória, mas as ondulações coloridas em que a prata se mistura com o verde e o azul que surgem das folhas de uma oliveira sob o sol me levaram de volta ao cheiro que está gravado nas minhas entranhas, e senti o cheiro da cor — uma mistura dos aromas da oliveira e da figueira, as duas árvores pelas quais Deus jura no Alcorão, quando Ele diz: *Pela figueira e pela oliveira e pelo Monte Sinai e esta terra segura!* As duas árvores ocupam um lugar especial na memória da minha infância, sobretudo quando fui preso, aos seis anos de idade, por colher figos de um jardim próximo que fazia parte das terras de propriedade do meu avô e fui acusado de roubar propriedade do Estado e passei uma noite inteira na delegacia antes de ser resgatado pela minha mãe, que me explicou que eu tinha que pensar em tudo como perdido e começar do zero. As palavras "perdido" e "zero" permaneceram gravadas na minha memória, mesmo que eu não entendesse. Como pode uma criança no início da vida entender que ela tinha que começar do zero e da perda?)

O jovem disse que o oficial israelense ordenou que ele pegasse a mesa e a levasse para casa.

"O policial me disse: 'Pegue-a, rapaz!', removendo dela papéis e arquivos, deixando-os numa pequena mesa que estava apoiada na parede. Ele disse que não acreditava na minha história: 'Vocês são um povo mentiroso, mas leve-a! Não é sua mesa, mas vou dá-la a você. Diga ao seu pai que esta mesa é um presente do Exército israelense. Pegue-a e não me deixe ver seu rosto de novo!'."

Mas o jovem disse que isso não era o fim da história.

"Meus colegas estavam parados do lado de fora da porta do oficial israelense esperando por mim, e quando me ouviram dizer: 'Eu não vou levá-la', eles entraram e levaram a mesa para fora, e eu me vi correndo com eles, nossos pés mal tocavam o chão, tamanha a felicidade. Quando chegamos ao hospital, o dr. Zahlan pegou a mesa e anunciou que ela seria colocada no saguão do hospital porque o hospital precisava, e que ficaria segura ali, mas seria devolvida ao seu dono assim que o caos atual fosse resolvido."

Murad disse que nos contou essas duas histórias para adiar o que estava com medo de contar. Ele disse que todas as manhãs ele ainda sentia o cheiro.

"Você pode imaginar começar o dia com o fedor de cadáveres em chamas? Tenho setenta anos agora e ainda sinto o cheiro. Todas as manhãs tenho que sair para o jardim, mesmo que esteja quinze graus abaixo de zero. Saio para respirar e me livrar do fedor. Aquele jovem disse que roubaram o cheiro do pai dele quando roubaram a mesa, mas meu cheiro é o fedor da morte. O que posso dizer? Acho que é o suficiente."

Murad apoiou o queixo sobre a mão, fechou os olhos, e uma voz diferente, a voz de um garoto de dezesseis anos engasgado com as lágrimas, emanou dele, e através dessa voz estranha eu vi a cena e senti o fogo, e comecei a sufocar e tive que sair de lá. Tento agora lembrar o que o homem disse, do jeito que eu ouvi, e sinto um arrepio de frio, acompanhado por uma sensação de que estou prestes a engasgar com a fumaça que me cobre a vista.

Murad disse: "Eram seis da manhã de quinta-feira, 18 de agosto. Não estou muito certo da data, mas tenho certeza de que era uma quinta-feira. O oficial israelense reuniu os jovens das quatro equipes que estavam trabalhando na coleta dos corpos e nos informou que aquele seria o último dia de trabalho. Ele ordenou que o líder de cada equipe reunisse os corpos no terreno mais próximo de onde estava trabalhando.

"'Não há necessidade de movê-los para os cemitérios ou cavar valas comuns nos terrenos dos vários bairros. Tudo que vocês têm que fazer é reunir os corpos no lugar especificado pelos soldados. Seu trabalho será fácil e, uma vez feito, essa tarefa desagradável e difícil termina.' O oficial não se esqueceu de nos agradecer em nome das Forças de Defesa de Israel, dizendo que através desse trabalho provamos nossa lealdade ao Estado judeu e nosso merecimento de sermos cidadãos desse Estado, estabelecido para restaurar aos exilados seu direito de regressar à terra dos seus pais e avós."

Murad disse: "O que nos esperava era mais terrível do que qualquer coisa que acontecera antes. Dois dias após o fim do trabalho, fomos levados para campos de detenção; assim, nos mudamos de uma grande jaula para pequenas gaiolas e experimentamos os tormentos do prisioneiro e a dor do exílio. Como sabem, a libertação imediata tinha como condição não voltarmos para Lidd e seguirmos para Ramallah. A maioria de nós recusou, mas senti uma grande perda quando vi Hatim Allaqis ir embora. Com seu espírito alegre e sua incrível capacidade de resolver problemas, Hatim era mais do que um amigo e um irmão. Ele contou que o camarada Emile Toma, que nos visitou no campo, lhe aconselhara voltar para o Líbano e lhe deu o endereço de alguns companheiros libaneses, e ele tinha concordado porque não podia mais suportar viver no gueto como 'um ramo quebrado', sem pais nem família".

Naquele dia, choveu; Murad disse: "Normalmente, não chove em agosto, mas choveu naquele dia. Era uma chuva diferente de qualquer outra. Durou apenas meia hora, como se o céu tivesse aberto uma torneira e depois fechado. Empilhamos os corpos no terreno, a chuva desabou, e você pode imaginar o que aconteceu com os trinta cadáveres, ou pedaços de cadáveres, que nossa equipe tinha empilhado um em cima do outro. Quando a chuva parou, os dois soldados israelenses nos disseram para reunir as partes espalhadas novamente com as pás; então um deles me deu uma lata de querosene e me ordenou que jogasse seu conteúdo sobre as partes, e o fogo começou e o ar virou uma fumaça preta espessa ao som do estalo das labaredas. E nós, meu caro senhor, tivemos que esperar para sacudir as cinzas no ar, e recolher os ossos e enterrá-los numa pequena vala".

Aqui a narrativa acabou.

Depois de um longo silêncio, Murad encheu o copo de vinho branco, levantou-o para mim e disse: "Olhe, e me diga o que vê!".

Não entendi o que ele queria dizer, mas recuperei a voz, com dificuldade, para dizer que via um copo cheio até a borda com vinho branco.

"Você conhece a poesia de Suhrawardi, o Morto?", ele me perguntou.

Eu disse que sabia que ele era um sufi e que provavelmente escreveu versos, como todos os outros grandes sufis.

A taça era boa, o vinho era puro,
  tão semelhantes, difícil adivinhar limites.
Como se fosse vinho sem taça
  como se fosse taça sem vinho.

Comentei que era uma bela poesia, mas que não entendia o significado.

Ele entornou o copo de uma só vez e o ergueu anunciando que a reunião tinha acabado. Eu me levantei. Ele me deu um tapinha no ombro e disse: "Não apresse as coisas... Você vai entender em breve".

SONDERKOMMANDO

Admito que senti algo estranho quando ouvi o estalo dos ossos sendo devorados pelo fogo. Murad contou, e eu vi. Era dor. A dor aperta o coração até você sentir que está prestes a morrer e que o coração está sangrando lágrimas pelos seus olhos. Assim foi, minha gente, que descobri uma nova fonte de lágrimas — lágrimas que não emanam das glândulas dos olhos acompanhadas por um soluçar, mas que brotam direto do coração apertado, e vêm tão quentes quanto sangue, abrindo sulcos pelas faces.

Minhas lágrimas jorravam sem choro, e eu pensava no rosto da minha mãe e nas trilhas de lágrimas nas suas bochechas, que só eu via. E entendi tudo.

Agora posso dizer que entendi a linguagem do silêncio que era a maneira de Manal esconder as lágrimas nas trilhas ocultas nas suas faces.

Quando vi o filme *Shoah*, de Claude Lanzmann, fiquei mudo. Foi em 1991, na casa de um médico judeu americano chamado Sam Horovitz que decidiu voltar para a Terra Prometida e fixou residência em Ramat Aviv. O homem era um modelo de cortesia e gentileza. Ele me chamou para discutir um artigo meu publicado no jornal *Kol Ha'ir* sobre a música "Ahl al-Hawa", de Umm-Kulthum. Sam e sua esposa eram amantes da música árabe e assistiam regularmente a vídeos de filmes egípcios. Ele me ligou e chegamos a nos encontrar mais de uma vez. Disse que admirava os meus artigos e como eram receptivos à cultura árabe, e disse que nunca conhecera outro judeu tão aberto à cultura da região.

Ele me pediu que explicasse os modos musicais orientais e o conceito do quarto de tom, e eu fiquei surpreso com o seu amor pela cultura árabe. Ele disse que leu *Diário de um promotor do interior*, do escritor egípcio Tawfiq Alhakim, traduzido para o inglês por Aba Eban (que ocupou o cargo de ministro das Relações Exteriores de Israel), e que ficou enfeitiçado por aquele escritor, que conseguira apresentar as questões sociais do interior egípcio atingido pela pobreza na forma de um romance policial. Ele tinha ideias ousadas sobre a necessidade da integração de Israel à região árabe e mostrava simpatia pela causa dos refugiados palestinos que viviam em campos miseráveis. Uma vez, depois de uma longa discussão, tomando café juntos, eu disse a ele que queria lhe fazer uma pergunta, mas estava hesitante, com medo de perturbá-lo.

Perguntei por que ele tinha vindo para cá. "Você ama a cultura árabe, mas Israel é um projeto de cultura ocidental que despreza a cultura dos habitantes originais do país; então por que você veio viver aqui?"

Ele me respondeu que foi por causa de Claude Lanzmann e falou longamente sobre a genialidade daquele grande homem de esquerda, amigo de Jean-Paul Sartre e Simone de Beauvoir. Ele disse que o filme *Shoah*, de Lanzmann, mudou a sua vida e foi uma das razões de ter abraçado a sua identidade judaica e decidido voltar para a Terra Prometida.

"Lanzmann foi a soleira para a minha identidade. Umm-Kulthum, porém, é a magia do Oriente que cativou meu coração quando cheguei aqui. Você viu o filme?", ele me perguntou.

"Não, não. Já ouvi falar dele, mas fizeram tanto barulho por causa do filme aqui em Israel que fiquei um tanto relutante em vê-lo. Não gosto de sucessos de bilheteria."

"Desta vez você está enganado", disse ele, e me convidou para ir à sua casa, onde passei seis horas pregado em frente à pequena tela, testemunhando a selvageria nas suas manifestações mais extremas.

"Estou acabado", disse a Sam.

Um filme diferente de qualquer outro, histórias diferentes de quaisquer outras, e uma tragédia se multiplicando dentro da outra.

Apesar do sionismo de Lanzmann, da sua empáfia de pavão e do seu filme posterior *Tsahal*, no qual ele glorifica o Exército israelense com uma parcialidade cega, além de um repugnante romantismo para com um exército que esconde sua amoralidade sob alegações de moralidade, minha admiração por *Shoah* não se esvaiu. Considero-o um trabalho humanitário, no qual o conteúdo supera a forma, que consegue dizer o que não pode ser dito.

No entanto, estou perplexo diante das coincidências do destino e tento encontrar uma explicação para elas, mas não consigo. A coincidência do meu encontro com Murad é compreensível e lógica: o *falafel*, o *hommus* e a nostalgia levaram o homem de setenta anos ao restaurante Palm Tree. Mas o que levou Claude Lanzmann a trazer um grupo de sobreviventes do Holocausto e homens que trabalharam nas equipes do *Sonderkommando* para a colônia Ben Shemen nos arredores de Lidd, para falarem do seu sofrimento quando queimaram as vítimas do seu próprio povo? Com certeza, Lanzmann não sabia da existência de um gueto palestino em Lidd. Mesmo que os ecos da grande expulsão de 1948 o tivessem alcançado, diante das histórias do Holocausto nazista que ele decidiu contar no seu filme, ele não teria concedido a esse evento marginal nenhuma consideração. Tudo isso é compreensível, ou, digamos, é algo que eu tento entender, tendo provado dessa experiência até a última gota e adotado a identidade — na verdade, num momento da minha vida, cheguei a acreditar que era judeu, filho de um sobrevivente do gueto de Varsóvia. No entanto, minha lembrança de cenas daquele evento coincidente quinze anos antes do meu encontro com Murad Alálami, que testemunhou a transformação de jovens palestinos do gueto numa nova forma de *Sonderkommando*, me abalou profundamente.

Por que Claude Lanzmann trouxe os homens judeus do *Sonderkommando* para Lidd?

E teria o escritor e cineasta franco-judeu sido capaz de imaginar um possível encontro entre aqueles pobres homens e Murad e os companheiros que realizaram a queima dos cadáveres do povo de Lidd em obediência às ordens dos homens do *Tsahal*?

Não sei, mas o que me deixa com raiva é o fato de ninguém ter confrontado o diretor francês com essa verdade, que era conhecida por todos os jovens do gueto de Lidd. Talvez a tragédia tenha que permanecer envolta em silêncio, porque qualquer fala sobre os seus detalhes deformaria a nobreza desse silêncio.

Murad estava certo de ficar em silêncio.

O silêncio de Murad se assemelha ao de Waddah do Iêmen. Agora entendo por que Murad cortou todos os laços comigo e por que Waddah do Iêmen rejeitou a minha tentativa de me identificar com a sua história.

É a história da ovelha que foi levada para o abate e nunca abriu a boca.

Essa é a história dos meninos do gueto.

Não quero fazer uma comparação entre o Holocausto e a Nakba. Detesto comparações desse tipo, e acho o jogo de números vulgar e nauseante. Não tenho nada além de desprezo por Roger Garaudy e outros que negam o Holocausto nazista. Garaudy, que andou na corda bamba das ideologias do marxismo ao cristianismo e ao islã, e que acabou como um mercenário às portas dos xeiques árabes do petróleo, cometeu o crime de brincar com números, reduzindo o número de judeus que morreram nas mãos dos nazistas de seis milhões para três milhões. Não, monsieur Garaudy, no Holocausto todos morreram, pois quem mata uma pessoa inocente mata toda a humanidade. Como diz o Alcorão Sagrado: *Aquele que matar uma alma sem que esta tenha matado outra alma ou semeado corrupção, terá agido como se tivesse matado a humanidade inteira.*

Dito isso, qual é o significado da casualidade do encontro desses dois incidentes? Será que se encontraram para que a banalidade do mal, a ingenuidade da humanidade e a insanidade da história pudessem ser expostas?

Ou será que esse encontro aponta para onde acabou indo a questão judaica pelas mãos do movimento sionista, que transformou os judeus de vítimas em carrascos, que não só destruiu a filosofia do exílio existencial judaico, mas o transformou em propriedade das suas vítimas palestinas?

Juro que não sei! Mas eu sei que estou triste até a morte, como disse Jesus, o nazareno, quando teve uma visão do destino da humanidade.

A SOLEIRA

O gueto não deixou de existir quando o arame farpado foi retirado, no fim de 1949: o arame permaneceu gravado no coração das pessoas, e o nome comum dos dois bairros árabes — o bairro de Sakna, onde nasci, e o bairro de Mahatta, onde o Exército israelense permitiu que os trabalhadores da ferrovia ficassem, criando um gueto igual ao que nós vivíamos — continua sendo até hoje "gueto dos árabes". E porque o gueto permaneceu, suas histórias permaneceram com ele. Seus homens e mulheres tornaram-se hoje as sombras da memória de um crime, e as suas histórias se alojaram nos muros da cidade, que é agora uma cidade diferente do que era.

Todas as cidades mudaram, não apenas as cidades ocupadas da Palestina. Essa era a lição a que eu tinha que me acostumar. Nazaré mudou, e Nova York, e o Cairo, e Seul e Pequim, e assim por diante. Tenho que fingir para mim mesmo que Lidd sofreu um terremoto devastador e uma rápida mudança demográfica. Mas por que então essa cidade, que eu deixei para sempre quando era jovem, acorda novamente dentro de mim no fim dos meus dias? Não sou nativo de Lidd. É verdade que nasci nessa cidade condenada, cujos bairros antigos, onde viviam os palestinos, estão agora cobertos de ervas daninhas, mas a família do meu pai tem suas raízes na aldeia de Deir-Tarif. Ela foi extinta e no seu lugar foi construído o *moshav* de Bet Arif, que significa "casa da nuvem", que foi fundada por imigrantes judeus búlgaros e depois convertida numa aldeia cooperativa para judeus iemenitas.

"Minha família vivia na 'casa das nuvens'", eu costumava dizer a qualquer um que perguntasse. Por que então a memória da minha infância me arranca hoje da minha nuvem e me joga no beco de Lidd?

Visitei Lidd apenas duas vezes na minha vida desde que parti. Uma vez para ajudar a enfermeira de Alghabassiya, que vivia em Ramallah, a vender a casa que herdara do marido beduíno, que foi morto numa operação de vingança; e a segunda vez com Dália, que tinha decidido me devolver para mim mesmo.

Escrevendo sobre Lidd, tenho que adotar a postura de um observador e parar de escrever lamentos. Chega! O passado está morto e devo lidar com ele sem emoção. Isso é algo que aprendi com o poeta abássida Abu-Tammam, que descreveu a relação entre a humanidade e o tempo nos termos de um sonho:

Os anos com sua gente então se foram
 como se eles e como se ela sonhos fossem.

Na "língua do *ain*", ou seja, na língua dos árabes, as "partículas análogas aos verbos" e os "verbos incompletos" ocupam uma posição mágica, como se fossem de alguma forma congruentes. Assim, *ka'anna* ("como se") é uma partícula análoga a um verbo, que exerce um efeito sobre o sujeito e seu predicativo: o primeiro segue a declinação do acusativo e o segundo, do nominativo, enquanto *kána* ("ser") é um verbo incompleto no pretérito perfeito, que também exerce efeito sobre o sujeito e seu predicativo; o sujeito segue a declinação do nominativo, enquanto o predicativo, a do acusativo! A ação fica entre *kána* e *ka'anna*, mas é uma ação cheia de desordem, pois na maioria das vezes *kána* transforma o imperfeito em perfeito, enquanto *ka'anna* faz o perfeito, imperfeito. A raiz consonantal de um verbo é, para os árabes, um verbo no pretérito perfeito, mesmo que o ato em si ocorra diante dos nossos olhos! Nessa língua, os verbos são usados apenas na qualidade de passado perfeito, invocados na fala e na escrita. Quando nossos antepassados choraram as ruínas, eles choraram o tempo, não o lugar.

Os anos e a sua gente, que se tornaram sonhos, me levam para as ruínas de Lidd, e quando estou diante das ruínas da cidade, sinto como se estivesse diante das ruínas do tempo. Todas as cidades estão sujeitas à desolação, mas a desolação que vivemos, e ainda estamos vivendo, é a do tempo. Essa é a história que tentei contar pelas vozes dos seus heróis e vítimas. É preciso contá-la para recordá-la e esquecê--la, como um passado que passou, mas não quer passar.

Lidd agora passou a ser como se não fosse Lidd. Manal disse que ela só partiu depois que teve certeza de que a própria Lidd tinha ido embora, e eu acreditei nela. Deixamos a cidade condenada depois do casamento da minha mãe com Abdallah Alachhal e fomos morar em Haifa. Mas Haifa deixou Haifa também. Foi o que Abdallah relatou, amargo, ao testemunhar a perda da sua primeira esposa e das suas três filhas. Não há lugar na Palestina que não tenha deixado seu lugar. Mesmo Nazaré, cujos habitantes não foram forçados a sair, partiu num sentido diferente quando ficou abarrotada com os deslocados das aldeias vizinhas, que foram demolidas, e depois foi instalado, na parte de cima dela, o assentamento de Nazaré Superior, que, em vez de ser uma barreira entre Nazaré e o céu, virou uma extensão da antiga cidade árabe.

Não deveria ter acreditado em Manal, mas eu era pequeno e incapaz de decifrar as palavras. Minha única reação foi chorar quando saí de Lidd, mas Manal se recusou a ler as minhas lágrimas. Limitou--se a me tomar nos seus braços e chorar pelo meu choro.

O povo do gueto assistiu aos israelenses tomarem o controle do tempo da cidade. Sua juventude foi levada para os campos de detenção enquanto a administração militar importava jovens de Nazaré e dos vilarejos vizinhos para colher azeitonas e laranjas. Pobres roubando da boca de pobres, pobres vivendo num acampamento na periferia da cidade e lutando para ganhar a vida quando todas as outras portas foram fechadas na cara deles, e a classe colaboracionista os usava como base para fundar sua liderança política. Isso foi o que Saif-Addin Azzubi contou nas suas memórias. O homem não menciona o colaboracionismo, mas explica em grande parte como ele ajudou as pessoas a conseguirem trabalho em Lidd através das suas relações com os israelenses. Ele não se refere nas suas memórias à desolação de Lidd. Talvez ele não a tenha visto, ou não tenha querido ver, e essa é uma questão que mereceria estudo, pois ninguém, como Mamun disse na sua palestra, foi capaz de ver as coisas como eram de fato.

E assim a cidade se tornou uma espécie de Torre de Babel. Línguas se esbarravam, estranhos pisavam em estranhos e o fluxo de colonos judeus búlgaros começou, seguido pelo dos judeus pobres de todos os lugares. Eles tomaram as casas e viveram nelas, e Lidd tornou-se uma "cidade em desenvolvimento", para usar o termo das autoridades israelenses, o que significa uma cidade marginalizada. Até o aeroporto, que foi expandido e modernizado, passou a ser conhecido como "Aeroporto de Tel Aviv" e "Aeroporto Ben Gurion". Colonos judeus, e beduínos também — porque em 1950 as autoridades israelenses expulsaram dezenas de famílias beduínas de Almajdal e as reassentaram em Lidd. Búlgaros, beduínos e um gueto. Quando foi permitido aos moradores do gueto que fossem até a sua casa, em novembro de 1948, para pegar cobertores e roupas de inverno, eles descobriram que as casas tinham sido esvaziadas de tudo.

A história não é o esvaziamento da cidade de seus habitantes originais, porque o fluxo de pessoas das aldeias vizinhas em busca de trabalho começou e Lidd nunca se tornou uma cidade totalmente judia. Ela se tornou uma cidade híbrida, com seus antigos bairros cheios de traficantes de drogas, e as coisas chegando ao auge quando as autoridades israelenses estabeleceram colaboradores palestinos com a família em Lidd, depois da criação da Autoridade Nacional Palestina, em 1994.

Nem a minha memória, nem a da minha mãe podem me ajudar a descrever o futuro da cidade. O que escrevi é apenas uma tentativa de entender o início das coisas e, como você pode ver, o que chamo de o início das coisas foi o fim para a grande maioria do povo de Lidd, que partiu numa jornada sem rumo e que segue até os dias de hoje.

Não estou justificando nada aqui. Estou tentando descrever o que vi e o que não vi, para que as palavras possam me ajudar a ver melhor. Mas a neblina do tempo me cerca.

Como vou descrever, e por quê?

Histórias que pensei ter esquecido ressurgem agora. Histórias que parecem fantasmas vagando na noite da memória se transformam em palavras, e palavras, em memória.

Quero dormir, e quero que essas palavras durmam também. Estou exausto e elas também.

Mas como?

Não sei. As histórias do gueto não têm fim, e, se eu continuasse a escavar a memória dos outros para reconstituir a minha própria memória esquecida, teria que escrever milhares de páginas, o que sou incapaz de fazer. Excetuando-se a imaginação à qual recorri para escrever um romance truncado sobre o meu poeta assassinado, Waddah do Iêmen, meus poderes criativos entraram em colapso quando cheguei ao início da minha vida e recorri a outros para contarem suas histórias, ou invoquei as histórias fragmentadas que a minha memória aprendera de cor de Manal e Mamun, e reconstituí o que eu precisava.

Agora entendo as seduções de Chahrazad: a mulher não seduziu o rei Chahriar com sua história para que ele poupasse a vida dela, como é comumente contado. Chahrazad contou histórias para saciar a sede, que aumentava com a narrativa, fazendo com que ela recomeçasse e contasse novas histórias. Acho que a personagem do rei com seus desejos insanos é apenas uma desculpa que foi transformada em fato com a construção de uma moldura, que algum escritor deve ter adicionado em tempos posteriores, achando que ao fazê-lo daria significado às histórias.

O significado é o erro. Chahrazad se apaixonou pelas suas histórias; quando obteve êxito e, depois de dar à luz três filhos, ganhou a bênção do rei, ela entrou na letargia que a levou à morte. Chahrazad descobriu que o mundo das histórias é o mundo real, que a história não é um substituto para a vida, mas é a vida em si, e que a vitória é como a derrota: as duas significam o fim da história e a morte do narrador.

Também escrevi para atrasar a minha morte, mas acabei apavorado, porque em vez de me afastar da morte, eu me aproximei dela.

O escritor que adicionou a moldura às histórias de Chahrazad foi tão medíocre como qualquer outro escritor que teme as histórias gratuitas, que explodem dentro de nós como a água explode de dentro da terra. Quem disse que precisamos de significado para contar histórias? Minha ambição interminável é chegar a um texto sem sentido, como a música, cujo significado vem dos ritmos da alma dentro dela e que é suscetível a uma variedade de interpretações, mas isso é impossível. A língua, desde o dia em que se tornou um meio para os deuses se comunicarem com o homem, tem sido abarrotada de significados, e quem faz uso dela foi obrigado a se apoiar no significado para chegar ao núcleo gratuito, que é a literatura.

Sou incapaz de fazê-lo, por isso o meu belo poeta Waddah do Iêmen me abandonou. Eu o enfiei num baú de significados e não soube mais como tirá-lo de lá, então ele escapou de mim e se escondeu na sua história.

Não quero que ninguém me entenda mal; afinal, quem sou eu para escrever as minhas memórias? Não sou ninguém. Temo a morte e corro em direção a ela, e por essa razão decidi preencher o vazio com o vazio e escrever o que eu bem entendesse, o que não teria sido possível sem essa moldura feita das lembranças e da imaginação dos outros... Não sou Chahrazad, sou um mero escritor de molduras. Quanto às histórias em si, elas são livres para irromper como quiserem e tomar o curso que desejarem. Serei apenas o narrador do que vi e vivi. Vou me banhar com as palavras, como fazia na infância, quando dizia à minha mãe, enquanto comia uvas e manchava minhas roupas com seu suco, que eu não estava comendo uvas, que estava me banhando nelas.

E aqui estou, parado na soleira. A história me aguarda e eu tenho que ir embora.

GLOSSÁRIO

8ª Brigada	Brigada formada em 1948 sob o comando de Yitzhak Sadeh, composta de dois batalhões de comando, o 82º e o 89º, aos quais mais tarde foi adicionado o terceiro batalhão, sob o comando de Mula Cohen, que comandou a Operação Dani.
Abássida	Dinastia de califas, descendentes de Abu-Alabbas Assafah, que governaram o mundo islâmico de 749 a 1549. Construíram sua capital em Bagdá.
Abdallah	Abdallah Ibn-Alhussain, rei da Jordânia de 1921 a 1951.
Abdallah Albardawni	Poeta modernista, crítico e historiador iemenita (1929–1999).
Abdurrahman Ibn-Ismaíl Ibn-Abdulkulal	Nome completo de Waddah Aliaman, citado no livro como Waddah do Iêmen.
Abla	Prima e amada de Antar Ibn-Chaddad, poeta árabe e herói popular (século VI).
Abu-Alalá Almaarri	Poeta e escritor cético (973–1058); *A epístola do perdão* é uma de suas obras em prosa mais famosas, na qual o autor visita o Céu e o Inferno e discute com poetas mortos.
Abu-Ali Salama	Codinome de Ali Hassan Salameh, chefe de segurança do Fatah, partido político palestino. Foi assassinado em Beirute por agentes israelenses em 1979.
Abu-Ammar	Codinome de Yassir Arafat, líder político palestino (1929–2004).

Abu-Hassan Salameh	Ali Hassan Salameh (1940-1979). Ver *Abu-Ali Salama*.
Abu-Tammam	Poeta do período abássida (c. 805-845).
Ádil Imam	Ator, diretor e comediante egípcio (1940-).
Agnon	Shmuel Yosef Agnon (1888-1970), romancista israelense de língua hebraica; dividiu com a escritora Nelly Sachs o Prêmio Nobel de Literatura de 1966.
Ahl alhawa	Literalmente, "gente do amor", título de uma canção de 1941, cantada por Umm-Kulthum (letra de Mahmud Bairam Attunissi e melodia de Zakariya Ahmad).
ain	Décima oitava letra do alfabeto árabe. É a letra que inicia a palavra "árabe" em árabe.
Alandalus	Refere-se aos territórios da Península Ibérica sob domínio islâmico de 711 a 1492. Não corresponde à região da Espanha atual denominada Andaluzia.
Alexandroni (Brigada)	Brigada do Exército israelense, responsável pelo massacre de habitantes do vilarejo de Tantura, em 1948.
Alfarazdaq	Do período omíada (c. 640-728), foi o poeta oficial do califa Alwalid Ibn-Abdulmalik, que governou de 705 a 715, a quem o poeta dedicou vários panegíricos.
Ali Ibn Abu Sulaiman Alakhfach	Gramático bagadli (849-927).
Aljahiz	Escritor prolífico de prosa (c. 776-c. 868); dentre seus livros, estão o *Livro dos animais* e o *Livro dos avarentos*. Sua obra intitulada *Eloquência e exposição* é uma tentativa pioneira de descrever a retórica árabe.
Aljihad Almuqaddas	No final dos anos 20 e início dos anos 30 do século XX, e depois da grande revolta palestina nas cidades e aldeias palestinas, os líderes de organizações paramilitares palestinas se reuniram unificando suas fileiras sob um único nome: exército de *Aljihad Almuqaddas*, literalmente, Luta Santa, com o objetivo de se opor às atividades sionistas e ao mandato britânico.

Alkhalil Ibn-Ahmad Alfarahidi	Gramático e lexicógrafo (718–791), cujo léxico *O livro do ain* é organizado de acordo com o ponto de articulação das várias letras; também foi o primeiro a escrever um relato sistemático da métrica da poesia árabe.
Alkhatib Alabaghdadi	Mahdi Achafií (1002–1071), conhecido como "o pregador de Bagdá", foi estudioso de tradições proféticas e historiador, autor de um dicionário biográfico de catorze volumes intitulado *A história de Bagdá*.
Allahu Akbar	"Deus é grande."
Almajdal	Cidade no sul da Palestina, despovoada entre 1948 e 1950.
Almaqadissi	Muhammad Ibn Ahmad Almaqdissi, geógrafo (século x); *A melhor classificação para o conhecimento das regiões* (c. 985) é sua notável obra baseada em observações pessoais de hábitos e da vida econômica da população em várias regiões do mundo islâmico de então.
Almutamid	O terceiro e último dos reis abássidas que governaram Sevilha no século xi e um dos poetas mais importantes do Alandalus. Reinou no período compreendido entre 1069 e 1099.
Almutanabbi	Poeta árabe (c. 915–965) do período abássida, famoso pelo virtuosismo e pela inovação na poesia, considerado o maior poeta em língua árabe de todos os tempos.
Anatara Alabssi	Poeta pré-islâmico e herói popular da segunda metade do século vi.
Annabi Assalih	Aldeia palestina perto de Ramallah, literalmente "Profeta Salih".
Anton Chammas	Escritor e tradutor palestino (1950–); seu romance *Arabesques*, escrito em hebraico, foi publicado em 1986.
araq	Tipo de aguardente; um destilado de uva com aroma de anis.

Árif Alárif	Jornalista, historiador e político palestino (1892–1973).
Arramle	Cidade no centro da Palestina, perto de Lidd.
Ausentes presentes	Refere-se aos palestinos que se deslocaram internamente, fugidos ou expulsos de suas casas pelas forças judaicas ou israelenses, antes e durante a guerra árabe-israelense de 1948, mas que permaneceram dentro da área que se tornou o Estado de Israel; até hoje, os ausentes presentes não têm permissão para viver nas casas que ocupavam antes, mesmo podendo comprovar que são seus proprietários.
Bachir Gemayel	Político libanês e comandante militar (1947–1982); cofundador da Frente Libanesa e comandante supremo de seu braço militar, as Forças Libanesas.
Baian Nuwaihid Alhut	Cientista política, autora de *Sabra e Chatila: setembro de 1982* (2004).
Barmecidas	Família de altos funcionários do início da dinastia abássida que, ao longo de três gerações em que vinham acumulando grande riqueza e poder, foram derrubados e executados, ou presos pelo califa Harun Arrachid em 805.
Batalha de Latrun	Batalha ocorrida entre 24 de maio e 18 de junho de 1948, durante a qual as forças da Legião Árabe, ao redor da estratégica localização montanhosa de Latrun, repeliram os ataques israelenses.
Batalha de Maissalun	Batalha ocorrida nas cercanias de Maissalun, cidade localizada a cerca de doze quilômetros a oeste de Damasco, na qual as forças francesas derrotaram as do antigo Reino Árabe da Síria em 23 de julho de 1920.
Bialik	Chaim Nachman Bialik (1873–1934), escritor judeu que escrevia em hebraico e ídiche.
chammuti	Nome de uma qualidade de laranja.

chawarma	Prato composto de fatias finas de carne de carneiro ou frango, assadas em um espeto vertical e servidas no pão árabe com legumes, *hommus*, coalhada e outros acompanhamentos. Muito parecido com o que se conhece no Brasil por "churrasquinho grego".
Chmarya Guttman	Antes de 1948, chefiou a unidade de inteligência da Haganah; em 1948, foi o governador militar de Lidd e, posteriormente, se dedicou à arqueologia.
dabke	Dança folclórica da Palestina, do Líbano e da Síria, realizada em ocasiões festivas.
dâd	Décima quinta letra do alfabeto árabe. Nas primeiras descrições fonéticas que tratavam da língua árabe, o *dâd* aparece como exclusivo dessa língua; por essa razão, a língua árabe é geralmente referida como "língua do *dâd*".
djins	Entidades sobrenaturais, associadas ao bem ou ao mal, que regem o destino de alguém ou de um lugar, embora sejam também descritos como seres inteiramente virtuosos e protetores.
Edward Said	Um dos mais importantes intelectuais palestinos, crítico literário e ativista político e social. *Orientalismo*, sua obra mais importante, publicada em 1978, é considerada um dos textos fundadores dos estudos pós-coloniais.
Emile Habibi	Escritor e político israelense palestino (1922–1996). *A vida secreta de Said, o pessotimista* (1974), o mais conhecido de seus sete romances, explora a dualidade dos árabes que, como ele, não deixaram sua terra natal durante a guerra de 1948.
falafel	Bolinhos fritos de grão-de-bico ou fava moídos, misturados com condimentos como alho, cebolinha, salsa, coentro e cominho. Em geral, são comidos em sanduíches com *hommus*, *tahine* e salada.

Fatiha	Literalmente, "abertura": capítulo de abertura do Alcorão.
Fawzi Alasmar	Poeta, escritor, jornalista, tradutor e ativista palestino (1937–2013); autor de *Ser árabe em Israel* (1975).
Galileia	Montanhas na região norte da Palestina; em árabe, Aljalil.
George Habach	Político palestino de Lidd (1926–2008) que fundou a Frente Popular para a Libertação da Palestina.
Ghassan Kanafani	Escritor palestino (1936–1972), foi porta-voz da Frente Popular para a Libertação da Palestina, assassinado em Beirute por agentes israelenses. Seu romance *Homens ao sol* se tornou conhecido mundialmente.
Hadith	Narrativas atribuídas ao profeta Muhammad. O conjunto dessas narrativas é considerado uma das fontes do islã.
Haganah	Organização paramilitar judaica formada durante o Mandato Britânico na Palestina (1921–1948), que se tornou o núcleo do Exército israelense.
hajj	Literalmente, "peregrino"; um título concedido a um homem que fez peregrinação a Meca (se muçulmano) ou a Jerusalém (se cristão) e por extensão, em algumas situações, a qualquer senhor de idade.
Harun Arrachid	Quinto califa da dinastia abássida que governou entre 786 e 809.
Hassan Salama	Líder palestino (1913–1948) da luta armada contra o assentamento judeu e o domínio britânico durante a Revolta Árabe de 1936–1939, membro do Comitê Superior Árabe na guerra de 1948 e comandante da região de Lidd durante este último conflito; também era conhecido pela alcunha Abu-Ali.
himiarita	Membro do grande clã de Himiar, no Iêmen.
hommus	Uma pasta feita de grão-de-bico, *tahine*, alho e azeite, muito comum na culinária do Oriente Médio.

Ibn-Alkalbi	Historiador iraquiano (739–819), coletou informação sobre genealogia e história dos antigos árabes.
Ibn-Hazm	Erudito, literato, historiador, jurista e teólogo da Espanha islâmica. Dentre as muitas obras escritas por ele, está o *Colar da pomba*, um tratado sobre a arte do amor.
Ibn-Zaidun	Um dos poetas mais renomados da Espanha islâmica (1003–1070), conhecido especialmente pelos versos retratando seu tempestuoso caso amoroso com Wallada Bint-Almuktafi.
Ibrahim Abu-Lughd	Intelectual e ativista político palestino (1929–2001). Foi membro do Conselho Nacional da Palestina e professor universitário.
ifrite	Na mitologia árabe, são os gênios maléficos de grande força e astúcia, da classe dos djins.
Imrú Alqais	Poeta pré-islâmico (século VI), autor de um dos mais conhecidos poemas pré-islâmicos. Começa com as palavras "Parem, ó meus amigos!" usando o dual, forma de plural de dois. Diz a lenda que Imrú Alqais passou sua vida vagando entre as tribos da Arábia, indo tão longe quanto Bizâncio, buscando vingar seu pai assassinado e restaurar o poder de seu reino de Kinda; daí sua alcunha de "príncipe errante".
Inna lilLah wa-inna ilaihi rajiún	"Somos de Deus e para Ele voltamos."
Ismaíl Chammut	Influente pintor palestino (1930–2006), nascido em Lidd.
Issbir Munayir	Como residente de Lidd, participou na defesa de sua cidade natal durante a guerra de 1948 e continuou a viver ali depois de sua incorporação a Israel até sua morte (1926–1999). Seu livro *Allidd durante os períodos do Mandato e da Ocupação* se baseia em suas lembranças pessoais.

Jabra Ibrahim Jabra	Escritor, crítico e tradutor palestino (1920–1994).
Jamil Ibn-Maamar	Poeta renomado (?–701) da tribo Udhra, famoso por seus versos de amor casto. De acordo com a lenda, a paixão insatisfeita de Jamil por certa Buthaina o levou a agregar o nome dela ao dele, de modo que ele ficou conhecido como Jamil-Buthaina.
Jurji Zaidan	Jornalista, escritor e historiador sírio-egípcio (1861–1914).
Kamal Bulatta	Artista e crítico de arte palestino (1942–2020).
kichk	Trigo moído misturado com coalhada, formado em bolinhos, seco e armazenado, depois dissolvido em água e comido com cebola, carne etc.
knefe	Sobremesa palestina tradicional feita com massa de queijo embebido em calda de açúcar. O tipo feito em Nablus é conhecido por seu sabor ímpar.
kubbaniya	Nome dado por árabes palestinos aos primeiros assentamentos judeus. Provável corruptela de "companhia", pelo italiano *campagna*.
kufiye	É o nome mais comum que se dá ao lenço que os árabes usam na cabeça. Sua origem remonta aos povos nômades da Península Arábica que usavam lenços para se proteger do sol e da areia. Eram feitos de algodão e tinham cores diferentes para identificar as tribos. Hoje, além de ter um significado político, religioso e cultural, o *kufiye* é, para os palestinos, um símbolo do movimento pela libertação da Palestina.
Kuthayir-Azza	Kuthayir Ibn-Abd Arrahman Almulahi (c. 660–723), um poeta do período omíada, da tribo Udhra, famoso por sua celebração em versos de amor casto; diz-se que ele ligou seu nome ao de sua inatingível amada Azza.
La ilaha illa Allah	"Não há divindade senão Deus."

Labid	Labid Ibn-Rabiá Alamiri (560–661), poeta pré--islâmico, autor de um dos sete famosos "poemas suspensos".
labne	Nome dado à coalhada seca em pasta.
Laila Chahid	Ativista e diplomata palestino (1949–); em setembro de 1982, acompanhou Jean Genet a uma visita ao campo Chatila, logo depois do famoso massacre.
Livro das canções	Antologia de vinte volumes de poesias, notícias e anedotas coletadas e preservadas por Abu-Alfaraj Alasfahani (897–c. 972), um sábio iraniano de origem árabe.
Lidd	Uma das mais antigas cidades da Palestina histórica, também conhecida como Lydda, Ludd, Alludd, Allidd e Lod (em hebraico). Estima-se que em 1948, antes da invasão das forças da Haganah, tinha 22 mil habitantes.
Madian	Madian Chuáib, uma cidade situada, na Antiguidade, perto de Tabuk, no noroeste da Arábia.
Mahmud Darwich	Famoso poeta palestino (1941–2008); *Memória para o esquecimento* é um de seus trabalhos citados aqui; foi publicado no Brasil.
Majnun da Laila	Louco da Laila, alcunha de Qais Ibn-Almulawwah, que segundo as narrativas ficou louco em razão de seu amor por Laila.
makdus	Pequenas berinjelas curadas no óleo recheadas com nozes, pimenta vermelha, alho etc.
Malik Ibn-Arraib	Um poeta (*su'uluk*) do período omíada.
manaqich	Massa preparada em discos, coberta com *zaatar* e azeite, assada no forno.
maqlube	Prato típico palestino composto de arroz, carne e legumes; faz parte da culinária de vários países do Oriente Médio, com certas variações locais.

Mascarado de Kinda	Muhammad Ibn-Zufr Ibn-Umair Ibn-Chamar Alkindi, um poeta do período omíada. Dizem que era tão bonito que foi obrigado a usar uma máscara fora de casa para que não fosse atingido pelo olho gordo.
Michael Palumbo	Jornalista e escritor, entre suas várias obras está *A expulsão de um povo de sua pátria* (1987), sobre a Nakba.
Mireen Gussaib	Tradutora libanesa de poesia árabe para o inglês.
mjaddara	Lentilhas cozidas com arroz e enfeitadas com cebola frita. Há uma versão com trigo no lugar do arroz.
Moche Dayan	Soldado e político israelense (1915–1981); assumiu o comando do 89º Batalhão de Comando da 8ª Brigada Blindada da Palmach em junho de 1948.
mulukhiye	Prato clássico da cozinha do Oriente Médio cujo ingrediente mais importante é a planta que dá nome ao prato (da família das malváceas). Esse ensopado é feito à base de carne ou frango. Come-se com arroz e outros acompanhamentos.
muwachahat	Poemas estróficos da Espanha islâmica no fim do século IX que muitas vezes foram transformados em canções com acompanhamento instrumental
Naalin	Aldeia da Palestina, a oeste de Ramallah; durante a guerra de 1948, estava sob o controle do Exército jordaniano.
Nakba	Significa literalmente "catástrofe" ou "desastre" e designa o êxodo palestino de 1948, depois da desapropriação e expulsão do povo palestino, tendo como resultado a criação de Israel.
Nussairat	Campo de refugiados palestinos ao sul da cidade de Gaza.
O Trono	Nome do versículo 225 da Surata (capítulo) 2, denominada "A vaca".

Omíada	Dinastia de califas muçulmanos quraichitas que reinaram em Damasco de 661 a 750 e em Córdoba de 756 a 1031.
Operação Dani	Ofensiva militar israelense lançada no final da primeira trégua da Guerra Árabe-Israelense de 1948 com o objetivo de capturar Lidd e Arramle, que se deu entre 9 e 19 de junho.
Operação Paz para a Galileia	Nome dado por Israel à sua invasão do sul do Líbano, lançada em junho de 1982, que se estendeu mais tarde a Beirute, cercada durante vários meses. Evento narrado em *Memória para o esquecimento*, de Mahmud Darwich.
Orações de Refúgio	Referem-se às duas últimas suratas do Alcorão, "Alvorada" (n. 113) e "os Homens" (n. 114), muitas vezes usadas como orações de louvor.
Palmach	Força de combate de elite da Haganah, criada em maio de 1941. Seu primeiro comandante foi Yitzhak Sadeh.
Poemas suspensos	Sete longos poemas de poetas pré-islâmicos que dizem ter sido escritos em letras de ouro em pano e suspensos nas paredes da Caaba em Meca nos tempos que precederam o islã.
Porta do sol	Romance do escritor libanês Elias Khoury; a tradução para o português é de 2008. Khalil Ayyub, Nahla e Chams são personagens desse romance.
Profeta Salih	Profeta, mencionado no Alcorão, que foi enviado ao povo árabe de Thamud, pré-islâmica, para alertar sua gente da ira de Deus. Rejeitando o "sinal", na forma de uma camela sagrada, mataram-na como demonstração de seu desdém para com o alerta. Posteriormente, o povo daquela região foi aniquilado por um desastre natural.

Qais Ibn-Almulawwah	Poeta *udhri* da época omíada (meados do século VII) que aparece na literatura por ter enlouquecido de paixão por Laila, e ter vivido e morrido no deserto, tolerando apenas a companhia de bestas selvagens; como resultado, ele ficou conhecido como Majnun (Louco) da Laila.
qarin	Literalmente, "companheiro constante". Na cultura religiosa islâmica, é o demônio encarregado de desviar o homem da senda reta, levando-o a comportamentos reprováveis. Para os antigos árabes, era essa entidade espiritual que ditava os versos aos poetas.
Qudama Ibn-Jaafar	Abu-Alfaraj Qudama Ibn-Jaafar (c. 873–c. 948), conhecido como Alkatib Albaghdadi, "Escriba de Bagdá", foi filósofo, filólogo e teórico literário; sua obra *Crítica poética* discute a natureza da poesia do ponto de vista filosófico.
Quraich	Tribo de Meca à qual o profeta Muhammad pertencia.
rababa	Nome genérico dado a vários tipos de instrumentos musicais de corda tocado com arco. Nas versões mais antigas, um único bloco de madeira coberto de uma membrana. Ainda são usados em várias localidades do Oriente Médio.
Râchid Hussain	Poeta, orador, jornalista e árabe palestino tradutor do hebraico (1936–1977).
Rajaí Bussaila	Poeta palestino e escritor de Lud; lecionou literatura inglesa nos Estados Unidos.
safarbarlik	Nome dado à mobilização realizada pelo Império Turco-Otomano durante a Primeira Guerra Mundial, quando libaneses, palestinos e sírios foram forçados a se alistarem na guerra.
Saif Addin Azzubi	Político palestino, durante o mandato inglês trabalhou a favor da Haganah, foi membro do Knesset de 1949 a 1979 (com interrupções) e prefeito de Nazaré por vários mandatos entre 1959 e 1974.

Saif Ibn-Dhi-Yazan	Rei himiarita, do Iêmen (516–578), conhecido por aniquilar o domínio etíope sobre o sul da Arábia com a ajuda dos sassânidas da Pérsia.
Sarafand	Vilarejo palestino a noroeste de Arramle e adjacente à maior base militar britânica no Oriente Médio durante o período de mandato, que continha uma prisão na qual ativistas nacionalistas palestinos eram mantidos. Em 1948, a Grã-Bretanha evacuou o campo e a prisão, que foram tomados pelas Forças Armadas judaicas.
Segunda Intifada	Período de resistência palestina intensificada contra a ocupação israelense que ocorreu entre o final de setembro de 2000 e 2005.
sitt	Nome de tratamento comum nos países árabes, significando "senhora", "dama"; assim como era chamada Umm-Kulthum.
Sonderkommando	Unidades de trabalho no campo de concentração compostas de prisioneiros que foram forçados, sob ameaça de serem mortos, a ajudar com o descarte das vítimas de câmaras de gás durante o Holocausto nazista.
Suhrawardi	Yahya Ibn-Habach Suhrawardi (1153–1191), místico, também apelidado de "Filósofo da Iluminação". Foi assassinado ou morreu de fome em Alepo, onde tinha sido preso como um herege.
Taha Hussain	Influente intelectual e escritor egípcio (1889–1973) e líder do movimento modernista no Egito e no mundo árabe, muitas vezes referido como "o Reitor da Literatura Árabe". Sua controversa *A poesia pré-islâmica* argumentou que toda ou a maioria da poesia datada de antes do islã deveria ter sido forjada séculos depois.
tahine	Uma pasta feita de gergelim, usada para temperar várias pastas da culinária do Oriente Médio. Um molho feito a partir dessa pasta é usado no preparo do sanduíche de *falafel*.

Tawfiq Fayyad	Romancista palestino (1939–) e tradutor (traduziu para o árabe *Khirbet Khizeh*). Pertencente à geração de 1948, foi preso e está exilado desde os anos 60; é uma das maiores vozes da literatura palestina e vive na Tunísia desde 1982.
Triângulo	Concentração de cidades e vilarejos palestinos no centro do país, perto da Linha Verde de 1948, marcando a fronteira entre Israel e a Cisjordânia.
Ubaidallah Ibn-Qais Arruqayat	Poeta do período omíada (meados do século VII).
udhri	Relativo à tribo *Udhra*. No período omíada, surge um tipo de elegia entre os poetas dessa tribo, que expressavam sua paixão por uma amada inatingível, com castidade e fidelidade até a morte. O amor *udhri* é um tema favorito da poesia e da prosa árabe clássica e influenciou a filosofia e o misticismo islâmicos. Assim, amor *udhri* se refere ao amor casto, platônico.
Umm-Albanin	Como era conhecida Fátima Bint-Huzam Alalawiya, esposa do califa omíada Alwalid Ibn-Abdulmalik (governou entre 705 e 715).
Umm-Kulthum	Renomada cantora egípcia (1898–1975), conhecida como a "Dama" e "A Estrela do Oriente".
Waddah do Iêmen (Waddah Aliaman)	Nome como ficou conhecido Abdurrahman Ibn-Ismaíl Ibn-Abdulkulal, literalmente "O Luminoso do Iêmen", por causa de sua beleza; um poeta de amor conhecido por seus versos em louvor a Rawda e a Umm-Albanin, esposa do califa Alwalid.
Walid Khalidi	Principal historiador palestino (1925–), que tem escrito amplamente sobre a desapropriação dos palestinos.
Wallada Bint-Almustakfi	Poeta (c. 994/1010–c. 1091) e filha do califa de Córdoba Muhammad III Almustakfi. O poeta Ibn-Zaidun aparece em seus poucos versos remanescentes.

Yalo	Romance do escritor libanês Elias Khoury (1948–), de 2002; a tradução para o português é de 2012. Daniel Abel Abiad é o protagonista desse romance.
Yiftach	Brigada de infantaria composta de dois batalhões fazendo parte da Palmach, com um terceiro adicionado mais tarde, comandado durante a Operação Dani por Mula Cohen.
Yizhar Smilansky	Escritor e político israelense (1916–2006), pseudônimo S. Yizhar; seu romance *Khirbet Khizeh* (1949) descreve a expulsão dos árabes palestinos de suas aldeias.
zaatar	É o nome de uma planta da família das Lamiaceae, natural da região do Mediterrâneo, muito próxima do tomilho (*thymus vulgaris*). É também, por extensão, o nome dado a uma mistura dessa erva com sumagre e gergelim. Dela é feito o *manaqich*.
Zanj	Nome usado por geógrafos muçulmanos medievais para se referir a uma certa parte do sudeste da África e a seus habitantes bantu. Muitos eram traficados como escravizados para trabalhar na agricultura no Iraque, no período abássida. A "rebelião do Zanj" consiste em uma série de revoltas ocorridas entre 869 e 883 perto da cidade de Basra.
zikr	Ou *dhikr*, é um ato de devoção caracterizado pela repetição dos nomes de Deus bem como de súplicas ou fórmulas tomadas do Alcorão e de outros textos religiosos. O *zikr* costuma ser feito de forma individual, mas em algumas ordens sufis institui-se como uma atividade cerimonial.

Dados internacionais de Catalogação-na-Publicação (CIP)

K45m
Khoury, Elias, 1948–
Meu nome é Adam / Elias Khoury ; traduzido do
árabe por Safa Jubran. – Rio de Janeiro : Tabla,
2022.

384 p. ; 23 cm. – (Crianças do gueto ; I)

Tradução de: Ismi Adam.
Tradução do original em árabe.

ISBN 978-65-86824-37-7

1. Ficção libanesa. I. Jubran, Safa, 1962-
II. Título. III. Série.

CDD L892.73

Roberta Maria de O. V. da Costa – Bibliotecária CRB-7 5587

Título original em árabe
أولاد الغيتو ١ : اسمي آدم / *Awlâd al ghetto 1: Ismi Adam*

© 2016, Elias Khoury

Primeira edição em árabe publicada pela editora Dar al Adab, no Líbano. Esta edição brasileira foi acordada com RAYA the Agency for Arabic Literature em colaboração com Antonia Kerrigan Literary Agency.

Este livro foi traduzido com o apoio do Sharjah International Book Fair Translation Grant Fund.

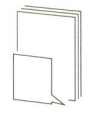

منحة الترجمة
Translation Grant
صندوق منحة الشارقة للترجمة
Sharjah Translation Grant Fund

Editora
Laura Di Pietro

Preparação
Silvia Massimini Felix

Revisão
Isabel Jorge Cury
Juliana Bitelli
Gabrielly Alice da Silva

Capa e projeto gráfico
Marcelo Pereira / Tecnopop

Diagramação
Valquíria Palma
Bárbara Catta

Assistente editorial
Olivia Janot

Assistente de design
Luís Antonio Barbosa

Este livro atende às normas do Novo Acordo Ortográfico em vigor desde janeiro de 2009.

[2022]

Todos os direitos desta edição reservados à
Editora Roça Nova Ltda
+55 21 997860747
editora@editoratabla.com.br
www.editoratabla.com.br

Este livro foi composto em Scala e impresso sobre papel Pólen Bold 80 g/m² pela gráfica Exklusiva em agosto de 2022